GRANTA

POÉTICAS DEL LENGUAJE

Vegueta Ediciones

GRANTA EN ESPAÑOL

Aribau 131, 1.° 1.ª, 08036, Barcelona, España
www.granta.com.es | info@granta.com.es

NÚMERO 24: OTOÑO 2022

FUNDADA EN 2003 POR VALERIE MILES Y AURELIO MAJOR

Primera edición: octubre de 2022

www.veguetaediciones.com
Depósito legal: B 16861-2022
ISBN: 978-84-17137-95-3
Impresión y encuadernación: Índice
Printed in Spain – Impreso en España
Impreso en papel ecológico.

Vegueta Ediciones

Esta publicación ha sido posible gracias al apoyo de Acción Cultural Española (AC/E)

ESPAÑA
Creatividad Desbordante
Invitado de Honor en la Feria del Libro de Fráncfort 2022

GOBIERNO DE ESPAÑA

AC/E
ACCIÓN CULTURAL ESPAÑOLA

ÍNDICE

INTRODUCCIÓN

PAISAJE SIDERAL CON PALABRAS

Todo mapa literario de España que aspire a la exactitud debe incluir la escritura en las lenguas que coexisten, se cruzan e incluso colisionan, o se tratará de un espejo deformante. Cada idioma de la tierra expresa una cosmología única, los fractales de Babel en constante evolución. La construcción de esta carta multilingüe por parte de *Granta en español* ha supuesto varios años de esfuerzo de una amplia comunidad de colaboradores. Explora la escritura imaginativa contemporánea española como instantánea de un momento vigoroso, gracias sobre todo a los lectores predispuestos a escrituras antaño relegadas a la periferia. Y a las florecientes escenas literarias que conforman el bullicioso panal lingüístico de este país.

Ahora, casi al cabo de medio siglo de la enmarañada red de censura franquista, tras unas generaciones que han estudiado con programas centrados en la recuperación lingüística proscrita a lo largo de los años de silencio, la diversidad lingüística de la literatura española está alcanzando la colorida plenitud de su difusión. No se trata de un arte instantáneo. La literatura necesita tiempo para reaccionar, para probar y fracasar, y volver a fracasar, pero mejor. Tiempo para formar no solo a los escritores, sino, sobre todo, a los lectores: incitados por el desafío, estos ponen el listón que están dispuestos a aceptar tras la seducción del texto. Para que exista un panorama literario boyante, hace falta un quórum que lo verifique.

En este número se publican quince voces de diferentes generaciones y geografías: vascos, gallegos, catalanes, un asturiano, un valenciano, y escritores castellanoparlantes de Cáceres, Tenerife (de origen ucraniano) y Madrid. Cada obra se presenta en su idioma original con traducciones al español y al inglés. La literatura es una larga historia de tensión, si no de aversión, a las nociones de oficialidad. La lengua es un organismo en constante transformación, una cosa en sí misma a la que le importan muy poco las fronteras y las taxonomías filológicas, por mucho que nos empeñemos en imponérselas. La obra que aquí se presenta utiliza la lengua no como mero medio de presentación de una trama, sino como material artístico, el de los escritores que se dedican a su función poética.

El número no está organizado como un catálogo, anquilosado y vetusto, sino como un coloquio multiforme de voces que se cuentan historias entre sí, a nosotros, en lenguas que comparten el espacio de todos. Como siempre en los números de *Granta en español*, las piezas componen un *collage* textual, trazan una forma que emerge de la serendipia. Puede ser temático, ontológico, o composicional, y sugiere una constelación; la que se dibuja de nuevo cada vez que un lector aplica sus propias asociaciones poéticas y memoria. Puede usted seguir nuestro camino, o entrar y salir por su cuenta y riesgo.

Comenzamos en el año de la muerte de Franco, 1975, en Valencia, con Rafa Lahuerta Yúfera, y exploramos las dualidades con la escritora gallega Berta Dávila y el catalán Adrià Pujol Cruells, manteniendo el tiempo y la respiración con las escritoras vascas Uxue Alberdi y Karmele Jaio. El compás se traslada a Extremadura con Gonzalo Hidalgo Bayal y, desde su bar, al bar de Xuan Bello en Asturias, y al campo asturiano que nos lleva al centro pulsante y sideral de este número, «*Estrelles de camp*» de Perejaume, donde el lenguaje es llevado al límite, lo cual también supone una hazaña de traducción. En la estela del sueño, la traición y la duplicidad reinan en «El sacrificio», de Dimas Prychyslyy, en Xesús Fraga y Julieta Valero, cuyo «Susto» mueve la aguja hacia el horror y las insólitas convergencias entre la pieza del vasco Harkaitz Cano y la gallega Susana Sánchez Arins. Cerramos con textos que tienden puentes entre generaciones: una pieza de archivo de Montserrat Roig y un cuento de Eider Rodríguez sobre mujeres que aman y pierden, pero no todo. Ya no.

Ya sabemos que las palabras tienen poder. Pueden herir, pueden curar, implantan ideas extravagantes en nuestra cabeza, presentan imágenes hermosas o dolorosas que permanecen como un rescoldo, fermentándose, expandiéndose, centelleando. Luego resurgen en los sueños, como si alguna vez nos hubieran pertenecido de verdad. Pertenecer. La lengua es un derecho de nacimiento, un legado y una herencia. Para Carlomagno tener una segunda lengua significa tener una segunda alma, para Shakespeare, una rosa con otro nombre olería igual de dulce.

Valerie Miles, 2 de septiembre, 2022

INTRODUCTION
SIDEREAL LANDSCAPE WITH WORDS

Any literary map of Spain aspiring to exactitude must include writing from the languages that co-exist, cross-pollinate and even collide, else it's a false mirror. Every language on earth expresses a unique cosmology, the ever-evolving fractals of Babel. This multilingual cartography has taken several years and a vast community of collaborators to craft. It's an exploration of contemporary imaginative writing in Spain, the snapshot of a particularly robust moment, thanks in part to readers who have opened themselves to writing that had once been relegated to the periphery; and to literary scenes that make up the buzzing linguistic honeycomb that is modern-day Spain.

Now, nearly 50 years after Franco's tangled web of censorship, after a few generations have focused programs on recuperating the linguistic plenitude verboten during those silent years, Spain's rich literary diversity has become a colorful canvas. It's not an instantaneous art. Literature needs time to react, to try and to fail, and to fail better. Time to form not only writers, but, importantly, readers: readers set the bar for the writing they're willing to accept. For there to be a buoyant literary scene, it takes a quorum.

This issue features fifteen voices from different generations and geographies: Basque, Galician, Catalan, Asturian, Valencian and Castilian-speaking writers from Cáceres, Tenerife (of Ukrainian origin) and Madrid. Each piece appears in its original language along with translations into Spanish and English. Literature has a long history of being in tension with, if not averse to, ideas of officialdom. Language is an organism in constant transformation, a thing in itself that cares very little about borders and philological taxonomies, no matter how hard we try to inflict them. The work here uses language not merely as a medium for story, but as artistic material: writers engaging the poetic function. The issue does not take the form of a catalogue, staid and stale, but a multifarious colloquy of voices telling stories to each other, to us, in languages that share a public space. As always in the issues of *Granta en español*, the pieces compose a textual collage and a shape emerges amidst the serendipity: thematic, ontological, compositional associations or collisions, a constellation; drawn anew each time a reader applies their own imagination and memories. Readers may follow this path, or enter and exit at your own risk.

We open in the year of Franco's death, 1975, in Valencia, with Rafa Lahuerta Yúfera, and continue exploring the idea of dualities with Galician Berta Dávila and Catalan Adrià Pujol, moving to keep time and breathe with Basque writers Uxue Alberdi and Karmele Jaio. The score takes a bar rest in Extremadura with Gonzalo Hidalgo Bayal and the conversation moves to Xuan Bello's bar in Asturias and to the Asturian countryside, where we're pulled like a magnet to the issue's throbbing, sidereal center, Perejaume's 'Estrelles de camp'. Here language is pushed to and beyond the limit, requiring a feat of translation. In the wake of the dream reigns treachery and duplicity in Dimas Prychyslyy's 'The Sacrifice', in Galician Xesús Fraga, and in Julieta Valero's 'Susto', which opens onto the horror and uncanny subterranean convergences between Basque Harkaitz Cano and Galician Susana Sánchez Arins. We close with renegade texts, a generational bridge that takes us from an archival piece by the Catalan writer Montserrat Roig to Basque Eider Rodríguez on women who love and who lose. But not everything. Not anymore.

We know there is power in words. They can hurt, they can heal, they put extravagant ideas into our minds, they suggest beautiful images or painful ones, which linger like embers, smoldering, expanding, shimmering. They resurface in dreams, as if they had once truly belonged to us. Belong. Language is a birthright, a legacy, a heritage. Charlemagne said to have a second language means you have a second soul, Shakespeare, that a rose by another other name would smell as sweet.

Valerie Miles, September 2, 2022

1975

Rafa Lahuerta Yúfera

«Porque sueño yo no estoy loco, porque sueño yo no lo estoy».

LEOLO LOZONE

1

El día en que naciste se le quemó el coche a nuestro padre en la plaza de la Reina. Venía de dejar el pan en Comidas Esma y al salir por la calle Corretgeria el motor empezó a disparar humo. Era el uno de febrero de 1975. Parece un chiste, pero puedo asegurarte que no lo es. He paseado muchas veces por esa plaza fraudulenta con la escena en la cabeza. El papá, el coche, la mañana fría y tensa, el humo que quiere ser festivo antes de las Fallas de marzo.

El que se asoma desde el ático del campanario soy yo. Os veo. Debería estar en la guardería, porque solo tengo tres años, pero os veo; hoy es sábado y no hay colegio. Vivo con un pie en el Miguelete y otro en Mestalla. Alguien ha decidido que pase la vida en las alturas, sin rozarme con vosotros, sin rozarme con el barro y la rutina, sin mancharme con vuestro dolor, ese dolor que también debería ser el mío.

Veo al papá. Todavía joven, todavía sin tripa, ojos azules en mitad de la ciudad gris. Sale del coche. Su carácter volcánico aflora. Le pega una patada a la rueda. No da crédito al incendio repentino que le deja sin coche, a merced de un grupo de curiosos que se acercan, más a cotillear que a sofocar. Del bar Chicote salen los hermanos que lo regentan y lo ayudan. A duras penas apagan el fuego. Tu padre blasfema en voz alta. No le hagas mucho caso. Aunque siempre parece a punto de gastar una broma también tiene una vena bronca que le hace encender tracas en lugares sagrados, subirse al enrejado del graderío de Mestalla para defender el honor de su equipo de fútbol y evidenciar que se crio en el arrabal, y que solo porque era bueno y con cara de bueno supo pulirse, aprender las cuatro reglas, intuir que la vida que debía llevar estaba en la honestidad, en el trabajo bien hecho, en el amor de una mujer a la que nunca dejó de adorar. Y digo bien, adorar. Esa adoración lo salvó, nos salvó, nos sigue salvando. Sin embargo, ese hombre que también es mi padre no sabe lo que está a punto de suceder. Me gustaría hacerle una señal desde el último balcón de la catedral, pero no me ve. Solo tengo tres años. Bueno, tres años y medio. Pobre papá. En ese instante, el menor de sus problemas es ese coche que lo ha dejado tirado. Justo cuando llega la grúa, nuestra madre rompe aguas en el mostrador de la calle Gorgos, en el horno que abrieron al otro lado del río para darnos una vida mejor; eso decían siempre, una vida mejor.

2

El vaho del pan caliente empaña los cristales, condensa el amanecer, sostiene el canto del primer gallo, aglutina la cola de buscavidas que vienen al banco de sangre que hay justo a mano derecha de nuestro portal, el número seis de Gorgos. Nunca lo has sabido, pero eso fue lo que pasó. Tu madre rompió aguas mientras cogía una bolsa de leche fresca. Sucedió un mes antes de lo previsto. Naciste prematuro y por eso te metieron en la incubadora. En la incubadora hubo una infección. Un silencio amargo ocupó los pasillos. Los médicos no sabían qué pasaba y las enfermeras, tampoco. Todo empezó a temblar.

Algunos bebés murieron, otros se salvaron de milagro. Nadie decía nada. ¿Qué podían decir? Los unos taparon a los otros, todos se taparon entre sí. Corporativismo. Tus padres te miraban desde el otro lado de la urna sin dar crédito a lo que sucedía. Yo también te miraba, pero no entendía nada. Sí sé que la fiesta dejó de ser una fiesta y las felicitaciones se volvieron palmaditas en la espalda. Nadie daba un duro por ti. Nadie. Estuviste a punto de morir, te quedaste sordo, algo se rompió en tu cabeza para siempre. Ese fue el inicio de tu única vida, una vida en el alambre. Se podría decir que todo empezó con una bolsa de leche, pero tampoco sería justo. Llevo años pensando en ellas. ¿Cuándo dejaron de comercializarse? ¿Acaso alguien las recuerda? ¿Para quién sería esa bolsa de leche fresca? Su destinatario quizá te saludó durante años. Y tú, envuelto en tu misterio, envuelto en la maraña del lenguaje sin lenguaje, le devolviste a diario una sonrisa, un gesto, puede que una carcajada. De niño reías a todas horas, no sé si por haber sobrevivido o por la condescendencia que te amparaba. Así fue hasta que el hechizo de la infancia te abandonó y todos empezaron a olvidarse de ti. Posiblemente, yo el primero. Que los demás te olvidaran era lo normal. Que lo hiciera yo es lo que no tiene disculpa. Esa distancia entre la evocación y la realidad es la novela que algún día debería escribir. No hay margen para la imaginación. Lo sustancial ya te lo he contado: mientras tu madre rompía aguas, a tu padre se le quemaba el coche en la plaza de la Reina.

3

Que acabaría escribiendo sobre ti lo supe incluso antes de publicar mi primer libro. Lo supe y lo dejé medio escondido, aunque ya lo esbocé. Un lector atento lo sabe. Mis primeros recuerdos te pertenecen. Son más tuyos que míos. Antes de ti no hay nada. Mi percepción del mundo nace contigo: mi memoria, mi lenguaje, mi manera de mirar. Antes de tu nacimiento solo hay vacío, un relato voluble, estampas en blanco y negro. No me fío de la memoria ajena. Lo que importa es lo que yo recuerdo y elaboré, lo que el tiempo ha hecho con esos años, el lugar desde el que enfoco ahora mismo. La cocina de ese hipotético libro es un corolario de miradas. Mientras lo escribo veo a la mamá, sobre todo a la mamá. Ella aún cuida de ti y preserva lo que somos. No sé hasta cuándo, pero vivimos en una antesala. Es cuestión de tiempo, asumimos con resignación, como si el azar no pudiera ofrecer nuevos giros, inesperadas piruetas. Tu madre solo piensa en cómo será la vida sin ella y no hace más que blindarte de la mejor manera posible. Es admirable su tesón, su amor por ti, todo lo que lleva años haciendo. En cambio, yo sigo en lo más alto del Miguelete, como aquella primera mañana de 1975. Mi vida es una vida de alturas, de miradores, de asuntos metafísicos, de novelitas. Tu madre sigue en el barro. Nació en el barro y morirá en el barro. Está hecha de barro. Sus palabras son barro: hay que pagar esto, hay que pagar lo otro. Y yo la entiendo, claro que la entiendo, pero necesito huir cuando habla desde el barro, porque a mí el barro me asusta, me mancha y me incomoda. Yo padezco la patología del escritor. No soy más que un eterno adolescente inventando realidades paralelas para no sucumbir al impacto de la única realidad.

4

Sin duda, la expresión más tierna de la maternidad es la constatación de una mujer mayor preocupada por un hijo vulnerable, por cómo será su vida cuando ella ya no esté. La maternidad es esa mujer que intuye que sin ella su hijo se morirá de pena. La maternidad es el chispazo que provoca ver a una madre sostener a un hijo discapacitado. La maternidad es el temor de todas esas mujeres, mujeres a las que admiro de una forma extrema porque ellas son lo mejor que ha dado la humanidad, mujeres valientes, mujeres que mueven montañas, mujeres que nos dan la verdadera dimensión del amor. La fortaleza de esas madres me interpela. A la fortaleza de esas madres me gustaría regalarles consuelo. No lo hay. Hay buenos ratos, hay instantes de felicidad, hay días amables. Pero no hay consuelo. El consuelo es un privilegio. El consuelo es la membrana que separa al lúcido del idiota, al sano del enfermo, al generoso del mezquino. No hay consuelo, ya te lo digo yo. No lo busques aquí. Esto es otra cosa, más bien un amago de justificación, una manera de seguir haciendo trampas, una disculpa. Escribo el trayecto, el viaje; escribo la deserción.

5

También hubo buenos momentos, bastantes. A su manera, aquel niño fue feliz, tú fuiste feliz, yo te recuerdo feliz. Basta con verte en las fotos, emergiendo entre sacos de harina, chapoteando en los charcos, meándote de risa, disfrazado de payaso, de Superman, de Spiderman, de pirata, de Harpo Marx. Basta recordar cómo nos reíamos cuando ponían una película de los hermanos Marx y tú te quedabas embobado cuando salía Harpo, cómo tu cara se iluminaba, cómo te reías viéndole signar con las manos. Eras rubio, de inmensos ojos azules, paradójicamente guapo. De niño provocabas simpatía inmediata. Todos te querían. Al principio yo pensaba que siempre serías así, Harpo Marx en Valencia, que nunca crecerías, o que lo harías sin que el peso de la discapacidad te volviera un adulto acomplejado y deprimido, dependiente. Durante esas tardes parecíamos una familia normal, sin culpa ni vergüenza.

6

El uno de febrero de 1975 era sábado. Ese fin de semana no hubo Liga. El miércoles cinco de febrero se jugaba un España-Escocia en Mestalla. Claramunt era el capitán de la selección española y jugaba en el Valencia. Claramunt era el jugador favorito de tu padre. Por supuesto, el papá tenía entradas para el partido. No sé qué hizo con ellas, pero no pudo ir. Imagino que las regalaría. Era así. La generosidad lo delataba. Había padecido los estragos de la miseria moral y decidió no seguir esa senda. Si algo detestaba el papá era a los mezquinos. Tenía un sensor. Tu padre era un hombre bueno. Primario, temperamental, pero bueno, mucho mejor que yo. Os parecíais. Es raro, pero os parecíais.

De ese sábado uno de febrero de 1975 no tengo recuerdos reales. Lo que invento y escribo es la constatación del silencio, la congoja, la pena de tus tías cuando me recogieron una tarde y me llevaron con ellas al piso de Erudito Orellana. No sé cuántos días estuve viviendo en casa de los tíos. Pero debieron de ser casi dos o tres semanas, quizá más. Recuerdo las cajas de rotuladores Carioca, el bocadillo de jamón de York que me preparaba la tía Loli, la cama donde dormía. A esa cama, que yo veía redonda, la llamábamos «la plaza de toros».

7

Es curioso, pero cada vez que veo a un niño de tres años y medio presto más atención de la debida. Así era yo, pienso, así era yo cuando naciste. No sabía leer, no sabía escribir, apenas sabía hablar. ¿Qué codifiqué, qué asimilé, qué me llevé de la incubadora, de tu nacimiento, de esas semanas en las que apenas veía al papá y a la mamá? ¿Cómo transcurrieron esos meses? Hay un boletín de notas del jardín de infancia. Hasta diciembre de 1974 soy un niño encantador, sociable, que participa activamente. Tu madre firma el boletín y festeja lo que le dicen de mí. En marzo de 1975 el boletín se ha convertido en una bomba de efectos retardados. La profesora pregunta si ha pasado algo en casa. De repente soy otro. Huraño, protestón, un niño que llora por todo. En ese marzo de 1975 mi madre ni siquiera firma el boletín. En ese marzo de 1975 se impone una batalla, la única batalla: la supervivencia. Y yo estoy fuera. Ya vivo en otro país. Todavía no nos han presentado y solo sé una única cosa: yo estoy sano y tú estás enfermo.

8

A los 42 días de nacer, durante las Fallas de 1975, te trajeron a casa. Eras un muñeco de porcelana, una rendija de carne. La mamá habilitó una especie de quirófano en la cocina del horno, el de antes de la reforma de 1985. En esa habitación solo entraba ella. Cuando venía del colegio me asomaba a verte a través de la ventana que conectaba la cocina con el obrador. Yo quería un hermano para jugar con él, no para ver a mi madre sufrir. Y aunque quería odiarte y seguramente te odié por ello, tampoco podía decirlo. Fueron semanas en un columpio casi suicida. Descubrir la pena antes de saber nombrarla, escuchar palabras incomprensibles, ir de la mano de tu padre al bar, salir a la puerta del horno con lágrimas en los ojos porque no sé si vivirás, si podré jugar contigo, si haremos todas esas cosas que hacen los hermanos.

Mis primeros recuerdos son esos: ir y volver del colegio, dormir a menudo en el obrador mientras el papá trabaja porque has enfermado de golpe otra vez y los médicos no saben lo que pasa y la mamá tiene que estar contigo en el hospital. Mis primeros recuerdos solo conocen una tregua: ir los domingos a Mestalla con una bandera blanca que tus padres habían ondeado en una remota final de Copa de 1967, ya en otra vida, cuando todavía eran tan jóvenes que ni siquiera yo había nacido.

9

Supongo que el primer libro lo abrí para escaparme de vosotros. De ti, de la mamá, de la abuela. Representabais la enfermedad, el dolor, la tristeza. He leído en algún sitio que cuando en la familia hay un enfermo todos sus miembros enferman. No sé si es verdad. Sí sé que sobraba enfermedad en aquella casa, y que yo no lo estaba. Yo os veía desde lo más alto del campanario, ajeno a todo, sosteniendo una ciudad, imaginando una novela que me permitiera no convertirme en un enfermo más.

No sé muy bien el papel que jugaba el papá en todo aquello, pero yo me aferré a su sonrisa para sobrevivir. La sonrisa de tu padre venía de un lugar distinto. Había una ingenuidad transparente en su forma de ser. Yo la percibía. Yo sabía que moriría joven. Por desgracia, esa intuición tampoco me falló. No me digas por qué, pero me pasé la infancia preso de intuiciones funestas, anotando con precisión en la memoria todas las interferencias que empecé a detectar desde que tú naciste.

10

Lo que vino después fueron las actas de defunción. En 1979 murió la abuela y en 1983 le detectaron el cáncer a tu padre. El papá sobrevivió un tiempo, tiempo de miedo a todo lo que supusiera un cambio, un síntoma, una sonrisa menos franca que de costumbre. Volvimos a ser una familia que cuidaba de sus enfermos. La mamá trabajaba, la mamá cuidaba, la mamá no sonreía. Pienso en el tesón de esa mujer y sé que nunca estaré a su altura. Quizá solo escriba para ella. Mi ego no es el ego del artista, mi ego es la vanidad póstuma del hijo que desea ofrecerle a su madre un poco de belleza, una ligera tregua, la gloria inútil de los novelistas. Tal vez escribir sea eso para mí, encontrar el lugar exacto donde la culpabilidad y la vergüenza desaparezcan, comprender de manera definitiva que me he pasado la vida persiguiendo una inexistente ley de la compensación, un poder secreto que me permita arrancarle alguna sonrisa a mi madre, a la tuya.

11

El día del entierro del papá lo comprendiste todo de golpe. Tu infancia oficial se acabó en aquel viaje enlutado por la ciudad que buscaba el cementerio. Tenías quince años y una visión limitada del paisaje. Nadie pensó en tu dolor aquella mañana. Nadie te explicó lo que pasaba, no sabíamos hacerlo. Tampoco imaginamos que la escena te provocaría una pena tan profunda e insondable. Metieron a tu padre en el nicho y yo escribí una fecha sobre el yeso fresco: cuatro de abril de 1990.

Aquella noche, ya en la cama, recordé una tarde de 1978. Era un domingo de verano y estábamos en casa porque la abuela estaba muy enferma y no podíamos ir a la playa. Hacía mucho calor. Yo tenía seis años y tú tres. Para jugar contigo tenía que simular tu voz, la que no tenías. Para hacerte creíble tú hablabas en valenciano y yo en castellano. Era un diálogo que solo sucedía en mi cabeza, el diálogo fundacional que me ayudó a ver la realidad desde un lugar distinto. Tú hablabas la lengua del papá y yo la de la mamá. Tu silencio era una metáfora de algo más. Imagino que esa tarde empecé a sospechar que solo así haría soportables mis abismos. Te puse voz y aquella voz ha llegado hasta aquí. Fue un recurso infantil que con el tiempo asumí inexorable. El diálogo que comenzamos entonces es la clave que explica mi escritura, esta escritura a dos bandas, fronteriza, necesitada siempre de un colchón que explique el porqué de tanta fragilidad.

12

1975 no es un año cualquiera. Mataron a Pasolini, Franco murió en la cama y naciste tú. Esa presencia, la tuya, lo cambió todo. He vivido para comprender tus heridas, como si solo gracias a ti yo hubiera accedido a una lucidez impermeable pero marginal, una lucidez que no juega en la liga comercial de los grandes acontecimientos mundanos. Llevo años asimilando en silencio el vaivén injusto del azar, sabiendo que no tengo el más mínimo derecho a la queja. Sé que siempre cuento dos historias, la mía y la tuya. Esas dos historias van de la mano pero a contracorriente. La cara y la cruz. La salud y la enfermedad. La comprensión y el vacío. El hermano que publica libros y el hermano que ni siquiera puede leerlos. Hoy te escribo en una mañana de invierno. Nunca podrás entender este relato. Verás las letras, verás la fecha de tu nacimiento, te quedarás igual. Pasas las mañanas en un centro ocupacional, haciendo carteras de plástico con el escudo del Valencia C.F. Esa herencia grabada a fuego en el corazón nos iguala y nos interpela. Es un vínculo sagrado que heredamos del papá, una complicidad cargada de pólvora festiva.

Te escribo, pero no sé muy bien con qué motivo. Debería pedirte perdón por todas esas veces en que miré hacia otro lado mientras la mamá se ocupaba de ti y yo me avergonzaba de tus excentricidades. Disculpa si he contado cosas que nadie tiene que saber fuera de casa. Ni siquiera sé muy bien por qué lo hago. Imagino que por la vanidad retrospectiva del superviviente, para ponerme la medalla del hermano mayor que remueve y reparte las cartas. Todas las interpretaciones pueden ser válidas. Quizá escribir es lo único que atenúa el dolor y la pena. Por suerte, he comprendido algo con los años. Si la literatura roza el misterio, el autor desaparece y solo quedas tú. Lo que prevalece entonces es el eco de la infancia remota, cuando dormíamos en la misma habitación y yo te daba un beso de buenas noches esperando el milagro de que a la mañana siguiente hablaras, oyeras, pudieras comprender con exactitud la naturaleza de mi amor por ti. ■

Traducción del valenciano de Rafa Lahuerta Yúfera.

1975

Rafa Lahuerta Yúfera

«Perquè somie jo no estic boig, perquè somie jo no ho estic»

LÉOLO LOZONE

1

El dia en què vas nàixer se li va cremar el cotxe a ton pare en la plaça de la Reina. Venia de deixar el pa en «Comidas Esma» i en eixir pel carrer Corretgería el motor va començar a disparar fum. Era l'u de febrer de 1975. Sembla un acudit, però et puc assegurar que no ho és. He passejat moltes vegades per eixa plaça fraudulenta amb l'escena al cap. El papà, el cotxe, el matí fred i tibant, el fum que vol ser festiu abans de març.

El que trau el cap des de l'àtic del campanar soc jo. Vos veig. Hauria d'estar en la guarderia, perquè només tinc tres anys, però vos veig, perquè hui és dissabte i no hi ha escola. Visc amb un peu en el Micalet i un altre a Mestalla. Algú ha decidit que passe la vida en les altures, sense fregar-me amb vosaltres, sense fregar-me amb el fang i la rutina, sense tacar-me amb el vostre dolor, eixe dolor que també hauria de ser el meu.

Veig el papà. Encara jove, encara sense panxa. Ulls blaus en mig d'una ciutat grisa. Ix del cotxe. El seu caràcter volcànic aflora. Li pega una puntada a la roda. No dona crèdit a l'incendi sobtat que el deixa sense cotxe, que el deixa a la mercé d'un grup de curiosos que s'acosten, més a dotorejar que a sufocar. Del bar Chicote ixen els germans que el regenten i l'ajuden. Amb prou faenes apaguen el foc. Ton pare blasfema en veu alta. No li faces molt de cas. Encara que sempre pareix a punt de fer una broma també és algú amb una vena bròfega que li fa encendre traques en llocs sagrats, pujar-se a la tanca de Mestalla per a posar fora de perill l'honor del seu equip de futbol, i evidenciar que es va criar en el raval, i que només perquè era bo i amb cara de bo va saber polir-se, aprendre les quatre regles, intuir que la vida que havia de dur estava en l'honestedat, en el treball ben fet, en l'amor d'una dona a la qual mai va deixar d'adorar. I dic bé, adorar. Eixa adoració el va salvar, ens va salvar, ens continua salvant. Però eixe home que també és mon pare no sap el que està a punt de passar. M'agradaria fer-li un senyal des de l'àtic de la catedral, però no em veu. Només tinc tres anys. Bé, tres anys i mig. Pobre papà. Ara mateix, el menor dels seus problemes és eixe cotxe que sembla una falla. Just quan arriba la grua, la mare trenca aigües en el taulell del forn del carrer Gorgos, el forn que van obrir a l'altre costat del riu per a donar-nos una vida millor; això deien sempre, una vida millor.

2

El baf del pa calent entela els cristalls, condensa l'alba, sosté el cant del primer gall, aglutina la cua de buscabregues que venen al banc de sang que hi ha just a mà dreta del nostre portal, el sis de Gorgos. Mai ho has sabut, però això va ser el que passà. Ta mare va trencar aigües mentre agafava una bossa de llet fresca. Va succeir un mes abans del que tocava. Vas nàixer prematur i per això vas anar a la incubadora. En la incubadora hi hagué una infecció. Un silenci amarg va ocupar els corredors. Els metges no sabien què passava i les infermeres tampoc. Tot va començar a tremolar. Alguns bebés van morir, uns altres es van salvar de miracle. Ningú deia res. ¿Què podien dir? Els uns van tapar als altres, tots es van tapar entre si. Corporativisme. Tos pares et miraven des de l'altre costat de l'urna sense donar crèdit al que passava. Jo també et mirava, però no entenia res. Sí sé que la festa va deixar de ser una festa i les felicitacions es van tornar colpets a l'esquena. Ningú donava un cèntim per tu. Ningú. Vas estar a punt de morir, et vas quedar sord, alguna cosa es va trencar al teu cap per sempre. Eixe va ser l'inici de la teua única vida, una vida en el filferro. Es podria dir que tot va començar amb una bossa de llet, però tampoc seria just. Porte anys pensant en elles. ¿Quan van deixar de comercialitzar-se? ¿Potser algú les recorda? ¿Per a qui seria aquella bossa de llet fresca? El seu destinatari potser et va saludar durant anys. I tu, embolicat en el teu misteri, embolicat en l'embull del llenguatge sense llenguatge li vas retornar diàriament un somriure, un gest, potser a vegades, una riallada. De xiquet reies a tothora, no sé si per haver sobreviscut o per la condescendència que t'emparava. Així va ser fins que l'encanteri de la infància et va abandonar i tots van començar a oblidar-se de tu. Possiblement, jo el primer. Que els altres t'oblidaren era el normal. Que ho fera jo és el que no té disculpa. Eixa distància entre l'evocació i la realitat és la novel·la que algun dia hauria d'escriure. No hi ha marge per a la imaginació. El substancial ja t'ho he comptat: mentre ta mare trencava aigües, a ton pare se li cremava el cotxe en la plaça de la Reina.

3

Que acabaria escrivint sobre tu ho vaig saber fins i tot abans de publicar el meu primer llibre. Ho vaig saber i ho vaig deixar mig amagat, encara que ja ho vaig esbossar. Un lector atent ho sap. Els meus primers records et pertanyen. Són més teus que meus. Abans de tu no hi ha res. La meua percepció del món naix amb tu: la meua memòria, el meu llenguatge, la meua manera de mirar. Abans del teu naixement només hi ha buit, un relat voluble, estampes en blanc i negre. No em fie de la memòria aliena. El que importa és el que jo recorde i vaig elaborar, allò que el temps ha fet amb eixos anys, el lloc des del qual enfoque ara mateix. La cuina d'eixe hipotètic llibre és un corol·lari de mirades. Mentre ho escric veig la mamà, sobretot la mamà. Ella encara cuida de tu i preserva el que som. No sé fins quan, però vivim en una avantsala. És qüestió de temps, assumim amb resignació, com si l'atzar no poguera oferir nous girs, inesperades piruetes. Ta mare només pensa en com serà la vida sense ella i no fa més que blindar-te de la millor manera possible. És admirable la seua tenacitat, el seu amor per tu, tot el que porta anys fent. En canvi, jo seguisc en el més alt del Micalet, com aquell primer matí de 1975. La meua vida és una vida d'altures, de miradors, d'assumptes metafísics, de novel·letes. Ta mare seguix en el fang. Va nàixer en el fang i morirà en el fang. Està feta de fang. Les seues paraules són fang: cal pagar això, cal pagar allò. I jo l'entenc, clar que l'entenc, però necessite fugir quan parla des del fang, perquè a mi el fang m'espanta, em taca i m'incomoda. Jo patisc la patologia de l'escriptor. No soc més que un etern adolescent inventant realitats paral·leles per a no sucumbir a l'impacte de l'única realitat.

4

Sense dubte, l'expressió més tendra de la maternitat és la constatació d'una dona major preocupada per un fill vulnerable, per com serà la seua vida quan ella ja no estiga. La maternitat és eixa dona que intuïx que sense ella son fill es morirà de pena. La maternitat és la guspira que provoca vore una mare sostindre un fill discapacitat. La maternitat és el temor de totes eixes dones, dones a les quals admire d'una forma extrema perquè elles són el millor que ha donat la humanitat, dones valentes, dones que mouen muntanyes, dones que ens donen la vertadera dimensió de l'amor. La fortalesa d'eixes mares m'interpel·la. A la fortalesa d'eixes mares m'agradaria regalar-li consol. No n'hi ha. Hi ha bones estones, hi ha instants de felicitat, hi ha dies amables. Però no hi ha consol. El consol és un privilegi. El consol és la membrana que separa el lúcid de l'idiota, el sa del malalt, el generós del mesquí. No hi ha consol, ja t'ho dic jo. No el busques ací. Açò és una altra cosa, possiblement una amenaça de justificació, una manera de continuar fent-me paranys, una disculpa. Escric el trajecte, el viatge; escric la deserció.

5

També hi hagué bons moments, molts. A la seua manera, aquell xiquet va ser feliç, tu vas ser feliç, jo et recorde feliç. N'hi ha prou amb vore't en les fotos, emergint entre sacs de farina, xapotejant en els tolls, pixant-te de riure, disfressat de pallasso, de Superman, de Spiderman, de pirata, de Harpo Marx. Recorda com réiem quan posaven una pel·lícula dels Germans Marx i tu et quedaves bocabadat quan eixia Harpo, com la teua cara s'il·luminava, com reies en vore'l signar amb les mans. Eres ros, d'immensos ulls blaus, paradoxalment bonic. De xiquet provocaves simpatia immediata. Tots et volien. Al principi jo pensava que sempre series així, Harpo Marx a València, que mai creixeries, o que ho faries sense que el pes de la discapacitat et tornara un adult acomplexat i deprimit, dependent. Durant eixes vesprades semblàvem una família normal, sense culpa ni vergonya.

6

L'u de febrer de 1975 era dissabte. Eixe cap de setmana no hi hagué lliga. El dimecres 5 de febrer es jugava un Espanya-Escòcia en Mestalla. Claramunt era el capità de la selecció espanyola i jugava al València. Claramunt era el jugador favorit de ton pare. Per descomptat, el papà tenia entrades per al partit. No sé què va fer amb elles, però no va poder anar. Imagine que les regalaria. Era així. La generositat el delatava. Havia patit els estralls de la misèria moral i va decidir no seguir per eixa senda. Si alguna cosa detestava el papà era els mesquins. Tenia un sensor. Ton pare era un home bo. Primari, temperamental, però bo, molt millor que jo. Vos semblàveu. És rar, però vos semblàveu.

D'aquell dissabte u de febrer de 1975 no tinc records reals. El que invente i escric és la constatació del silenci, l'angoixa, la pena de les teues ties quan em van arreplegar una vesprada i em van portar amb elles al pis d'Erudit Orellana. No sé quants dies vaig estar vivint en casa dels tios. Però degueren ser quasi dues o tres setmanes, potser més. Recorde les caixes de retoladors Carioca, l'entrepà de pernil dolç que em preparava la tia Loli, el llit on dormia. Eixe llit, que jo veia redó, el vaig batejar com la plaça de bous.

7

És curiós, però cada volta que veig un xiquet de tres anys i mig pare més atenció de la deguda. Així era jo, pense, així era jo quan vas nàixer. No sabia llegir, no sabia escriure, a penes sabia parlar. ¿Què vaig codificar, què vaig assimilar, què em vaig emportar de la incubadora, del teu naixement, d'aquelles setmanes en les quals a penes veia el papà i la mamà? ¿Com van transcórrer aquells mesos? Hi ha un butlletí de notes del jardí d'infància. Fins a desembre de 1974 soc un xiquet encantador, sociable, que participa activament. Ta mare signa el butlletí i festeja el que li diuen de mi. Al març de 1975 el butlletí s'ha convertit en una bomba d'efecte retardat. La professora pregunta si ha passat alguna cosa a casa. De sobte soc un altre. Sorrut, inquiet, un xiquet que plora per tot. En eixe març de 1975 ma mare ni tan sols signa el butlletí. En eixe març de 1975 s'imposa una batalla, l'única batalla: la supervivència. I jo estic fora. Ja visc en un altre país. Encara no ens han presentat i només sé una única cosa: jo estic sa i tu estàs malalt.

8

Als quaranta-dos dies de nàixer, durant les falles de 1975, et van portar a casa. Eres un ninot de porcellana, una escletxa de carn. Mamà va habilitar una espècie de quiròfan en la cuina del forn, el d'abans de la reforma de 1985. En aquella habitació només entrava ella. Quan tornava d'escola m'ajudava a traure el cap per a vore't a través de la finestra que connectava la cuina amb l'obrador. Jo volia un germà per a jugar amb ell, no per a vore ma mare patir. I encara que volia odiarte i segurament et vaig odiar per això, tampoc podia dir-ho. Van ser setmanes en un gronxador definitiu. Descobrir la pena abans de saber nomenar-la, escoltar paraules que no comprenia, anar de la mà de ton pare al bar, eixir a la porta del forn amb llàgrimes als ulls per no saber si viuries, si podria jugar amb tu, si faríem totes aquelles coses que fan els germans.

Els meus primers records són eixos: anar i tornar d'escola, dormir sovint a l'obrador mentres el pare treballa perquè has emmalaltit de colp una altra volta i els metges no saben el que passa i la mare ha d'estar amb tu a l'hospital. Els meus primers records només coneixen una treva: anar els diumenges a Mestalla amb una bandera blanca que tos pares havien onejat en una remota final de copa de 1967, ja en una altra vida, quan encara eren tan jóvens que ni tan sols jo havia nascut.

9

Supose que el primer llibre el vaig obrir per a escapar-me de vosaltres. De tu, de la mamà, de l'àvia. Éreu la malaltia, el dolor, la tristesa. He llegit en algun lloc que quan en la família hi ha un malalt tots els seus membres emmalalteixen. No sé si és veritat. Sí sé que sobrava malaltia en aquella casa, i que jo no ho estava. Jo vos veia des del més alt del campanar, alié a tot, sostenint una ciutat, imaginant una novel·la que em permetera no convertir-me en un malalt més.

No sé molt bé el paper que jugava el papà en tot allò, però jo em vaig aferrar al seu somriure per a sobreviure. El somriure de ton pare venia d'un lloc diferent. Hi havia una ingenuïtat transparent en la seua manera de ser. Jo la percebia. També sabia que moriria jove. Per desgràcia, eixa intuïció tampoc em va faltar. No em digues perquè, però em vaig passar la infància presoner d'intuïcions funestes, ano-tant amb precisió en la memòria totes les interferències que comencí a detectar des que tu vas nàixer.

10

El que va vindre després van ser les actes de defunció. En 1979 va morir l'àvia i en 1983 li van detectar el càncer a ton pare. El papà va sobreviure un temps, temps de por a tot el que suposara un canvi, un símptoma, un somriure menys franc que de costum. Vam tornar a ser una família que cuidava dels seus malalts. La mamà treballava, la mamà cuidava, la mamà no somreia. Pense en la tenacitat d'aquella dona i sé que mai estaré a la seua altura. Potser només escric per a ella. El meu ego no és l'ego de l'artista, el meu ego és la vanitat pòstuma del fill que desitja oferir-li a sa mare una mica de bellesa, una lleugera treva, la glòria inútil dels novel·listes. Tal vegada escriure siga això per a mi, trobar el lloc exacte on la culpabilitat i la vergonya desapareguen, comprendre de manera definitiva que m'ha passat la vida perseguint una inexistent llei de la compensació, un poder secret que em permeta arrancar-li algun somriure a ma mare, a la teua.

11

El dia del soterrar del papà ho vas comprendre tot de colp. La teua infància oficial es va acabar en aquell viatge endolat per la ciutat que buscava el cementeri. Tenies quinze anys i una visió limitada del paisatge. Ningú va pensar en el teu dolor aquell matí. Ningú et va explicar el que passava, no sabíem fer-ho. Tampoc vam imaginar que l'escena et provocaria una pena tan profunda i insondable. Van ficar ton pare en un nínxol i jo vaig escriure una data sobre el guix fresc, 4 d'abril de 1990.

Aquella nit, ja en el llit, vaig recordar una vesprada de 1978. Era un diumenge d'estiu i estàvem a casa perquè l'àvia estava molt malalta i no podíem anar a la platja. Feia molta calor. Jo tenia sis anys i tu tres. Per a jugar amb tu havia de simular la teua veu, la que no tenies. Per a fer-te creïble tu parlaves en valencià i jo en castellà. Era un diàleg que només succeïa al meu cap, el diàleg fundacional que em va ajudar a vore la realitat des d'un lloc diferent. Tu parlaves la llengua del papà i jo la de la mamà. El teu silenci era una metàfora d'alguna cosa més. Imagine que eixa vesprada vaig començar a sospitar que només així faria suportables els meus abismes. Et vaig posar veu i aquella veu ha arribat fins ací. Va ser un recurs infantil que amb el temps vaig assumir inexorable. El diàleg que vam començar llavors és la clau que explica la meua escriptura, esta escriptura a dues bandes, fronterera, necessitada sempre d'un matalàs que explique el perquè de tanta fragilitat, el perquè de tot plegat.

12

1975 no és un any qualsevol. Van matar Pasolini, Franco va morir en el llit i vas nàixer tu. Eixa presència, la teua, ho va canviar tot. He viscut per a comprendre les teues ferides, com si només gràcies a tu jo haguera accedit a una lucidesa impermeable però marginal, una lucidesa que no juga en la lliga comercial dels grans esdeveniments mundans. Porte anys assimilant en silenci l'esmicolament injust de l'atzar, sabent que no tinc el més mínim dret a la queixa. Sé que sempre conte dues històries, la meua i la teua. Estes dues històries van de la mà però a contracorrent. La cara i la creu. La salut i la malaltia. La comprensió i el buit. El germà que publica llibres i el germà que ni tan sols pot llegir-los. Hui t'escric en un matí d'hivern. Mai podràs entendre este relat. Voràs les lletres, voràs la data del teu naixement, et quedaràs igual. Passes els matins en un Centre Ocupacional, fent carteres de plàstic amb l'escut del València CF. Eixa herència gravada a foc en el cor ens iguala i ens interpel·la. És un vincle sagrat que vam heretar del papà, una complicitat carregada de pólvora festiva.

T'escric, però no sé molt bé amb quin motiu. Hauria de demanar-te perdó per totes eixes vegades en què vaig mirar cap a un altre costat mentre la mamà s'ocupava de tu i jo m'avergonyia de les teues excentricitats. Disculpa si he contat coses que ningú ha de saber fora de casa. Ni tan sols sé molt bé per què ho faig. Imagine que per la vanitat retrospectiva del supervivent, per a posar-me la medalla del germà major que remou i repartix les cartes. Totes les interpretacions poden ser vàlides. Potser escriure és l'única cosa que atenua el dolor i la pena. Per sort, he comprés alguna cosa amb els anys. Si la literatura frega el misteri, l'autor desapareix i només quedes tu. El que preval llavors és el ressò de la infància remota, quan dormíem en la mateixa habitació i jo et feia un bes de bona nit esperant el miracle que al sendemà parlares, sentires, pogueres comprendre amb exactitud la naturalesa del meu amor per tu. ■

LA HERIDA IMAGINARIA

Berta Dávila

Traje a Cleo y Catboy a casa una semana después de que mi padre muriera. Cleo y Catboy son dos peces naranjas de agua dulce y los encontré a la venta en un acuario mugriento junto al mostrador de la tienda de animales. Yo iba buscando otra cosa, algo que tuviese un corazón caliente y un pelaje suave, algo como un gato. Luego, la dependienta me convenció de que los peces no dan ningún trabajo, y de que ofrecen la misma compañía que un gato y exigen mucho menos compromiso. Pasé mucho tiempo tratando de determinar cuál era el ejemplar al que estaba predestinada; escogiendo. Señalé con el dedo el más asustadizo.

–Uno solo es aburrido –dijo la dependienta, y capturó otro cualquiera con una especie de cazo que me recordó a un cucharón de servir sopa.

Me dio los dos en una bolsa de plástico llena de agua, cerrada por arriba con una cinta pegajosa. No me quiso cobrar nada por ellos. A mí me produjo cierto tipo de alivio no tener que pagar por sentirme acompañada.

En lugar de comprar un acuario, los acomodé en un florero ancho de vidrio esmerilado que mi hermana me había regalado tiempo atrás. Lo puse en la repisa de la ventana de mi dormitorio para poder observarlos lateralmente, atravesados por los rayos de luz que venían de fuera. Esa luz era todavía pálida e invernal cuando los peces llegaron, pero intuí que con el atardecer violeta del mes de agosto la imagen resultaría preciosa de verdad. El cristal curvado del florero fragmentaba el contoneo de sus cuerpos en configuraciones visuales insólitas. Cuando el agua estaba limpia, mirar a los peces se parecía a mirar las luces de un árbol de Navidad con un caleidoscopio. Y cuando se enturbiaba después de varios días sin cambiarla, por lo menos la escena no era tan repulsiva como podría ser.

Al principio, Cleo y Catboy no tenían ningún nombre y yo me refería a cada uno de ellos en función de sus atributos, lo que me obligaba a confrontarlos continuamente y a elegir, entre las cualidades de ambos, no solo aquellas que los diferenciaban sino las que los oponían de manera decidida. Los llamaba, por ejemplo, «el ansioso» y «el flemático», o «el gordo» y «el escuálido», pero nunca «el brillante» y «el un poco menos brillante, aunque bastante brillante, en todo caso». Después, mi sobrina Ada improvisó esos dos nombres. Los adopté sin reservas. Me pareció apropiado que no significasen nada especial.

Alimentar a Cleo y Catboy se convirtió en uno de mis rituales favoritos. Despertaba a diario imbuida de un sentido del deber que nunca antes había experimentado, así que me tomaba muy en serio todos los aspectos del proceso. Al tiempo de preparar el café del desayuno para mí, seleccionaba con unas pinzas cinco o seis escamas de un bote de comida para peces y las depositaba con delicadeza sobre la superficie del agua en el florero, como si fueran los continentes recién divididos de Pangea. Cleo y Catboy emergían audaces desde donde estuvieran en cuanto percibían la vibración de las escamas en el agua, pero ella era más voraz que él y con frecuencia devoraba la mayor parte de las escamas antes de que Catboy pudiese atrapar alguna. Entonces yo esperaba a que Cleo estuviera entretenida en América del Norte o más allá, y le ofrecía a Catboy escamas adicionales en Oceanía. Era importante para mí proporcionarles una cantidad de alimento similar.

No recibía nunca visitas excepto las de mi hermana. Aparecía cada jueves con Ada, después de recogerla en el curso de natación.

Llegaban bien entrada la tarde porque siempre tenían recados inaplazables que hacer, y se marchaban temprano porque no querían causarme ninguna molestia. En realidad no me molestaban, pero tampoco deseaba que los encuentros se prolongasen. La armonía de mi vida doméstica con Cleo y Catboy era una frágil pompa de jabón, y yo temía que una presencia excesiva de ellas dos pudiese hacer que todo lo que había construido desapareciera en el aire con un estallido discreto. A veces, cuando mi hermana preguntaba «¿qué tal estás?», me parecía notar algo en la modulación de la frase, a lo mejor una leve inflexión afligida, que funcionaba a modo de advertencia, indicándome que mi hermana tenía la tentación de hablar conmigo sobre cómo nos sentíamos. En esos casos yo respondía cualquier cosa y me interesaba por los progresos de Ada en el curso de natación y por si aún le tenía miedo al agua. Al escuchar su nombre, ella llenaba el lugar que antes ocupaba mi recelo con una charla liviana y entusiasmada, y mi hermana regresaba a una conversación de poca trascendencia. Me agradaba el olor a piscina y a sándwich que Ada dejaba en las habitaciones cuando las dos por fin se marchaban y yo volvía a quedarme sola.

Sin demasiado esfuerzo, con el paso de los días perdí el interés por cualquiera de las actividades con las que ocupaba el tiempo antes de que mi padre muriera, para sustituirlas por la observación de los peces y el resto de los asuntos relacionados con ellos. Adquirí una nueva y reconfortante perspectiva sobre mi importancia: por fin yo era esencial para la supervivencia de otros. Mi mundo parecía un lugar sereno y con significado. Algunas tardes era capaz de escribir sin distraerme un artículo impersonal sobre los diez objetos que no pueden faltar en tu maleta para viajar a Malta o sobre el auge de las criptomonedas. Algunas mañanas lograba también apuntar el principio de un poema en un cuaderno, aunque los artículos eran la mayor parte de mi producción escrita y la única por la que recibía algún dinero. Las horas eran ligeras como esponjas de baño.

Nada ponía en cuestión la placidez de aquel tiempo hasta que mi hermana sugirió que alguien debía ir a la casa de mi padre para recoger sus cosas y supervisar algunos arreglos antes de ponerla en venta. Como mi hermana tiene una hija, un trabajo y otras ocupaciones, cuando dijo *alguien* se refería a mí. No estaba preparada para defenderme. Entre mi casa y la casa de mi padre hay dos horas de viaje en autobús pero, bajo el punto de vista de mi hermana, no existe ningún motivo para que yo esté en un lugar y no en otro. Tuve que recordarle la cuestión de los peces. Los peces no saben administrarse. A diferencia de los gatos, que pueden sobrevivir solos una semana entera, los peces no tienen el talento suficiente para sospechar de la abundancia y no morir hinchados si una les deja comida para varios días.

Mi hermana me propuso que comprase un dosificador automático de comida para peces o que me los llevase en el florero conmigo en el autobús. Mi hermana no me propuso quedarse ella con los peces durante una semana. A pesar de eso, no pude alegar nada razonable para eludir el viaje y acordamos que ella se encargaría de concertar algunas citas para que las cosas que hubiese que reparar fueran reparadas en la casa de mi padre, y que yo pasaría allí el tiempo necesario en cuanto solucionara el problema de Cleo y Catboy. Para que fuese consciente del sacrificio que me pedía, le dije que tendría que llevarme sin remedio el ordenador y aprovechar algunas horas para trabajar en mis artículos. Le dije también que estaba comenzando una novela y que era el peor de los momentos. «¿Serás capaz de escribir allí?», preguntó. Y cuando lo preguntó, yo entendí que no quería decir «¿podrás escribir allí?», sino algo más parecido a «cómo te atreves».

Desconfío por completo de cualquier máquina, de manera que descarté enseguida el dosificador y busqué alternativas en internet. Mi padre también desconfiaba de las máquinas. Tostaba el pan y calentaba la leche en el fuego. Lavaba la ropa en una pila junto a la bañera porque al fin y al cabo no tenía mucha y se las arreglaba bien. Estaba sinceramente convencido de ser el inventor de la moto acuática y de que alguien se le había adelantado en el momento de presentar la patente.

En el mismo foro de acuariofilia donde había aprendido a reconocer el sexo de Cleo y Catboy semanas atrás, un tarado que se identificaba con el nombre de Guppy me descubrió la comida para peces en comprimidos de disolución lenta. Encargué varios paquetes, que llevaban escrito por fuera en letras alegres «Alimento de Vacaciones» y traían cuatro o cinco comprimidos con la forma de una esfera con estrías, como un planeta rocoso en miniatura o una bola de papel que alguien hubiese arrugado con mucha fuerza dentro del puño. Pedí también un acuario rectangular de 25 litros de capacidad, pensando que así los peces notarían menos la suciedad acumulada en el agua durante los días que yo pasase fuera.

El acuario llegó primero y tomé la decisión de trasladar de inmediato a Cleo y a Catboy. La expectativa era novedosa y agradable. Sin embargo, no sé si por un exceso de nervio o por falta de prevención, al volcar el contenido del florero dentro del nuevo acuario cometí un error de cálculo: Catboy colisionó contra el suelo de cristal y se quedó momentáneamente quieto y aturdido, como si fuese objeto de una traición. A pesar de que pasó toda la tarde semidormido, el incidente me parecía tan nimio en realidad que no pensé que aquella conducta fuese consecuencia del impacto, sino de su lentitud habitual, acrecentada por el reto de adaptarse a un lugar más amplio. Pero la indolencia de Catboy persistía al día siguiente. Su nado era errático, e identifiqué en el lado izquierdo de su cuerpo una aréola negra que nunca le había visto, justo debajo de la aleta. Cleo se mostraba, en cambio, especialmente vivaz, gozosa por las nuevas oportunidades que se le presentaban y –pienso ahora– dispuesta a aprovechar la inacción de Catboy para dominar el territorio.

Telefoneé a mi hermana y le expliqué que debía retrasar el viaje. Preparé una retahíla de excusas convincentes sobre plazos de entrega y contratiempos no esperados, y un alegato sincero sobre la imposibilidad de abandonar de pronto compromisos adquiridos para ocuparme de una casa vacía. No era necesario. Mi hermana recibió cualquier explicación con desinterés y me aseguró que nunca había pretendido que yo me marchase inmediatamente, que comprendía las circunstancias. Luego me pasó a Ada para librarse de mí. Ella quería saber si yo me iría de viaje o no, si era poco o mucho tiempo, si era cerca o lejos y si le traería algún regalo.

–¿Qué te gustaría? –pregunté. Se quedó en silencio, no tanto como si estuviera pensando en el regalo perfecto, sino más bien como si no se atreviera a confesarlo.

–Un tubo para respirar –dijo por fin. Traté de convencerla de que a lo mejor su temor no tenía que ver exactamente con el agua sino con la profundidad de la piscina.

–Hundirse asusta mucho –expliqué, pero no lo entendió bien e insistió en la cuestión del tubo para respirar. Prometí que le conseguiría uno.

No era que me importasen tanto los peces –me decía a mí misma tratando de sonar convencida–, pero no podía hacer otra cosa en mi situación que aplazar la visita a la casa de mi padre mientras Catboy no se recuperase. Acechaba el acuario a todas horas, atenta a cualquier cambio. Con frecuencia él adoptaba posturas extrañas, pasaba mucho tiempo inclinado de medio lado, como si perdiese el equilibrio, si es que tiene algún sentido perder el equilibro dentro de un recipiente con agua. La marca negra, que en un primer momento era casi inapreciable, se cubrió de una película clara, de aspecto algodonoso. Yo buscaba explicaciones optimistas que contrarrestaran cualquier augurio de un mal pronóstico: interpretaba que los cambios en la coloración del hematoma –cuando asumía que aquella marca era un hematoma y no una simple peca– tenían que ver con la sanación, y que la pasividad de Catboy era un indicio de que él buscaba una manera propia de curarse, y no un síntoma de que se sentía dolorido.

El tiempo que no pasaba mirando el acuario durante el día, pensaba mucho en la casa de mi padre. Pensaba en ella como en el caparazón de una tortuga conservada dentro de las vitrinas de un museo de historia natural. O como en una caracola, o como en cualquier otro tipo de cáscara vacía que antes hubiese sido el cobijo de un animal vivo, siempre distintos tipos de conchas o corazas, primero protectoras y luego desamparadas. Pensaba también en los objetos inservibles y en la ropa de mi padre, en la docena de libros que mi padre tenía –y trataba de recordar los títulos–, en las fotografías y en los muebles y en los pañuelos de tela bordados con un ribete azul con los que me limpiaba las lágrimas cuando era niña para aliviar cualquier enfado o cualquier disgusto, y en esas lágrimas, que eran gruesas y templadas porque eran lágrimas infantiles y, por tanto, imposibles de consolar. Pensaba en la ropa, en los libros, en las fotografías y en las lágrimas como si fueran esqueletos encontrados dentro de un barco sumergido o un pecio.

Pensaba después en el desgaste de aquella casa y en cada avería, en el papel pintado del cuarto de estar, en la bisagra rota de la puerta de atrás y en las plantas y los mohos que estarían creciendo dentro de ella y en el exterior. Y a medida que pensaba, permitía que se formaran grietas o huecos sobre mi recuerdo de la casa y sobre la casa misma, y entonces temía que las cosas que me quedaban de mi padre pudiesen escurrirse por los huecos imaginarios, que se perdieran a través de ellos, y que cuando por fin yo me dignase a visitarla solo encontrase allí algas oscuras y nácar. Y estuviera obligada, aun así, a velar las algas oscuras y el nácar, a velar la grieta y el hueco, porque eso es lo mínimo que una hija debe hacer por un padre.

Mi hermana me dijo que, cuando lo vio muerto, él tenía la boca y los ojos un poco abiertos, que parecían cerrados si no te fijabas bien, pero que quedaba en los dos casos una hendidura mínima. Insistió bastante en ese punto, como si yo tuviera a la fuerza que compartir la imagen de aquella ranura, que creció en el relato de mi hermana hasta convertirse en una escena vergonzosa en la que mi padre se me presentaba frío y rígido y con una boca igual a la de Cleo al comer, y con unos ojos del todo desacompasados, que excluían cualquier sensación de placidez.

Por las noches pensaba únicamente en Catboy. Antes de meterme en la cama, si él no se movía lo bastante para tranquilizarme, yo sacudía el acuario, o golpeaba con la uña el cristal, solo para provocarlo. Acostada bajo las mantas, en cuanto apagaba la luz de la mesita de noche, la marca oscura junto a su aleta crecía hasta cubrirlo todo de negrura. Catboy aparecía en todos mis sueños, que eran diversos. En ocasiones tenían que ver con el presentimiento de algo inconcreto que lo ponía en peligro dentro del acuario, y yo debía capturarlo con un cazamariposas para tratar de preservarlo de esa inminencia. Él solía rebelarse, y por eso eran sueños agitados. También había sueños tristes y tranquilos en los que lo imaginaba muerto, emergiendo a la superficie del agua, inmóvil y repulsivo. Luego solo tenía que recogerlo con el cazamariposas y decidir qué hacer con su cuerpo y con el recuerdo luminoso de los primeros días con Cleo y Catboy, que ya nunca más me confortarían. Y así hallaba la diferencia entre recoger y apresar, entre encontrar y perseguir, y entre la colección y la caza.

Tenía sueños sobre la abertura de los ojos y de la boca de mi padre cuando murió, que eran en realidad los ojos y la boca de Catboy en la cara de mi padre. O en la mía. Y sueños en los que yo no tenía boca, no porque desapareciera sino porque de alguna manera había nacido sin una. Mi rostro, la nariz, el cabello sobre el arco de la frente, los pómulos redondos que mi padre llamaba «tus manzanitas», estaban ahí. Pero ninguna boca. Y en el sitio de la boca una extensión de piel rosa, absolutamente uniforme, como un desierto de arena ondulada que va anticipando el valle y la duna. Nada más que piel. A veces fría como una porcelana, a veces cálida, pero casi siempre fría, igual que la herida o el corazón de Catboy.

En los sueños, habitualmente, yo trataba de reparar el hematoma de Catboy retirando la masa blanquecina que lo cubría con un bisturí, y trataba también de dibujarme con él una boca, aunque la mayor parte del tiempo me parecía bien no tenerla. Al amanecer sentía los músculos agarrotados, me asaltaba la urgencia de saber si todos aquellos a quienes yo quería seguían vivos o no, y comprobaba de inmediato cómo estaban Cleo y Catboy.

Una mañana cualquiera, cuando desperté, dentro del acuario solo quedaba ella. Tardé algún tiempo en comprender que no encontraría el cuerpo de Catboy sobre la mesa, fuera del agua y en ningún lugar.

Mirando a Cleo gorda y rutilante, con la barriga abombada y un sosiego amenazador en los ojos, como si le hubiera sucedido algo maravilloso en mi ausencia nocturna, busqué desesperada, en las esquinas más oscuras del foro de acuariofilia, algún comentario escondido de Guppy sobre peces malvados y sin escrúpulos. Tenía muchas preguntas. «¿Puede un pez comerse a otro pez en el curso de una sola noche?». «¿Puede un pez comerse a otro pez débil o muerto sin enfermar?». No encontré nada más que una recomendación genérica: «No es urgente que retire los peces muertos de su acuario pero, en todo caso, trate de hacerlo enseguida antes de que los otros peces se alimenten de sus cadáveres». Así que aparentemente un pez sí puede comerse a otro pez. Cómo se atreve.

Supe que nunca volvería a amar a Cleo, que nunca volvería a verla como la primera vez, cuando la señalé con el dedo en la tienda de animales porque parecía apocada y perfecta para mí, pero mantuve la esperanza de que su voracidad fuera suficiente para que ella devorase finalmente mi dolor.

Con el paso del tiempo llegué a pensar que Catboy nunca había existido. ■

Traducción del gallego de Berta Dávila.

A FERIDA IMAXINARIA

Berta Dávila

Trouxen a Cleo e Catboy á casa unha semana despois de que meu pai morrese. Cleo e Catboy son dous peixes laranxas de auga doce e atopeinos á venda nun acuario lordento xunto ao mostrador da tenda de animais. Eu ía buscando outra cousa, algo que tivese un corazón quente e un pelame suave, algo coma un gato. Logo a dependenta convenceume de que os peixes non dan ningún traballo, e de que ofrecen a mesma compañía que un gato e esixen moito menos compromiso. Pasei moito tempo tratando de determinar cal era o exemplar ao que estaba predestinada; escollendo. Sinalei co dedo o máis asustadizo.

–Un só é aburrido –dixo a dependenta. E capturou outro calquera cunha especie de cazo que me lembrou a un cullerón de servir sopa. Deume os dous nunha bolsa de plástico chea de auga, pechada por arriba cunha cinta pegañosa. Non me quixo cobrar nada por eles. A min produciume certo tipo de alivio non ter que pagar por sentirme acompañada.

En lugar de mercar un acuario, acomodeinos nun floreiro ancho de vidro esmerilado que miña irmá me regalara tempo atrás. Púxeno na repisa da fiestra do meu dormitorio para poder observalos lateralmente, atravesados polos raios de luz que viñan de fóra. Esa luz era aínda pálida e invernal cando os peixes chegaron, pero intuín que co solpor violeta do mes de agosto a imaxe resultaría preciosa de verdade. O cristal curvado do floreiro fragmentaba o acaneo dos seus corpos en configuracións visuais insólitas. Cando a auga estaba limpa, mirar os peixes parecíase a mirar as luces dunha árbore de Nadal cun calidoscopio. E cando se turbaba despois de varios días sen cambiala, polo menos a escena non era tan noxenta como podería ser.

Ao primeiro, Cleo e Catboy non tiñan ningún nome e eu referíame a cada un deles en función dos seus atributos, o que me obrigaba a confrontalos continuamente e a elixir, entre as calidades de ambos, non só aquelas que os diferenciaban senón as que os opoñían de maneira decidida. Chamábaos, por exemplo, «o ansioso» e «o flegmático», ou «o gordo» e «o esmirrado», pero nunca «o brillante» e «o un pouco menos brillante –aínda que bastante brillante, en todo caso–». Despois, a miña sobriña Ada improvisou eses dous nomes. Adopteinos sen reservas. Pareceume apropiado que non significasen nada especial.

Alimentar a Cleo e Catboy converteuse nun dos meus rituais favoritos. Espertaba a diario imbuída dun sentido do deber que nunca antes experimentara, así que tomaba moi en serio todos os aspectos do proceso. Ao tempo de preparar o café do almorzo para min, seleccionaba cunhas pinzas cinco ou seis escamas dun bote de comida para peixes e depositábaas con delicadeza sobre a superficie da auga no floreiro, coma se fosen os continentes acabados de dividir de Panxea. Cleo e Catboy emerxían audaces desde onde estivesen en canto percibían a vibración das escamas na auga, pero ela era máis voraz ca el e con frecuencia devoraba a maior parte das escamas antes de que Catboy puidese atrapar algunha. Daquela eu agardaba a que Cleo estivese entretida en América do Norte ou máis alá, e ofrecíalle a Catboy escamas adicionais en Oceanía. Era importante para min proporcionarlles unha cantidade de alimento similar.

Non recibía nunca visitas agás as de miña irmá. Aparecía cada xoves con Ada, despois de recollela no curso de natación. Chegaban ben entrada a tarde porque sempre tiñan recados inaprazables que facer, e marchaban cedo porque non querían causarme ningunha molestia. En realidade non me molestaban, pero tampouco desexaba que os encontros se prolongasen. A harmonía da miña vida doméstica con Cleo e Catboy era unha fráxil pompa de xabrón, e temía que unha presenza excesiva delas dúas puidese facer que todo o que eu construíra desaparecese no aire cun estalido discreto. Por veces, cando miña irmá preguntaba «Que tal estás?», parecíame notar algo na modulación da frase, se cadra unha leve inflexión aflixida, que funcionaba a modo de advertencia, indicándome que miña irmá tiña a tentación de falar comigo de como nos sentiamos. Neses casos eu respondía calquera cousa e interesábame polos progresos de Ada no curso de natación e por se aínda lle tiña medo á auga. Ao escoitar o seu nome, ela enchía o lugar que antes ocupaba o meu receo cunha parola liviá e entusiasmada e miña irmá regresaba a unha conversa de pouca transcendencia. Agradábame o cheiro a piscina e a sándwich que Ada deixaba nos cuartos cando as dúas por fin marchaban e eu volvía quedar soa.

Sen demasiado esforzo, co paso dos días perdín o interese por calquera das actividades coas que ocupaba o tempo antes de que meu pai morrese, para substituílas pola observación dos peixes e os demais asuntos relacionados con eles. Adquirín unha nova e reconfortante perspectiva sobre a miña importancia: por fin era esencial para a supervivencia doutros. O meu mundo parecía un lugar sereno e con significado. Algunhas tardes era capaz de escribir sen distraerme un artigo impersoal sobre os dez obxectos que non poden faltar na túa maleta para viaxar a Malta ou sobre o auxe das criptomoedas. Algunhas mañás lograba tamén apuntar o principio dun poema nun caderno, aínda que os artigos eran a maior parte da miña produción escrita e a única pola que recibía algún diñeiro. As horas eran lixeiras como esponxas de baño.

Nada poñía en cuestión a placidez daquel tempo ata que miña irmá suxeriu que alguén debía ir á casa de meu pai para recoller as súas cousas e supervisar algúns arranxos antes de poñela en venda. Como miña irmá ten unha filla, un traballo e outras ocupacións, cando dixo «alguén» referíase a min. Non estaba preparada para defenderme. Entre a miña casa e a casa de meu pai hai dúas horas de viaxe en autobús pero, baixo o punto de vista de miña irmá, non existe ningún motivo para que eu estea nun lugar e non noutro. Tiven que lembrarlle a cuestión dos peixes. Os peixes non saben administrarse. A diferenza dos gatos, que poden sobrevivir sós unha semana enteira, os peixes non teñen o talento suficiente para sospeitar da fartura e non morrer inchados se unha lles deixa comida para varios días.

Miña irmá propuxo que mercase un dosificador automático de comida para peixes ou que os levase no floreiro comigo no autobús. Miña irmá non propuxo quedar ela cos peixes durante unha semana. A pesar diso, non puiden alegar nada razoable para eludir a viaxe e acordamos que ela se encargaría de concertar algunhas citas para que as cousas que houbese que reparar fosen reparadas na casa de meu pai, e que eu pasaría alí o tempo necesario en canto solucionase o problema de Cleo e Catboy. Para que fose consciente do sacrificio que me pedía, díxenlle que tería que levar sen remedio o ordenador e aproveitar algunhas horas para traballar nos meus artigos. Díxenlle tamén que estaba comezando unha novela e que era o peor dos momentos. «Serás capaz de escribir alí?», preguntou. E cando o preguntou, eu entendín que non quería dicir «Poderás escribir alí?» senón algo máis parecido a «Como te atreves».

Desconfío por completo de calquera máquina, de maneira que descartei axiña o dosificador e procurei alternativas en Internet. Meu pai tamén desconfiaba das máquinas –torraba o pan e quentaba o leite no lume, lavaba a roupa nunha pía xunto á bañeira porque ao cabo non tiña moita e arranxábase ben, estaba sinceramente convencido de ser o inventor da moto acuática e de que alguén se lle adiantara no momento de presentar a patente–.

No mesmo foro de acuariofilia onde aprendera a recoñecer o sexo de Cleo e de Catboy semanas atrás, un tarado que se identificaba co nome de Guppy descubriume a comida para peixes en comprimidos de disolución lenta. Encarguei varios paquetes que levaban escrito por fóra en letras alegres «Alimento de Vacacións» e traían catro ou cinco comprimidos coa forma dunha esfera con estrías, como un planeta rochoso en miniatura ou unha bóla de papel que alguén engurrase con moita forza dentro do puño. Pedín tamén un acuario rectangular de vinte e cinco litros de capacidade, pensando que así os peixes notarían menos a sucidade acumulada na auga durante os días que eu pasase fóra.

O acuario chegou primeiro e tomei a decisión de trasladar de inmediato a Cleo e a Catboy. A expectativa era nova e agradable. No entanto, non sei se por un exceso de nervio ou por falta de prevención, ao envorcar o contido do floreiro dentro do novo acuario cometín un erro de cálculo: Catboy colidiu contra o chan de cristal e ficou momentaneamente quieto e atordado, coma se fose obxecto dunha traizón. A pesar de que pasou toda a tarde semidurmido, o incidente parecíame tan nimio en realidade que non pensei que aquela conduta fose consecuencia do impacto, senón da súa lentitude habitual, acrecentada polo reto de adaptarse a un lugar máis amplo. Pero a indolencia de Catboy persistía ao día seguinte. O seu nado era errático, e identifiquei no lado esquerdo do seu corpo unha aréola negra que nunca lle vira, xusto debaixo da aleta. Cleo amosábase, en cambio, especialmente vivaz, gozosa polas novas oportunidades que se lle presentaban e –penso agora– disposta a aproveitar a inacción de Catboy para dominar o territorio.

Telefonei a miña irmá e expliqueille que debía atrasar a viaxe. Preparei un rosario de escusas convincentes sobre prazos de entrega e contratempos non agardados, e unha defensa sincera sobre a imposibilidade de abandonar de súpeto compromisos adquiridos para ocuparme dunha casa baleira. Non era necesario. Miña irmá recibiu toda explicación con desinterese e aseguroume que nunca pretendera que eu marchase inmediatamente, que comprendía as circunstancias. Logo pasoume a Ada para librarse de min. Ela quixo saber se ía ir de viaxe ou non, se era pouco ou moito tempo, se era cerca ou lonxe e se lle ía traer algún regalo.

–Que che gustaría? –preguntei. Quedou en silencio, non tanto coma se estivese pensando no regalo perfecto, senón máis ben como se non se atrevese a confesalo.

–Un tubo para respirar –dixo por fin. Tratei de convencela de que se cadra o seu temor non tiña que ver exactamente coa auga senón coa profundidade da piscina.

–Afundirse asusta moito –expliquei, pero non o entendeu ben e insistiu na cuestión do tubo para respirar. Prometín que lle conseguiría un.

Non é que me importasen tanto os peixes –dicíame a min mesma tratando de soar convencida–, pero non podía facer outra cousa na miña situación que aprazar a visita á casa de meu pai mentres Catboy non se recuperase. Espreitaba o acuario a todas as horas, atenta a calquera cambio. Con frecuencia el adoptaba posturas estrañas, pasaba moito tempo inclinado de medio lado, como se perdese o equilibrio, se é que ten algún sentido perder o equilibrio dentro dun recipiente con auga. A marca negra que nun primeiro momento era case inapreciable cubriuse dunha película clara, de aspecto algodonoso. Eu buscaba explicacións optimistas que contrarrestasen calquera augurio dun mal prognóstico: interpretaba que os cambios na coloración do hematoma –cando asumía que aquela marca era un hematoma e non unha simple penca– tiñan que ver coa curación, e que a pasividade de Catboy era un indicio de que buscaba unha maneira propia de sandar, e non un síntoma de que se sentía dorido.

O tempo que non pasaba mirando o acuario durante o día, pensaba moito na casa de meu pai. Pensaba nela como na coiraza dunha tartaruga conservada dentro das vitrinas dun museo de historia natural. Ou como nunha buguina, ou como en calquera outro tipo de casca baleira que antes fose o acubillo dun animal vivo, sempre distintos tipos de cunchas ou armaduras, primeiro protectoras e logo desamparadas. Pensaba tamén nos obxectos inservibles e na roupa de meu pai, na ducia de libros que meu pai tiña –e trataba de recordar os títulos–, nas fotografías e nos mobles e nos panos de tea bordados cun reberete azul cos que me limpaba as lágrimas cando era nena para aliviar calquera enfado ou calquera desgusto, e nesas lágrimas, que eran grosas e tépedas porque eran lágrimas infantís e, por tanto, imposibles de consolar. Pensaba na roupa, nos libros, nas fotografías e nas lágrimas coma se fosen esqueletos atopados dentro dun barco somerxido ou crebas.

Pensaba despois no desgaste daquela casa e en cada avaría, no papel pintado do cuarto de estar, na bisagra rota da porta de atrás e nas plantas e os mofos que estarían medrando dentro dela e no exterior. E a medida que pensaba, permitía que se formasen gretas ou ocos sobre o meu recordo da casa e sobre a casa mesma, e daquela temía que as cousas que me quedaban de meu pai puidesen escoar polos ocos imaxinarios, que se perdesen a través deles, e que cando por fin eu me dignase a visitala só atopase alí algas escuras e nácara. E estivese obrigada, aínda así, a velar as algas escuras e a nácara, a velar a greta e o oco, porque iso é o mínimo que unha filla debe facer por un pai.

Miña irmá díxome que, cando o viu morto, el tiña a boca e os ollos un pouco abertos, que parecían pechados se non te fixabas ben, pero que quedaba nos dous casos unha fenda mínima. Insistiu bastante neste punto, coma se eu tivese á forza que compartir a imaxe daquela rañura, que medrou no relato de miña irmá ata converterse nunha escena vergonzosa na que meu pai se me presentaba frío e ríxido e cunha boca igual á de Cleo ao comer, e uns ollos de todo descompasados, que excluían calquera sensación de placidez.

Polas noites pensaba unicamente en Catboy. Antes de marchar para a cama, se el non se movía o bastante para tranquilizarme, eu sacudía o acuario, ou golpeaba coa unlla o cristal, só para provocalo. Deitada baixo as mantas, en canto apagaba a luz da mesa de noite, a marca escura xunto á súa aleta medraba ata cubrilo todo de negrura. Catboy aparecía en todos os meus soños, que eran diversos. En ocasións tiñan que ver co presentimento de algo inconcreto que o poñía en perigo dentro do acuario, e eu debía capturalo cun apañabolboretas para tratar de preservalo desa inminencia. El adoitaba rebelarse, e por iso eran soños axitados. Tamén había soños tristes e tranquilos nos que o imaxinaba morto, emerxendo á superficie da auga, inmóbil e repulsivo. Daquela só tiña que recollelo co apañabolboretas e decidir que facer co seu corpo e co recordo luminoso dos primeiros días con Cleo e Catboy, que xa nunca máis me confortarían. E así achaba a diferenza entre recoller e apresar, entre encontrar e perseguir e entre a recolección e a caza.

Tiña soños sobre a abertura dos ollos e da boca de meu pai cando morreu, que eran en realidade os ollos e a boca de Catboy na cara de meu pai. Ou na miña. E soños nos que eu non tiña boca, non porque desaparecese, senón porque dalgunha maneira nacía sen ela. O meu rostro, o nariz, o cabelo sobre o arco da fronte, os pómulos redondos que meu pai chamaba «as túas mazanciñas», estaban aí. Pero ningunha boca. E no sitio da boca unha extensión de pel rosa, absolutamente uniforme, como un deserto de area ondulada que vai anticipando o val e a duna.

Nos soños habitualmente eu trataba de reparar o hematoma de Catboy retirando a masa esbrancuxada que o cubría cun bisturí, e trataba tamén de construírme con el unha boca, aínda que a maior parte do tempo parecíame ben non tela. Ao amencer sentía os músculos agarrotados, asaltábame a urxencia de saber se todos aqueles a quen quería seguían vivos ou non e comprobaba de inmediato como estaban Cleo e Catboy.

Unha mañá calquera, cando espertei, dentro do acuario só quedaba ela. Tardei algún tempo en comprender que non ía atopar o corpo de Catboy sobre a mesa, fóra da auga e en ningún lugar.

Ao ver a Cleo gorda e rutilante, coa barriga avultada e un sosego ameazador nos ollos, coma se lle acontecese algo marabilloso na miña ausencia nocturna, busquei desesperada nos recantos máis escuros do foro de acuariofilia algún comentario agochado de Guppy sobre peixes malvados e sen escrúpulos. Tiña moitas preguntas. «Pode un peixe comer outro peixe no curso dunha soa noite?», «Pode un peixe comer outro peixe débil ou morto sen enfermar?». Non atopei nada máis que unha recomendación xenérica: «Non é urxente que retire os peixes mortos do seu acuario, pero en todo caso trate de facelo axiña antes de que os outros peixes se alimenten dos seus cadáveres». Así que aparentemente un peixe si pode comer outro peixe. Como se atreve.

Souben que nunca volvería a amar a Cleo, que nunca volvería a vela como a primeira vez, cando a sinalei co dedo na tenda de animais porque parecía apoucada e perfecta para min, pero mantiven a esperanza de que a súa voracidade fose suficiente para que ela engulise finalmente a miña pena.

Co paso do tempo cheguei a pensar que Catboy nunca existira. ■

LAS DUALIDADES

Adrià Pujol Cruells

1. Me entristecen los dobles de famosos –los dobles oficiales, con certificado, no los dobles de acción–, y me entristecen porque toman por modelo al alfa, como mosquitos le sorben la sangre y se identifican con él, traicionan a su propia madre y se abandonan al mimo como si fuesen monos amaestrados. 2. Me entristecen los propietarios de perros cuando sacan a pasear a los perros con correa, porque a menudo cuesta saber quién pasea a quién, aunque yo creo que el perro se atreve a mandar cuando el propietario no se atreve a ser libre. 3. Me entristece que se pinten cuadros en la cárcel, en concreto que los pinte gente que no había pintado nunca antes de la condena y, si pintan montañas o delfines, me revientan las entrañas por dentro. 4. Me entristecen las últimas palabras de los moribundos: Bob Marley habló de dinero, Dalí de relojes, Chéjov de champán y mi bisabuela de gallinas ponedoras y garbanzos. 5. Me entristece la ropa de los niños cuando no la llevan puesta: los niños iluminan las casas con risas y carreras, trastean, son más frágiles que la porcelana del amor, pero antes de irse a dormir se quitan la ropa del día, sucia y hecha jirones por la furia alegre de la inconsciencia, la dejan en el suelo o en la silla y es como si dejasen el testimonio –o el aviso– de que podrían morirse en cualquier momento. 6. Me entristecen los chinos, pero no sé por qué. 7. Me entristecen los novelistas actuales que hablan de Eu-

ropa en sus novelas, los que hablan con una gravedad que no sienten, más bien la han leído y se hacen los profundos, una sopa de vanidad, una presuntuosidad. 8. Me entristece la alta gastronomía, una vez representada, estroboscópicamente, en las caras rojas de las fotografías que se cuelgan en las redes sociales para decir «mirad dónde acabo de comer». 9. Me entristecen las pinedas que no están pegadas al mar, las de tierra adentro, que siempre parece que me voy a encontrar ahí a un hombre ahorcado a muy poca distancia del suelo, oscilando, el ñic-ñac de la rama y los motivos desconocidos. 10. Me entristece ir de copiloto en un coche, y el asiento de atrás ya me parece de un desamparo insoportable. 11. Me entristecen los escaparates muy trabajados, es decir: la falta de confianza en el producto que se vende. 12. Me entristecen los estancos, la insalubridad de la clientela, los dientes de la clientela, la chica maquillada y recauchutada con un vestido ceñido que pregunta a todo el mundo si fuma, como si entrásemos no a comprar humo sino a dar los buenos días y nada más, la chica vestida con los colores del tabaco que promociona –los colores de la marca–, a veces con una gorra, maquillada, con cara de querer evaporarse. 13. Me entristece la publicidad de juguetes, cómo llega a camelar a los chavales. 14. Me entristecen los pisos de protección oficial pintados de colores chillones –divertidos–, y de hecho me entristece cualquier cosa deliberadamente asequible (un utilitario, un ordenador de marca secundaria) que camufle su gama con plumajes tropicales. 15. Me entristece la facilidad con la que me entristecen las luminarias de Navidad. 16. Me entristece el hilo dental: de toda la higiene de corte íntimo, el uso del hilo dental es uno de los aspectos más extravagantes y formidables que conozco, porque pienso en la habilidad, las muecas y el proceso, y el resultado, el momento de mirar con detenimiento si se ha producido la captura, cuando uno se ve en estas circunstancias tiene la impresión de conocer a una persona nueva, un desconocido, el gemelo que nos escondieron después de nacer, habéis vivido separados hasta ahora que os rebañáis la dentadura del reencuentro, y de rebote me entristece pensar qué parte de la gente que te encuentras por la calle a primera hora no hace mucho estaba en el lavabo frente al espejo dándole al hilo, sacándose de entre los dientes los trozos de la cena de anoche, tratar de detectarla, a esa gente, si algo en el rictus nos delata, cuántos somos, y saludarnos, cómplices, cuánta tristeza. 17. Me entristecen mucho los expertos que salen en los programas de sobremesa, los que lo saben todo sobre un tema, la pobreza mental abisal y autocomplaciente que los ha llevado al plató. 18. Me entristecen los alcaldes, de pueblo o de ciudad, el papel de los alcaldes, la evolución de los alcaldes, el paso de la cara luminosa de la primera campaña a la cara cenicienta al final de dos o tres mandatos. 19. Me entristece el escritor que frisa por ganar premios, tanto si los gana como si no, porque muta de cara como los alcaldes, hacia la ceniza, a base de reinar cada vez más –o menos– entre iguales que lo ignoran. 20. Me entristecen las despedidas de soltera o soltero, cuando el cuerpo y la dignidad de los homenajeados es un poco de todo el mundo. 21. Me entristece el mundo de las extraescolares infantiles en invierno, es tarde, kárate, está oscuro, danza, hace frío, natación, hiela, refuerzo de inglés, lejos de casa. 22. Me entristece la huella digital, o más bien la angustia de algunos con la huella digital, como si los preocupados quisieran andar de puntillas y a la vez entrar en todas partes sin dejar rastro, esa voluntad que solo puede ser patrimonio de los fantasmas. 23. Me entristecen las colas voluntarias –por ejemplo, para comprar el último modelo de–: se me antojan de una gran deshumanización –las colas involuntarias, como las de conseguir ayuda humanitaria, son demoledoras–. 24. Me entristece el estado de las cocinas de los amigos, sea cual sea, cada uno en su casa tiene derecho a tener la cocina como quiera, y el baño, pero nunca deberíamos ver las cocinas y los baños de los amigos, esas imágenes que se suman a la que ya nos habíamos hecho. 25. Me entristece el recuerdo de los parques urbanos de cuando era niño. 26. Me entristece la prosa patriotarda, la forma, el tono, adivinar el remate de cada frase, saber que no hay tema ni argumento sino flema. 27. Qué desastre las campañas, la propaganda, mejor dicho, qué tristeza la aceleración comercial que rodea el Día de los Enamorados, el encartelamiento compulsivo, el mundo sepultado bajo volantes, dípticos, tarjetas, el chaparrón de eslóganes. 28. Me entristecen la lotería, las puestas de sol, los yogures industriales, los *campings* multitudinarios, tener esperanza, volver a los lugares donde fui feliz, la hora de la cena, las vacaciones y el verano por extensión, y me entristecen los protocolos familiares, los helados, las vacunas, los *souvenirs*, el pesebre, los ficus de las oficinas bancarias, los centros históricos relamidos, la calima, el color rosa, los niños llamados a ser el próximo Dalai, los utilitarios franceses, los robots de cocina, el té de perlas (sobre todo cuando lo llaman *boba tea*), las joyas de las abuelas, el estucado de las paredes, la canción protesta subvencionada, las señoras que juegan al *Candy Crush* en el metro, el metro siempre, y las fajas de los *best sellers*, los señores que verdean, sentarme en el sofá, los semáforos, el caviar, las bicicletas aparcadas con el asiento y la rueda delantera robados, los himnos nacionales, los astronautas, el café con leche, los chistes sobre cretinos, las pastillas de caldo de pollo, los habitantes de Tarragona, el amigo que se lo monta para hablar de él mismo y el barniz aceitoso que nunca se va de los *tuppers* caseros.

* * *

1. Las aceiteras me hacen feliz, desde el nombre hasta la forma que tienen, pasando por su función, todo en las aceiteras y las alcuzas me parece de una agradable concreción, aceite y vinagre, sal y pimienta, no se me ocurre una manera más sencilla y eficaz de resumir la materia primordial que anima el cosmos, la estructura esencial de la condición humana. 2. Me hace feliz decirle «chica» a una señora mayor, en mi pueblo nos sale de natural y no es nada despectivo, al contrario, es de una proximidad cálida que también empleamos con los hombres mayores. 3. El *foc a terra* y las rieras de bosque me hacen feliz, y me costaría mucho disociarlos, van uno detrás de las otras, si me hiciesen escoger tendría un problema entre la calma vacía que me contagia el *foc a terra* y la alegría frenética que siento cerca de las rieras. 4. Me hace feliz marcharme de los sitios, desde luego si no me encuentro a gusto, pero si son lugares confortables, abandonarlos me provoca

un dulce pesar, infantil, un regocijo a veces solemne. 5. Sentarme en unas escaleras me hace feliz, está a medio camino entre sentarse en una silla y sentarse en el suelo, y si se trata de las escaleras que llevan a una iglesia o a un museo aún me gusta más, me quita años de encima, me da perspectiva. 6. Me hace feliz abrir los cajones y las neveras de los demás cuando no me ven: el chafardeo me electrifica, me acerca a la omnipotencia del hombre invisible, a la soberbia del ladrón, a la raya del Mal que mal no hace, porque repito que lo hago cuando no me ven. 7. Me hace feliz el agua de mar estancada en las rocas de la costa cuando ha bajado la marea, y me hacen feliz los pequeños mundos transparentes de algas, peces y caracoles que ahí hacen vida, ahora un cangrejo, ahora un pulpo camuflado, esos universos que se pueden apreciar de un solo vistazo. 8. Me hace feliz comprobar que pasa el tiempo, que pronto tendré medio siglo de edad y que, en cambio, las manías, las ideas y las dudas que me rondan por la cabeza ni son exclusivamente mías ni tienen ninguna edad concreta. 9. Soy del todo feliz cuando llevo una hora larga caminando por el bosque mediterráneo una mañana de enero; vaciar la cabeza y trasladar el consumo de energía calórica al cuerpo me hace feliz de verdad y, sin embargo, de todo esto solo me doy cuenta cuando llego a casa. 10. Me hace feliz que en catalán haya palabras bifrontes que por sí solas explican historias, como *adob/boda, cita/àtic* o *tapa/àpat*. 11. Me hace feliz ver a los individuos con gorra y cascos de *disc jockey* que peinan las playas con el detector de metales, y aún más pensar cómo se sienten cuando encuentran cosas, y pensar en qué cosas, saber si alguna vez han encontrado una muela de oro, un marcapasos, la cremallera de unos pantalones que tiré al mar hace ahora 40 años. 12. Me hace feliz ir por la calle y ver mujeres en la peluquería bajo esos trastos que no sé cómo se llaman y parecen máquinas de leer el cerebro. 13. Me hace feliz que los erizos de mar sean comestibles en crudo, como la fruta. 14. Me hace feliz que existan los judíos. 15. Me hace feliz ir a comprar pollo y llegar a casa y rebozarlo con huevo y pan rallado y freírlo y saber que mis hijas no habrán dejado ni las migas, acabado el almuerzo. 16. Me hace feliz el peinado de Georges Perec, aunque solo lo he visto en fotografías, el peinado y la forma mefistofélica de la barba. 17. Me hace feliz pensar que el género del ensayo en realidad nace de la emancipación y crecimiento de una nota al margen o al pie –la emancipación de un apunte, de un comentario–, como cuando un adolescente se va de casa para convertirse en una personalidad autónoma. 18. Me hacen feliz las furgonetas, mirarlas, conducirlas, de pequeño las dibujaba a todas horas, pero de hecho eso se podría extender a todos los vehículos terrestres, los dibujados, los de juguete en miniatura y los de verdad, coches, motos, y los marítimos, barcas, yates, todos los medios de transporte, aviones, bicicletas –salvo los medios vivos, mulas, camellos, avestruces–. 19. El árbol genealógico familiar me hace feliz, el archipiélago de apellidos, la profundidad generacional en el pozo del tiempo, los oficios y la geografía de los ancestros, saberse el descendiente de tantas carambolas, conectar el siglo XXI con el remoto siglo XV, con aquel pariente lejano que me hace tan feliz. 20. Los gigantes me hacen feliz, los de la fiesta mayor y los legendarios, los primeros porque de cerca provocan vértigo hacia arriba y de lejos miniaturizan la plaza y la gente; los segundos porque hacen volar la imaginación y, de paso, tienen nombres fabulosos como Goliat, Gargantúa, Polifemo. 21. Me hace feliz que locutores y presentadores se traben (sin consecuencias fatídicas) en directo, que tengan contratiempos en directo (se cae un foco del plató, un vendaval me tira a los animadores por el suelo) y que intenten continuar como si no pasara nada. 22. Me hace muy feliz dibujar cosas con el dedo en los cristales empañados. 23. Me hace feliz pertenecer a la misma especie que Calamity Jane, Carl Sagan, Hildegarda de Bingen, Rabelais y un chatarrero de la primera calle donde viví que nunca supe cómo se llamaba. 24. Me hace feliz la leyenda urbana según la cual todo lo que «haces» en los lavabos de tren y de avión sale expulsado a propulsión hacia el exterior y se volatiliza. 25. Me hace feliz mirar roquedales y encontrar caras, animales y cosas, mucho más feliz que jugar a hacer lo mismo con las nubes. 26. Me llena de alegría dormirme con el sonido de un calefactor, en invierno, en una habitación, si puede ser, pequeña. 27. Me hacen feliz las proezas humanas básicamente individuales, es decir, no las pirámides o los rascacielos (esas cosas que con tanta frecuencia son proyecciones de unos pocos y deslomaduras de unos cuantos), sino las personas que suben montañas muy altas, los que aguantan mucho rato debajo del agua y los ases del *parkour*, o como aquel amigo mío que fue caminando de Barcelona a Atenas. 28. Me hacen feliz las carreteras secundarias recién asfaltadas y los cantos armónicos tibetanos, las plantas carnívoras, el dinero, el ornitorrinco, los fósiles, encender una vela con una cerilla y soplarla enseguida, y me hace feliz que me tomen por quien no soy, el aceite de oliva de primera prensada, las sardanas en directo, y Enric Casasses me hace feliz aun cuando me entristece, y los jerséis toscos, las sillas de enea, el postre de músico o *la grana de capellà* y la sobrasada, la chavalada, mirar a las mujeres, mirar a los hombres, los videojuegos (los paisajes de píxeles son un prodigio alegórico), y las analogías baratas también me hacen feliz, como los pueblos diminutos, como los cementerios de dichos pueblos, como pulsar el botón del extractor de la cocina, como la madera y los oráculos de la Antigüedad, los nombres populares de los pájaros y de las setas, la pedantería recreativa, las servilletas, los calcetines, las libretas nuevas, los bolígrafos nuevos, las tarjetas de contacto de curanderos africanos que te dejan en el parabrisas del coche, las pinzas para tender la ropa, el Odradek, el mar, el mar. ■

Traducción del catalán de Rubén Martín Giráldez.

LES DUALITATS

Adrià Pujol Cruells

1. M'entristeixen els dobles de famosos –els dobles oficials, amb certificat, no pas els dobles d'acció–, i m'entristeixen perquè agafen de model l'alfa, mosquits el xuclen i s'hi identifiquen, traeixen la pròpia mare i s'abandonen al mim com si fossin micos ensinistrats. 2. M'entristeixen els propietaris de gossos quan surten a passejar els gossos lligats, perquè sovint costa de saber qui passeja a qui, ans jo crec que el gos gosa manar quan el propietari no gosa ser lliure. 3. M'entristeix que es pintin quadres a la presó, en concret que els pinti gent que no n'havia pintat mai cap abans de la condemna i, si pinten muntanyes o dofins, em trenquen per dins les entranyes. 4. M'entristeixen les últimes paraules dels moribunds: Bob Marley va parlar de diners, Dalí de rellotges, Txèkhov de xampany i la meva besàvia, de gallines ponedores i cigrons. 5. M'entristeix la roba de les criatures quan no la porten posada: les criatures il·luminen les cases amb rialles i corredisses, trafeguegen, són més fràgils que la porcellana de l'amor, però abans d'anar a dormir es treuen la roba del dia, bruta i esquinçada per la fúria alegre de la inconsciència, la deixen a terra o a la cadira i és com si deixessin el testimoni –o l'avís– que es podrien morir en qualsevol moment. 6. M'entristeixen els xinesos, però no sé per què. 7. M'entristeixen els novel·listes actuals que parlen d'Europa a les seves novel·les, els que en parlen amb una gravetat que no senten, més

aviat l'han llegit i es fan els profunds, una sopa de vanitat, una presumptuositat. 8. M'entristeix l'alta gastronomia, un cop representada, estroboscòpicament, a les cares vermelles de les fotografies que es pengen a les xarxes socials per dir «mireu on acabo de menjar». 9. M'entristeixen les pinedes que no es troben arran de mar, les de terra endins, que sempre em sembla que hi trobaré un home penjat a molt poca distància de terra, oscil·lant, el nyic-nyec de la branca i els motius desconeguts. 10. M'entristeix anar de copilot en un cotxe, i al seient del darrere ja em sembla d'un desemparament insuportable. 11. M'entristeixen els aparadors molt treballats, és a dir, la manca de confiança en el producte que es ven. 12. M'entristeixen els estancs, la insània de la clientela, les dents de la clientela, la noia maquillada i recautxutada amb un vestit arrapat que pregunta a tothom qui entra si fuma, com si entréssim no a comprar fum sinó a dir bon dia i prou, la noia vestida amb els colors del tabac que promociona –els colors de la marca–, de vegades amb una gorra, maquillada, amb cara de voler evaporar-se. 13. M'entristeix la publicitat de joguines, com arriba a ensarronar la mainada. 14. M'entristeixen els pisos de protecció oficial pintats amb colors cridaners –divertits–, i de fet m'entristeix qualsevol cosa deliberadament assequible (un utilitari, un ordinador de marca secundària) que se'n camufli la gamma amb plomatges tropicals. 15. M'entristeix la facilitat amb què m'entristeix la lluminària de Nadal. 16. M'entristeix el fil dental: de tota la higiene de tall íntim, l'ús del fil dental és un dels aspectes més extravagants i formidables que conec, perquè penso en l'habilitat, les ganyotes i el procés, i el resultat, el moment de mirar amb deteniment si la repesca s'ha produït, quan un es veu en aquestes circumstàncies té la impressió de conèixer una persona nova, un estrany, el bessó que se'ns va amagar després de néixer, heu viscut separats fins ara que us escuràveu la dentadura del retrobament, i de retruc m'entristeix pensar quina part de la gent que et trobes pel carrer a primera hora, pensar que no fa gaire estona eren al lavabo davant del mirall fent anar el fil, traient-se d'entre les dents els trossos del sopar d'ahir, mirar de detectar-la, aquesta gent, si alguna cosa del rictus ens delata, quants som, i saludar-nos, còmplices, quanta tristor. 17. M'entristeixen molt els experts que surten als programes de sobretaula, els qui ho saben tot sobre un tema, la pobresa mental abissal i autocomplaent que els ha dut al plató. 18. M'entristeixen els alcaldes, de poble o de ciutat, el paper dels alcaldes, l'evolució dels alcaldes, el pas de la cara lluminosa de la primera campanya a la cara cendrosa al final de dos o tres mandats. 19. M'entristeix l'escriptor que malda per guanyar premis, tant si els guanya com si no, perquè muta de cara com els alcaldes, cap a la cendra, a còpia de regnar cada cop més –o menys– entre iguals que l'ignoren. 20. M'entristeixen els comiats de soltera o de solter, quan el cos i la dignitat dels homenatjats són una mica de tothom. 21. M'entristeix el món dels extraescolars infantils a l'hivern, és tard, karate, és fosc, dansa, fa fred, natació, gela, reforç d'anglès, lluny de casa. 22. M'entristeix la petjada digital, o més aviat l'angúnia d'alguns amb la petjada digital, com si els preocupats volguessin caminar de puntetes i alhora entrar a tot arreu sense deixar rastre, aquesta voluntat que només pot ser patrimoni dels fantasmes. 23. M'entristeixen les cues voluntàries –per exemple, per comprar l'últim model de–: em fan l'efecte d'una gran deshumanització –les cues involuntàries, com les d'aconseguir ajuda humanitària, són demolidores. 24. M'entristeix l'estat de les cuines dels amics, sigui quin sigui, cadascú a casa seva té dret a tenir la cuina com vulgui, i el bany, però mai no hauríem de veure les cuines i els banys dels amics, aquelles imatges que se sumen a la que ja ens n'havíem fet. 25. M'entristeix el record dels parcs urbans de quan era petit. 26. M'entristeix la prosa patriotarda, la forma, el to, endevinar com tombarà cada frase, saber que no hi ha tema ni argument sinó flegma. 27. Quin desastre les campanyes, més aviat la propaganda, quina tristesa l'acceleració comercial al voltant del Dia dels Enamorats, la retolació compulsiva, el món sepultat amb fulls volants, díptics, targetes, el devessall d'eslògans. 28. M'entristeixen la loteria, les postes de sol, els iogurts industrials, els càmpings multitudinaris, tenir esperança, tornar als llocs on vaig ser feliç, l'hora de sopar, les vacances i l'estiu per extensió, i m'entristeixen els protocols familiars, els gelats, les vacunes, els souvenirs, el pessebre, els ficus de les oficines bancàries, els centres històrics llepats, la calitja, el color rosa, els infants cridats a ser el proper Dalai, els utilitaris francesos, els robots de cuina, el te de perles (sobretot quan en diuen Boba Tea), les joies de les àvies, l'estucat de parets, la cançó protesta subvencionada, les senyores que juguen al Candy Crush al metro, el metro sempre, i les faixes dels *best-sellers*, els senyors que verdegen, seure al sofà, els semàfors, el caviar, les bicicletes aparcades amb el seient i la roda del davant robats, els himnes nacionals, els astronautes, el cafè amb llet, els acudits sobre cretins, els cubs de caldo de pollastre, els habitants de Tarragona, l'amic que s'ho fa venir bé per parlar d'ell i el vernís oliós que no se'n va mai dels tàpers casolans.

⋆ ⋆ ⋆

1. Les setrilleres em fan content, des del nom fins a la forma que tenen, passant per la funció, tot en les setrilleres i els setrills em sembla d'una feliç concreció, oli i vinagre, sal i pebre, no se m'acut una manera més senzilla i eficaç de resumir la matèria primordial que anima el cosmos, l'estructura essencial de la condició humana. 2. Em fa content dir «noia» a una senyora gran, al meu poble ens surt de natural i no és gens despectiu, al contrari, és d'una proximitat càlida que també fem anar amb els homes grans. 3. El foc a terra i les rieres boscanes em fan content, i em costaria molt dissociar-los, van l'un rere les altres, si em fessin triar tindria un problema entre la calma buida que m'encomana el foc a terra i l'alegria frenètica que sento prop de les rieres. 4. Em fa content, anar-me'n dels llocs, per descomptat si no m'hi trobo bé, però, si són llocs confortables, abandonar-los em provoca una recança dolça, infantil, una joia de vegades solemne. 5. Seure a les escales em fa content, és a mig camí entre seure en una cadira i seure a terra, i si es tracta de les escales que menen a una església o a un museu encara m'agrada més, em treu anys de sobre, em dona perspectiva. 6. Em fa content obrir els calaixos i les neveres dels altres quan no em veuen: la tafaneria m'electrifica, m'acosta a l'omnipotència de l'home invisible, a la supèrbia del lladre, a la ratlla del Mal que

no fa mal, perquè repeteixo que ho faig quan no em veuen. 7. Em fa content, l'aigua de mar estancada a les roques de la costa quan ha baixat la marea, i em posen alegre els petits mons transparents d'algues, peixos i cargols que hi fan vida, ara hi ha un cranc, ara un pop camuflat, aquests universos que es poden apreciar amb un sol cop d'ull. 8. Em fa content comprovar que passa el temps, que aviat tindré mig segle d'edat i que, en canvi, les dèries, les idees i els dubtes que em ronden pel cap ni són exclusivament meus ni tenen cap edat concreta. 9. Soc del tot feliç quan fa una hora llarga que camino pel bosc mediterrani un matí de gener, buidar el cap i passar el consum d'energia calòrica al cos em fa content de debò i, tanmateix, de tot això només me n'adono quan arribo a casa. 10. Em fa content que en català hi hagi mots bifronts que per si sols expliquin històries, com adob/boda, cita/àtic o tapa/àpat. 11. Em fa content, veure els individus amb gorra i cascos de discjòquei que pentinen les platges amb el detector de metalls, i encara me'n fa més pensar com se senten quan troben coses, i pensar quines coses, saber si mai han trobat un queixal d'or, un marcapassos, la cremallera d'uns pantalons que vaig llençar a mar ara farà 40 anys. 12. Em fa content anar pel carrer i veure dones a la perruqueria sota aquells ginys que no sé com es diuen i semblen màquines de llegir el cervell. 13. Em fa content que les garoines siguin comestibles en cru, com la fruita. 14. Em fa content que existeixin els jueus. 15. Em fa content anar a comprar pollastre i arribar a casa i arrebossar-lo amb ou i pa ratllat i fregir-lo i saber que les meves filles no n'hauran deixat ni les molles, havent dinat. 16. Em fa content el pentinat que portava Georges Perec, tot i que només l'he vist en fotografies, el pentinat i la forma mefistofèlica de la barba. 17. Em fa content pensar que el gènere de l'assaig en realitat neix de l'emancipació i creixement d'una nota al marge o al peu –l'emancipació d'un apunt, d'un comentari–, com quan un adolescent se'n va de casa per convertir-se en una personalitat autònoma. 18. Em fan content les furgonetes, mirar-les, conduir-ne, de petit en dibuixava a totes hores, però de fet això es podria estendre a tots els vehicles terrestres, els dibuixats, els de joguina en miniatura i els de debò, cotxes, motos, i els marítims, barques, iots, tots els mitjans de transport, avions, bicicletes –tret dels mitjans vius, mules, camells, estruços. 19. L'arbre genealògic familiar em fa content, l'arxipèlag de cognoms, la fondària generacional al pou del temps, els oficis i la geografia dels ancestres, saber-se el descendent de tantes caramboles, connectar el segle XXI amb el remot segle XV, amb aquell parent llunyà que em fa tan content. 20. Els gegants em fan content, els de la festa major i els llegendaris, els primers perquè de prop provoquen vertigen cap amunt i de lluny miniaturitzen la plaça i la gent; els segons perquè fan volar la imaginació i, de passada, tenen noms fabulosos com Goliat, Gargantua, Polifem. 21. Em fa content que locutors i presentadors s'engargussin (sense conseqüències fatídiques) en directe, que tinguin contratemps en directe (cau un focus del plató, la ventada me'ls llença a terra) i que mirin de continuar com si no passés res. 22. Em fa molt content dibuixar coses amb el dit als vidres entelats. 23. Em fa content pertànyer a la mateixa espècie que Calamity Jane, Carl Sagan, Hildegarda de Bingen, Rabelais i un ferroveller del meu primer carrer que mai vaig saber com es deia. 24. Em fa content la llegenda urbana segons la qual tot el que 'fas' als lavabos de tren i d'avió surt expulsat a propulsió cap a l'exterior i es volatilitza. 25. Em fa content mirar roquissars i trobar-hi cares, animals i coses, molt més content que no pas jugar a fer el mateix amb els núvols. 26. M'omple de joia adormir-me amb el so d'un calefactor, a l'hivern, en una habitació, si pot ser, petita. 27. Em fan content les proeses humanes bàsicament individuals, és a dir, no pas les piràmides o els gratacels (aquestes coses que tan sovint són projeccions d'uns pocs i esllomades d'uns quants), sinó les persones que pugen muntanyes molt altes, els que aguanten molta estona sota l'aigua i els asos del parkour, o com aquell amic meu que va anar caminant de Barcelona a Atenes. 28. Em fan content les carreteres secundàries acabades d'asfaltar i els cants harmònics tibetans, les plantes carnívores, els diners, l'ornitorinc, els fòssils, encendre una espelma amb un misto i tot seguit bufar-la, i em fa content que em prenguin per qui no soc, l'oli d'oliva de primera premsada, les sardanes en directe, i l'Enric Casasses em fa content fins i tot quan m'entristeix, i els jerseis toscos, les cadires de balca, la grana de capellà i la sobrassada, la mainada, mirar dones, mirar homes, els videojocs (els paisatges de píxels són un prodigi al·legòric), i les analogies barates també em fan content, com els pobles diminuts, com els cementiris d'aquests pobles, com pitjar el botó de l'extractor de la cuina, com la fusta i els oracles de l'antiguitat, els noms populars dels ocells i dels bolets, la pedanteria recreativa, les tovalloles, els mitjons, les llibretes noves, els bolígrafs nous, les targetes de contacte de curanderos africans que et deixen al parabrises del cotxe, les agulles d'estendre, l'Odradek, el mar, el mar. ▪

TODAS LAS EDADES DEL SER HUMANO

Uxue Alberdi

Manuel tomó la decisión por la noche y se la comunicó a Beatriz a la hora del desayuno. Llevaba puesto el delantal y sostenía una naranja en la mano. Su mujer ya había completado la sesión de media hora de bicicleta estática y, tras darse una ducha, bebía leche de kéfir mientras hojeaba la *Pyrenaica*.

Bueno, dijo Beatriz, quitándole importancia al asunto, igual el año que viene.

Manuel le hizo el zumo a su mujer, sacó los platos del lavavajillas y los ordenó en el armario, de más grande a más pequeño. Beatriz, a su espalda, se fijó en los pantalones desgastados que se ponía Manuel para trabajar «en sus papeles».

Para comer tenemos la menestra de ayer, dijo él.

Desde que se jubiló, Manuel cantaba el menú todas las mañanas. Beatriz se levantó de la mesa. Recogió las galletas, dejó la taza y el vaso en el fregadero y abrió las ventanas para ventilar la cocina. El ruido que entraba del tráfico de la autopista imitaba el sonido de un mar distante.

Manuel le frotó la espalda.

Ummm... *Ze suerte*!

A ze zortea, dijo Manuel, corrigiendo el *euskañol* de Beatriz.

A ze zortea, repitió ella, jovial. Después cogió la chaqueta y el bolso y se preparó para irse a la oficina. Apretando los labios, cerró los ojos para que Manuel le diera un beso.

¡Hasta luego, curranta!, la despidió su marido.

Soplaba un viento cálido en la terraza sobre el puerto. Andoni estaba recién llegado de Glasgow con su familia, y los hijos de Amaia ya habían terminado el curso. Era la primera vez en mucho tiempo que estaban todos juntos. Sacaron patatas fritas, aceitunas y cervezas a la mesa.

Bueno, la decisión está tomada, anunció Manuel una vez los niños estuvieron lejos, en la campa: este año no hago la travesía.

Amaia miró a su madre, que torció el morro con discreción. Andoni preguntó a su padre, sin mirarlo:

¿Es por la hernia?

Hacía mucho que Manuel notaba una molestia en el bajo vientre, un par de dedos por debajo de la cicatriz del riñón. Hacía poco le habían confirmado que tenía un desgarro en la ingle: las entrañas tienden a llenar el hueco. A pesar de todo, dio buen resultado en la prueba de esfuerzo. Ya firmaba, le había dicho el médico con el dedo sobre su fecha de nacimiento. Eso es que no has leído la letra pequeña, le había contestado con humor de seminarista, pero el médico no se rio.

Manuel dio un trago a la cerveza y señaló el mar con el mentón.

¡Está frío!

Aquel julio, el sol había salido débil y escaso, y el agua no llegaba a los 20 grados.

Manuel estaba acostumbrado a entrenar a 29 grados en la piscina municipal; hacía sesiones de una hora persiguiendo el chapoteo de los pies de muchachos espigados. Solía escoger a uno de buena planta y se dedicaba a seguirle el ritmo, testarudo, a empellones, «no te me vas a escapar». Había leído en alguna parte que por debajo de los 22 grados aumentaba drásticamente el riesgo de sufrir un infarto al acelerarse las pulsaciones. Por su cuadragésimo aniversario, Beatriz le había regalado un reloj tensiómetro de pulsera. Se tomaba la presión arterial todas las mañanas, antes y después de nadar.

¡Muy frío!, repitió. La semana pasada hice la prueba y a los diez minutos no pude más. Imposible. Dejó las gafas sobre la mesa y se frotó las aletas de la nariz enrojecidas. Pero con 73 años, ¿qué queréis?

Llevaba doce participando en la travesía de tres kilómetros a nado en el mar. Era una de las dos competiciones de natación que se organizaban en su pueblo natal, y como la familia veraneaba allí, nada más alcanzada la jubilación, Manuel decidió apuntarse. Solo había faltado el año que le dio la gota.

Dividía la travesía mentalmente en tres partes. Tras el impulso de salida, la parte del muelle a la bahía pequeña la cubría con holgura, separando el agua con los dedos como hace el jabón con el aceite. El cuerpo le flotaba solo, y por su mente discurrían pensamientos ligeros como semillas de diente de león. En ese intervalo escuchaba el ritmo constante de su respiración, nada cambiaba bajo el agua, tenía todas las edades del ser humano a la vez. Sin embargo, poco a poco, a medida que se alejaba del muelle, iban llegando el cansancio y el frío, la silenciosa concreción de la vejez. De la bahía en adelante, se veía obligado a nadar contra el tirón de una especie de tristeza que no se disipaba hasta que el fondo volvía a verse más claro otra vez. Era entonces cuando aceleraba el ritmo de vuelta y, con la corriente a favor, completaba el trayecto de allí hasta la playa con la certeza de quien ha logrado escapar de algo.

Cada uno de los doce años que llevaba participando en la travesía había mejorado su marca hasta actualmente completarla en menos de una hora. ¡A los 100, campeón!, lo animaban sus hijos. Beatriz meneaba la cabeza y alzaba los puños arengando a su marido, lo exhortaba a seguir adelante, o quizá, más bien, tiraba de él hacia tiempos ya pasados. Beatriz era trece años más joven. Ya llegarás, la advertía Manuel.

Aquella competición se había convertido en un ritual para la familia. Por la mañana, Manuel y Beatriz se despertaban y bajaban a desayunar a la pastelería de debajo de casa. Mientras tomaban el café, de vez en cuando, su mujer alargaba el brazo y le daba apretones en los hombros. El pueblo se llenaba de jóvenes fortachones de anchas espaldas; los deportistas federados llegaban en autobuses vestidos con la equipación correspondiente, chancletas y bañadores de estreno sobre cuerpos depilados. Una alegría inquieta se extendía por las callejuelas medievales, un ritmo tónico.

Después de desayunar volvían a casa a prepararse para la prueba. Manuel se tomaba la tensión mientras Beatriz miraba para otro lado. Luego se ponía el bañador: un bóxer ceñido de color negro que dejaba ver sus muslos fuertes. Beatriz le escribía el número del dorsal en la parte superior de los brazos. Luego, Manuel se tomaba las medicinas, metía la muda y la toalla en la mochila de Beatriz y, tras ponerse la camiseta, las chanclas y la visera que le habían regalado al inscribirse, salía de nuevo a la calle.

Sus hijos y cuatro nietos lo esperaban en la atalaya situada sobre el puerto para hacerse la foto. ¿A que vas a ganar?, insistían los pequeños con voces estridentes como polluelos de gaviota. La segunda de Amaia, que se meneaba más que un salmonete, se le subía por la pierna antes de que se diera cuenta. Manuel hablaba poco en la hora previa a la salida. Se limitaba a sonreírles y emitir sonidos como *Et, et, et* o *Quia, quia, quia.* Ya tendría tiempo para hablar y jugar después, en el restaurante, bajo el toldo de la terraza de verano, aliviado y exhausto.

Beatriz y Manuel bajaban al muelle por las escaleras del mirador, atravesando el túnel en el que los senegaleses vendían zapatillas. El día de la competición, los negros no estaban allí. Manuel saludaba a la gente conocida; con los más mayores se detenía y bromeaba sobre la edad. Tienes buen casco, decía uno, la quilla, algo vieja, eso sí, y similares. Beatriz lo acompañaba hasta donde se reunían los nadadores de su grupo. Una vez allí, Manuel se quitaba la camiseta y, con el pecho descubierto, se soltaba la cadena de oro en la que llevaba la cruz que le había regalado su madre y la medalla que tenía grabados su grupo sanguíneo y fecha de nacimiento. Acto seguido se la daba a Beatriz para que se la guardara. Después se deshacía de las chanclas, que también guardaba Beatriz. Por último, se quitaba las gafas. Date la vuelta, le decía su mujer, que le embadurnaba la columna vertebral de vaselina, para que no te enfríes. Después le pasaba el tubo para que él mismo se untase las axilas y las ingles. Entonces se colocaba el gorro y las gafas de natación.

Bueno, pues a ver si llegamos, decía a Beatriz.

¿Es que lo dudas?, contestaba ella.

Beatriz dejaba a Manuel descalzo en el muelle y caminaba a buen ritmo por el paseo que se extendía a lo largo del mar. Adelantaba a las jóvenes madres que iban empujando cochecitos, y a las hijas e hijos de otros nadadores que correteaban aquí y allá, algunos en patinetes. Estaría esperándolo en la meta con la toalla preparada.

De vez en cuando hacía un alto tratando de buscar la brazada asimétrica de su marido entre los demás nadadores. Manuel sacaba el brazo izquierdo del agua más que el derecho, siempre respiraba por el mismo lado. Nadaba al «estilo del muelle», desde que, con cinco años, su padre lo arrojara por la borda de la barca con un cabo atado a la cintura.

Toda la familia se pasaba la duración de la carrera en la playa, de puntillas y estirando el cuello, viendo quién sería el primero en avistar al abuelo. Solía ser Beatriz. ¡Allí!, señalaba, apretando el brazo de Amaia y gritando ¡Vamos, Manuel! a su marido, aún demasiado lejos para oírla. A Amaia se le saltaban las lágrimas al ver a su padre pisar la arena –le evocaba antiguos desembarcos, marineros del pueblo pisando tierra después de faenar largo tiempo en la mar– y Andoni se subía a los pequeños a la espalda para que vitoreasen a su abuelo entre el gentío.

Entonces, Beatriz se adelantaba y, en cuanto Manuel atravesaba el arco hinchable de la meta, lo envolvía en la toalla, le frotaba la espalda y le decía ¡Tiburón! al oído. Y su marido le mordía en el cuello con la medalla colgando sobre el pecho.

Los nadadores salían por grupos divididos según las marcas del año anterior. Poco a poco se iban separando, a medida que cada cual se asentaba en su propio ritmo. Manuel había completado la última travesía con el gorro blanco, en el cuarto grupo.

Fue la primera vez que faltó Beatriz, al coincidir la competición con la salida de su grupo de montañismo. En su ausencia, Amaia desayunó con su padre. Se despertó más temprano de lo habitual y decidió darse una vuelta por la orilla antes de reunirse con él. El mar parecía dormido, el día aún liviano. Rodeó a pie el pueblo y llegó antes que Manuel a la cafetería. Pidió algo y se sentó junto a la ventana a esperar a su padre.

Hija, la llamó Manuel acercándose, qué pronto has llegado.

Dejó las llaves y el teléfono sobre la mesa. Miró alrededor y tiró de los pantalones cortos a la altura de los muslos antes de sentarse.

¡Lo de siempre, jefa!

Le dijo a Amaia que había descansado bien, del tirón. No tengo que demostrar nada a nadie. Amaia sintió el impulso de peinarle las cejas con el pulgar, pero siguió removiendo el café con la cucharilla. Por encima de las gafas, las pupilas desnudas de Manuel se clavaron en ella. ¡Aunque ganas no me faltan!

Amaia hizo un ruido con la nariz.

¿Este año también?, preguntó a Manuel un vecino que entró con el puro apagado entre los labios.

Manuel ensanchó el pecho y bajó la mirada.

Esa es la intención.

Al salir, pidió a la camarera que le cobrase lo del vecino a él también. No dejó que Amaia pagase el desayuno. ¡Quita, quita!, exclamó, rechazando el ademán de su hija.

Al marcarle el número en los brazos, Amaia reconoció la colonia de su padre mezclada con otra cosa; se encogió al darse cuenta de que era el olor a vejez. Una debilidad dulzona. Su padre usaba la misma colonia desde la mili: Quorum. Con el rotulador en la mano, Amaia recordó que lo hicieron cabo cuando ganó el campeonato de lanzamiento de peso del cuartel. Sintió pudor al sujetarle el brazo desnudo.

Bajaron las escaleras que daban a la calle y luego las del puerto, Amaia detrás de su padre. Comprobó que se le escoraba el caminar hacia la derecha, que la línea de sus hombros vigorosos caía a estribor. Apartó la mirada hacia el puerto.

La participación era mayor que nunca; el muelle hervía de actividad como una red abarrotada de sardinas. Todas las gaviotas se habían retirado al tejado de la fábrica de hielo, acobardadas por el inusual alboroto. Bajo la atalaya, Amaia se encontró con un compañero del laboratorio. El hombre le tiró suavemente de la manga al pasar por su lado, y Amaia no pudo ocultar su asombro ante la definición precisa de su cuerpo. Por el *slip* rojo y negro del equipo de la federación dedujo que era un nadador federado. Los ojos se le movían como dos gorriones hambrientos.

¿En cuánto acabas?, le preguntó Amaia, desviando los ojos al mar.

¿La travesía?, rio su compañero, travieso. La última vez la hice en 40 minutos.

Sin dejarse ruborizar, le deseó suerte y se alejó con el labio superior aún trabado en la mueca de una sonrisa forzada. Buscó la cabeza blanca de su padre a su alrededor. No lo veía entre todas las pieles desnudas. Subió a un saliente de las escaleras y miró hacia la vieja cofradía, donde estaba el pantalán.

¿Has visto a mi padre?, preguntó a un pescador retirado que paseaba entre los nadadores. Este le señaló la esquina de la escalera. Manuel ya se había quitado la camiseta y hacía ejercicios de calentamiento. Con una mano sobre el hombro opuesto, movía el brazo en hélice hacia atrás.

¿Te unto la vaselina?

Amaia se halló ante la piel de su padre 25 años después. El cuello, por detrás, no le había cambiado nada desde los tiempos en que Amaia era niña y él se la subía a la espalda para tirarla al agua desde allí. El cuello que la sostenía cuando se cansaba en el monte; el mismo que solo con alzarse la mandaba callar cuando estaba trabajando «en sus papeles». Cuando Manuel se soltó la cadena de oro, Amaia le vio la garganta seca y marchita. Le tomó las gafas graduadas y las guardó en la mochila junto con la ropa para cambiarse después.

¿Preparado?

Les sacaron una foto en el muelle. ¿El año que viene nadamos juntos?, propuso a su hija, agarrándola por la espalda. Pese a que Amaia estaba acostumbrada a rendirse ante las expectativas de su padre, la emocionó la idea de participar en la travesía, acompasando sus brazadas con las de él, uno junto al otro, si bien las virtudes físicas de sus padres no las había heredado ella, sino Andoni. Eso sí: se le daba bastante bien nadar. Sonrió y se colocó a medio paso por delante de su padre para ocultar la cicatriz que este tenía en el costado. Desde que le habían extirpado el riñón, aquella marca se le había ido hinchando hasta afear un cuerpo que en otro tiempo había sido bello.

A ver si llegamos.

Te estaremos esperando.

Amaia puso rumbo al paseo y miró al cielo. En cuanto dio comienzo la travesía, se levantó el viento, que picó la superficie del mar. El tiempo viene cambiado, había anunciado su padre en el desayuno. Amaia había obviado el tema, pero así fue: el manto limpio del amanecer empezaba a encresparse, se multiplicaron las olas que el viento arrancaba al mar abierto. Amaia se afanó en buscar sin éxito a su padre desde el paseo de la costa; no pudo identificarlo entre los centenares de gorros blancos.

Se reunió con Andoni y los niños enfrente de la parroquia. Hasta allí llegaba «*Beat it*» de Michael Jackson y el parloteo del comentarista. Cuando bajaron al malecón, vieron que los del primer grupo ya venían duchados, las costillas a la vista, sin el peso del cansancio en las extremidades. En ese momento estaban entrando los gorros amarillos, los de dos grupos antes, explicó Andoni a los niños. Después empezaron a llegar los azules. Amaia miró el cronómetro: 53 minutos. Calculó otros cinco, o incluso diez, para que llegase su padre, teniendo en cuenta la aspereza del mar.

Empezaron a avistarse, desperdigados, los primeros gorros blancos, que pronto comenzaron a multiplicarse. Los ojos de Amaia se movían buscando a su padre sobre la superficie del agua de izquierda a derecha, como quien persigue faltas de ortografía. En la recta final, los nadadores trataban de coger olas para que su impulso los arrastrase hasta la playa. El agotamiento de algunos era evidente; el mar les había dado un buen repaso.

Hora y cinco, dijo Amaia a su hermano, que con los brazos cruzados miraba sonriente la playa. Luego volvieron la vista al mar. ¿Y el abuelo?, le preguntó su hija. ¿Va a quedar último el abuelo?

Tocó la espalda de su hijo. Animó a un chico del pueblo y volvió a mirar al mar. De repente lo vio: el cuerpo de su padre saliendo de las aguas. El cronómetro marcaba una hora y once minutos. Lo llamó: ¡Vamos, *aita*! Ahogó un sollozo y levantó en brazos al pequeño. Los niños empezaron también a alborotarse, y Andoni dio un paso atrás mientras aplaudía. Manuel alzó la mano y al llegar a su lado abrió mucho los ojos.

Por poco, le dijo a Amaia, que lo esperaba en la meta con la toalla desplegada. Un charco se formó a sus pies. Se frotó la cara, después se puso las gafas y miró a lo lejos.

Fue idea de Andoni organizar una travesía alternativa. Salimos del muelle y vamos hasta el saliente, a ver quién llega antes, propuso, marcando el recorrido con el dedo. Amaia, tú y yo: «La travesía de los Isasti». Levantó la barbilla y con la punta de la nariz desafió primero a su padre, después a su hermana.

Beatriz posó el rosado en la mesa e hizo ademán de ponerse en pie. ¡Yo, árbitra!

Manuel mandó sentarse a su mujer con un gesto de la mano. Con la sonrisa en los ojos, Beatriz simuló silbar sin arrancarles sonido a los labios.

¿Hay alguien por aquí que borde *txapelas*?

Andoni buscó en el móvil. Aquí hay una. María Jesús Lorenzo. ¿Se la encargo?

Todos aguardaron la reacción de Manuel.

Un momento, dijo Beatriz frunciendo el ceño y negando con la cabeza. Tenemos que poner algunas leyes.

Legeak, no. Querrás decir *arauak*, le corrigió Manuel.

Vale, *arauak*. Del muelle al saliente es demasiado corto, *aita* necesita una distancia más larga para ganar. Dos idas y vueltas a la playa, por lo menos.

Manuel permaneció inmóvil.

Por mí, bien, convino Amaia. ¿Cuántos metros tiene la playa?

Unos 600, calculó Beatriz a ojo.

Andoni se llevó las manos a la cabeza, ¡voy a tener que aprender a flotar!

¡Pues aprende!, repuso su madre. ¿Otra ronda?

Se desvisten en el pretil de la playa cuando las campanas están dando las once. Aún se distinguen las huellas de las gaviotas en la arena. Está lloviznando. Beatriz saca una foto a esos tres cuerpos que comparten la misma sangre. Andoni es el más alto, tiene la complexión del norte, similar a la de su madre. Manuel y Amaia parecen creados a partir del mismo molde, dos versiones de un mismo cuerpo, una caja torácica amplia y cinturas estrechas; hasta la piel se les seca en el mismo sitio. A su espalda, inmenso y oscuro, se extiende el mar.

Manuel se zambulle en el agua directamente; su hijo e hija siguen tras él hacia la rampa de la que saldrán, adonde Beatriz y los niños se dirigen a pie. Amaia se coloca en medio, con su padre a la izquierda y su hermano a la derecha. Cuando Beatriz da el aviso de salida, los hermanos empiezan dándolo todo, midiéndose las fuerzas mutuamente, los músculos henchidos de viejas rencillas de las que ni siquiera son conscientes. Andoni le saca medio metro a Amaia, pero esta ha decidido que va a derrotar a su hermano. La natación es el único deporte en el que pueden competir. Manuel va tras ellos.

Hacia la mitad del primer largo, Amaia nota de pronto que su hermano flaquea al cambiar de crol a espalda. «Uno menos», piensa Manuel para sí. Amaia es la primera en tocar el otro extremo de la playa; pocos metros después llega Manuel y, casi al mismo tiempo, pero hecho polvo, Andoni. Amaia encabeza el segundo y tercer largo, cómoda dentro de su cuerpo, orgullosa de una exhibición que nadie esperaba de ella. Sin embargo, al arremeter el cuarto y último largo, su padre se coloca a su altura. Padre e hija se ven las caras en cada brazada, como jugando un cucú-tras espejado, pues Amaia toma aire por la derecha y Manuel por la izquierda.

Amaia no puede contener una sonrisa cada vez que, al volver la cabeza, se topa con la de su padre. Como dos péndulos colocados en paralelo en una pared, van igualando poco a poco el ritmo, sincronizándose a través de las vibraciones que se envían mutuamente bajo el agua. Amaia sabe que dos cuerpos cualesquiera que oscilan más o menos a la vez, si se ubican uno cerca del otro, tienden a armonizarse con el tiempo. Le vienen a la mente las riñas que tuvo con su padre hasta los 25 años. Los gritos y el daño.

De pronto, Amaia nota que su padre ha acelerado el ritmo visiblemente, al darse cuenta de que este ya le saca medio cuerpo de diferencia. Trata de igualar, pero entonces Manuel aprieta un poco más y se coloca justo delante de ella, levantando espuma con los pies. El puñetero se le ha escapado. Y algo se le despliega dentro de las costillas con el resplandor de las promesas que no pueden cumplirse. Hunde la cabeza y ríe bajo el agua. Llega a la meta sin forzar la respiración y tiende la mano a su padre, aún sin identificar el significado de ese temblor dulce y sutil que le llena el pecho. ■

Traducción del euskera de Arrate Hidalgo.

GIZAKIAREN ADIN GUZTIAK

Uxue Alberdi

Manuelek gauez hartu zuen erabakia eta gosaritan jakinarazi zion Beatrizi. Amantala soinean, laranja bati eusten zion eskuan. Emazteak amaitu berri zuen ordu erdiko saioa bizikleta estatikoan eta, dutxatu ostean, kefir-esnea edaten ari zen *Pyrenaica* orri-pasaka irakurri bitartean.

Bueno, esan zuen kontuari garrantzia kenduz, datorren urtean igual.

Emaztearentzako zukua prestatu eta ontzi-garbigailuko platerak armairuan ordenatu zituen handitik txikira. Manuelek *bere paperetarako* janzten zituen galtza gastatuei erreparatu zien Beatrizek atzetik.

Atzoko menestra daukagu eguerdirako, esan zion.

Jubilatu zenetik goizero kantatzen zion menua. Beatriz jaiki egin zen. Galletak jaso, katilua eta edalontzia harraskan utzi eta leihoak zabaldu zituen sukaldea egurasteko. Kanpotik sartzen zen autopistako igaro-hotsak itsaso urrun bat imitatzen zuen.

Ummm… Ze suerte.

A ze zortea, zuzendu zion Manuelek.

A ze zortea, errepikatu zuen Beatrizek alai.

Jaka eta poltsa hartu eta bulegora presatu zen. Ezpainak bilduta, begiak itxi zituen Manuelek musu eman ziezaion.

Agur, langile!, despeditu zuen senarrak.

Portu gaineko terrazan epela zen haizea. Andoni Glasgowtik itzuli berria zen familiarekin, Amaiaren haurrek amaitua zuten ikasturtea; denak batera zeuden aspaldiko partez. Patata frijituak, olibak eta zerbezak atera zituzten mahaira.

Tira, erabakia hartuta dago, iragarri zuen Manuelek haurrak belardira urrundu zirenean: aurten ez dut zeharkaldia egingo.

Amaiak amari begiratu zion eta hark ezpainak okertu zituen diskrezioz. Andonik aitari begiratu gabe galdetu zuen.

Herniarengatik?

Sabelpean nabaritzen zuen aspaldi molestia bat erauzitako giltzurrunaren ebakiondoa baino hatz bi beherago. Baieztatu berri zioten iztai-etena, «zuloa betetzera jotzen dute erraiek». Dena den, emaitzak onak izan ziren esfortzu proban; «ez dituzu ematen», esan omen zion medikuak hatza Manuelen jaiotze-dataren gainean; «emango nituzke!», erantzun zion hark seminarista umorearekin, baina medikuak ez zuen barrerik egin. Zerbezari trago jo eta kokotsaz seinalatu zuen itsasoa.

Hotza zagok!

Uztailean tarteka eta ahul irten zen eguzkia eta ura ez zen hogei gradura iritsi. Manuel herriko igerilekuan hogeita bederatzi gradutan entrenatzera ohituta zegoen, ordubeteko saioak egiten zituen mutil segailen oin-zipriztinei segika. Planta oneko bat hautatzen zuen eta hari jarraitzen zion egoskor, sakaka, «ez didak, ba, alde egingo». Nonbait irakurria zuen taupadak azkartu eta bihotzekoak jotzeko arriskua nabarmen handitzen zela hogeita bi gradutik behera. Presioa neurtzen zuen ordulari bat oparitu zion Beatrizek berrogeigarren ezkon-urtemugan, eta goizero hartzen zuen, igerian egin aurretik eta ondoren.

Hotza!, errepikatu zuen, joan den astean egin nian proba eta hamar minuturako bete ninduan. Ezin! Betaurrekoak mahai gainean utzi eta sudur hegal gorrituak igurtzi zituen. Hirurogeita hamahiru urte, zer nahi duzue, ba!

Hamabi zeramatzan hiru kilometroko itsas zeharkaldia egiten. Bere jaioterrian antolatzen ziren bi igeriketa-probetako bat zen eta, familiak uda bertan igarotzen zuenez, izena ematea erabaki zuen erretiroa hartu berritan. Hezueriak jo zuen urtean baino ez zuen huts egin.

Hiru zatitan banatzen zuen zeharkaldia mentalki. Irteerako sakadaren ondoren aise egiten zuen moilatik badia txikirainokoa, xaboiak olioa nola zabaltzen zuen hatzaz ura, berez flotatzen zion gorputzak, pentsamendu arinak etortzen zitzaizkion, luma-belarraren esporen antzekoak. Tarte hartan, arnasaren erritmo konstantea entzuten zuen, urpean ez zen ezer aldatzen, gizakiaren adin guztiak zeuzkan batera. Pixkanaka iristen ziren, ordea, nekea eta hotza, zahartzaroaren konkrezio isila, moilatik urrundu ahala. Badiatik aurrera tristezia moduko baten aurka egin behar izaten zuen igerian hondoa berriz argitzen hasten zen arte. Orduan hasten zen atzera bizkortzen, eta korrontea alde, zerbaiti ihes egin izanaren ziurtasunarekin egiten zuen hondartzara artekoa.

Aurreneko hamar aldietan urtez urte hobetu zuen bere marka, ordubete azpitik egiteraino. «Ehun urterekin, txapeldun!», animatzen zuten seme-alabek. Beatrizek burua astintzen eta ukabilak altxatzen zituen senarraren alde, bultza egiten zion aurrera, edo tira atzera, nola begiratzen den. Hamahiru urte gazteagoa zen Beatriz. «Igarriko dion», esaten zion Manuelek.

Familian festa bilakatu zuten erritua. Goizean esnatuta, Manuelek eta Beatrizek elkarrekin gosaltzen zuten etxepeko gozotegian. Emazteak estutuak egiten zizkion sorbaldetan. Bizkar zabaleko gazte trinkoz betetzen zen herria; kirolari federatuak autobusez iristen ziren nor bere taldeko ekipazioarekin, soin depilatuetan txankleta eta igeritako estreinatu berriak. Poz urduria hedatzen zuten Erdi Aroko kalexketan, erritmo toniko bat.

Gosaldu ostean etxera itzultzen ziren probarako prestatzera. Manuelek tentsioa hartzen zion bere buruari eta Beatrizek beste alde batera begiratzen zuen. Bainujantzia janzten zuen, boxer beltz estu bat, izter gihartsuak nabarmentzen zizkiona. Beatrizek dortsal zenbakia idazten zion besondoetan. Botikak hartu, aldatzekoak eta toalla Beatrizen bizkar-zorroan sartu eta izen-ematean opari jasotako kamiseta aldean, txankletak eta bisera soinean irteten zen atzera kalera.

Portu gaineko talan itxaroten zieten seme-alabek eta lau bilobek argazkia egiteko. «Zuk irabaziko duzu?», ekiten zioten txikien kalatxori ahotsek. Amaiaren bigarrena, barbarina baino mugituagoa, izterrean gora igotzen zitzaion ohartzerako. Manuelek gutxi hitz egiten zuen irteera aurreko ordubetean. Irribarre egiten zien. «Et, et, et» eta «kia, kia, kia» moduko soinuak egiten zituen. Gero izango zuen hizketarako eta jolaserako tartea jatetxeko terrazan, udako toldopean, nekearen neurriko arinduarekin.

Begiratokiko eskaileretatik jaisten ziren senar-emazteak moilara, senegaldarrek zapatilak saltzen zituzten tuneletik barrena. Proba-egunean beltzak ez ziren han egoten. Manuelek jende ezaguna agurtzen zuen, zaharrenekin gelditu eta adinaren gaineko txantxak egiten zituzten, «kasko ona duk hik», batek, «killa zaharra, ordea», eta halakoak. Bere multzokoengana laguntzen zion Beatrizek eta behin iritsitakoan, kamiseta erantzi eta, paparra bistan, urrezko katea askatzen zuen Manuelek, han zeramatzan amak opari egindako gurutzea eta bere jaiotze-urtea eta odol tipoa grabatuta zituen medaila. Beatrizi ematen zizkion gordetzeko. Gero txankletak eranzten zituen eta haiek ere jasotzen zizkion. Betaurrekoak kentzen zituen azkena; eman buelta, esaten zion emazteak eta baselinaz igurzten zion bizkarrezurra goitik behera, «ez hozteko». Tutua pasatzen zion besapeak eta iztarteak ere koipezta zitzan. Txanoa eta uretako betaurrekoak janzten zituen.

Ea, ba, iristen garen, esaten zion.

Duda, ala?, erantzuten zion Beatrizek.

Manuel moilan hanka-hutsik utzi eta oinez abiatzen zen Beatriz itsas gaineko paseotik bizi-bizi. Gurditxoei bultzaka zihoazen ama gazteak aurreratzen zituen, eta korrika edo patineteetan barreiatzen ziren igerilarien seme-alabak. Helmugan itxarongo zion eskuoihala prest.

Tarteka gelditu eta igerilarien artean senarraren besakada asimetrikoa bilatzen saiatzen zen. Ezkerreko besoa eskuinekoa baino gehiago ateratzen zuen uretatik, beti alde beretik hartzen zuen arnasa.

Moilako estiloan igeri egiten zuen, bost urte zituela, bere aitak soka gerrian txaluparen kareletik jaurti zuenetik.

Lepoa luzatuta eta oin-puntetan egoten zen familia osoa hondartzan, aitona nork lehenago begiz joko. Beatrizek ikusi ohi zuen beste inoren aurretik. «Han!», seinalatzen zuen, besoa estutzen zion Amaiari eta, «aupa, Manuel!», egiten zion oihu senarrari, entzun ahal izateko oraindik urrunegi zegoela. Amaiari malkoak ihes egiten zion aita hondarra zapaltzen ikustean –antzinako lehorreratzeak zekarzkion gogora, marinel nekatuak lurra zapaltzen– eta Andonik bizkarrean hartzen zituen txikiak, jenderiaren gainetik adoretu zezaten aitona.

Orduan aurreratu egiten zen Beatriz eta, helmugako ate puzgarria igarota, toallan bil-bil egiten zuen Manuel, bizkarra igurtzi eta «*tiburón!*» esaten zion belarrira, eta senarrak hozka egiten zion lepoan, domina paparrean dilindan.

Taldeka abiatzen ziren igerilariak aurreko urteko markaren araberako multzotan. Pixkanaka bakantzen ziren nork bere erritmoa hartu ahala. Txano zuriarekin egin zuen Manuelek azken zeharkaldia, laugarren taldean.

Beatrizek huts egin zuen lehen aldia izan zen, mendiko taldearen txangoak igeriketa-probarekin bat egin baitzuen kasualitatez. Haren faltan, Amaiak gosaldu zuen aitarekin. Ohi baino goizago esnatu zen, eta itsasertzean itzuli bat egitea erabaki zuen aitarekin elkartu aurretik. Lo zirudien itsasoak, apenas zuen pisurik egunak. Herria inguratu zuen oinez, eta Manuel baino lehenago iritsi zen kafetegira. Berea eskatu eta leihoaren aldamenean eseri zen aitaren zain.

Hemen, gure alaba, kasu egin zion Manuelek, goiz zabiltza.

Giltzak eta telefonoa mahai gainean utzi zituen. Ingurura begiratu zuen. Eseri aurretik izterretatik tira egin zien galtzamotzei.

Betikoa, etxekoandre!

Ongi deskantsatu zuela kontatu zion Amaiari, «lo bat, inori ezer demostratu beharrik ez-eta». Amaiak erpuruarekin aitaren bekainak orrazteko bulkada sentitu zuen, baina koilaratxoaz kafeari eraginez eutsi zion. Betaurrekoen gainetik begiratu zion Manuelek nini biluziekin, «nahi bai, demostratu!».

Sudur-hots bat egin zuen Amaiak.

Aurten ere bai?, galdetu zion Manueli puru itzalia ezpain artean sartu zen auzokideak.

Paparra zabaldu eta begirada jaitsi zuen Manuelek.

Intentzio horretan!

Irtetean, auzoarena ere berari kobratzeko eskatu zion zerbitzariari. Ez zion Amaiari gosaria ordaintzen utzi. «Tira, tira!», baztertu zuen alabaren imintzioa.

Besoak markatu zizkionean aitaren kolonia ezagutu zuen Amaiak beste zerbaitekin bat eginda; uzkurtu egin zen zahar-usaina zela ohartzean. Ahuldade gozo bat. Soldaduskaz geroztik erabiltzen zuen kolonia berbera, *Quorum*. Kaporal egin zuten kuarteleko pisu-jaurtiketan txapeldun gelditu zenekoa gogoratu zuen Amaiak errotulagailuz dortsal-zenbakia idazten zion bitartean. Pudorea sentitu zuen aitari beso biluzia heltzean.

Kalerako eskailerak eta porturakoak jaitsi zituzten. Aitari jarraitu zion Amaiak. Ibilera eskuinerantz eskoratzen ari zitzaiola egiaztatu zuen, sorbalda zaintsuetako lerroa erori egiten zitzaiola istriborrerantz. Kaira apartatu zuen behakoa.

Inoizko handiena zen partaidetza; igerilariak gal-gal moila barruan, arrain sarda sarean bezala. Kaio guztiak jela-fabrikako teilatura erretiratu ziren ezohiko zalapartarekin kikilduta. Talapean laborategiko lankide batekin topo egin zuen Amaiak. Albotik igarotzean mahukatik suabe tira egin zion hark, eta Amaiak ezin izan zuen harridura ezkutatu haren gorputz zehatzaren aurrean. Igerilari federatua zela ondorioztatu zuen taldekoen slip gorri-beltzari erreparatuta. Txolarre gosetuak bezala mugitu zitzaizkion begiak.

Zenbatean egiten duzu?, galdetu zion Amaiak begiak itsasorantz desbideratuz.

Zeharkaldia?, barre egin zuen lankideak jolasti, berrogei minutu azkenekoan.

Lotsagorritu aurretik, zortea opatu eta urrundu egin zen irribarre behartuaren erruz ezpain gaina oraindik hortzoian trabatuta. Aitaren buru zuria bilatu zuen inguruan. Ez zuen ikusten larruazal gordinen artean. Eskailera-koxkara igo eta kofradia zaharrerantz begiratu zuen, pantalaiaren alderantz.

Aita ikusi duzu?, galdetu zion igerilarien artean paseoan zebilen arrantzale erretiratu bati. Eskailera ertza seinalatu zion. Kamiseta erantzia zuen ordurako, berotze-ariketak egiten ari zen esku bat kontrako sorbaldan jarri eta besoari helize-tankeran atzerantz eraginez.

Koipea zabalduko dizut?

Azala ezagutu zion hogeita bost urte eta gero. Lepoa, atzealdetik, ez zitzaion batere aldatu Amaiak umetan bertara igota uretara jauzi egiten zuenetik. Mendian nekatzen zenean altxatzen zuen lepoa; *bere paperekin* lanean ari zenetan tentetu hutsaz isiltzeko agintzen ziona. Urrezko katea askatu eta esku ahurrean jarri zionean ikusi zion sikaturiko kolko maskala. Betaurreko graduatuak jaso eta motxilan gorde zizkion aldatzeko arropekin.

Prest?

Erretratua egin zieten moilan. Bizkarretik helduta, «datorren urtean biok?», tentatu zuen alaba. Manuelen langak azpitik pasatzera egina zegoen ordurako Amaia eta hala ere, hunkitu egiten zuen zeharkaldia aitarekin batera egitearen ideiak, besakada akonpasatuan, elkarren aldamenean, nahiz eta jakin gurasoen bertute fisikoak Andonik jaso zituela oinordetzan eta ez berak, igerian nahiko ondo moldatzen zen arren. Irribarre egin eta aita baino urrats erdia aurrerago kokatu zen; bizkarrarekin estali zion hegaleko ebakiondoa, giltzurruna erauzi ziotenetik puzten joan zitzaiona planta oneko gorputza itsusteraino.

Ea, ba, iristen garen.

Zain egongo gara.

Paseorantz jo zuen Amaiak, zeruari begiratu zion. Zeharkaldia hasi orduko altxa zen haizea eta zartatu uraren gainazala. «Eguraldiak *kanbioa* du», iragarri zuen aitak gosaritan, baina hitz beste egin zuen Amaiak. Egunsentiko zamau barea harrotu eta orbandu egin zen ordea, haize-olatuak ugaritu ziren itsaso zabalean. Kostaldeko paseotik aitaren bila aritu zen alferrik, ez zuen identifikatu ehunka txano zuridunen artean.

Parrokia aurrean elkartu zen Andonirekin eta haurrekin. Haraino heltzen ziren Michael Jacksonen *Beat it* eta esatariaren kalaka. Malekoira jaitsi zirenean lehen taldekoak ordurako dutxatuta zetozela ikusi zuten, saihetsak bistan, nekearen pisurik ez hazpegietan. Une hartan txano horiak ari ziren sartzen, «bi talde lehenagokoak», azaldu zien Andonik haurrei. Urdinak iristen hasi ziren gero. Kronometroari begiratu zion Amaiak, berrogeita hamahiru minutu. Beste bost kalkulatu zizkion gutxienez aitari; hamar ere bai, itsasoaren zakarra aintzat hartuta. Aleka bistatu ziren lehen txano zuriak, eta ugaritzera egin zuten laster. Amaiaren begiak aitarenak ortografia akatsen bila bezala mugitzen ziren ur-azalean ezker-eskuin. Azken txanpan olatuak hartzen saiatzen ziren igerilariak, bagek eraman zitzaten hondartzara arrastan. Nabarmena zen zenbaiten nekea, pasara eman zien itsasoak.

«Ordubete eta bost», esan zion besoak gurutzatuta irribarrez hondartzara begira zegoen nebari. Itsasora begiratu zuten. «Aitona?», galdetu zion alabak. «Aitona azkena geldituko da?»

Bizkarra ukitu zion semeari. Herriko gazte bat animatu zuen eta itsasora begiratu zuen atzera. Halako batean ikusi zuen, kronometroak ordubete eta hamaika minutu markatzen zituenean, aitaren gorputza uretatik irteten. Dei egin zion: «aupa, aita!» Zotin bat irentsi eta txikia hartu zuen besoetan. Builaka hasi ziren haurrak ere eta Andonik, txaloka, urrats bat egin zuen atzera. Manuelek eskua jaso eta begiak asko ireki zituen paretik igaro zitzaienean.

«Larri-larri», esan zion Amaiari hark helmugan toalla zabalik itxaron zionean. Putzu bat egin zitzaion oinen artean. Aurpegia igurtzi, betaurrekoak jantzi eta urrutira begiratu zuen.

Zeharkaldi alternatiboa antolatzea Andoniren ideia izan zen. «Moilatik irten eta arranpalara, ea nor lehenago», proposatu zuen hatzaz ibilbidea markatuz. «Amaia, zu eta hirurok; 'Isastitarren zeharkaldia'». Okotza altxatu eta sudur puntarekin jo zien erronka aitari lehenengo, arrebari gero.

Beatrizek mahaian utzi zuen gorria eta zutitzeko imintzioa egin zuen, «ni arbitro!».

Manuelek esertzeko agindu zion emazteari esku-keinu batez. Begiak barrez-barrez, ezpainekin soinurik atera gabe txistu jotzeko keinua egin zuen Beatrizek.

Inguruan bada txapelak brodatzen dituen inor?, ekin zion Beatrizek atzera.

Telefonoan bila hasi zen Andoni, «hemen bat!, Maria Jesus Lorenzo. Eskatuko dut?»

Manuelen erreakzioaren zain gelditu ziren.

Itxaron, esan zuen Beatrizek, bekainak bildu eta buruaz ezezkoa eginez. Legeak jarri behar ditugu.

Legeak, legeak... Arauak esan nahiko duzu, zuzendu zion Manuelek.

Arauak. Moilatik arranpalarakoa laburregia da, aitak irabaziko badu distantziak luzeagoa behar du. Hondartzari bi joan-etorri gutxienez.

Manuelek ez zuen zirkinik egin.

Ni ados, onartu zuen Amaiak. Zenbat metro luze da hondartza?

Seiehun hortxe-hortxe, bota zuen begiz Beatrizek.

Eskuak burura eraman zituen Andonik, flotatzen ikasi beharko dut!

Ba, ikasi!, erantzun zion amak. Beste erronda bat?

Handik astebetera, hondartzako petrilean biluztu dira elizako kanpaiek hamaikak jo dutenean. Oraindik antzematen dira kaioen oinatzak hondarretan. Euri txikia ari du. Beatrizek argazkia egin die odol bereko hiru soinei. Andoni da garaiena, iparraldeko terrajea du, amarenaren antzekoa. Manuelek eta Amaiak molde berekoak dirudite, gorputz baten bi bertsio, bular-kaiola zabal eta gerri estukoak; azala ere leku berean lehortzen zaie. Atzean dute, ilun eta zabal, itsasoa.

Manuelek uretara egin du zuzenean eta atzetik segi diote seme-alabek irteerako arranpalara. Beatriz oinez bertaratu da haurrekin. Amaia bien erdian kokatu da, ezkerrera aita eta eskuinera neba. Beatrizek irteera abisua eman duenean eginahalean hasi dira neba-arrebak elkarri indarrak neurtzen, bazirenik ere ez zekiten amorru zaharrak giharretan. Metro erdia ateratzen dio Andonik, baina Amaiak erabakita dauka nebari irabaziko ziola. Lehia daitezkeen kirol bakarra da. Manuelek atzetik jarraitzen die.

Lehenengo luzearen erdi parean nabaritu du Amaiak nebaren flakia, bat-batean, crawl estilotik bizkarkakora igaro denean. Bere kautan, «bat gutxiago», pentsatu du Manuelek. Amaiak ukitu du aurrena hondartzaren bestaldeko ertza, Manuel iritsi da metro gutxira, eta ia harekin batera baina pott eginda, Andoni. Bigarren eta hirugarren luzeetan Amaia doa buru, bere gorputzean eroso, inork harengandik espero gabeko erakustaldiaz harro. Laugarren eta azken luzeari ekin orduko jarri zaio, ordea, parean aita. Besakada bakoitzean ikusten diote aurpegia elkarri, kuku eginez bezala, ispilu-jokoan, Amaiak eskuinaldetik eta Manuelek ezkerraldetik hartzen baitute arnasa.

Amaiak ezin dio irribarreari eutsi bere buru jiratuak aitarenarekin topo egiten duen bakoitzean. Horman alboz albo jarritako bi penduluren modura, bat egiten doaz apurka, sinkronizatzen urpetik elkarri igorririko bibrazioen bidez. Amaiak badaki gutxi gorabehera denbora-tarte berean kulunkatzen diren edozein bi gorputzek, elkarrengandik gertu egonez gero, armonizatzera jotzen dutela pixkanaka. Hogeita bost urte bete arte aitarekin izandako ezin ulertuak etorri zaizkio burura. Garrasiak eta mina.

Bat-batean, aitak erritmoa nabarmen bizkortu duela nabaritu du, gorputz erdia atera dio ohartzerako. Berdintzen saiatu da baina koska bat gehiago estutu du Manuelek. Amaiaren aurrean kokatu da, oinekin aparra harrotuz. Ihes egin dio malapartatuak. Eta zabaldu egin zaio zerbait bularrean, ezin bete diren promesen distirarekin. Burua hondorantz murgildu duenean barre egin du urpean. Arnasa behartzeke iritsi da helmugara, bostekoa luzatu dio aitari, ikara mehe eta atsegin hau zer zen oraindik arrastorik gabe. ■

COMO SI QUISIERAS RESPIRAR

Karmele Jaio

Os pedirá que os tumbéis, cerréis los ojos y alarguéis el cuello acercando la barbilla al pecho para que se estiren bien las cervicales. Os dirá después que sintáis el peso en la caja torácica, los iliacos, el coxis... y que respiréis.

–Respirad en cuatro, expulsad en seis...

Os hará visualizar la pelvis y os pedirá que sintáis su peso sobre la colchoneta, que dobléis las rodillas, que apoyéis las plantas de los pies.

–Respirad en cuatro, expulsad en seis. Conectad la pelvis al suelo.

Sabes exactamente cómo empieza y cómo va a terminar la clase de pilates. Tu profesora siempre sigue el mismo guion: comenzáis tumbadas, tomando consciencia de cada parte de vuestro cuerpo, respirando y contrayendo poco a poco la faja abdominal, activando el suelo pélvico. Después, pasáis a trabajar todas las articulaciones y los músculos estabilizadores del cuerpo, a ratos tumbadas, a ratos de pie. Primero, el tronco superior: cuello, hombros, brazos, bíceps, tríceps, pecho, la espalda vértebra a vértebra... Continuáis con los músculos y huesos del inferior: cadera, abductores, isquiotibiales, gemelos... Termináis siempre la clase con dos series de ejercicios hipopresivos.

Al llegar a este punto os pide que os pongáis de pie, frente al espejo, con la mano en el vientre, que cojáis aire y que lo soltéis, tres veces.

En la última exhalación debéis expulsar todo el aire de los pulmones y, en apnea, abrir las costillas como si quisierais respirar, pero sin hacerlo, lo que provocará que el abdomen se hunda y se cree un vacío en vuestro vientre. Debéis aguantar así, sin respirar, veinte segundos.

–Veinte, diecinueve, dieciocho…

Mientras cuenta los segundos, la profesora va pasando su mano por vuestros vientres hundidos y os pregunta:

–¿Sentís el vacío?

Al igual que con la clase de pilates, podías intuir desde el principio lo que te iba a ocurrir con él, pero es lícito fantasear con que no todo tiene por qué seguir un guion, que la vida a veces nos da sorpresas, algunas extraordinarias, y, sobre todo, que tú podías hacer cambiar el rumbo de su vida, tan aburrida, tan ordenada, tan previsible, con su mujer y sus hijos.

Él, profesor del departamento de Biología molecular, y tú, del de Matemáticas, os conocisteis en la universidad hace diez años, lo que puede ser mucho o poco según de qué edad se parta. Tú estabas en lo mejor, con treinta y tres años recién cumplidos, con un currículum brillante y aspiraciones a conseguir algún día una cátedra, además de con un cuerpo terso, un pecho firme y un vientre liso todavía. Estabas tan fresca como las chicas de tu clase de pilates, que llevan *leggings* tan pegados que puedes adivinar cada pliegue de su cuerpo.

Él, académicamente, no aspiraba a mucho más que a seguir dando clases, mantener ese púlpito desde el que alardear de su seductora oratoria, y, en lo personal, se encontraba en ese momento de la vida en el que, con dos niños pequeños en casa, la cama de matrimonio empieza a oler a colonia infantil y a polvos de talco. Ese momento de movimiento de tierras, de catástrofe silenciosa, en el que las parejas se empiezan a llamar *papá* y *mamá*.

Os presentaron en la cafetería del campus. Os enamorasteis. Te enamoraste de aquellos ojos negros profundos que, al mirarte, te hacían sentirte importante. Él se enganchó a ti. Seguramente en aquel momento necesitaba una cama libre de madres lactantes. Algo biológicamente más excitante.

Recuerdas que al principio adelgazaste mucho, te alimentabas de vuestros encuentros, primero en su despacho, tarde, cuando ya no quedaba nadie en el campus, luego en su coche, en un hotel... Cuando dejaste el piso de alquiler que compartías y compraste la buhardilla, haciendo un gran esfuerzo tú sola con la hipoteca, aquel se convirtió en vuestro espacio, un lugar que estaba siempre preparado para su llegada. Así, nunca te abandonabas del todo, ni te desmaquillabas hasta tarde, ni te ponías un pijama viejo, porque en cualquier momento podía llamarte y aparecer. «He dicho en casa que tenía una cena del departamento, estoy ahí en quince minutos». No te preguntaba si tenías otro plan porque sabía que le estabas esperando.

La profesora os recuerda que abráis bien las costillas y hundáis el ombligo.

–Diecisiete, dieciséis...

Esperabas todo el día el momento de encontraros, no pensabas en nada más. Mientras corregías exámenes de análisis matemático o de álgebra, tu cabeza no podía dejar de pensar en si tenías que cambiar las sábanas para vuestro próximo encuentro o en la necesidad de comprarte otro conjunto *sexy*, porque ya los empezaba a tener todos vistos. Sentías la obligación continua de sorprenderle.

Recuerdas cómo se le humedecían los ojos cuando veía tus pechos desnudos. «Adoro tus tetas», te decía, y las agarraba con las dos manos, y las empujaba hacia el centro y hacia arriba, como si intentara reunir un ramillete de rosas para meter luego allí la nariz. Tú te excitabas viendo cómo se excitaba él, no desconectabas nunca, estabas siempre atenta al estado de su deseo. Verle desearte era tu mayor satisfacción. Era lo que más te enganchaba a él. Su capacidad de hacerte sentir imprescindible.

Le gustaba tu cuerpo. Cómo no le iba a gustar. Ves ahora algunas fotos de entonces, las de la playa en Menorca, y realmente tenías un cuerpo esbelto, todavía no había empezado a decaer. Siempre les has gustado mucho a los hombres. Has tenido más éxito con ellos que con ellas.

A veces, sobre todo en verano, cuando te sentías sola, porque durante las vacaciones no os podíais ver, pensabas en quedar con alguna amiga, pero, tras haberte pasado el invierno sin llamar a ninguna, no te resultaba fácil retomar las relaciones. Además, como te dijo un día tu compañera de despacho en la universidad, la única con la que intimabas un poco, estabas demasiado buena como para tener amigas de verdad. Porque, según ella, es más fácil tenerlas cuando os reís juntas de vuestra celulitis, de vuestras barrigas o de que los hombres no os hacen caso. «Que les den, ¡viva nosotras!». Pero cuando los hombres te hacen mucho caso, como te ha ocurrido siempre a ti, no es fácil encontrar complicidades. Así que los veranos de los últimos años han sido bastante solitarios. Te marchabas a Menorca y te dedicabas a tomar el sol y sacarte fotos para que él, a la vuelta, las viera.

–Quince, catorce...

Ahora seguro que tendrías más fácil encontrar amigas. Te miras al espejo mientras aguantas la respiración y te cuesta reconocerte. Tu cuerpo está cambiando. Se te está poniendo cara de quedar a tomar una infusión con una amiga. Cada vez te pareces más a tu madre. Te empiezan a colgar los brazos como alas, tu pecho ya no está firme, las rodillas delatan tu edad. Y esas venas de las manos. Las manos nunca mienten. Les doblas la edad a todas las chicas de la clase, a las que no puedes dejar de mirar: a una de ellas se le transparenta la tira del tanga bajo los *leggings*. Escrutas su cuerpo, te la imaginas desnuda. Tú también tuviste un día un culo así, aunque entonces no tenías licencia para mostrarlo como lo hacen las chicas de ahora. Tus jerséis estaban cedidos de tanto tensarlos hacia abajo para taparlo.

Al tiempo que añoras la tensión que tenían tu cuerpo y tu piel, sientes pena por no haber disfrutado entonces del sexo con más libertad. Sientes pena porque es ahora cuando más conoces tu cuerpo, sus partes, lo que te gusta y no te gusta, y estás preparada para pensar en tu gozo y no solo en el de la otra persona. Sientes que en la vida has aprendido todo demasiado tarde.

Ya antes de tus primeras relaciones, de joven, el mundo te advirtió que el sexo era un territorio del placer del otro, un territorio en el que tu papel se limitaría a dar tu consentimiento, en el que nunca te dejarías llevar totalmente por los instintos. Siempre había que tener activada alguna alerta, porque, como aprendiste también desde muy joven, el sexo podía volverse peligroso, podía volverse contra ti; tenía el riesgo de que te hicieran daño, de que se corrieran dentro de ti... Y esa tensión se ha mantenido instalada para siempre en tu interior, aunque no hubiese riesgo. No es fácil jugar libremente con un pene, cuando siglos de historia te están susurrando al oído que en cualquier momento puede convertirse en un cuchillo.

–Trece, doce...

La mayoría de tus compañeras llevan un top que les deja a la vista el ombligo. Muestran sus cuerpos como trofeos. Seguramente ellas vivan ahora el sexo de otra manera. Te las imaginas acariciándose el clítoris, satisfaciéndose a solas en el baño, sin sentir ninguna culpabilidad. En eso son más libres. Pero, al mismo tiempo, las compadeces de algún modo por tener que mostrar continuamente su cuerpo de esa manera tan sexual y provocativa. Lo ves diariamente en clase con tus alumnas. Todas marcan sus pechos, sus culos, como si no hacerlo las fuera a convertir en seres invisibles. Todas se maquillan, se planchan el pelo, tienen que madrugar mucho para llegar preparadas a clase.

Te lo has imaginado tantas veces mirando a sus alumnas... O, más que mirándolas a ellas, mirando sus culos, sus pechos, sus ombligos, el punto en el que se juntan sus muslos... Viendo trozos de mujeres e imaginándose que los posee. Buscando unos pechos más jóvenes en los que clavar su bandera de conquistador del fin del mundo.

Esa manera de mirar a las mujeres por partes, como si no pertenecieran a una unidad humana... Él lo hacía sin duda con sus alumnas, pero lo estás haciendo también tú en este momento, seguramente influenciada por todas esas imágenes de mujeres que ofrecen partes de sus cuerpos en las marquesinas del autobús, que se ofrecen como vasijas vacías para que alguien las llene, que muestran entreabiertas unas bocas en las que cabe todo. O por los vídeos musicales, en los que, al ritmo de la canción, aparecen intermitentemente pezones que se transparentan bajo camisetas mojadas, vaginas que marcan sus labios en estrechos pantalones, culos que aparecen como crepúsculos bajo los *shorts*... Cómo no vas a verlas así hasta tú, si te invaden por todos los lugares trozos de mujeres, como los trozos de la ternera de aquel dibujo en la pared de la carnicería a la que acompañabas a tu madre cuando eras una niña: solomillo, cadera, babilla, culata de contra, pecho, costillar... Apretabas la mano de tu madre porque te aterrorizaban aquellos cuerpos descuartizados en la vitrina, aquellos conejos sin piel colgados de unos ganchos.

Te tocas la tripa, está hundida. Contraes todos tus órganos mientras aguantas la respiración. La profesora os recuerda que mantengáis activados los músculos del suelo pélvico y de la faja abdominal. Que penséis que a través de este ejercicio se os están fortaleciendo los abdominales profundos, los oblicuos y el transverso, también los músculos del periné, de la vagina, vejiga, ano y recto... Todas esas partes de tu cuerpo.

Aguanta, merece la pena, ya queda menos.

–Once, diez...

Te ves en el espejo. Bajo esa camiseta tan ancha es difícil adivinar tus curvas y esos *leggings* no te favorecen. No están pensados para tu cuerpo. Ya nadie piensa en tu cuerpo, en tu culito de oro, como lo llamaba él mientras metía sus manos en los bolsillos traseros de tus vaqueros. Te decía que tenías un culo de anuncio de Levi's. Piensas ahora que quizá también a ti te veía fragmentada, tu cuerpo en trozos, más que como un todo, a pesar de que tú siempre pensaste que se había enamorado de tu inteligencia, de tu brillantez, de tu forma de hablar y de reírte, además de tu belleza. En los últimos meses cada vez le gustaba más que te dieras la vuelta para penetrarte por detrás. Quizás se excitaba más viéndote solo el culo, sin cara; un culo de nadie, un culo de todos.

Como los de tus compañeras de clase de pilates.

Y, ¿por qué no miras así a los hombres, por partes, como las estás mirando a ellas? Nunca lo has hecho, nunca has descuartizado a ningún hombre en partes, ni siquiera te acuerdas bien de los penes de tus ex. Ellos han sido siempre para ti una unidad, cuerpo y mente, piel y habla. Ellos tienen todos sus elementos unidos, bien pegados, como esos geles de baño dos por uno, que vienen plastificados juntos y es imposible comprar por separado. A ellos tampoco se les desea por partes. Siempre te ha gustado el pecho de los hombres, pero no disociado del resto de su persona, sino precisamente como un terreno de entrada a su intimidad.

Cada vez te cuesta más aguantar sin respirar.

–Nueve, ocho...

Estás empezando a agobiarte. Te falta aire como te acabó faltando en tantas ocasiones cuando empezaste a sospechar que eras para él un territorio conquistado, que cada vez lo excitaba menos, y que, seguramente, estaba ya deseando a otra u otras mujeres. Porque tras dos años, o mejor dos cursos lectivos, muy intensos, de encuentros cada dos o tres días, estos se fueron espaciando. Cada vez te necesitaba menos, pero no te abandonaba del todo. Había etapas. Tras las vacaciones, por ejemplo, volvía con muchas ganas. Buscaba tu cuerpo con tanta ansiedad que ni se daba cuenta de los cambios que habías hecho en el piso o de que habías puesto tu foto de Menorca apoyada en la librería, para que admirara lo guapa y morena que estabas y para que te preguntara por tu verano. Luego, otra vez volvían a distanciarse los encuentros: una vez cada diez días, quince días... Y tú esperando. Siempre esperando. Así casi diez años, diez cursos, diez veranos.

Demasiado tiempo sin respiración.

Has vivido en este tiempo con la sensación de ahogo, de claustrofobia, de estar siendo para otra persona. Mientras él vivía dos vidas, una con su familia, otra contigo, tú tenías solo una, la que se desarrollaba en esos breves encuentros. El resto era espera. Y ahora te sorprende tu capacidad de aguantar tanto tiempo sin pedir nunca nada, solo dando.

Si sumaras todas las horas que pasasteis juntos ¿en qué quedarían los diez años? ¿En un par de meses? ¿Quizá en uno? ¿Te atreves a hacer esa ecuación? Nunca estaba en tu piso más de una hora u hora y media, lo que dura una clase de pilates. Pero tú alargabas esas horas en tu imaginación, las estirabas recordándolas durante los siguientes días, convirtiendo vuestros encuentros en infinitos. Y ¿si sumas todas las horas en las que has pensado en él? ¿Qué resultado saldría? ¿Ocho años? ¿Nueve? Tras estar con él, metías la nariz en tu camiseta para sentir el olor que había dejado en tu cuerpo y repetías en tu memoria sus frases y las tuyas en vuestro último encuentro. ¿Recordaría él durante el día vuestros encuentros? A veces sentías que solo existías para él cuando estabais juntos. Solo en ese momento. Y la insatisfacción que te generaba, en lugar de hacerte alejarte de él, te enganchaba más a la necesidad de que volviera a desearte intensamente.

–Siete, seis...

Con el tiempo, llegaste a acostumbrarte a que nada más terminar de hacer el amor ya se empezara a poner los calcetines: tenía que volver rápido a casa, o tenía que corregir exámenes, o era el cumpleaños de su hija pequeña... Era como si la visita a tu buhardilla fuera como ir al gimnasio, martes y jueves, algo agendado, algo previsible.

Llegaste en algún momento a pensar que tenías que separarte de él, que necesitabas salir de esa vida a medias, de esa vida de dependencia, de esa relación a la que te aferrabas en tu soledad. Que debías conocer a otra gente, estar con amigas, pensar en un escenario futuro, hacer planes sin estar siempre pendiente de su llamada. Pero era en vano, no te atrevías a dar el paso. Necesitabas su mirada sobre ti, necesitabas sentir su deseo. Se convirtió en una especie de droga, a pesar de que las dosis que él te daba eran cada vez menores.

Aguantaste. Siempre con la esperanza de que un día quisiera compartir aquella buhardilla contigo, irse contigo de vacaciones, posar juntos en Menorca. Esperando menos cada vez.

–Cinco, cuatro... Aguantad, no queda nada.

Miras los vientres planos de tus compañeras, ahora hundidos, sus costillas que salen como balcones. Te imaginas sus neveras. Pechuga de pavo, ensalada, yogures. Cuánto sacrificio para tener un cuerpo perfecto. ¿A quién se lo enseñarán desnudo?

Le gustaba que te desnudaras poco a poco mientras él te miraba sentado en el sofá. Cuando estabas totalmente desnuda, le gustaba que te agacharas frente a él para quitarle la ropa. Primero la camisa, luego el pantalón... Que le acariciaras todo el cuerpo, terminando en su pene. Que lo introdujeras en tu boca primero, para humedecerlo, y en tu vagina después, y que cabalgaras mientras él, sentado, lamía tus pezones, los cogía con sus manos como si fueran monedas, como si estuviera contando el dinero de una herencia inesperada.

De ti recibía el deseo, el sexo, la atención, el cuidado, la admiración, la humedad de tus orificios… Y tú, hundida en un agujero negro poniendo sobre tus libros la foto de Menorca que él nunca llegaba a ver. No fuiste capaz de ver lo evidente. En los últimos años estirabas las migajas que te ofrecía. Y te hacía sentir cada vez más pequeña.

Tus artículos científicos, las tesis que dirigías, tus pasos para la cátedra… Él nunca te preguntaba por ello. Te colonizaba por dentro, se metía dentro de ti, y, de repente, tu imponente voz de profesora, que tanto estimaban y respetaban tus alumnos y alumnas, se convertía en un sonido leve de flauta, un acompañamiento al baile envolvente de tu cuerpo, de tu pubis depilado.

–Tres…

Hace dos meses, todo se acabó. Te dijo que no soportaba seguir haciendo daño así a su mujer. Que quería llevar una vida normal. Tras diez años, diez cursos, diez veranos.

Dos semanas más tarde lo viste tomando algo con una alumna en la cafetería de la universidad.

Desde entonces no puedes evitar imaginar que todas tus compañeras de la clase de pilates son su nueva amante y por eso miras con tanta atención sus pechos firmes, sus culos tersos, sus vientres planos… Son sus ojos los que las están mirando a través de ti.

Te las imaginas desnudas, sentadas en la cama frente a él, la melena larga cubriéndoles un pecho, riéndose de las bromas que él les hace, de los juegos, y admirándolo, tan sabio, tan atractivo, tan divertido.

Tan entero.

Como un *pack* de geles de oferta.

Un hombre completo ante una chica hecha de trozos.

–Dos, uno, cero.

Echas una bocanada de vacío para coger aire con urgencia.

Tu riñón, intestino grueso, intestino delgado, estómago, hígado, diafragma vuelven a su sitio.

Tú y tus partes volvéis a respirar. Descansaréis un minuto antes de volver con la segunda serie de ejercicios hipopresivos. La profesora volverá a contar los segundos, pasará su mano por vuestros vientres hundidos y os preguntará de nuevo:

–¿Sentís el vacío? ■

Traducción del euskera de Karmele Jaio.

ARNASA HARTU NAHI BAZENU BEZALA

Karmele Jaio

Irakasleak etzateko eskatuko dizue, begiak ixteko eta lepoa luzatzeko; kokotsa bularrera pixka bat hurbiltzeko, zerbikalak ondo luzatu daitezen; saihetsak eta ipur-mokorra lurrarekin ondo konektatzeko... eta arnasa sakon hartzeko.

–Hartu arnasa lau segundotan eta bota seitan.

Esango dizue pelbisaren pisua sentitu behar duzuela koltxonetaren gainean, eta horretarako belaunak tolestuta eta oinazpiak lurrean ondo inkatuta izan behar dituzuela.

–Hartu arnasa lau segundotan eta bota seitan. Konektatu pelbisa lurrera.

Badakizu nola hasi eta nola amaituko den Pilateseko klasea. Zure irakasleak beti jarraitzen du gidoi bera: etzanda hasten zarete, zuen gorputzeko atalak buruz banan-banan errepasatuz. Poliki, arnasa hartu bitartean, faja abdominala estutuz joango zarete eta zoru pelbikoa aktibatuz. Ondoren, gorputzeko artikulazio eta muskulu egonkortzaile guztiak lantzen hasiko zarete, batzuetan etzanda, beste batzuetan zutik. Lehenik eta behin, goiko enborra landuko duzue: lepoa, sorbaldak, besoak, bizeps, trizeps, bularra, bizkarra ornoz orno... Gero, beheko gihar eta hezurrak: aldaka, abduktoreak, iskiotibialak... Klasea ariketa hipopresiboekin amaitzen duzue beti, hogei segundoko bi serie eginez.

Klasearen azken minutu horietan zutitzeko eskatzen dizue eta ispiluari begira jartzeko eskua sabelean duzuela. Arnasa hiru aldiz hartu eta botako duzue, eta azken arnasaldian, aire guztia biriketatik bota eta apnean geratuko zarete, hutsik, arnasari eutsiz. Orduan saihetsak irekiko dituzue, arnasa hartu nahi bazenute bezala, baina arnasarik hartu gabe. Ondorioz, abdomena hondoratuko zaizue eta zuen sabeletan hutsune bat sortuko da. Hogei segundoz egon beharko duzue horrela, sabela hondoratuta, barrutik hutsik, arnasari eutsiz.

–Hogei, hemeretzi, hemezortzi...

Segundoak zenbatzen dituen bitartean, irakasleak eskua pasatzen du banan-banan zuen sabel hondoratuetatik.

–Sentitzen al duzue hutsunea?

Pilateseko klasearekin bezala, hasieratik antzeman zenezakeen berarekin gertatu behar zitzaizuna, baina zilegi da sinestea denak ez duela zertan jarraitu aurreikusitako gidoi bat, bizitzak batzuetan ezustekoak ematen dizkigula. Eskubidea zeneukan pentsatzeko bere emazte eta seme-alabekin zeraman bizitza aspergarri, ordenatu eta sorpresarik gabearen norabidea aldatu zenezakeela.

Bera Biologia molekularreko irakaslea eta zu Matematikakoa, unibertsitatean ezagutu zenuten elkar duela hamar urte, eta hori denbora asko edo gutxi izan daiteke, zenbatzen hasten garen adinaren arabera. Zu onenean zeunden, hogeita hamahiru urte bete berritan, curriculum distiratsu bat zenuen eta egunen batean katedra bat lortzeko ametsa. Gainera, gorputz tinkoa, bular sendoak eta sabel leuna zenituen oraindik. Zure Pilates klaseko neskak bezain fresko zeunden. Hain estuak dira janzten dituzten leggingsak, gorputzaren tolestura bakoitza markatzen zaie.

Berak akademikoki ez zuen aspirazio handirik, eskolak ematen jarraitzea besterik ez, bere xarma erakusteko pulpitu hori mantentzea, eta, arlo pertsonalean, etxean bi ume txiki izanda, oheak haurren kolonia eta talko hauts usaina hartzen duen une hori bizi zuen: bikoteetan ematen den hondamendi isil hori, lur mugimendu arriskutsu hori, elkarri *ama* eta *aita* deitzen hasten diren une arriskutsu hori.

Campuseko kafetegian aurkeztu zintuzteten. Maitemindu egin zineten. Zu garrantzitsu sentiarazten zintuen begirada beltz sakon harekin maitemindu zinen. Bera zutaz harrapatuta geratu zen. Une hartan, seguru aski, bular-emailerik gabeko ohe bat behar zuen. Biologikoki kitzikagarriagoa zitzaion zerbait.

Hasieran asko argaldu zinen. Zuen topaketez elikatzen zinen. Lehenak bere bulegoan, campusa erdi hutsik geratzen zenean, ondoren autoan, hotel batean... Partekatzen zenuen alokairuko etxebizitza utzi eta, hipotekarekin ahalegin handia egin eta gero, ganbaratxoa erosi zenuen eta hura bihurtu zen bion topagunea, bere etorrerarako beti prest zegoen leku bat: ez zinen inoiz edozelan part botata geratzen, ez zinen berandu arte desmakillatzen, ez zenuen pijama zaharrik janzten etxean egoteko, edozein unetan deitu zezakeelako eta bertan agertu. *Laneko afari bat dudala esan dut etxean, hamabost minutu barru hor nago.* Ez zizun galdetzen ere beste planik ba ote zenuen. Bazekien bere zain zeundela beti.

Irakasleak saihetsak ondo irekitzeko eta zilborra hondoratuta mantentzeko gogoratu dizue.

–Hamazazpi, hamasei...

Haren zain igarotzen zenuen eguna, ez zenuen ia beste ezertan pentsatzen. Analisi matematikoko edo aljebrako azterketak zuzentzen zenituen bitartean, pentsatzen hasten zinen hurrengo topaketarako izarak aldatu behar zenituela edo bularretako sexy batzuk erosi behar zenituela, zeneuzkan guztiak ikusiak zituelako dagoeneko. Bera etengabe harritzeko beharra sentitzen zenuen.

Begiak hezetu egiten zitzaizkion zure bular biluziak ikustean. *Zure titiak maite ditut,* esaten zizun, eta bi eskuekin heltzen zien, eta bultza egiten zien aldi berean erdirantz eta gorantz, arrosa sorta bat biltzen balego bezala, gero sudurra han sartzeko. Berotu egiten zinen bera nola kitzikatzen zen ikusita, ez zenuen inoiz deskonektatzen, adi egoten zinen beti bere nahiaren egoerari. Bera zu desiratzen ikustea zen zure poztasun handiena. Horrek lotzen zintuen gehien, zu ezinbesteko sentiarazteko zuen gaitasuna.

Izugarri maite zuen zure gorputza. Nola ez ba. Orduko argazkiak ikusten dituzu orain, Menorcan hondartzan ateratakoak, eta benetan gorputz ederra zenuen, gainbehera hasteko zegoen oraindik. Arrakasta izan duzu beti gizonekin. Emakumeekin baino gehiago.

Oporretan ez zenuten elkar ikusterik eta bakarrik sentitzen zinen. Askotan lagunen batekin geratzea pentsatzen zenuen, baina negua inori deitu gabe igaro ondoren, ez zitzaizun erraza egiten harremanak berriz hartzea. Gainera, Begoñak, unibertsitateko zure lankideak, behin esan zizun bezala, ederregia zinen neska-lagunak izateko. Haren arabera, errazagoa da benetako lagunak izatea zeuen zelulitisari edo sabelei buruz edo gizonentzako ikusezin izateari buruz elkarrekin barre egiten duzuenean. *Izorratu daitezela, gora gu!* Baina gizonek kasu handia egiten dizutenean, zuri beti gertatu zaizun bezala, ez da erraza emakume lagunen artean konplizitateak aurkitzea. Beraz, azken urteetako udak nahiko bakartiak izan dira. Menorcan pasatu dituzu egunak eguzkia hartzen eta zeure buruari argazkiak ateratzen, berak itzuleran ikus ditzan.

–Hamabost, hamalau…

Aurrerantzean errazago izango duzu lagunak aurkitzea. Ispiluari begira ez duzu zeure burua ezagutzen. Zure gorputza aldatzen ari da. Lagun batekin infusio bat hartzera geratzen den emakumearen aurpegia jartzen ari zaizu. Amaren gero eta antz handiagoa duzu. Besapeetan hegoak hazi zaizkizu, zure bularra ez dago tinko, belaunek zure adina salatzen dute. Eta eskuetako zain horiek. Eskuek ez dute inoiz gezurrik esaten.

Gelako neskei adina bikoizten diezu. Ezin duzu haiei begiratzeari utzi: bati tangaren tira ikusten zaio leggings finen azpian. Bere gorputza aztertzen ari zara, atalez atal, biluzik imajinatzen ari zara. Zuk ere izan zenuen halako ipurdi bat, baina orduan ez zenuen baimenik horrela erakusteko. Zure jertseak emanda zeuden ipurdia estaltzeko beherantz hainbeste aldiz tiratzearen ondorioz.

Zure gorputzak eta azalak zuten tentsioa faltan sentitzeaz gain, pena duzu ez duzulako sexuaz behar bezala gozatu, askatasunez. Pena, orain ezagutzen duzulako hoberen zure gorputza, sexuan gustatzen zaizuna eta ez zaizuna gustatzen, eta orain bai, prest zaudelako zure gozamenean pentsatzeko, eta ez bakarrik bestearena asetzean. Bizitzan dena beranduegi ikasi duzula sentitzen duzu.

Lehen harremanak izan baino lehen, gaztetan, ondo ikasi zenuen sexua bestearen atseginaren lurraldea zela eta zure egitekoa, batez ere, bai ala ez esatea zela. Baimena ematea edo ez ematea. Lurralde hartan ezin zintuen instintuak erabat hartu; beti izan behar zenuen piztuta alarmaren bat, izan ere, ondo ikasi zenuen sexua arriskutsua bihur zitekeen lurralde bat zela, zure aurka itzul zitekeela: mina hartu zenezakeen, zure barruan bota zezaketen hazia... Eta tentsio hori betirako mantendu da zure baitan, nahiz eta arriskurik ez egon. Ez da erraza zakil batekin libreki jolastea, mendeetako historiak belarrira xuxurlatzen dizunean labana bihur daitekeela edozein unetan.

–Hamahiru, hamabi...

Klaseko neska gehienek zilborra agerian uzten dien top bat daramate. Euren gorputzak trofeo gisa erakusten dituzte. Ziur aski beste modu batera biziko dute orain sexua. Klitoria laztantzen imajinatzen dituzu, komunean bakarrik, euren burua asetzen, inolako erruduntasunik sentitu gabe. Horretan askeagoak dira. Baina, aldi berean, haiekiko errukia sentitzen duzu, euren gorputza hain modu sexual eta probokatzailean etengabe erakutsi behar izateagatik. Egunero ikusten duzu gelan zure ikasleekin. Denek markatzen dituzte euren bularrak, ipurdiak, hala ez egiteak izaki ikusezin bihurtuko balitu bezala. Denak makillatzen dira, ilea lisatzen dute, goizegi jaiki behar izaten dute eskolara prest iristeko.

Askotan imajinatu duzu bere ikasleei begira; haiei begira baino gehiago, haien ipurdi, bular, zilbor, izterrak elkartzen diren puntuari begira... Emakume zatiak ikusten, bular gazteagoak bilatzen, han bere konkistatzaile bandera sartzeko.

Emakumeak zatika begiratzeko modu hori, giza unitate bat ez balira bezala... Argi duzu berak hala egiten zuela bere ikasleekin, baina zu ere horretan ari zara orain, segur aski autobuseko markesinetan eskaintzen diren emakumeen gorputz-atal guztien eraginez: nonahi ikusten dituzu ontzi huts gisa eskaintzen diren emakumeak, norbaitek noiz beteko dituen zain; eta aho erdi ireki horiek, edozer barneratzeko prest. Edo musika-bideoen eraginagatik izango da, haietan, musikaren erritmoan, une oro agertzen baitira kamiseta bustien azpian gardentzen diren titiburuak, praka estuetan markatzen diren baginak, shorten azpian ilunabar gisa agertzen diren ipurdiak... Nola ez dituzu bada zeuk ere horrela ikusiko, emakume zatien irudiz inbadituta baldin bazaude. Txikitan amari laguntzen zenion harategiko marrazkiko txahalaren zatiak bezala: Azpizuna, kontra, txuleta, lepoaldea, bularra, solomoa... Amaren eskuari lotzen zinen, izutu egiten zintuztelako edonondik zeuden gorpu zatikatu haiek, zintzilikatutako larrurik gabeko untxi haiek...

Tripa ukitu duzu, hondoratuta dago. Barneko organo guztiak uzkurtuta daude arnasari eusten diozun bitartean. Irakasleak gogorarazten dizuenez, aktibatuta izan behar dituzue zoru pelbikoko giharrak eta muskulu abdominalak. Ariketa honen bidez abdominal sakonak indartzen ari zarete, baita perineoaren, baginaren eta uzkiaren giharrak ere.

Eutsi, merezi du, ez zaizu ezer geratzen.

–Hamaika, hamar...

Ispiluari begiratu diozu. Kamiseta zabal horren azpian zaila da zure bihurguneak asmatzea, eta leggings horiek ez dizute mesederik egiten. Ez daude zure gorputzarentzat pentsatuta. Inork ez du zure gorputzaz pentsatzen, zure urrezko ipurditxoaz, berak deitzen zion bezala eskuak zure bakeroen atzeko poltsikoetan sartzen zituen bitartean. Levi's-en iragarkirako moduko ipurdia zenuela esaten zizun. Orain pentsatzen duzu agian zu ere zatituta ikusten zintuela, zatiz osatua, nahiz eta zuk beti pentsatu zure osotasunaz zegoela maiteminduta: zure adimenaz, zure distiraz, zure hitz egiteko eta barre egiteko moduaz... Azken hilabeteetan gero eta gehiago gustatzen zitzaion zuk buelta ematea zakila atzetik sartzeko. Agian gehiago kitzikatzen zen ipurdia bakarrik ikusita, aurpegirik gabe: inorena ez den ipurdi bat, guztiena den ipurdi bat.

Pilateseko klaseko kideen ipurdiak bezalakoa.

Eta zergatik ez diezu horrela begiratzen gizonei, zatika, neskei begiratzen ari zaren bezala? Ez duzu inoiz halakorik egin, ez duzu inoiz zatitu gizonik atalka, ez dituzu ondo gogoratzen zure bikote ohien zakilak ere. Gizonak beti izan dira zuretzat unitate bat, gorputza eta adimena, larrua eta hizkera. Beren elementu guztiak elkartuta dauzkate, ondo itsatsita. Bi baten prezioan saltzen diren bainurako gel ontzi horiek bezala, elkarrekin plastifikatuta datozenak, ezin direnak solte erosi. Ezin gizonen atalak ere desiratu, haien osotasuna kontuan izanda ez bada. Beti gustatu izan zaizu gizonen bularra, baina ez euren gorputz eta izaeratik bananduta, baizik eta haien intimitaterako sarrera gisa.

Gero eta gehiago kostatzen zaizu arnasarik hartu gabe eustea.

–Bederatzi, zortzi...

Estutzen hasi zara. Aire faltak larritzen zaitu, urte hauetan hainbestetan gertatu zaizun bezala. Askotan sentitu duzu aire falta, bereziki berarentzat jada lurralde konkistatu bat zinela konturatzen hasi zinenean; zugandik urruntzen zihoala konturatzen hasi zinenean. Izan ere, bi urtez, edo hobeto esanda bi ikasturtez, elkar maiz ikusi ondoren, urruntzen hasi ziren hitzorduak. Gero eta gutxiago behar zintuen, baina ez erabat abandonatzeko beste. Etapa ezberdinak zituen. Oporren ostean, adibidez, gogo handiz itzultzen zen. Halako antsietatez bilatzen zuen zure gorputza, non ez baitzen konturatzen etxean egin zenituen aldaketez. Hain itsu bilatzen zuen sexua, non ez zuen ikusten ere zein eder eta beltzaran zeunden apalean jarritako zure Menorkako argazkian.

Gero, berriro urruntzen ziren topaketak: hamar egunetik behin, hamabostean behin... Eta zu zain. Beti zain. Horrela, ia hamar urte, hamar ikastaro, hamar uda.

Denbora gehiegi arnasarik hartu gabe.

Askotan sentitu duzu itolarria, klaustrofobia. Askotan pentsatu duzu beste pertsona batentzat bizitzen ari zinela, zu izan gabe. Berak bi bizitza bizi zituen bitartean, bat familiarekin, bestea zurekin, zuk bakarra zenuen, topaketa labur horietan gertatzen zena. Gainerakoa itxaronaldia zen. Eta orain harritu egiten zaitu hainbeste denbora ezer eskatu gabe, bakarrik emanez, irauteko izan duzun gaitasunak.

Urte hauetan elkarrekin egondako ordu horien guztien batuketa eginez gero, zertan geratuko lirateke hamar urteak? Bitan? Bakar batean? Ausartzen zara ekuazio hori egiten? Ordu bat edo gehienez ordu eta erdi egoten zineten elkarrekin, Pilates klase batek irauten duena. Baina zuk ordu horiek zure irudimenean luzatzen zenituen, hurrengo egunetan etengabe gogoratuz. Eta bera buruan izan duzun ordu guztien batuketa eginez gero? Zein izango litzateke emaitza? Zortzi urte? Bederatzi? Alde egiten zuenean, handik ordutara ere, kamisetaren barruan sartzen zenuen sudurra berak zure gorputzean utzitako usaina sentitzeko. Elkarrekin egon ondoren, behin eta berriz errepikatzen zenituen zure oroimenean zuen artean izandako elkarrizketak, esan zizuna, esan zeniona. Gogoratuko ote zituen berak horiek guztiak egunean zehar? Susmoa daukazu elkarrekin zeundetenean bakarrik existitzen zinela berarentzat. Une horretan bakarrik. Eta sortzen zizun atsekabeak, harengandik urrunarazi beharrean, are gehiago estutzen zintuen hark zu berriro desiratzeko premiara.

–Zazpi, sei...

Denborarekin, ohitu egin zinen larrutan egin eta segundo batzuetara galtzerdiak janzten jartzen ikustera: etxera azkar itzuli behar zuen, edo azterketak zuzendu behar zituen, edo alaba txikiaren urtebetetzea zen... Beldur zinen zure ganbaratxora egindako bisita gimnasiora joatea bezalakoa ote zen berarentzat, astearte eta ostegunetan, agendan idatzitako zerbait, aurreikusia, sorpresa eta intrigarik gabea.

Noizbait pentsatu zenuen berarengandik banandu behar zinela, atera egin behar zinela behingoz erdizkako existentzia horretatik, mendekotasun-bizitza horretatik, zure bakardadean gogor atxikitzen zintzaizkion harreman horretatik. Beste jende bat ezagutu behar zenuen, lagunekin egon, etorkizuneko eszenatoki batean pentsatu, planak egin beti bere deiaren zain egon gabe. Baina alferrik zen, ez zinen ausartzen pausoa ematera. Haren begirada behar zenuen, haren desira sentitu behar zenuen. Droga moduko bat bihurtu zen, berak eskaintzen zizkizun dosiak gero eta eskasagoak izan arren.

Eutsi egin zenion. Ez zenuen itxaropena galdu. Egunen batean ganbaratxo hura berarekin partekatu zenezakeen, berarekin joan Menorcara oporretan.

–Bost, lau... Eutsi, ez da ezer geratzen.

Klaseko nesken sabelak hondoratuta daude, saihetsak balkoiak bezala ateratzen zaizkie. Haien hozkailua imajinatu duzu. Indioilar bularkia, entsalada, jogurtak. Zenbat sakrifizio gorputz perfektua izateko. Nori erakutsiko ote diote biluzik?

Gogoratu duzu zenbat gustatzen zitzaion sofan esertzea eta zu bere aurrean biluztea. Behin biluzik, zu bere ondoan makurtzea gustatzen zitzaion, eta zure eskuekin, poliki-poliki, bera biluzten joatea. Lehenik alkandora, gero prakak... Arropa kentzen zenion bitartean, gorputz osoa laztantzen zenion, goitik behera. Zakila hartzen zenion azkenik esku artean eta ahoan sartzen zenuen lehenengo, ondo bustitzeko, eta gero zure baginan, eta haren gainean ibiltzen zinen trostan, hark, eserita, zure titiburuak miazkatzen zituen bitartean. Bi eskuekin hartzen zizkizun noizbehinka titiak, amorruaren amorruz, handik txanponak atera behar balira bezala, ustekabeko herentzia baten dirua zenbatzen ariko balitz bezala.

Zugandik desira, sexua, arreta, mirespena... jasotzen zituen, baita zure zuloen hezetasuna ere. Eta zu zulo beltz batean hondoratuta zeunden, berak inoiz ikusten ez zuen Menorcako argazki batetik agur esanez.

Ez duzu luzaroan ikusi begien bistakoa zena. Azken urteetan apurrak eskaintzen zizkizun, besterik ez, eta zuk zure imajinazioan luzatzen zenituen bizirauteko. Baina gero eta txikiagoa sentitzen zinen.

Zure artikulu zientifikoak, zuzentzen zenituen tesiak, katedrarako ematen ari zinen urrats sendoak... Berak ez zizun inoiz horretaz galdetzen. Barrutik kolonizatzen zintuen, zure barruan sartzen zen, eta bat-batean, zure ikasleek hainbeste estimatzen eta errespetatzen zuten zure irakasle-ahots sendo hura flauta-soinu arin bat bihurtzen zen. Zure gorputzaren eta zure pubis depilatuaren dantza sentsualen soinu banda.

–...hiru...

Duela bi hilabete dena amaitu zen. Ezin omen zuen jasan emazteari horrela min egiten jarraitzea. Bizimodu normala nahi zuela esan zizun. Hamar urteren ondoren, hamar ikastaro, hamar uda.

Bi aste geroago, neska gazte batekin ikusi zenuen zerbait hartzen unibertsitateko kafetegian. Bere ikasleren bat.

Harrezkero, zure imajinazioan Pilateseko neska guztiak dira bere maitale berria. Ezin duzu obsesio hori burutik kendu. Eta horregatik begiratzen diezu hain arreta handiz haien bular eta ipurdi tinkoei, haien sabel lauei. Biluzik imajinatzen dituzu, ohean eserita bere aurrean, adats luzeak bular bat estaltzen diela, berak egiten dizkien txantxei, jolasei barre egiten, eta hura miresten, hain da jakintsua, erakargarria, dibertigarria.

Hain da osoa.

Bi baten prezioan saltzen diren bainurako gelen ontzi horiek bezala. Banaezina.

Gizon oso bat, zatiz egindako neska baten aurrean.

–Bi, bat, zero.

Premiaz hartu duzu airea kontaketa bukatzean.

Zure giltzurruna, heste lodia, heste meharra, urdaila, gibela, diafragma, bere lekura itzuli dira.

Zuk eta zure atalek arnasa hartu duzue berriro.

Minutu pare batez hartuko duzue atseden orain eta ondoren, ariketa hipopresiboen bigarren seriearekin hasiko zarete. Irakasleak segundoak kontatuko ditu berriz ere, bere eskua zuen sabel hondoratuetatik pasatuko du eta berriro galdetuko dizue:

–Sentitzen al duzue hutsunea? ■

COMPÁS DE ESPERA

Gonzalo Hidalgo Bayal

Cuesta creer que el cierre sea definitivo y que acabe hoy toda esperanza, pero no es una cuestión de fe: el cierre es definitivo, después vendrá el derrumbe y a saber, tras el derrumbe, qué monstruosidad se alzará sobre las ruinas. En cualquier caso, sea de ello lo que fuere, nada de lo que venga tendrá que ver ya con nosotros. Por eso, como despedida, también yo puedo contar cómo terminé ocupando esta mesa cada tarde durante tantos años. Es una historia sencilla y lineal, y, aunque parezca lo contrario, porque soy propenso a la retórica sentimental en que me eduqué y porque no deja de ser hoy un día propicio a la melancolía, también insulsa, sin el menor asomo de dramatismo. Hubo una llamada telefónica crucial e inesperada y acordamos vernos aquí mismo al día siguiente, a las siete. Habíamos frecuentado la cafetería meses atrás, en épocas benignas, aunque sin llegar a alcanzar categoría de clientes habituales (yo dije además que seguía viniendo con frecuencia, aunque no era del todo cierto), pero con la suficiente asiduidad como para mantener la costumbre y no tener que improvisar sobre la marcha otro escenario. Anduve después con el diablo en el cuerpo, porque puse grandes esperanzas en el reencuentro. No me costó ningún esfuerzo convencerme (y tan simple credulidad debería haber despertado alguna suspicacia) de que se arreglarían nuestras diferencias, de que, tras tanta incertidumbre y tantos desalientos, la vida me sonreiría y los hados me serían finalmente propicios. Así pues, para no tener que lidiar con la impaciencia, me presenté aquí al día siguiente mucho antes de las siete, pedí una copa de cerveza, porque hacía un calor canicular, y me entretuve (hablar de entretenimiento es engañoso: entiéndase la palabra en el sentido más literalmente instrumental) hojeando el periódico de la mañana, un ejemplar desbaratado y lleno de manchas sobre el que se habrían posado ya a saber los ojos de cuántos clientes y que había ido pagando su tributo a tan dispar trasiego, como si todas las consumiciones del día, café, churros, vino, cerveza, refrescos y licores, hubieran ido marcando con su huella cada página, deportes y pasatiempos con mayor intensidad. Nada de todo eso me importó. Incluso pasaba las hojas con cierta complacencia, no por la suciedad sedimentaria del papel, desde luego, ni, menos aún, por el contenido estrictamente periodístico, tan superfluo siempre y pendenciero (apenas leía algo más que los titulares, y sin prestar mucha atención, sucumbiendo tan solo a la inercia visual), sino porque cada vez iban faltando menos minutos para las siete y tal vez las cosas estuvieran a punto de enderezarse de una vez por todas. Debe de ser cierto, pues, como dicen los viejos moralistas, que la felicidad reside en la esperanza y que, por ello, cuando se tiene verdadera esperanza, nada importan los 40 grados del termómetro ni la espesa inmundicia de la prensa. Pienso, de hecho, que la impuntualidad inversa que me llevaba entonces a acudir a los sitios con tanta antelación tal vez no se debiera a educación o gentileza, ni al síndrome del viajero que perdió una vez el tren, sino al propósito, ignorado, supongo, e inconsciente, de darle una pequeña tregua y un discreto regocijo a la esperanza.

El primer desencanto llegó pronto, sin embargo: diría que apenas se agotó la media hora de adelanto con que, fuera por ansiedad, por precaución o por flaqueza de carácter, me había anticipado al encuentro. Puede que todavía conservara la serenidad unos minutos más, no muchos, los correspondientes a la exigua, a la mezquina cortesía de los imponderables: un azar de última hora, la lentitud de los ascensores, la confabulación de los semáforos. La cafetería no había sido nunca especialmente tumultuosa, al menos a aquella hora de la tarde, si bien no dejaba de entrar y salir gente con irregular intermitencia. De ahí que tuviera que mirar doblemente: cuando se abría la puerta y cuando me acuciaba la inquietud. A cada instante, pues. Por eso, apenas quedó libre, ocupé esta misma mesa para no tener que estar volviendo la cabeza a cada instante, como si asistiera a un partido de tenis del que solo me interesara media pista. Cambié así la mirada oblicua y periscópica por la amplitud gran angular, lo que facilitaba considerablemente la visión, es cierto, porque bastaba apenas con levantar los ojos del periódico, pero que, justamente por ello, aumentaba también el decreciente compás de la desesperanza. Entretanto, aparentando una serenidad que no tenía, para apaciguar la inquietud, pasaba las hojas del periódico de nuevo, ahora al revés, empezando por la última página, distraídamente, la programación televisiva, las penalidades del corazón, los deportes, la cultura, la economía, con la irrevocable indiferencia de quien asume y cumple la condena de una espera en la que empieza a tambalearse la esperanza, un suplicio del que, al comprobar que alguien había resuelto los pasatiempos con torpe diligencia, procuré aliviarme (livianamente, es cierto) rellenando las casillas vacías del crucigrama y pintarrajeando círculos groseros sobre los números erróneos del sudoku. Y para sobrellevar el desasosiego y el calor pedí también otra cerveza. Todavía recuerdo al primer camarero, un muchacho joven con tupé y bigote, jovial y sin vergüenza, que puso mala cara cuando me vio cambiar de sitio. De este modo, distribuyendo con impaciencia el tiempo entre la puerta, la cerveza y el sudoku, llegaron las siete y media y llegaron las ocho como es preceptivo que lleguen siempre las horas del reloj: lentas, impasibles, vacías e inexorables.

No voy a demorarme en los pormenores del tiempo, ni a recrear la pesadumbre con que sobrellevé los minutos, la eterna lentitud del segundero, hasta las ocho y media, hasta las nueve, o hasta las nueve y media, que fue la hora en que me rendí (y conste que fragmentar el tiempo en periodos de media hora cuando cada minuto cuenta desafía todas las contrariedades del cálculo infinitesimal). En realidad, sería incapaz de detallar cómo se fue alterando mi ánimo, cómo fueron sucediéndose, en gradación creciente primero, el disgusto, el enfado, el enojo, la irritación, la rabia, el coraje, la furia (parece imposible dejar de recurrir al tópico de las fichas de dominó en su arrastre irrefrenable), y, decreciente después, la paciencia, la resignación, la mansedumbre, la tristeza, la capitulación final, sumisa y desolada, ni, menos aún, cómo cada uno de ellos alborotó mis pensamientos con tortuosa y trastornada sinrazón. Sí puedo recordar, en cambio, que entre la furia y la paciencia hubo un hueco para el remordimiento: porque me asaltó el temor de que la tardanza se convirtiera en incomparecencia y de que esta no fuera intencionada, sino por algún percance maligno, un atraco, un atropello, una urgencia hospitalaria, en cuyo caso muchos de mis airados arrebatos habrían sido injustos, gratuitos e insensatos. Pero después, mientras se refugiaba el ánimo en la mansedumbre, al cabo de tanta espera, cuando la incomparecencia no admitía excusas ni matices, y con la mente, sin duda, un tanto turbia y embotada, y porque a menudo nos empeñamos en concederle todos los atenuantes al contrario, sean cuales sean los perfiles de la contrariedad, se me ocurrió pensar que todo podría deberse a un error mío de precisión, que tal vez no hubiéramos quedado a las siete, sino a las seis (no sería la primera vez que leves aliteraciones o ilusas asonancias me inducían a confusión), que, colmando la esperanza de impaciencia, quizás yo mismo confundiera las horas y que, en ese caso, no habría llegado al encuentro con antelación, sino con retraso. Si así fuere, si llegué, en efecto, definitivamente tarde, bien cabría pensar que quien esperaba, sin tanta paciencia como yo en la espera y sin necesidad alguna de esperanza, podría pensar que yo incumplía el acuerdo y abandonar, por tanto, la cafetería con malhumor, también tal vez con resentimiento. La sola posibilidad de este malentendido me llenó de desconsuelo. Porque, si fuera cierto tan rotundo desenlace, nada podría hacer ya por remediarlo. Y así, yendo de lo uno a lo otro, supe que lo que realmente estaba haciendo era imaginar una coartada, justificar la ausencia, o, más bien, perpetuar el engaño estirando la esperanza, prolongar en suma los plazos de la frustración. Por todos los medios intenté evitar la palabra *plantón*, me prohibí evocar la morfología abstracta de su imagen y le estuve dando vueltas con desasosiego, porque su sola representación mental degradaba la dignidad de la espera y la reducía a la comicidad ridícula y burlesca de un sainete bufo. Mal está que nos engañen, pero peor aún es que el engaño sea una comedia grotesca, aunque el único espectador fuera el muchacho del bigote con su insobornable mueca socarrona. Los acontecimientos que siguieron (si es que puede hablarse de acontecimientos cuando nada acontece) no obedecían a otro método que a la desorientación, así que no puedo precisar ni cómo ni cuándo ni por qué asumí tan pronto y casi con alegría un propósito de obstinación, de terquedad, de reincidencia.

Es propio del pensamiento humano intentar comprender lo incomprensible y acomodar la realidad a los deseos. Por eso, de madrugada, en el desconcierto del insomnio, pensé que no me había equivocado de hora, sino de día, que no habíamos quedado para mañana, sino (dicho con la relajación coloquial propia del habla) para pasado mañana, y pasé luego todo el día pendiente del teléfono (aquellos aparatos de disco cuyos números marcaban las secretarias de Hollywood con el lápiz), a la espera de una llamada de confirmación, de rectificación, de reproche, de lo que fuera, siempre y cuando se produjera, y, como no se produjo, aquí vine de nuevo a media tarde, con toda la antelación del mundo, ocupé esta misma mesa, bebí cerveza y hojeé el periódico. Pensaréis bien si pensáis que nada había variado, que la tarde se reproducía idéntica y monótona: hacía calor, entraba y salía gente, sonreía con sorna el camarero, el crucigrama tenía casillas en blanco y el sudoku estaba igualmente enmarañado, lleno de tachaduras. No hizo falta que el tiempo esgrimiera su propia terquedad, sin que ocurriera nada nuevo ni distinto, para reconocer que había sido insensato por mi parte reincidir y que no había nada que esperar. Pero, como quien se halla en ese trance ambiguo que oscila entre la espera y la esperanza, por una parte, y entre la desesperanza y la desesperación, por otra, no dejará nunca de buscar variantes al silogismo, también ahora se me ocurrió pensar que podría haberse producido algún otro tipo de desajuste que yo no sabía adivinar ni deducir. Me eternicé tramando conjeturas e, incapaz de dar con algún contratiempo verosímil, terminé rindiéndome a los hechos. Fueron las últimas concesiones bienintencionadas con que distraje la espera, porque, perdido en el laberinto, pasé de las conjeturas al despropósito y del despropósito a la insidia. El plantón se había vuelto incuestionable (la palabra todavía me incomoda al cabo de los años): solo faltaba averiguar por qué. No podía tratarse de una broma, razonaba, porque las bromas necesitan expectación, quien gasta una broma necesita disfrutarla, está obligado a comparecer antes o después riendo la ocurrencia y esa parte de la comedia no se había representado. Cosa distinta sería la burla, que requiere igualmente expectación, pero puede disfrutarse con alevosía y a escondidas. Lamenté haberme limitado el primer día a controlar solo la puerta de entrada y, ofuscado por los amagos de la furia y el coraje, no haber tenido lucidez suficiente para acechar más allá de la puerta y quién sabe si, ante el éxito de la estratagema, descubrir una sonrisa que no fuera la del camarero. Y fue este pensamiento el que me llevó, como vulgarmente se dice, a apurar el cáliz de la espera hasta las heces, y así como el héroe romántico bebe con entereza y a sabiendas la pócima con que lo están envenenando, así también decidí exhibir yo mi condición heroica indefinidamente y consumir tres tazas diarias de humillación en el antiguo escenario ahora vacío.

Era una firme resolución moral. Ya no esperaba nada, claro es, o no sabía qué podía esperar, pero, a despecho de toda sensatez, me empeñé en prolongar mi presencia en la cafetería contra viento y marea. Dicen que el asesino vuelve siempre al lugar del crimen y no sé si se tratará de una certeza policial o de un recurso narrativo, pero solo aplicando variantes de esta máxima puedo explicar con algo de sentido qué fue lo que me impulsó a seguir viniendo cada día por aquí y a ocupar esta misma mesa con la paciencia bíblica de un santo Job contemporáneo abandonado por los hombres y castigado por los dioses. El asesino puede volver al lugar del crimen, pensaba, pero la víctima no lo abandona nunca: y es la permanencia de la víctima lo que atrae al asesino. Estaba seguro de que ya no habría encuentro alguno, pero mi terquedad era ahora más vigorosa que cualquier encuentro. Si, una vez vencido el plazo, se diera el caso de que quien me había emplazado tuviera a bien asomarse a la cristalera (al fin y al cabo, si yo mismo había presumido de venir con frecuencia, bien podía seguir viniendo), tanto daría que fuera por curiosidad como por malevolencia, entonces me encontraría aquí esperando, como un juez severo e inflexible, ante una copa de cerveza y con el dislocado periódico del día sobre la mesa. Mi presencia diaria en el lugar del crimen sería el más elocuente canto de victoria. Se trataba, por tanto, ahora de una espera distinta, completamente desprovista de esperanza o con la mira puesta en una esperanza nociva y ponzoñosa, compuesta de temor y de ansiedad, miedo a que los hechos corroboraran la peor hipótesis y deseo al mismo tiempo de que terminaran corroborándola (no tengo reparo en admitir que la constatación de la maldad ajena puede llegar a ser un gran consuelo). Creo que me habría producido una irreprimible decepción, una absoluta lástima y una enorme complacencia, todo ello a un tiempo, ver asomar por la puerta a quien días atrás, por las razones que fuere, había decidido o no había podido o no había querido acudir en primera instancia. No acudió, naturalmente, ninguno de esos días (o yo al menos no pude comprobarlo), ni ninguno de los días sucesivos en que seguí parapetándome en la misma mesa, al acecho, tras la cerveza y el periódico. Y en la medida en que se trataba más de comprobar una hipótesis que de aguardar un viento favorable, no tardé mucho en advertir que el tiempo se deslizaba apaciblemente, sin sobresaltos ni pesadumbres. La tempestad fue amainando poco a poco, se ablandó el sentimiento, se fue diluyendo el crimen, llegó el otoño y las tardes terminaron por imponer su bonanza, su sosiego y su monotonía.

Descubrí entonces la grata sensación de alivio que me proporcionaba pasar un par de horas cada tarde aquí sentado, hojear el periódico, completar el crucigrama, perfeccionar el sudoku, resolver el jeroglífico (mi mayor habilidad, como sabéis), y regresar luego a casa con la misión cumplida, la obligación diaria de una inercia cómoda y placentera, libre de fatigas. Y así fue como lo que primero fue esperanza, más tarde decepción y finalmente experimento se convirtió en costumbre y en solaz. El muchachito del bigote atenuó la suficiencia de su sonrisa, empezó a reservarme gentilmente el sitio y el periódico y a confiarme las anécdotas pintorescas del día. A veces algún cliente se sumaba a la conversación desde otra mesa y terminábamos manteniendo debates joviales y encendidas asambleas. Llegaron luego los largos atardeceres de invierno, cuando la gente se recoge temprano, quedan vacías las calles y en los bares se adivina una penumbra desangelada y mortecina, y el mismo dueño de la cafetería se sentaba conmigo, me convidaba (porque servía como señuelo para los transeúntes, decía) y repasábamos la deriva general del mundo o los grandes trastornos de la humanidad. Tal vez pueda dar la impresión de que hay en mis palabras el deje de una antigua tristeza, una queja sobre las insuficiencias que nos reserva el destino o las trampas que nos tiende, y no diré que no haya algo de eso, pero no sería en lo que cuento, sino en cómo lo cuento. Viví de joven un largo aprendizaje crepuscular que, sin embargo, no contradice la evidencia de que el revés de las cosas puede señalar al fin el rumbo verdadero. Tal vez no nos demos cuenta al pronto, porque lo que encontramos sin buscarlo nunca produce mucha excitación. No fue así en este caso. Estas dos o tres horas se convirtieron enseguida en lo mejor de la jornada. Vivía la mañana y sobre todo las primeras horas de la tarde esperando que llegara el momento de sentarme en la mesa que todos respetaban ya como si me estuviera particularmente destinada. Cuando llegaba con retraso podía ocurrir que todas las mesas estuvieran ocupadas, menos esta. O que el chico del bigote levantara con mucha autoridad a los advenedizos que desconocían el ritual. Estos han sido desde entonces mis cuarteles de invierno.

Con el tiempo, porque los años se suceden con la misma inexorable fatalidad que las horas del reloj, el muchacho del bigote emprendió el vuelo y el dueño, al jubilarse, traspasó el negocio: conmigo dentro, decía en broma, porque yo formaba parte del mobiliario y de los anales del local. El nuevo propietario, un hombre joven y expansivo, regentó el local durante siete años, pero terminó traspasándolo y marchándose a Australia tras los pasos de una mujer joven y hermosa que entró un día a tomar café. Podría contaros esta historia con todo lujo de detalles, porque la seguí capítulo a capítulo: la joven audaz que encontró en Australia su destino y el hombre que decidió dejarlo todo e ir a buscarla. Los dioses tejen urdimbres extrañas, como veis, aunque su brújula suela ignorar el rumbo austral. Espero que la encontrara. Se sucedieron años lentos y aciagos, se sucedieron camareros y camareros en la interminable rueda de la fortuna que acompaña al gremio. Hubo nuevos traspasos y nuevos propietarios, y todos ellos, camareros y propietarios, me acogieron con simpatía e incluso me hicieron partícipe a menudo de sus confidencias. Llegaron a verme con el tiempo como reliquia de una época remota y extinta, porque sobreviví a todas las mudanzas, y también ellos me preguntaron alguna vez cuánto tiempo llevaba ocupando esta mesa cada tarde, cómo empezó mi rutina y a qué se debía tanta perseverancia. A lo primero respondía con exactitud, porque nunca he olvidado la fecha exacta de la primera tarde, pero a lo demás prefería no responder o decir que se trataba de una historia simple, larga, sin trama ni interés, una historia vacía, un apéndice del silencio. En realidad, me daba vergüenza confesar que al principio vine solo a esperar, que quise verificar después la iniquidad, que finalmente me aburrí y terminé abrazando como rutina la interminable espera cotidiana. Lo cuento hoy porque todo esto se acaba y nada quedará tras el derrumbe. Lo que no voy a decir es a quién esperé al principio con tanta vehemencia. Y no es por pudor (pues nada tiene que ver con lo que estáis pensando) ni porque carezca de significación, sino por lealtad, porque quien profanó con malas artes el escenario no puede tener cabida ahora en el testimonio final. ■

TRES HISTORIAS DE LA HISTORIA

Xuan Bello

La historia de Ferradielu

No existen, no han existido nunca, sociedades en las que no haya amigos y enemigos. Existen, gracias a la cultura, sociedades en las que amigos y enemigos conviven pacíficamente odiándose y, gracias a las leyes, en caso de que ese odio se desborde de manera excesiva, se protege a la parte que el juez considera perjudicada. Pero, ¿quién no ha tenido un rival, una persona que lo acechase secreta o públicamente? Ni en la paz de los monasterios, según me refiere un buen amigo, está uno libre del dedo acusador de la insidia.

Imagínense una aldea de los años 50 en el Bierzo, en León. Es una aldea de montaña, mal comunicada, y por aquellos años comenzó a irse la gente hasta que solo quedaron en ella dos vecinos. Según me contaba mi padre, Ferradillo –se llamaba, en realidad, Ferradielu– había sido un pueblo próspero hasta que todo el mundo comenzó a irse para Ponferrada, León, Gijón, Madrid o Barcelona. Al final solo quedaron dos solterones, vamos a llamarlos Macario y Vicente, que vivían cada uno en su casa sin hablarse pues se odiaban con fiereza. Fue una guerra larga y la única ley que imperó fue el silencio. Macario había estado en el bando nacional y Vicente en el republicano. Macario tenía tierras que limitaban con las de Vicente y ya sus abuelos se habían peleado por un pozo de agua compartido. Macario y Vicente habían pretendido, en su juventud, a la misma mujer y aquella muchacha prefirió o no tuvo más remedio que el de meterse a monja.

Rara vez se encontraban, pues cuando uno iba a la leña, el otro iba a la huerta o a atender el ganado. Sabían uno de otro por el humo de la chimenea y nunca, nunca en veinte años cruzaron una palabra que no fuese mala y proferida a una prudencial distancia con una intención dañina.

Un día del invierno de 1970, Vicente advirtió que la chimenea de Macario, su enemigo, no echaba humo. La helada había convertido en piedra la tierra y un manto blanco cubría cada recodo. Comenzó a nevar, a nevar mucho, y Vicente, junto a la cocina, empezó a pensar en su vida mientras sonaba el tic tac de un reloj, el único sonido humano que lo acompañaba desde hacía tantos años.

–*Namás faltaba que morriera'l cabrón de Macario* –musitó.

Miró por la ventana: la nieve ya cubría un palmo y no tardaría en hacer los caminos intransitables. Poniéndose un capuz por encima se acercó a la casa de su enemigo.

–Macario, Macario –gritó.

No hubo respuesta, solo el eco sordo de su grito. Vicente entró en la casa por un ventano –la puerta estaba trancada– y no tardó en encontrar a Macario sentado en el escaño de la cocina apagada. Sobre la mesa, un plato de torreznos a medio comer y una botella de vino. El olor del frío, sarrio y mugre. Vicente recordó que el frío tenía el olor de la soledad.

Parecía dormir. Vicente gritó «¡Macario!» y agarrándole por el hombro lo intentó despabilar, pero Macario cayó como un saco sobre el banco. Estaba muerto.

–Si hubiese estado vivo, lo habría matado, tal era el coraje que tenía –me dijo.

Se sirvió un vaso de vino, observó el bulto inerte y pesado. No se explicaba por qué, pero sintió una pena parecida a la que había sentido cuando ella, en las fiestas de San Bartolomé, le había dicho que no. Trajinó para encender la cocina, siguió bebiendo lentos tragos de vino. La primavera pasada había cumplido 75 años y Macario y él, de la misma quinta, habían estado enredados desde niños en una larga disputa. Sé lo que pensó Vicente porque él mismo me lo contó en una taberna de Ponferrada algunos años después.

–*L'home morriera ya que iba facer you. En Ferradielu, os de Ferradielu, chamamos asina a Ferradillo,* por muy mal que nos llevemos a los muertos los enterramos en sagrado.

Vicente cavó la fosa en el cementerio, junto a los padres y hermanos de Macario, y allí lo enterró. Le puso una cruz de madera en la que labró, con una navaja, la fecha de su muerte. También enterró junto al cadáver una botella de orujo de guindas.

–Por si tienes frío –me dijo que le dijo.

Hasta marzo no se quitó la nieve. Y en marzo Vicente fue a la iglesia de Ferradielu, cogió la imagen de San Bartolomé, la metió en un saco, y se fue a Flores del Sil, junto a Ponferrada, donde le quedaba algún pariente.

–*You, ¿qué facía you en Ferradielu sin naide a quien protestar? ¿Ya cómo iba deixar el santu solu col alma prí andando de Macario*?

–¿Tenía usted miedo de que le hablase mal de usted?

Vicente me miró como a alguien que no entiende nada.

–*Si nun falóu en vida tampouco falará muortu*, ¿no le parece? Tenía más que callar que decir. *Eso dígotelo you, que sei de lo que falo…*

Historia de un panadero

John Donne, en unos versos extremadamente optimistas, transformando su fe cristiana en ritmo y poesía, le decía a la muerte que tuviese menos humos, que algún día alguien vería su muerte. Al Mutanabbi, siglos antes, desde otra perspectiva religiosa, había dicho lo mismo: «No tema la muerte mi muerte sino su propia muerte. Si una víbora me muerde, mi veneno la mata».

No tengo yo esa confianza, la verdad; pero Juanjo Teberga, un amigo de la familia de esos que siempre son bien recibidos, que siempre es una alegría verlo por casa, me ha contado la historia del panadero de Las Veigas, en Teberga, que se murió la semana pasada. Me cuenta Juanjo que ya tenía 82 años y que a unos antes y a otros después siempre les llega la muerte matada. Me va contando la historia mientras me cuenta otras. Está rodando un pequeño documental sobre la recolección del heno y me explica más o menos lo que yo recuerdo de cuando era niño. Cómo los segadores *clavuñaban* –templaban– las guadañas, cómo se disponían a segar, cómo con *garabatos* o *angazos* se disponía lo cortado en *marallos* simétricos. Después, cuando había nacido otra perspectiva entre el cielo y la tierra, pues la hierba alta yacía en el suelo, y los pájaros saltaban sobre los insectos, había que empezar con la pala de dientes, la horca, a *esparder* y revolver. Le comento que mi bisabuelo Lulo decía que la hierba se convertía en heno en la pala, mientras se revolvía, y que cuanto más la aireases y volteases mejor quedaba. Lo ideal era que la hierba quedase en la punta de la pala «encaricolada». Al final de la tarde, si se adivinaba lluvia, había que amontonarla en «burros, borregos o *cucaxos*» para que no se echase a perder. Al día siguiente, si amanecía con sol, se volvía a revolver con la pala, apresurándose si se veían las nubes, hasta que lo verde se volvía oro.

Los alquimistas medievales procuraron relativamente en vano una fórmula para transmutar la materia en oro. Relativamente, aunque no lo consiguieron, pues entre tanto ir a ningún sitio, fundaron los cimientos de la química moderna. Quizás fue un reflejo de lo que veían hacer entre junio y julio a los campesinos, convertir en oro aromático la hierba verde. Cuando se llevaba al pajar, al *payar* o al *parreiru*, ¿cuánta felicidad, cuántos sueños, quedaban allí fermentando? Lo retrata muy bien El Bosco en «El carro de heno», un tríptico que se guarda en el Museo del Prado. «El mundo es un montón de heno, cada cual toma lo que puede», dice un proverbio holandés.

Puestos a tomar, mucho mejor tomar dosis de felicidad. Una buena costumbre, pienso yo, sería la de que todos apuntásemos al final del día no los rencores, no las injusticias sufridas, no las destempladas afrentas que nos produce la vida. Apuntar, por humildes que sean, las cosas buenas vividas. Esa canción que escuchaste por la radio, esa sonrisa de la vendedora del supermercado, la mano del amigo que se posa, comprendiéndote, en tu hombro. No son cosas que cambien el mundo, pero, brizna a brizna, se hace un montonín de alegría que ayuda para ir tirando.

Todo esto lo vamos hablando Juanjo y yo, ante un vaso de vino y una tapa de chorizo. Me hablaba antes de Luis, el panadero de Las Veigas, que hacía pan del bueno. Se murió con 82 años y su familia, y el *concechu* entero, está desolada. Juanjo me cuenta:

–Medía casi dos metros, era como un castillo, como un roble que nadie pensaba que la muerte podría abatir. Siempre estaba al servicio de los otros. Si se organizaba la vuelta ciclista a Teberga, lo que se llama la Ruta Vaqueira, era él el que ponía los bollos *preñaos*, los bocadillos, todo gratis. Tenías que verlo levantar los sacos con una mano. ¿Cuánto pesarían? Pues él siempre estaba allí con una canción.

Al panadero de Teberga le gustaba cantar por Luis Aguilé, Francisco, Raphael... Cantaba muy bien, pero las más de las veces solo los estribillos de las canciones, como si intentase resumir la intensidad. Estaba en el bar, llamaba la atención con una voz, y se ponía a cantar.

–Venga, que marcho –decía a los parroquianos despidiéndose hasta la próxima.

A Juanjo le brillan los ojos de emoción, me dice:

–Siempre cantaba, siempre. ¿Y sabes lo que hizo en el último momento? Ya estaba muy débil, la muerte era inminente, y el médico le dijo que le iban a poner la sedación. Con voz muy débil exigió que esperasen un momento. Sonrió y sacando fuerzas cantó un estribillo que se le acordaba. «Venga, que marcho», le dijo al médico.

No sé qué copla cantaría, pero sé que quiso dejar un rastro de felicidad en el mundo. Un rastro suyo, humilde e indeleble. A mí me parece que cantaría «Cuando salí de Cuba», que es lo que me dice suponiendo Juan Marino, otro tebergano de los buenos, pero no lo sé. Sé que el panadero de Teberga fue una persona valiente y generosa. Claro que me gustaría ser así, claro que me gustaría que John Donne y Al Mutanabbi tuviesen razón. Claro que quisiera que ese extraño poeta que escribió la Biblia y el Corán no fuese un ser que sueña como yo y supiese de lo que está hablando.

Despertaría el panadero en la braña de Marabiu. Aún estaba estrellada la noche y el viento acariciaba con su mano invisible la pradera. Pronto amanecería. Templarían el filo de la guadaña, segarían hasta que flaqueasen las fuerzas. Huyendo de las nubes, camino de la eternidad, ir de canción a canción.

Barro rojo

Merodeando entre las hogueras el frío viento traza caminos desolados. Las llamas, aún no es de noche, son débiles y, a no dudarlo, pronto se apagarán. Cinco hombres, heridos de diversa consideración, descansan un momento. Hablan entre ellos en voz muy baja, como si el enemigo estuviese cerca y al acecho, y su lengua parece desarticulada, limitada por la primera helada del año. A veces se miran con desconfianza acariciando un máuser o un mosquetón. A su alrededor hay cadáveres amontonados. A alguno lo reconocen, a otros las heridas en la cabeza y la abundante sangre los hacen un único cadáver, un cadáver multiforme amputado entre el barro y descosido de su desaliñada indumentaria. Al teniente Calvo, sin las piernas y sin la cabeza, lo reconocieron por los galones.

–Son 30, mi sargento, de los nuestros –dijo López mirando a un lado.

–El sargento Peliz acaba de morir –le respondió alguien.

–31 –dijo López.

En una casería cercana consiguieron tres azadas, un pico y una pala. Por entrar en calor más que por el deseo de dar sepultura a aquellos cuerpos, se pusieron a cavar una fosa lo suficientemente profunda para enterrar, sin distinguir bandos, a aquellos que a la mañana siguiente, si no, se los comerían los cuervos. Por entrar en calor y por quedar exhaustos y no pensar, por no tener que decidir qué habrían de hacer entre ellos.

Estamos en el Picu La Espina, en la frontera entre Salas y Tinéu, en 1937, en la frontera entre el ejército nacional y el republicano. Una bomba cayó en el mismo momento en que una patrulla del ejército nacional sorprendía a otra del ejército republicano desorientada en un breve descanso. Estaban los fieles a la República guarecidos en una cabaña, jugando a la brisca. El humo atrajo a los nacionales. Derrumbaron la puerta, encañonaron a los desprevenidos, dieron el alto. No hubo ningún tiro, no hubo tiempo para responder con una maldición. En ese momento, el fragor y la sordera, los cuerpos despedazados y la mirada alrededor buscando algún asidero en el frío.

–Solo sobrevivimos cinco, seis contando al sargento Peliz, que murió enseguida –me cuenta Ramón Cordero en el bar de Caces–. Tres de los nacionales y dos de los republicanos. No sabíamos quién había tirado la bomba. Alrededor nuestro, nada más había cadáveres. Uno de los nacionales, un gallego de Mondoñedo, llamaba insistentemente a Pepiño. Andaba como un fantasma gritando «Pepiño, Pepiño». Me puse a reír. «¿A quién llamas?», pregunté. «A mi hermano», contestó.

La bomba había encendido aquí y allá hogueras. Ramón Cordero comenzó también a llamar a Pepiño, volteando cuerpos como si lo conociera. Hacía mucho frío y el viento helado les comía los huesos por dentro. Apilaron leña, mantuvieron aquellas hogueras como pudieron.

–Algo habrá que hacer –dijo alguien.

–Lo mejor es que os deis por presos –dijo otro.

–Fue entonces –continúa Ramón– cuando comenzamos a cavar un pozo suficientemente hondo para todos los cadáveres. Teníamos miedo de nosotros mismos, teníamos miedo de la muerte.

Ramón bebe un sorbo de vino. Matiza:

–Fue como si el cielo cayese sobre nosotros, un cielo de acero. Estábamos vivos de milagro –y, cerrando los ojos, vuelve a aquel atardecer de 1937.

Los cinco hombres, todos jóvenes, heridos de diversa consideración y desarrapados, cavan un pozo donde amontonan, finalmente, los cadáveres.

–La sangre helada no parece sangre, ¿sabes? Es como barro rojo.

No dijeron palabra alguna. Apenas se miraron y, cuando se hizo de noche, se fueron en dirección contraria.

Ramón Cordero está con su sobrino, Manuel. Tiene 99 años, pero aún le gusta, de vez en cuando, sentirse joven.

Pudo ser entonces, pero no fue todavía.

–La muerte nunca sabes dónde la tienes escrita –susurra. ■

Traducción del asturiano de Valerie Miles.

TRES HISTORIES DE LA HISTORIA

Xuan Bello

La historia de Ferradielu

Nun hai, nun hubo nunca, sociedaes onde nun hubiera amigos y enemigos. Hai, gracies a la cultura, sociedaes onde amigos y enemigos conviven pacíficamente odiándose y, gracies a les lleis, en casu de qu'esi odiu se desborde escesivu, protéxese a la parte que'l xuez considera perxudicada. Pero, ¿quién nun tuvo un rival, una persona que lu acosara secreta o públicamente? Nin na paz de los monesterios, según me cunta un bon amigu, anda ún llibre del didu acusador de la insidia.

Vamos imaxinar una aldea de los años 50 nel Bierzu, en Llión. Ye una aldea de montaña, mal comunicada, y daquella la xente empezó a marchar hasta que namás quedaron dos vecinos. Según me cuntaba mio padre'l llugar de Ferradielu fora un sitiu onde buía la vida hasta que tol mundu escomenzó a marchar a Ponferrada, Llión, Xixón, Madrid o Barcelona. Al final namás quedaron dos solterones, voi llamalos Macario y Vicente, que vivíen cadún en so casa ensin falar ente ellos yá que s'odiaben fieramente. Foi una guerra llarga y la única llei qu'imperó foi la del silenciu. Macario tuviera nel bandu nacional y Vicente nel republicanu. Macario tenía unes tierres que llendaben coles de Vicente y yá los buelos de toos dos se pelearan por un pozu d'augua compartíu. Macario y Vicente cortexaran, na so xuventú, a la mesma muyer y aquella rapaza quixo más o nun tuvo más remediu que metese a monxa.

Poques vegaes se topaben. Cuando ún diba a por lleña, l'otru diba cavar la güerta o a despachar na corte'l ganáu. Sabíen ún del otru pol fumu de la chimenea y enxamás de los xamases cruzaron una palabra que nun fora mala y siempre dicha a una prudencial distancia con intención dañible.

Un día del iviernu de 1970 Vicente alvirtió que la chimenea de Macario, el so enemigu, nun echaba fumu. La xelada convirtiera en piedra la tierra y un cobertor blancu tapaba cada requexu. Dio en nevar, dio en nevar muncho, y Vicente, xunto a la cocina, dio en pensar na so vida mentes sonaba'l tic-tac d'un reló, l'únicu soníu humanu que lu acompañara tantos años.

–Namás faltaba que morriera'l cabrón de Macario –remungó.

Miró pela ventana: la nieve yá cubriera un palmu y pronto los caminos nun habría quien los pasara. Poniéndose un capiellu percima averóse a la casa del so enemigu.

–Macario, Macario –gritó.

Nun hubo respuesta, namás l'ecu sordu del so gritu. Vicente entró na casa per un ventanu –la puerta taba trancada– y nun tardó n'atopar a Macario sentáu nel escañu de la cocina apagada. Sobre la mesa, un platu torreznos a mediu comer y una botella de vinu. El golor del fríu, del sarriu y de la mugre. Vicente supo entós que'l fríu tenía'l cheiru de la soledá.

Paecía que taba durmiendo. Vicente gritó «¡Macario!» y ximelgándolu intentó espabilalu, pero Macario cayó como un sacu sobre'l bancu. Taba muertu.

–Si tuviera vivu, yá lu mataba yo. Esa yera la rabia que-y tenía –dixo.

Echóse un vasu de vinu, observó'l bultu inerte y pesáu. Nun s'esplicaba por qué, pero sintió una pena asemeyada a la que sintiera cuando ella, nes fiestes de San Bartoloméi, dixéra-y que non. Escazobielló pa prender la cocina, siguió bebiendo lentos paparaos de vinu. La primavera pasada fixera 75 años y Macario y él, de la mesma quinta, enguedeyáranse nuna llarga disputa. Sé lo que pensó Vicente porque él mesmu me lo cuntó nuna tabierna de Ponferrada, dalgunos meses depués.

–L'home morriera ya que iba facer you. En Ferradielu –os de Ferradielu, chamamos asina a Ferradillo– por mui mal que nos llevemos a los muertos enterrámolos en sagráu.

Vicente cavó la fuexa nel cementeriu, xunto a los padres y hemanos de Macario, y ellí lu enterró. Púnxo-y una cruz de madera onde llabró, cola navaya, la fecha de la muerte. Tamién enterró xunto al cadabre una botella d'oruxu de guindes.

–Por si tienes fríu –díxome que-y dixo.

Hasta marzu nun se quitó la nieve. Y en marzu Vicente foi a la ilesia de Ferradielu, garró la imaxe de San Bartoloméi, metióla nun sacu y baxó hasta Flores del Sil, xunto a Ponferrada, onde-y quedaba dalgún pariente.

–You, ¿qué facía you en Ferradielu sin naide a quien protestar? ¿Ya cómo iba deixar el santu solu col alma prí andando de Macario?

–¿Tenía miedu de que falara mal d'usté??

Vicente miróme como a dalguién que nun entiende nada.

–Si nun falóu en vida tampouco falará muortu, ¿nun-y parez? Tenía más que callar que dicir. Eso dígotelo you, que sei de lo que falo...

Historia d'un panaderu

John Donne, nunos versos estremadamente optimistes, camudando la so fe cristiana en ritmu y poesía, dicía-y a la muerte que tuviera menos fumos, que dalgún día dalquién vería la so muerte. Al Mutanabbi sieglos enantes, dende otra perspectiva relixosa, dixera lo mesmo: «Nun tarreza la muerte la mio muerte sinón la suya propia. Si una víbora me muerde, el mio velenu habrá matala».

Nun tengo yo esi esfotu, la verdá; pero Juanjo Teberga, un amigu de la familia d'esos que siempre son biellegaos, que siempre ye una allegría velu per casa, contóme la historia del panaderu de Las Veigas, en Teberga, que morrió dizme la selmana pasada. Cúntame Juanjo que yá tenía 82 años y qu'a unos enantes y a otros después siempre-yos llega la muerte matada. Va cuntándome la historia mentes me cunta otres. Ta rodando un pequeñu documental sobre la herba y esplícame más o menos lo que yo recuerdo de cuando yera nenu. Cómo los segadores clabuñaben –templaben– les gadañes, cómo se disponíen a segar, cómo con garabatos o angazos disponíase lo cortao en marallos simétricos. Depués, cuando naciera otra perspectiva ente'l cielu y la tierra, pos la yerba alto xacía en suelu, y los páxaros saltaben sobre los insectos, había qu'empezar cola pala de dientes, la forca, a esparder y revolver. Coménto-y qu'l mio bisagüelu Lulo dicía que la herba curaba na pala, mentes se revolvía, y que cuanto más la ventilares y voltiares meyor quedaba. Lo ideal yera que la herba quedara na punta de la pala «encaricolada». Cuando atapecía, si s'aldovinaba agua, había qu'atropar en «burros, borregos o cucaxos» pa que nun s'echara a perder. A otru día, si amanecía con sol, volvía revolvese cola pala, entainando si se víen les nubes, hasta que lo verde se volvía oru.

Los alquimistas medievales procuraron relativamente en devanéu una fórmula para camudar la materia n'oru. Relativamente, anque nun lo consiguieron, pos entrín diben a nengún sitiu y non, fundaron los cimientos de la química moderno. Quiciabes foi un rellumu de lo que víen faer ente xunu y xunetu a los llabradores, convertir n'oru arumoso la herba verde. Cuando se llevaba al payar o al parreiru, ¿cuánta felicidá, cuántos suaños, quedaben ellí lleldando? Retrátalo mui bien El Bosco n'«El carru d'herba», un trípticu que se guarda nel Muséu del Prado. «El mundu ye un montón de pación, cada cual garrar lo que puede», diz un proverbiu holandés.

Puestos a tomar, muncho meyor tomar dosis de felicidá. Una bona costume, pienso yo, sería la de que toos apuntáramos a la fin del día non les rensíes, non les inxusticies sufiertes, non les destemplaes faltes que nos produz la vida. Apuntar, por humilde que sían, les coses bones vivíes. Esi cantar qu'escuchasti pela radio, esa sorrisa de la vendedora del supermercáu, la mano del amigu que se posa, entendiéndote, nel to costazu. Nun son coses que camuden el mundu, pero, flonxa a flonxa, faise un montonín d'allegría qu'ayuda pa dir tirando.

Too esto tábamos falando Juanjo y yo, énte un vasu de vinu y una tapa de chorizu. Falábame enantes de Luis, el panaderu de Les Veigas, que faía pan del bonu. Morrió con 82 años y la so familia, y el *concechu* enteru, ta afarada. Juanjo cúntame:

–Midía cuasi dos metros, yera como un castiellu, como un carbayu que naide pensaba que la muerte podría ablayar. Siempre taba al serviciu de los otros. Si s'entamaba la vuelta ciclista a Teberga, lo que se llama la Ruta Vaqueira, yera él el que ponía los bollos preñaos, les empanaes, too gratis. Teníes que velo llevantar los sacos con una mano. ¿Cuánto pesaríen? Pos él siempre taba ellí con un cantar.

Al panaderu de Teberga gustába-y cantar por Luis Aguilé, Francisco, Raphael... Cantaba mui bien, pero les más de les vegaes namás los estribillos de los cantares, como si intentara resumir la intensidá. Taba nel chigre, llamaba l'atención con una voz, y poníase a cantar.

–Venga, que marcho –dicía a los parroquianos despidiéndose hasta la próxima.

A Juanjo rellúmen-y los güeyos d'emoción, dizme:

–Siempres cantaba, siempres. ¿Y sabes lo que fixo nel últimu momentu? Yá taba bien débil, la muerte yera inminente, y el médicu díxo-y que diben poné-y la sedación. Con voz bien débil esixó qu'esperaren un momentu. Sonrió y sacando fuerces cantó un estribillu d'un cantar que se-y alcordaba.

–Venga, que marcho –díxo-y al médicu.

Nun sé que cantar cantaría, pero sé que quixo dexar un rastru de felicidá nel mundu. Un rastru suyu, humilde y indeleble. A mi paezme que cantaría «Cuando salí de Cuba», que ye lo que me diz suponiendo Juan Marino, otru tebergán de los bonos, pero nun lo sé. Sé que'l panaderu de Teberga foi una persona valiente y arrogante. Claro que me gustaría ser asina, claro que me gustaría que John Donne y Al Mutanabbi tuvieren razón. Claro que quixera qu'esi estrañu poeta qu'escribió la Biblia y el Corán nun fora un ser que suaña como yo y supiera de lo que ta falando.

Espertaría'l panaderu na braña de Marabiu. Inda taba estrellada la nueche y el vientu afalagaba cola so mano invisible la pradería. Llueu amanecería. Templaríen el filu de la gadaña, segaríen hasta qu'adondasen les fuerces. Fuxendo de les nubes, camín de la eternidá, dir de cantar a cantar.

Folla colorao

Abeyando pente les fogueres el fríu vientu traza caminos afaraos. Les llapaes, inda nun ye de nueche, son débiles y, a nun duldar, van apagase llueu. Cinco homes, mancaos de diversa consideranza, descansen un momentu. Falen ente ellos callandino, como si l'enemigu tuviera cerquillina, a la chisba, y la so llingua paez desarticulada, llindada pola primer xelada del añu. Dacuando mírense con rocea cariciando un máuser o un mosquetón. Alredor hai cadabres amontonaos. A dalgún reconócenlu, a otros les mancadures na cabeza y l'abondante sangre fíxolos un únicu cadabre, un cadabre multiforme toyíu ente la folla y descosíu de la indumentaria gastao. Al teniente Calvo, ensin les piernes y ensin la cabeza, reconociéronlu polos galones.

–Son trenta, mio sarxentu, de los nuesos –dixo López mirando a un llau.

–El sarxentu Peliz acaba de morrer –respondió-y daquién.

–Trenta y un –dixo López.

Nuna casería cercana consiguieron trés fesories, un picu y una pala. Por entrar en calor más que pol deséu de dar sepultura a aquellos cuerpos, punxéronse a cavar una fuexa lo suficientemente fonda pa soterrar, ensin estremar bandos, a aquellos qu'a la mañana siguiente si non habríen comer los cuervos. Por entrar en calor y por quedar galdíos y nun pensar, por nun tener que decidir qué habríen de faer ente ellos.

Tamos nel Picu La Espina, na frontera ente Salas y Tinéu, en 1937, na frontera ente l'exércitu nacional y el republicanu. Una bomba cayó de la que una patrulla del exércitu nacional sosprendía a otra del exércitu republicanu desnortiada nun curtiu descansu. Taben los fieles a la República guarecíos nuna cabana, xugando a la brisca. El fumu atrayó a los nacionales. Derrumbaron la puerta, encañonaron a los desprevenío, dieron l'altu. Nun hubo nengún tiru, nun hubo tiempu pa responder con una maldición. Nesi momentu l'estrueldu y la sordera, los cuerpos espedazaos y la mirada alredor buscando dalgún sitiu onde garrase.

–Namás sobrevivimos cinco, seis cuntando al sarxentu Peliz, que morrió aína –cúntame Ramón Cordero nel chigre de Caces–. Trés de los nacionales y dos de los republicanos. Nun sabíamos quién tirara la bomba. Alredor nueso, namás había cadabres. Ún de los nacionales, un gallegu de Mondoñedo, llamaba insistentemente a Pepiño. Andaba como una pantasma apellidando «Pepiño, Pepiño». Púnxime a rir. «¿A quién llames?», pregunté. «Al mio hermanu», contestó.

La bomba encendiera equí y allá fogueres. Ramón Cordero empezó tamién a llamar a Pepiño, voltiando cuerpos como si lu conociera. Faía munchu fríu y el vientu xeláu comía-yos los güesos per dientro. Atroparon lleña, caltuvieron aquelles fogueres como pudieron.

–Daqué va haber que faer –dixo daquién.

–Lo meyor ye que vos deáis por presos –dixo otru.

–Foi entós –sigue Ramón– cuando empezamos a cavar un pozu abondo fondu pa tolos cadabres. Teníamos mieu de nós mesmos, teníamos mieu de la muerte.

Ramón bebe un paparáu de vinu. Matiza:

–Foi como si'l cielu cayera sobre nós, un cielu d'aceru. Tábamos vivos de milagru –y, cerrando los güeyos, vuelve a aquel atapecer de 1937.

Los cinco homes, toos mozos, mancaos de diversa consideranza y esfarrapaos caven un pozu onde atropen, finalmente, los cadabres.

–El sangre xelao nun paez sangre, ¿sabes? Ye como folla colorao.

Nun dixeron palabra dalguna. Malapenes se miraron y, cuando escureció, marcharon en dirección contraria.

Ramón Cordero ta col so sobrín, Manuel. Tien 99 años, pero inda-y gusta, de xemes en cuando, sentise mozu.

Pudo ser entós, pero nun foi inda.

–La muerte nunca sabes ónde la tienes escrita –remunga. ■

ESTRELLAS DE CAMPO

Perejaume

Contemplamos el cielo estrellado y entonces instantáneos cabos de luz levantan montañas altísimas y deslumbrantes que contrastan con las montañas terrenales, perennes y oscuras. Es la opulencia astral. En un desinfernarse sucesivo de elevaciones, y sirviéndose –a veces mezcladas, a veces intermitentes– de la absoluta oscuridad y de la absoluta luz, la constelada produce un ilimitado centellear de cimas que trazan puntas hacia aquí y hacia allá y no cesan.

Sierras de fuego. Auroras vivas y macizos incandescentes que se desintegran. ¡Cuántas, cuántas montañas! Tiene lugar un continuo salir, caer y reanudar. Elevaciones y llamaradas, derrumbes y oscurecimientos. Viéndolo bien, el centelleo es tan constante que llega a producir el brillo rasposo de un firmamento reverberante y abrasivo como lámina de lija granulosa y gigantesca. Entonces, a punto de alcanzar la fosforescencia de agujas, cerros y picos, se adivina la gran hondura negra y adolorida de punzaduras, de abismos, uno por cada estallido de luz.

Geología y cielo. Azulidad montañesa de montañas extremas de luz, tan abandonadas al infinito que tiemblan. Agitación de cabos, encendida cada estrella en un cielo cuyo alrededor la atiza con tinieblas: unas que sombrean, otras que contrabrillan. Porque la luz accidentada de una estrella, por más que cobre la figura de una elevación montañosa, tan pronto la toma no se detiene. De hecho, una estrella vive de desplegar, sin interrupción, un obstinado resplandor de tamaños. Sus ángulos se suben al cielo y crecen tan punzantes como fugaces. Más que de incendios de montañas se trata, así, de incendios montañosos que, bajo geografías de límites luminiscentes, adoptan una presencia temblorosa de tierras sin linde.

Evidentemente esta montañosidad sideral, esta voluminosa superficie de emanación en riscos deslumbrantes, pendientes largamente pronunciadas y crestas infinitas es una pura ilusión. Pero una ilusión tan persistente, tan verosímil, que proyecta sobre las montañas del planeta una voluntad paciente de querérseles parecer. Este, si no otra cosa, es uno de esos prodigios que los sentidos nos mueven a advertir: la continuidad de cresta posible entre un horizonte serrado de tierras y un horizonte serrado de luz.

El sedentarismo terrestre de la luz, en toda la morosidad del relieve que nos sostiene, se manifiesta, entonces, como una tierra extasiada de contemplar los golpes de ala y los golpes de luz tanto de los astros sierraalados como de sus cimas que giran. Respecto a la aspiración de la tierra de intentar parecérseles, no es preciso más que observar los superelevados ápices nevados, flotantes y relucientes como una promesa de llama, como una flotación de tierras que se escapan de tierra y un poco pertenecen al cielo que los abriga.

Concebir un pico nevado como, primero, el firme asentamiento, y, después, el acolinamiento de un destello, con la consiguiente identificación de cualquier relieve alpino o polar con una estrella que por allí mata sus ocios, permite la incorporación casi chamánica de picos y glaciares al ciclo del fuego.

Acabo de dar con una imagen fotográfica de las montañas de Ladakh, situadas en el Himalaya indio. En los declives casi verticales y pese a ello profusamente nevados que allí se alzan, la visión de una estrella que tirita de frío con las puntas de luz paradas y rígidas resulta literal. Son unas crestas altísimas y desoladas cuyas hondonadas prietas de nieve y cuyos ventisqueros más finos resaltan al sesgo sus cantos y sus aristas. Con un ritmo majestuoso, el conjunto despliega una geometría de grandes masas de roca que produce el efecto de una cristalización imponente. Espesas formaciones de nieve y prismas, de gran agudeza de ángulos y cantos, constituyen una imagen muy fiel de estrella amontañada. El efecto, si es que de un efecto se trata, está totalmente conseguido.

Aparte de una figuración tan exacta como la de las montañas de Ladakh, son innumerables las cordilleras que más o menos accidentalmente parecen estrelladas en tierra, ya como una masa radiante que surgiera, ya como estrellas alicaídas que se hubiesen clavado. La ardentía y el hielo, la pujanza y el hielo: el mundo está hecho así.

Curiosamente, de rebote, proyectamos sobre las estrellas una luz de nieve: una neblina helada de estrepitosa caída, de esplendor y de cristal de nieve al mismo tiempo. Cuando una noche es fría y serena, el efecto de hielos ardientes se manifiesta vivamente, tanto que más que crepitar y echar chispas, las estrellas que titilan lo hacen como si más bien se acobardasen, como si temblasen de un fuego que tiene frío.

Contra estos horizontes ultrarrebosantes, contra estas puntas de luz de una cimación inacabable, la corteza de la tierra levanta puntas mucho más discretas, pero más definitivas y sólidas. El relieve terrenal va naciendo siempre, pero lo hace con la fuerza y la vitalidad de crecer de una cierta quietud. La vida animal, la roca que gema o la maduración de la fruta demandan variaciones lentas, escasamente flameantes, más bien pacientes y delicadas. No hay en el mundo nada inmóvil y parado pero, sin que sea necesario destacar hasta qué punto, respecto a las estrellas las variaciones son mucho menos agudas, mucho más ondulantes y mansas. Por otro lado, el riego, la combustión y la evaporación de vida generan, sobre la esfera terrestre, un cielo cautivo, de manera que la configuración ligeramente radiante de puntas de montaña que se escapan de tierra queda superalisada por el activo redondeo atmosférico con el que este cielo las recubre.

Esto determina que la figura estrellada aparezca, en el globo, más como un indicio que como una evidencia. Y esto permite, según la experiencia que nos proponemos tener, cuadrar con más certeza o redondear mejor esta figura; ahora más, ahora menos estirada de puntas.

De hecho la misma realidad estrellada tiene un comportamiento titilante, de presencia, según la circunstancia, más potente o más latente. Parece que supiese dónde le conviene un protagonismo de sustancia inflamada que centellea, completamente acrecida y devorada por sus propios estallidos, y dónde prefiere una presencia más discreta y seminal, como la de determinadas formas botánicas. Estoy pensando en la cáscara que recubre las castañas, o en la corteza puntiaguda del fruto del estramonio o en la bola misma de los plátanos empenachada de semillas. En todo caso, a intensidades y a velocidades muy variadas, desde la chispa de fuego minúscula y volandera a la apariencia ígnea de nieves y glaciares, pasando por el campo mundial de montañas, o sea, por la fuerza ascensional del mundo con sus valles embutidos en sus puntos más fértiles, la imagen de la multicimación de un centro se focaliza y se dilata, se derrama, se repite y se perpetúa.

Sigo inmerso en la consistencia y la emanación. En la esfera de gravedad y la esfera de libertad de la consistencia y de la emanación, en medio de la acción de arraigar y la acción de radiar que, mutuamente, se vivifican. Imposible descifrar totalmente estos fenómenos de tamaño y de luz.

En este mismo momento el espacio se eriza en cada campo de mundo creador de perspectivas. Con un punto de fuga en la punta, cada punta es una punta de estrella aferrada a la realidad inmediata de su campo, hecha crecer desde él, surgida de él, doméstica y desconocida al mismo tiempo, como un flujo de plata que tira hacia adelante y echa a correr.

Es esta la frondosidad de luz de un campo que se ilumina el tamaño o, aún mejor, el espacio encendido de un brote de campo que cobra aumento del carácter flexible de sus propias glebas para pesar arriba, más o menos ligeramente, pero arriba.

Por otra parte, junto a esta radiación métrica, la disposición estrellada implica, una vez atesorados, que todos los palmos de mundo son igualmente valiosos, sin que ninguno deba estar al servicio de otro. Y esto, como si la ufanía del vuelo y la vida que se les da les sofocasen cualquier voluntad de dominio. Ningún rango jerárquico, pues. ¿Cómo podría un lugar determinado ser más fundamental o más importante que otro? Su propia concepción radiante evidencia la cuestión y le da claridad. Cada punto del mundo, ciertamente, es tan completamente polar o cimero como pueda serlo el resto. Es como decir que toda tierra es central y marginal a un tiempo; cada grano, todos. Cada grano admirado de su existencia y de la existencia de sus granos vecinos.

Además, en esta inseparable amalgama de naturaleza y luz, por cada campo que marchita de puntas hay un campo nuevo a punto de echar a andar. Es así como el espacio se regenera, rústica su luz y yerbada pero también diamantada y mineral, hecha como está de esta condición estrellada del globo que, con un doble rebrote de resplandor –el que le sale y el que tierra adentro se apaga– pone un punto de incandescencia doquier. Así las cosas, aunque a intensidades muy diferentes, suelo [*sòl*] terrestre y sol [*sol*] astral coinciden en crecimiento luminoso, y no sé si no es por esto que, para ratificar esta confusión de suelo firme y de luz, también coinciden en nombre.

Situaciones. Semiluces. Vaharada de combustión botánica, de combustión montañosa de una estrella que se accidenta más o menos, que se disuelve más o menos, pero no desaparece nunca del todo. Se retrae hasta casi enterrarse, se prolonga hasta casi perderse, pero no se disuelve. Definitivamente la nuestra es una tierra que suscita el horizonte palpitante de los astros. Ahora bien, la tierra no alcanza nunca a mover y hacer estallar un horizonte así; nomás lo conmueve, lo instiga. Simultáneamente el espacio sideral ciñe la curva del planeta centelleándola de una manera rítmica, con la abundancia del sol cada día y lo negro en reposo cada noche. Hablo de abundancia y de lo negro en reposo de tan manifiesto como resulta el efecto de plantación de luz y de mieses sucesivas.

Siempre he pensado que, en las noches, frente a frente con la constelación de campos que brillan en el cielo, la tierra campa y oscura los toma, mitad por modelo, mitad por imagen de culto. Cuesta muy poco ciertamente contemplar las estrellas como iconos de campo. Unos iconos refulgentes, múltiples y enjoyados. Realmente, si hay una proyección extrema de la imagen de campo, está en el cielo estelar que fructifica. Al fin y al cabo, con el constante estallido de tierra fértil y de luz, una estrella es como un campo llevado a la exageración.

Montañas luminosas, montañas solariegas. Ninguna otra hipérbole de campo como la de estos cultivos esféricos rodeados de extensiones que hojecen y cumbrean, y que lo ejecutan con una luz fresca y limpia de tanto y tanto arder, y a una distancia vertiginosa que no hace sino enfervorecer todavía más su culto. Iconos y más iconos, pues, de unos campos que no están a nuestro alcance, de unas tierras hermanadas por puntas como los dedos de nuestras manos, pero que no están a nuestro alcance.

Iconos gestatorios. Divinidades de campo que vemos vivir y reinar vestidas de una tierra deslumbrante, de una tierra hecha esplendor y coronadas de una cimación obsesionante. Campos subidos al cielo, campos de resplandor de un estallido mineral y botánico, pero también de un estallido animal suficientemente vistoso si nos dejamos perder por entre la figuración láctea de la estrella del Boyero o por la del camino de Leche derramada tal y como se expresa en el mito de Hera y Heraclés. Ya me direis si no es ganadera de casta esta visión lechosa del perfil de la galaxia, como un chorro que brota de los senos de una diosa para criar y amamantar trocitos y más trocitos de roca bullente.

Leche y nieve y simiente de luz. Cosechas y ramos de tierra y de viento, de polvo y de gases. Glebas y astronomía de una agrariedad gradualmente más amplia hasta conseguir la configuración y la desfiguración cósmica de un campo radical: la bóveda dilatada y la semilla de bóveda. ■

Versión al castellano: Orlando Guillén.

ESTRELLES DE CAMP

Perejaume

Quan mirem el cel estrellat, les puntes instantànies de llum hi alcen unes muntanyes altíssimes i enlluernadores que contrasten amb les muntanyes terrenals, perennes i obscures. És l'opulència astral. Amb un desinfernament continuat d'elevacions, i servint-se –ara barrejades, ara intermitents– de l'absoluta obscuritat i l'absoluta llum, l'estrellada produeix un llumejar il·limitat de cims que tiren puntes cap aquí i cap allà i no paren.

Serres de foc. Aurores vives i massissos roents que es desfan. Quantes i quantes muntanyes! És un continu sortir, caure i reprendre. Elevacions i brimarades, ensulsiades i enfosquiments. Segons com, el centelleig és tan seguit que arriba a produir la lluïssor rasposa d'un firmament reverberant i abrasiu com un paper de vidre granellut i gegantí. Aleshores, a tocar de la fosforescència d'agulles, pollegons i tucs, s'endevina la gran fondària negra i adolorida de punxades, d'avencs, un per cada esclat de llum.

Geologia i cel. Blavor muntanyenca amb muntanyes extremes de llum, tan abandonades a l'infinit de la nit que hi tremolen. Agitació de puntes, encesa cada estrella en un cel que l'atia amb tenebres tot al volt, les unes que hi ombregen, les altres que hi contrabrillen. Perquè la llum accidentada d'una estrella, per més que afiguri un alçament muntanyós, un cop el té, no s'hi atura. De fet, una estrella viu de desplegar, sense interrupció, una obstinada resplendor de mides. Els seus angles s'encelen i creixen tan punyents com esborradissos. Més que no d'incendis de muntanyes es tracta, doncs, d'incendis muntanyosos que, sota geografies de límits luminescents, agafen una presència tremolosa de terres sense fita.

Evidentment aquesta muntanyositat sideral, aquesta voluminosa superfície d'emanació amb cingles enlluernadors, pendents molt pronunciats i crestes infinites és una pura il·lusió, però és una il·lusió tan persistent, tan versemblant, que projecta sobre les muntanyes del planeta una voluntat pacient de voler-s'hi assemblar. Aquest, si més no, és un dels prodigis que els sentits ens fan veure: la continuïtat possible de carena entre un horitzó serrat de terres i un horitzó serrat de llum.

El sedentarisme terrestre de la llum, amb tota la morositat del relleu que ens sosté, es manifesta, aleshores, com una terra extasiada de veure els cops d'ala i els cops de llum tant dels astres serra-alats com dels cims que hi giravolten. Respecte a l'aspiració de la terra per mirar d'assemblar-s'hi, només cal observar els sobrealçats cims nevats, flotants i lluents com una promesa de flama, com una flotació de terres que s'escapen de terra i mig pertanyen al cel que els abriga.

Concebre un pic nevat com, primer, l'aturament i, després, l'atuironament d'un llambreig, amb la consegüent identificació de qualsevol relleu alpí o polar amb una estella que hi mandreja, comporta la incorporació gairebé xamànica de pics i glaceres al cicle del foc.

M'ha arribat una imatge fotogràfica de les muntanyes de Ladakh, situades a l'Himàlaia índia. En els pendissos quasi verticals i així i tot profusament nevats que s'hi alcen, la visió d'una estrella que fredoreja amb les puntes de llum parades i rígides resulta literal. Són unes crestes altíssimes i desolades amb els fondals atapeïts de neu i amb congestes més fines que en ressalten els caires i les arestes. Amb un ritme majestuós, el conjunt desplega una geometria de grans masses de roca, que produeix l'efecte d'una cristal·lització imponent. Tous de neu i prismes, amb molta agudesa d'angles i de caires, constitueixen una imatge molt fidel d'estrella amuntanyada. L'efecte, si és que d'un efecte es tracta, és totalment aconseguit.

A banda d'una figuració tan exacta com la de les muntanyes de Ladakh, són innumerables les serralades que més o menys accidentalment semblen estrellades a terra, ara com una massa radiant que en sorgís, ara com unes estrelles alabaixes que s'hi haguessin clavat. L'ardència i el glaç, la puixança i el glaç: el món és fet així.

Curiosament, de retop, projectem sobre les estrelles una llum de neu: una boirina gelada d'esclat, d'esplendor i de cristall de neu alhora. Quan una nit és freda i serena, l'efecte de glaços ardents és molt viu, tant que més que no pas espetegar i treure espurnes, les estrelles que titil·len ho fan com si més aviat s'arraulissin, com si tremolessin d'un foc que té fred.

Contra aquests horitzons ultrapassats, contra aquestes puntes de llum d'una cimació inacabable, la crosta de la terra alça unes puntes molt més discretes, però més definitives i sòlides. El relleu terrenal va naixent sempre, però ho fa amb la força i la vitalitat que creix d'una certa quietud. La vida animal, el roc que gema o la maduració de la fruita demanen unes variacions lentes, ben poc flamejants, més aviat pacients i delicades. No hi ha al món res d'immòbil i parat, però no cal dir fins a quin punt, respecte de les estrelles, les variacions són molt menys agudes, molt més ondulants i amansides. Per altra banda, el rec, la combustió i l'evaporació de vida generen, sobre l'esfera terrestre, un cel captiu. De manera que la configuració lleugerament radiant de puntes de muntanya que s'escapen de terra queda sobreallisada per l'arrodoniment atmosfèric amb què aquest cel les recobreix.

Això fa que la figura estrellada aparegui, en el globus, més com un indici que no pas com una evidència. I això permet, segons l'experiència que ens proposem de tenir, de més aviat cairar o més aviat arrodonir aquesta figura, ara més estirada de puntes, ara menys.

De fet, la mateixa realitat estrellada té un comportament titil·lant, de presència segons com més forta, segons com més latent. Sembla com si sabés on li convé un protagonisme de substància inflamada que centelleja, tota ella acrescuda i devorada pels seus propis esclats, i on prefereix una presència més discreta i seminal, com la de determinades formes botàniques. Estic pensant en el pelló que recobreix les castanyes, o en la clofolla punxeguda del fruit de l'estramoni o en la mateixa bola dels plàtans emplomallada de llavors. En tot cas, a intensitats i a velocitats molt variades, des de la guspira de foc minúscula i volandera, a l'aparença ígnia de neus i glaceres, passant pel camp mundial de muntanyes, això és per la força ascensional del món amb les valls embotides en els seus punts més fèrtils, la imatge de la multicimació d'un centre es focalitza i es dilata, s'escampa, es repeteix i es perpetua.

Segueixo immers en la consistència i l'emanació. En l'esfera de gravetat i l'esfera de llibertat de la consistència i de l'emanació, enmig de l'acció de radicar i de l'acció de radiar que, mútuament, es vivifiquen. Impossible de desxifrar totalment aquests fenòmens de mida i de llum.

Ara mateix, l'espai s'eriçona amb cada camp de món creador de perspectives. Amb un punt de fuga a l'extrem, cada punta és una punta d'estrella aferrada a la realitat immediata del camp, feta créixer d'ell estant, sorgida d'ell, casolana i desconeguda alhora, com un flux de plata que tira enllà i s'afua.

És la frondositat de llum d'un camp que s'il·lumina de mida o, encara millor, l'espai encès d'un tany de camp que pren augment del caràcter flexible de les seves pròpies gleves per pesar amunt, més o menys lleugerament, però amunt.

Per altra banda, lligat a aquesta radiació mètrica, la disposició estrellada comporta que, un cop atresorats, tots els pams de món són igualment valuosos, sense que cap hagi d'estar al servei de cap altre. I això, com si la ufana de vol i la vida que se'ls fa en sufoquessin qualsevol voluntat de domini. Cap rang jeràrquic, doncs. ¿Com podria ser, un indret determinat, més fonamental o més important que no pas un altre? La mateixa concepció radiant evidencia la qüestió i hi dona claredat. Cada punt de món és certament tan completament polar o cimer com ho puguin ser la resta. Que és com dir que tota terra és central i marginal alhora, cada gra, tots. Admirat cada gra de la seva existència i de l'existència dels grans veïns.

A més a més, en aquesta indestriable amalgama de natura i llum, per cada camp que es marceix de puntes hi ha un camp nou a punt d'engegar. Que és així com l'espai es regenera, rústica la llum i herbada, però també diamantada i mineral, feta com és d'aquesta condició estrellada del globus que, amb una tanyada doble de resplendor –la que en surt i la que terra endins s'apaga–, posa un punt d'incandescència arreu. Així les coses, encara que a intensitats molt diferents, sòl terrestre i sol astral coincideixen de creixença lluminosa, i no sé si no és per això, per ratificar aquesta confusió de ferm i de llum, que també coincideixen de nom.

Situacions. Semillums. Rellentor de combustió botànica, de combustió muntanyosa d'una estrella que s'accidenta més o menys, que es dissol més o menys, però no desapareix mai del tot. Es retreu fins a gairebé enterrar-se, es perllonga fins a gairebé perdre's, però no es dissol. Definitivament la nostra és una terra que suscita l'horitzó palpitant dels astres. Ara bé, la terra no arriba mai a moure i a fer esclatar un horitzó així, només el commou, l'instiga. Simultàniament l'espai sideral cenyeix la corba del planeta centellejant-hi d'una manera rítmica, amb l'esplet del sol cada dia i el negre en repòs cada nit. Parlo d'esplet i de negre en repòs de tan manifest com hi resulta l'efecte de plantació de llum i de messes successives.

Sempre he pensat que, de nits, cara a cara amb l'estelada de camps que brillen al cel, la terra campa i obscura els pren, mig per model, mig per imatge de culte. Costa certament ben poc de contemplar les estrelles com a icones de camp. Unes icones refulgents, múltiples i enjoiades. Realment si hi ha una projecció extrema de la imatge de camp, és al cel estel·lar que es dona. Al capdavall, amb l'esclat constant de terra llevadora i de llum, una estrella és com un camp portat a l'exageració.

Muntanyes lluminoses, muntanyes pairals. Cap altra hipèrbole de camp com la d'aquests conreus esfèrics voltats d'extensions que fullen i cimegen, i que ho executen amb una llum fresca i neta de tant i tant cremar-hi, i a una distància vertiginosa que no fa sinó enfervorir-ne encara més el culte. Icones i més icones, doncs, d'uns camps que no són al nostre abast, d'unes terres agermanades de puntes com els dits de les nostres mans, però que no són al nostre abast.

Icones gestatòries. Divinitats de camp que veiem viure i regnar vestides d'una terra enlluernadora, d'una terra feta esplendor i coronades d'una cimació que obsessiona. Camps encelats, camps de resplendor amb un esclat mineral i botànic, però també amb un esclat animal prou vistós si ens deixem perdre per la figuració làctia de l'estel Bover o per la del camí de Llet vessada tal com s'expressa al mite d'Hera i d'Hèracles. Que ja em direu si no és ramadera de mena aquesta visió lletosa del perfil de la galàxia, com un doll que brolla de les sines d'una deessa per criar i alletar engrunes i més engrunes de roca bullent.

Llet i neu i grana de llum. Collites i rams de terra i de vent, de pols i de gasos. Gleves i astronomia d'una agrarietat gradualment més àmplia fins a atènyer la configuració i la desfiguració còsmica d'un camp radical: la volta dilatada i la llavor de volta. ■

EL SACRIFICIO

Dimas Prychyslyy

Mientras la barcaza se dirigía a la orilla opuesta, Amur encargó a Philis llevar a la casa recién adquirida sus pertenencias, junto al resto del servicio que lo acompañó a Aguere. Él subiría a pie a la ciudad alta, como de costumbre, intentando ahuyentar el recuerdo de aquella primera visita al monasterio de Sájov, que lo asaltaba a cada vuelta. Vio partir el séquito por la carretera que ascendía bordeando la ciudad, apretó la piedra que llevaba en el bolsillo hasta que le hizo daño en los dedos, se adentró por uno de los lúgubres arcos de herradura y se abandonó al sinuoso serpenteo de las calles que iban volcándose en escaleras. La cara de Sireno era otro de los recuerdos que lo atormentaba, el talismán del bolsillo, el regalo último, el más doloroso, lo había acompañado a lo largo de todos esos meses. La ciudad era del color de su cuerpo, un olor similar al suyo, a nuez moscada y a piel curtida, iba extendiéndose por los pasajes horizontales, por la luz paralizada e imposible. Recordó Siena. Pensó en Sireno, y en los ojos de lincurio del padre Mykola. Apuró el paso. Apretó la piedra.

* * *

El trineo parecía ir solo, tirado por una bestia alba y famélica que se confundía en la nieve. Apretujado junto a su madre, ajena a la radiante tempestad invernal embebida en su misticismo, Amur agarraba con una mano los regalos que llevaban a la Orden y con la otra se sujetaba a la alfombra acartonada, moteada de nieve, que les servía de asiento. A una distancia prudencial, los custodiaban dos trineos a cada lado tirados por bestias iguales, cargados de víveres y otros enseres que solo podían encontrarse más allá del lago. Amur intentaba hacer oídos sordos al estrépito que dejaban a su paso. La madre cerraba los ojos a cada crujido y sonreía débil, atravesada quién sabe por qué revelaciones.

El montículo surgió de pronto. Los caballos relincharon. Era como una formación de nubes o un diluvio entre dos claros. Una alteración afilada pero fluida de los blancos que conformaban el horizonte y unas redondeces planetarias que apenas se adivinaban anunciaron el oro de las cúpulas veladas por las nieves suspendidas, como cirios palpitantes tras un fino lienzo. Luego vino un bosque en letargo. Y, en el interior de las diminutas salas que se amontonaban en la inmensidad del monasterio, olor a acritud de lácteos y fermentos de hordio, y al aliento de mulo de la Madre Superiora, con su negra mugre bajo las uñas transparentes, sobre el recogimiento de la madre hinojada. Al otro lado de los cristales, el hielo como un plato de leche podrida.

La Isla del Monasterio, la llamaban. Eran muy pocos los que iban. La nieve de los baúles que los hombres descargaron no tardó en empapar las alfombras de esparto. Amur comió en silencio y aprisa, acalorado, sin hacer caso de los olores. Desde una de las salas contiguas salió una figura inmensa y pálida. El rostro tenso de la Madre Superiora se embelesó con rubores y muecas infantiles.

–El padre Mykola –informó solemne la monja.

Las manos frágiles, los dedos larguísimos, las uñas perfectas. A Amur le dio asco.

* * *

Amur atravesó Puerta Antigua y bordeó las ruinas de la Parroquia de los Metaleros. La calle Alhilal se alzaba como media clepsidra, parecía que iba a caerse de un momento a otro sobre los comerciantes que la atestaban. Los pórticos pétreos y mugrientos, con las columnas en ángulo, amenazaban a los viandantes dejando una angosta rendija sobre sus cabezas. Al final de la calle había una fuente de piedra oxidada, en cuya pila las jóvenes solían romper clavos y horquillas metálicas en señal de despecho. A mitad de la calle, otra descendía de forma abrupta en dirección norte, y en uno de sus recodos había una taberna que llamaban Yacarnad. Era el primer sitio que pisaba Amur a cada vuelta.

Eran tres los lagos que habían marcado su vida, y eso que uno de ellos, el de Aguere, solo podía verlo en sueños. Lo descubrió en un antiguo mapa de Leonardo Torriani, a los pies de una ciudad de impecable trazo, custodiado por un convento de muralla poligonal. El convento se llamaba San Manuel de las Victorias y sus monjes mercadeaban con hortalizas que llevaban a la ciudad transportadas en lanchas, cuyo tamaño fue menguando a medida que habían ido menguando las profundidades del lago. Cuando se secó por completo, cuentan que por culpa de la constante sed de los eucaliptos, los monjes se fueron. Torriani explicaba a Felipe II en una carta que, según los aborígenes, era el lugar al que iban las almas de los buenos.

Amur soñaba con reencontrarse algún día con Sireno al pie de sus verdes orillas. Cuando llegó a la isla y le enseñaron el lugar que había ocupado el lago perdonó las faltas de Sireno. Ahora era libre. Solo Philis lo sabía.

En Yacarnad no había puertas ni ventanas, solo uno trozo de arpillera colgado de un par de clavos en la entrada. Se bebía yaca en silencio. A lo sumo un gesto con la mano para reponer el frasco. Algún ronquido fruto del sueño anhelado. Solo el tintineo del mesero en la penumbra que envolvía los barriles. El blanco de la yaca tenía tonos verdosos, y un efecto narcótico si se tomaba en exceso. La yaca calmaba. La yaca era un vicio extraño propio de aquella ciudad torcida. Y su efecto era aún más misterioso, permitía al que abusara de ella volver al mismo sueño, siempre al mismo. Un sueño que no se elegía ni se recordaba, pero que se sabía. El de Amur era Aguere.

El tercer lago era cálido, a diferencia del hielo conocido del primero y la templanza adivinada del otro. Sobre su arena gruesa Sireno y

Amur habían tenido su primer encuentro. Un lago áspero y perezoso, de cantos en su lecho profundo, como una lengua marrón y henchida de lodazales. Algunos se atrevían a nadar en sus aguas, otros simplemente recorrían el pedregal de las orillas, importunando a los peces y admirando la ciudad suspendida. La yaca también lo hacía volver a ese momento. Al nudo de harapos pardos confundido con las piedras, a un zurrón lleno de vino, y más allá unos juncos sobre los que habían puesto a secar una capa remendada, y al fondo, confundido con la mugre quieta del lago, el cuerpo cobrizo, delgado, en contraste con la hinchazón de la parte más oscura, de un hombre joven. Había clavado con descaro sus ojos verdes en Amur mientras se estaba estrujando el pelo azul como un trapo recién lavado. Amur se acercó. Ya no le estaba mirando a la cara.

Tres frascos de yaca le bastaron para no caer en el sopor. Desanduvo con dificultad la calleja, recorrió a empujones Alhilal, se instaló en la fuente. Metió la mano en las aguas herrumbrosas. Buscó metal en los bolsillos. Apretó la piedra. Susurró su nombre. Luego el otro. Apretó la piedra. El tercer lago… La fuente de los despechados… Fue desnudándose con el estómago lleno de yaca y la mente de delirios ante el estupor de algunos y la curiosidad de otros. Sus ricas vestiduras no tardaron en absorber las inmundicias de la calle, en impregnarse con la putrefacción de las frutas y el dulzor de las heces. Hundió un pie en la profundidad de la fuente, sintió la clavazón del abrojo y le pareció fondo de alga, metió el otro pie y la herrumbre se tiñó de sangre. Un grupo de muchachos correteaba en torno a la fuente. Los mendigos se disputaban sus ropajes. Algunas jóvenes despechadas contemplaban hambrientas la musculatura de Amur. Pisaba los clavos mientras daba vueltas a la fuente. Sireno estaba allí con él. En el lago. En Aguere, donde las almas buenas.

Unos dedos se introdujeron en su barba y le apretaron el rostro. Sintió una nalgada y más risas. Luego una mano cálida que le estrujaba abajo e hizo que se le cortase el aliento y se le hundieran las costillas. Más risas. Y el abrojo ya en las rodillas. La loza fría del poyete en la barba liberada. Un aguijonazo en los testículos. Dónde está la piedra. Sireno. Sireno. Sireno.

Un hombre arrebató a uno de los mendigos la capa de Amur y lo cubrió con un gesto hábil. Espantó el corro y lo sacó del agua. Lo sentó en el poyo de mármol de la fuente y le sacó uno a uno los clavos. Le lavó los pies con agua limpia. No consiguió enfundarle las botas.

–¿Otra vez usted aquí, señor?

–Sabía que vendrías –dijo Amur en un siseo–, ¿dónde está la piedra?

Amur entró en el zaguán de la casa nueva y trastabilló con la capa cayendo de bruces. La piedra salió volando de su mano hasta rebotar contra la pared del pozo que estaba en una de las esquinas. Había una vegetación exuberante y una luz tenue. Sirvientes yendo de un lado a otro. Amur quedó postrado besando el suelo, de rodillas, con la parte posterior arriba, las nalgas cubiertas con una costra de barro, las plantas de los pies destrozadas. Philis se precipitó a cubrir las redondeces abiertas de su amo, el desconocido no pudo apartar la mirada. De pie, frente a Amur, una mujer vestida de tosco negro apretaba las mandíbulas con los ojos cerrados.

–¿Madre? –balbució Amur intentando incorporarse–. ¿Viene a la fiesta?

–¡Levántate! –ordenó la mujer entre dientes, autoritaria–. La ciudad no habla de otra cosa.

* * *

El padre Mykola lo observaba desde una ventana del claustro alto. Los ojos ambarinos quemaban. Apoyado en el marco seguía los trazos circulares que Amur iba dejando en la nieve. Las monjas entonaban rezos recorriendo el claustro bajo en dirección contraria a la del joven. Amur se paró y miró fijamente a Mykola. Este sonrió amargo. Amur supo que iba a bajar y lo esperó al pie de la escalinata. Caminaron mucho rato en silencio, el hombre se agachó y puso la palma abierta de su mano sobre la nieve intacta junto a una columna. Se agachó como lo hacen las novicias, con cierto rubor y las piernas juntas, levantando un poco el faldón del hábito. Cuando sintió que la nieve le quemaba los finos dedos, habló:

–Es para ti.

Amur comenzó a desenvolver de un tejido pardo algo que parecía una tablilla. Dos figuras casi idénticas, dos hombres imberbes, con una aureola de oro desgastado en la que se entreveía lo rojizo del bol.

–Es de tilo.

Amur observó a la pareja de santos y no dijo nada. Parecían dos mujeres jóvenes. Guardó la imagen y siguieron caminando por la nieve del claustro.

–No hagas lo que yo.

* * *

El hombre que había rescatado a Amur se llamaba Shim y le explicó a Philis que no era la primera vez que veía a su amo en Alhilal, pero en esta ocasión decidió intervenir. Philis asintió y no hizo más preguntas.

Pasado el efecto de la yaca, subieron a Amur a los nuevos aposentos, reproducidos de idéntico modo a los de la casa antigua. Amur estaba frente a un espejo en un amplio salón poco iluminado, pegada a un ventanuco estaba su madre de espaldas. Amur estaba completamente desnudo, Philis le ayudaba a arreglarse para la fiesta. Mientras aplicaba una loción en los pies magullados, Amur le acariciaba el pelo.

Viendo que la madre se impacientaba le dijo al sirviente:

–Dile a ese hombre que venga esta noche. No es una invitación, es una orden –exclamó levantando la barbilla de Philis con firmeza–. Ahora ve, intentaré averiguar qué quiere mi madre.

–Deberías taparte.

–Estoy cubierto –dijo Amur cruzándose una túnica vaporosa y transparente.

–¡Heliogábalo!

–No tiene usted la vista suficiente, madre, para ver nada de lo que no haya visto antes.

–¡Cuántas veces te he dicho que no quiero ver ese icono!

–Tantas como las veces que yo la he desobedecido.

–Ese monje infame…

–Era un pobre hombre, madre.

–Al menos no hizo esto… –y trazó un amplio círculo con la mano.

–Se le va a hacer tarde.

–Con un aprendiz de hojalatero… –murmuró indignada.

–Sé que usted tuvo algo que ver.

–Pero ¡cómo te atreves!

–A mi lado hubiese sido…

–No lo dudo, tras cobrar el precio que el Concejo puso a tu cabeza.

–Váyase.

–Esto va a ser un escándalo, te lo advierto, vendrán esta noche.

–He pensado en Sájov, en que tal vez allí…

La mujer se detuvo a pocos pasos de la puerta.

–Sí, yo también lo he pensado, podrías haber sido feliz con ese desgraciado de Mykola, pero ya es tarde.

Amur sintió que el estómago le daba un vuelco.

* * *

Aquella primera vez yacieron sobre la capa remendada en la oscuridad, junto a los juncos. Las olas acompañaron las implacables embestidas, los chapiteles reflejaron la luna y la ciudad marrón se transfiguró en plata. Amur había experimentado algo desconocido. No supo describir lo que le pasaba. Entonces Sireno le dijo que era propio de los requiebros, y volvió sobre la pelvis de Amur y le contó que era ayudante de un mercader de hojalata y que las noches que conseguía escaparse venía a bañarse al río.

Philis dispuso una tina con agua perfumada y dejó a los dos hombres. Estaba acostumbrado a los excesos de su señor, pero era la primera vez que le veía hacer eso. Un caso similar ocurrió con un soldado, pero fue el propio Philis el que llevó a cabo el ritual.

Amur se arrodilló, con un paño suave en las manos, comenzó por los pies del joven, aún con restos de arena del lago.

* * *

Junto al aposento principal había un habitáculo cegado en el que palpitaban unos candiles. En él atesoraba Amur las reliquias que le iban dejando sus visitas, por lo común masculinas. Presidía aquel retablo de caoba el pequeño icono de Sergio y Baco del padre Mykola y un sinfín de objetos, dados voluntariamente o tomados a la fuerza. De Sireno guardaba un vaso estañado en el que solía depositar la piedra que el joven recogió para él de la orilla del lago la primera noche. La mayoría eran objetos comunes, un montículo sin ningún valor, salvo una pieza bizantina en cuyo interior había un único cabello de mujer.

Adra era la esposa que le habían impuesto, y gracias a la que pudo hacerse con su legítima heredad. Adra era de extraña belleza y carácter taimado. Satisfacía a Amur en todos sus caprichos, más que su esposa era su principal cómplice. Sus caracteres eran de una inusual semejanza. Y eso era lo que la madre de Amur había visto en ella, y desde el primer instante supo que le sería de gran utilidad.

–Acércate, Adra.

–Ahora no, ya están todos.

–¿Philis ha hecho venir a ese tal Shim como le ordené?

–Sí, no temas por eso.

–Ya sabes lo que debes hacer –dijo Amur atrayendo a la mujer hacia sí y cayó arrodillado.

Era habitual en Amur pegarse al rostro de Philis para darle ciertas órdenes. A pocos centímetros de sus labios, Philis adivinó el aroma de Adra en el aliento de su señor.

–Sí, ya está todo dispuesto.

* * *

Amur no se molestó en contar los días o los meses que Sireno y él pasaron juntos. El tiempo no tenía sentido, ni las rutinas, ni atender las escasas peticiones de Adra o soportar los exabruptos maternos. No deseaba compartir a Sireno con nadie, ni siquiera con Adra o con Philis, y pasaba las noches viendo cómo el joven dormía, con el pelo azulísimo y los ojos enormes bailándole tras los párpados.

La primera vez que se presentaron para detenerlo, Amur vio cómo la mirada del joven cambiaba. Entonces mandó a la madre al Concejo con un cofrecillo alargado que contenía un legajo que les cerraría la boca. Un día Sireno desapareció de la casa paterna de Amur y volvió a los pocos días. Traía un aroma diferente, y la ternura de Amur se tornó en desdicha.

* * *

Adra llevó a Shim al aposento grande y comenzó a desvestirlo. El hombre estaba desconcertado, pero había bebido el vino que se servía en la casa y del que toda la ciudad había oído hablar, de un efecto inmediato y que se iba sin dejar huella. Pasaron una cílica de la que bebieron todos los invitados, luego Amur partió una torta herbácea que dio lugar al desenfreno de la esperada fiesta.

Shim se arqueaba sujetando los cabellos de Adra a sus pies. Amur los observaba desde el interior de la capilla, totalmente a oscuras, tirado en el suelo, con un frasco de yaca en la mano y la túnica púrpura abierta.

–Es por ti por quien tienes que temer, Adra –repetía–, a mí nadie me traiciona.

Habían acordado un precio de 40 reales para el que aportase pruebas suficientes de las actividades de Amur y los convidados que con tanta frecuencia acudían a su palacete. La amenaza de la madre paralizó las acciones del Concejo y los papeles que el padre con tanto sigilo había guardado en sus tiempos de gobernante fueron destruidos a cambio del silencio de todos los allí presentes.

Amur decidió partir de la ciudad y vender la casa del padre. Ordenó a Philis comprar una mansión nueva en la parte más alta y que triplicase en esplendor a la paterna, con la única condición de reproducir un aposento exacto donde poder trasladar su capilla. Acercó de nuevo sus labios a Philis y entrecerrando los ojos le encargó el cometido último. Luego partió a la ciudad sin lago, a Aguere, donde las almas justas.

Encontraron al joven y a su amo muertos a poco de la ciudad, en la orilla opuesta del lago. El hojalatero y su aprendiz habían sido degollados. Sobre sus cuerpos encontraron la misma cantidad de dinero que el amo y el aprendiz llevaban escondidos en un zurrón en el interior del carro. Los campesinos pelearon por los 80 reales que sumaban lo que el Concejo había pagado por la captura de Amur, más lo que Amur había pagado por la muerte de Sireno. El encargado de perpetrar la venganza fue Philis.

La misma noche en la que vinieron a arrestar a Amur por primera vez, Philis recibió la orden de seguir los pasos del joven, mientras Amur entregaba el cofre a la madre para silenciar a los del Concejo, y actuar sin piedad en el caso de que Sireno quisiera huir. Aquella noche muchos pobres se dieron un festín con el precio de aquella traición.

–Teme por ti, mujer –susurraba Amur desde el interior de la capilla, mientras veía cómo Shim la montaba–, teme por ti, porque a mí no me traiciona nadie.

Apretaba la piedra y sentía el verdor del agua. Sireno. Sireno. Sireno. Dio otro trago a la yaca. En el aposento volvía a ver a Sireno con sus ojos verdes y su melena azulada, montando a Adra.

La música cesó tras unos golpes en el portón principal. Philis entró en la sala, Adra se separó de Shim y le hizo un gesto señalando la capilla.

–Ya vienen –susurró Amur mientras Sireno se le acercaba desde el otro lado del aposento–, ya vienen. ▪

FRANK SIGMUNDSON, SOÑADOR EN TULÉ

Xesús Fraga

[*Con ropa clara y mirada insegura, Álvaro Cunqueiro posa para la cámara, sentado delante de una estantería con libros. Da la impresión de que el fotógrafo ha disparado antes de lo previsto y ha sorprendido al escritor, el gesto a medias. En una de sus manos, extrañamente moradas, sostiene un cuadernillo en cuya portada se lee: «Hölderlin.* Versos». *El alemán fue uno de los muchos autores a quienes Cunqueiro tradujo al gallego, en su caso, en un año tan temprano como 1930 para la revista* Nós, *donde cuatro años antes Ramón Otero Pedrayo ya había publicado su versión pionera de unos fragmentos del* Ulises *de James Joyce. Con los años, Cunqueiro alternó sus propios poemas con traducciones de poetas tan dispares como Villon y Blake, Cavafis y Dickinson, Li Po y Ginsberg. Nombres bien conocidos a cuyo lado figuran otros que no lo son tanto: Carlo da Majorana, Knut Tellanken, Eliano Ardeanu y Frank Sigmundson, entre otros. Durante años, estos escritores intrigaron a los investigadores, quienes finalmente concluyeron que los versos eran obra del propio Cunqueiro, responsable también de inventarse los nombres de sus supuestos creadores. Pero que fuesen apócrifos no tiene porque implicar que no tuviesen una vida independiente, quizá imaginada pero tan real como…].*

I

Un escritor aspira a la inmortalidad. El propio acto de escribir también es una comunicación diferida hacia el futuro, en la que el autor establece un diálogo que se completará una y otra vez con el paso de los años. Después está la otra clase de inmortalidad, la de quien pretende que lo que se recuerde sea su nombre, incluso a costa de su propia obra: literatos que llegan a considerar que la fama de su firma justifica las páginas posteriores. También hay quienes, con mayor modestia, confían en el azar de la historia, que, cual rueda de la fortuna, hace subir o bajar la popularidad de sus obras, consagrándolas como clásicos o condenándolas a desaparecer. Por último, aunque ocurre rara vez, existe el escritor que prefiere el olvido consciente, y hasta llega a renegar tanto de la obra publicada como de quien la compuso, como si el nombre que figura en las portadas fuese el de un impostor.

Durante años, Frank Sigmundson desapareció de los registros literarios de su país. Ni siquiera podría ser considerado una nota al pie de un movimiento, una generación, una corriente, como suele pasar tantas veces con autores que en algún momento conocieron la fama y a quienes el paso del tiempo relegó a esa recua de secundarios casi anónimos que dibujan el telón de fondo sobre el que se recortan aquellos dos o tres clásicos que han entrado en el canon. Tampoco fue ese el caso de Sigmundson: la aparición de un solo libro, *El soñador en Tulé*, no fue suficiente para los círculos culturales más prominentes. No constan entrevistas con motivo de su publicación, como tampoco reseñas o citas en periódicos y revistas de la época, a finales de los años 60 del siglo pasado. Es cierto que, de existir ese rastro, habría que revolver en polvorientos archivos y mancharse los dedos con el papel amarillento y quebradizo por el tiempo pasado, y que no ha conocido una nueva vida digital: teclear el nombre de Frank Sigmundson en los buscadores de la red solo conduce a callejones sin salida.

Esta ausencia se debe, en buena medida, a la voluntad del propio Sigmundson, aunque no por cuestiones de estricta índole literaria, como ya se verá. De hecho, *El soñador en Tulé* fue víctima de las circunstancias que lo apartaron de las letras y la vida pública en general: existe el convencimiento de que en esa telaraña de engaños y simulaciones que caracterizaron su paso por Estocolmo, ese librito de versos representó una verdad única, aunque no se puede contar con la versión de su autor.

Fue la publicación de una fotografía, con ese colorido propio de las imágenes registradas por un tomavistas –posible fuente del retrato original–, estrechamente ligadas a la década de los 60, la que inició la serie de asociaciones que llevarían hasta Sigmundson. Un primer reconocimiento propició un segundo recuerdo, que a su vez despertó la memoria dormida de quien lo había tratado fugazmente hace medio siglo.

Frank Sigmundson apareció por el Kungsträdgården, o El jardín del rey, una tarde de una primavera que ya había atemperado los vientos invernales a pesar de no espantar el frío lo suficiente como para perder el día tumbado sobre la hierba. Se cuenta que el recién llegado vestía gorro de lana y tabardo de paño azul oscuro, con el cuello subido para protegerse de los vientos norteños, pero pronto aclaró que su indumentaria tenía justificación laboral. En efecto, declaró ser un marinero desembarcado del pesquero Sköld, que surcaba el Báltico y el mar del Norte, a la captura de bacalao y arenque. Para corroborarlo, dejó caer el petate de lona y se sentó sobre la ropa sucia de la singladura, no sin antes retirar los libros que lo acompañaban en la soledad de las guardias nocturnas y lo confirmaban en la segunda ocupación con la que había elegido presentarse: poeta.

El Kungsträdgården se transformó en el siglo XIX de propiedad real a jardín público. Frecuentado durante todo el año, en el verano escandinavo bullía con todo tipo de parroquias, desde familias a grupos de amigos o fraternidades políticas. Era lugar de concentración para las marchas del Primero de Mayo y, en los alrededores de la fuente de Molin, se congregaban estudiantes deseosos de sol y conversación con el otro sexo, jóvenes proselitistas de izquierda y los primeros *hippies* que arañaban cuerdas de guitarra y pisaban la hierba con pies desnudos.

Sigmundson accedió a esos círculos sin dificultad porque su bohemia marinera le añadía un aire de exótico cosmopolitismo entre aquella juventud que ansiaba conocer el mundo para cambiar su país. Desgranaba los relatos de sus travesías ante pequeños auditorios que formaban una media luna a su alrededor, él, que no había navegado más que unas millas pero que gracias a su imaginación convertía en largos viajes a latitudes extremas e islas remotas, transformando el Sköld del humilde pesquero que era en una nao de bravos argonautas. Son elocuentes los testimonios de quienes, repentinamente en el transcurso de la investigación, lo identificaron como aquel mozo que los hechizaba con su verbo fácil y el centelleo azul de los ojos.

Birgitta Forsberg: «Yo acababa de salir de secundaria y vivía mi primer año universitario. Política y economía. Estaba hambrienta por conocer y deseosa de experimentar, intelectual y físicamente, mi nueva etapa. Él te hablaba del canal de Panamá, de los puertos de la Bretaña francesa, de la bahía del Plata. No parecía mucho mayor que yo, pero la impresión que te transmitía era la de que ya había vivido tres vidas mientras tú aún no habías ni empezado con la tuya».

Andreas Källström: «Me acuerdo de una tarde en que nos habló de una tribu de las antípodas que tenía un ritual llamado *kula*: se intercambiaban collares hechos con conchas y unas pulseras parecidas. Por más que le preguntabas, te daba siempre una respuesta para cualquier duda que le pudieses plantear. Más tarde, leí los trabajos etnográficos de Malinowski y comprendí que fue ahí donde lo había leído, pero debí de olvidarlo hasta que reapareció, así de repente, en nuestras vidas».

Gerd Olander: «Yo había visto ya a Paul Newman en *Hombre* y creo que aquel año habían estrenado *Butch Cassidy and the Sundance Kid*. Por entonces estaba mal visto entre la gente que frecuentaba que te gustase el cine de Hollywood, mucho menos los wésterns. Así que tenía que disimular si quería ver una película de ese estilo. Cuando apareció Frank... seguimos llamándolo así, ¿verdad?, aunque solo sea por saber de quién hablamos... con sus ojos azules, bronceado por lo que imaginábamos el sol en cubierta, y ese aire que se daba de desaliño calculado, pensé que por una vez una de mis fantasías, alimentada en salas oscuras y entre sábanas insomnes, había puesto los pies en la realidad. Tenía en los ojos una intensidad escrutadora que parecía desnudarte, que era lo que las chicas, lógicamente, deseábamos de él. Y vaya si se aprovechó de aquello. Disfrutó lo que quiso al mismo tiempo que sabía lo que necesitaba».

Elin Alvarsson: «Yo debí de ser de las últimas que se acostó con él porque desapareció poco después. Debimos de hacerlo tres o cuatro veces, unos tres o cuatro días en una semana. Yo lo deseaba y en cuanto entrábamos en mi habitación de estudiante nos tirábamos horas sin salir, solo por pan y algo de Prästost y una botella de vino tinto barato para reponer fuerzas y pasar la noche. Ya sabía que él se acostaba con otras; a algunas, como Kajsa o Helmi, las conocía bien porque presumían del tiempo que pasaban con él. Aquellos eran los años de la liberación, del amor sin trabas, y una podía sentirse emancipada con solo satisfacer sus deseos en brazos de una fantasía que se había encarnado en un cuerpo. Pero no era más que eso, claro».

Y Vendela Lund: «No era solo su físico, los ojos azules y los músculos discretos pero firmes. Era lo primero en lo que te fijabas. Pero después era todo un seductor con las palabras. A mí, un día, me sentó en su regazo y señaló la fuente de Molin: "Mira, tú y yo somos como Ægir y Rán: yo soy el *jöttar* del océano y tú la diosa que vive bajo las aguas. Y ahí están nuestras hijas: Hröng, Dúfa, Bylgia, Hefring... son nueve. ¡Más nos vale ir apurando!". Y se partía de la risa y aprovechaba para meterme la mano entre los muslos mientras yo lo besaba. Pero él se libraba de mis labios y proseguía: "Recorreremos los caminos atlánticos desde nuestro hogar en la isla de Tulé, al norte del norte, donde no existe el crepúsculo". Siempre andaba con aquello de Tulé y la estrella polar, y por eso mismo no me pareció raro verlo en los versos de aquel librito que empezó a repartir en el Kungsträdgården».

De *El soñador en Tulé*, poemario firmado por Frank Sigmundson, no se conserva ninguna copia. Cuando se dieron a conocer los primeros detalles de la investigación, un librero de lance de Haparanda, en la frontera con Finlandia, contactó para informar de que en su registro había anotado la entrada de un ejemplar, pero que luego no había sido capaz de dar con el desventurado cuaderno por más que revolvió entre los estantes más apartados, allá donde nadie había puesto la mano en años. Sí envió copia del ingreso de la obra, por lo que contamos con una descripción básica del volumen:

SIGMUNDSON, FRANK. *El soñador en Tulé.* Edición de autor. 105 × 148 mm. Sin sobrecubierta. Cubierta acartonada, verde militar descolorido. 16 páginas numeradas más una con el título sin número, sin fecha y sin lugar de impresión. Indicios de un nombre escrito con lápiz y luego borrado. Debajo, las iniciales «E.A.» con bolígrafo. Número de inventario #DADAX0224017624.

Ninguno de los que trataron a Sigmundson en su breve paso por el Kungsträdgården a finales de aquellos convulsos años 60 conserva un ejemplar. Algunos ni siquiera lo asocian a la poesía. Hay quien recuerda un recital en una cava iluminada por velas, de esos que solían organizar los estudiantes, veladas de literatura y bebida. Pero esa misma persona, que prefiere no dar su nombre, admite que, si sitúa allí a Sigmundson, es solo porque en aquella época frecuentaba esos ambientes y le parece lógico que también acudiese a las fiestas poéticas e incluso tomase la palabra, aunque sin recuerdos concretos ni mucho menos una prueba física. Pocos años después, en mayo de 1973, cuando la revista *Folket i Bild / Kulturfront* publicó las primeras revelaciones del caso, nadie se imaginó que el marino del gorro rojo pudiese estar involucrado.

Todavía tendrían que pasar otros casi 30 años, hasta la aparición de un documento de seguridad nacional en el 2002, titulado *Rikets säkerhet och den personliga integriteten* para que alguien estableciese la primera asociación entre Sigmundson y lo que se conocería como el caso IB. Como suele suceder en estas ocasiones, el azar puso en marcha los mecanismos de la memoria personal para que finalmente Sigmundson saliese de las tinieblas en las que lo habían sumido la naturaleza de su actividad y una voluntad propia por borrarse de la historia.

II

En 1970, Seved Ekdahl había iniciado su carrera docente como profesor ayudante en el Departamento de Lenguas Románicas y Clásicas de la Universidad de Estocolmo, donde acababa de licenciarse. En sus años aún recientes como estudiante, había militado en la Svenska Clartéförbundent, la organización hacia la que gravitaban la mayoría de estudiantes de ideología socialista. Por aquel entonces, la Clarté, como era popularmente conocida, había iniciado un proceso de radicalización por culpa de su acercamiento al KFML, escindidos del partido comunista tras un viraje a posturas maoístas. En aquellos años, Ekdahl aún creía que para ejercer la docencia de la literatura era imprescindible estar cerca de su creación: sin el contacto continuo entre el mismo núcleo de las letras y la enseñanza, la transmisión de las obras artísticas no era más que una disección estéril y vacía. No obstante, su incapacidad para trascender los versos con los que todo adolescente cree singularizar sus pasiones vitales, evidenciada en las pobres tentativas que ni siquiera habían superado la criba de las revistas universitarias, lo había llevado a renunciar a la creación lírica y a canalizar su expresión en el ensayo y las clases. Por esto mismo era una firma constante en las páginas culturales de los diarios y las publicaciones especializadas, el suyo un rostro fácil de distinguir en debates, presentaciones de libros y recitales.

En aquel momento también el discurrir literario fluía parejo al político, ya que no se concebían versos sin una dirección ideológica, una herramienta más que contribuyese a la necesaria transformación de la sociedad, y aquellos mismos debates, presentaciones y recitales eran además encuentros en los que se citaba la causa común del progreso. En este ambiente, Ekdahl inspiraba desasosiego entre los creadores, nerviosos por conocer el dictamen que le merecían sus obras. Sobre ese prestigio había construido una altura académica que lo había conducido a una cátedra, en la que también había sido decisivo su paso de la Clarté a la militancia en la socialdemocracia. No causó sorpresa ninguna recibir la llamada que le confirmaba la aparición de su nombre en el informe. Tenía constancia de que se estaba investigando el uso de estructuras y recursos del Estado en actividades de dudosa calidad democrática, por no calificarlas de espionaje institucional. Sabía también que las conclusiones a las que pudiesen llegar carecerían de toda consecuencia en la vida política del país, ya que se limitaban a testimoniar fríamente los excesos y errores de un tiempo pasado; tanto, que tuvo que esforzarse por recordar aquellas noticias que arrojaran algo de luz sobre el caso IB.

Pero la sorpresa suele abrir camino a la curiosidad. Ekdahl ya no sentía interés por conocer en detalle cómo se habían desarrollado aquellas operaciones –tres décadas en cargos académicos y la proximidad con la política activa le habían proporcionado una casuística tan amplia como variada–, pero sí había algo que quería saber: nombres. Los nombres de quienes, como él, habían sido acosados sin ellos saberlo y, sobre todo, los de quienes los habían espiado. Quiénes eran, qué amistad o confianza había sido traicionada, qué rutinas de su día a día habían sido objeto de observación, análisis y delación, qué habían visto en él y qué ojos lo habían mirado, qué palabras suyas, dichas quizá en el aula o en una conversación íntima, habían quedado registradas, quién.

El informe contenía fotografías de cada uno de los agentes que de un modo u otro habían sido reclutados para el programa. No eran muchos, poco más de diez, y la mayoría prestaron sus servicios apenas unos meses para no ser descubiertos. De todos había retrato, a excepción de Frank Sigmundson. Y eso mismo, la ausencia de un referente visual, fue lo que desencadenó en Ekhdhal el recorrido mental que hizo que aflorase un recuerdo enterrado.

«Nacido en 1949. Formación, Academia de Policía de Ystad. Tres años de enseñanzas y seis meses de preparación específica para la misión. Objetivo: conseguir información sobre tendencias maoístas en círculos universitarios. Matrícula en estudios de Lenguas Modernas y aspiraciones poéticas, a cuyos efectos se le entrega un cuadernillo de versos. Informes enviados: no constan. Fecha de la baja: febrero de 1971. Paradero: sin noticias hasta 1977, cuando una alerta lo sitúa en el control fronterizo de Haparanda».

A medida que Ekdahl iba leyendo, el recuerdo adquiría cuerpo, hasta convertirse en un rapaz rubio, de aspecto marinero, que primero había sido un rostro más entre las pandillas de estudiantes con las que se cruzaba a diario, para después singularizarse poco a poco en aquellos recitales en los que declamaba sus versos, con torpeza, pero vehemencia. Aun así, no supo su nombre hasta la tarde en que tuvo que acompañar a aquel escritor extranjero a cenar y habían atajado desde la Universidad por El jardín del rey. No había retenido mucho más de aquella velada: solo la imagen del invitado foráneo, vestido de traje y corbata, su indumentaria y su avanzada edad en una perfecta simetría inversa con aquellos aprendices de *hippies* sentados a los pies de la fuente de Molins, a quienes observaba fascinado.

Uno de ellos se levantó y se acercó hasta donde se habían detenido. Acababa de publicar su primer poemario, le dijo, centrando en él su atención, y ese dato fue la chispa que precisaba para situarlo como uno de los aspirantes a poetas que se encontraba en los recitales o con los que coincidía por casualidad aquí y allá. Quería entregarle uno, no para que se sintiese obligado a escribir sobre él en su sección de crítica del periódico, aunque si lo consideraba merecedor de ello... Aceptó el regalo, pero no quería prolongar más la conversación y esgrimió la excusa del autor invitado, a quien debía llevar al restaurante. El joven revolvió en una bolsa de lona que llevaba al hombro y le entregó otro ejemplar a su acompañante, que lo recibió con una sonrisa y se lo agradeció, *tack*, con un leve asentimiento de cabeza. Al despedirse, reparó en el nombre de la portada, Frank Sigmundson, y una hoja de papel cuyos bordes asomaban por encima y por la derecha. «Es un poema que le he añadido. Lo escribí cuando el libro ya estaba en imprenta. Me dio tanta pena que lo pasé a máquina y ahora va como coda a los demás», le dijo antes de levantar la mano como gesto de despedida. Tanto él como el escritor invitado correspondieron el saludo y reanudaron su camino hacia la cena. A la pálida luz celeste del verano sueco leyó: «Tantos caminos busqué».

En el informe una fuente anónima aseguraba que el librito había precipitado la salida de Sigmundson. Ni siquiera lo había escrito él, sino que formaba parte del camuflaje que le permitía espiar en los círculos universitarios con aspiraciones literarias, igual que el gorro de lana, el tabardo y las singladuras, así como la búsqueda de Tulé. Se debía únicamente a un envoltorio de verosimilitud, y no estaba previsto que su supuesto autor lo enseñase más de lo necesario ni, claro está, que solicitase reseñas que lo acercasen arriesgadamente a la luz pública. Se dio cuenta entonces de que debía buscar en su biblioteca, no el libro, del que no recordaba haber escrito crítica ninguna, sino aquella hoja volandera, en la que había escrito su poema Frank Sigmundson o, mejor dicho, cualquiera que fuese el nombre de aquel poeta fugaz y olvidado. ■

Traducción del gallego de Xesús Fraga.

FRANK SIGMUNDSON, SOÑADOR EN TULÉ

Xesús Fraga

[Con roupa clara e mirada insegura, Álvaro Cunqueiro posa para a cámara sentado, diante dun estante con libros. Dá a impresión de que o fotógrafo disparou antes do previsto e sorprendeu ao escritor, o xesto a medias. Nunha das súas mans, estrañamente mouras, sostén un caderno en cuxa portada se le Hölderlin. Versos. O alemán foi un deses moitos autores a quen Cunqueiro traduciu ao galego, no seu caso, nun ano tan temperán como 1930, para a revista Nós, *onde catro anos antes Ramón Otero Pedrayo xa publicara a súa versión pioneira duns anacos do Ulises de James Joyce. Cos anos, Cunqueiro alternou poemas de seu con traducións de poetas tan dispares como Villon e Blake, Cavafis e Dickinson, Li Po e Ginsberg. Nomes ben coñecidos a carón dos cales figuran outros que non o son tanto: Carlo da Majorana, Knut Tellanken, Eliano Ardeanu e Frank Sigmundson, entre outros. Durante anos, estes escritores intrigaron aos investigadores, quen finalmente concluíron que os versos eran obra do propio Cunqueiro, responsable tamén de inventar os nomes dos seus supostos creadores. Pero que fosen apócrifos non ten por que implicar que non tivesen unha vida independente, quizais imaxinada pero tan real coma...]*

I

Un escritor aspira á inmortalidade. O propio acto de escribir é tamén unha comunicación diferida cara o futuro, na que o autor enceta un diálogo que se completará unha e outra vez co paso dos anos. Despois está a outra caste de inmortalidade, a de quen pretende que o que se recorde sexa o seu nome, mesmo á custa da súa obra: literatos que chegaron a un intre no que consideran que a sona da súa sinatura xustifica as páxinas posteriores. Tamén os hai que, con maior modestia, confían no azar da historia, que, cal roda da fortuna, fai subir ou baixar a popularidade das súas obras, consagrándoos como clásicos ou condenándoos a desaparecer. Por último, aínda que ocorre con rareza, existe o escritor que prefire o esquecemento consciente, e ata chega en vida a renegar tanto da obra publicada como de quen a compuxo, coma se o nome que aparece nas capas dos libros fose o dun impostor.

Durante anos, Frank Sigmundson desapareceu dos aconteceres da literatura do seu país. Ningún compatriota ou lector que coñecese o sueco diría ren ao escoitaren o seu nome. Nin tan sequera podería considerarse unha nota a rodapé dun movemento, dunha xeración, dunha corrente, como adoita pasar tantas veces con autores que noutrora coñeceron a fama e o paso do tempo relegou a esa recua de secundarios case anónimos que debuxan o pano de fondo sobre o que se recortan aqueles dous ou tres clásicos que entraron no canon. Tampouco foi ese o caso de Sigmundson: a aparición dun só libro, *O soñador en Tulé*, non foi suficiente para acceder aos círculos culturais máis prominentes. Non constan entrevistas co gallo da súa saída, como tampouco recensións ou citas en xornais e revistas da época, finais dos anos sesenta do século pasado. É certo que, de existir este rastro, habería que procurar en poeirentos arquivos e luxar os dedos no papel amarelecido e quebradizo polo tempo pasado, e que non coñeceu unha nova vida dixital: teclear Frank Sigmundson nos buscadores da rede só conduce a calellas sen saída.

Esta ausencia débese en boa medida á vontade do propio Sigmundson, mais non por cuestións de estrita índole literaria, como xa se verá. De feito, *O soñador en Tulé* foi vítima das circunstancias que o afastaron das letras e da vida pública en xeral: existe o convencemento de que nesa arañeira de enganos e simulacións que caracterizaron o seu paso por Estocolmo, ese libriño de versos representou unha verdade única, aínda que non se pode contar coa versión do seu autor.

Foi a publicación dunha fotografía, con ese colorido propio das imaxes rexistradas por un tomavistas –posible fonte do retrato orixinal–, estreitamente ligadas á década dos sesenta, a que iniciou a serie de asociacións que levarían ata Sigmundson. Un primeiro recoñecemento propiciou unha segunda lembranza, que á súa vez espertou a memoria durmida de quen o tratara dun xeito fugaz hai medio século.

Frank Sigmundson apareceu polo Kungsträdgården, ou xardín de El-Rei, unha tarde dunha primavera que xa amornara os ventos invernais malia non escorrentar a friaxe dabondo como para perder o día deitado na herba. Seica o chegado vestía gorro de la e tabardo de pano azul escuro co colo ergueito para protexerse dos ventos do norte, pero axiña aclarou que era vestiario por oficio. En efecto, declarou ser un mariño desembarcado do pesqueiro *Sköld*, que sucaba os mares Báltico e do Norte nas rotas do bacallau e o arenque. Para corroboralo, botara ao chan o macuto de lona para sentar enriba da roupa sucia da singradura, non sen antes retirar os libros que o acompañaran na soidade das gardas nocturnas e o confirmaban na segunda ocupación coa que elixira presentarse: poeta.

O Kungsträdgården transformouse no século XIX de propiedade real a xardín público. Frecuentado durante todo o ano, no verán escandinavo bulía con todo tipo de parroquia, dende familias a grupos de amigos ou gavelas políticas. Naquela altura, era lugar de concentración para as marchas do primeiro de maio, e nos arredores da fonte de Molin congregábanse estudantes á procura do sol e de conversa co outro sexo, mozos proselitistas da esquerda e os primeiros *hippies* que rabuñaban guitarras e pisaban o verdor cos pés espidos.

Sigmundson accedeu a eses círculos sen dificultade porque a súa bohemia mariña engadía un aquel de exótico cosmopolitismo entre aquela mocidade que arelaba coñecer o mundo para cambiar o seu país. Narraba relatos das súas travesías ante pequenos auditorios que formaban unha media lúa ao seu redor, el que non navegara máis que unhas millas pero que, grazas ao maxín, as convertía en longas viaxes a latitudes estremas e illas remotas, transformando o *Sköld,* do humilde pesqueiro que era, nunha nao de bravos argonautas. Velaí os testemuños dos que repentinamente, no transcurso da investigación, o identificaron como aquel rapaz que os engaiolaba co seu verbo fácil e o escintileo azul dos ollos.

Birgitta Forsberg: «Eu viña de rematar a secundaria e estaba no meu primeiro ano universitario. Política e economía. Estaba famenta por coñecer e desexosa de experimentar, intelectual e fisicamente, na miña vida nova. El falábache do Canal de Panamá, dos portos da Bretaña francesa, da badía da Prata. Non semellaba moito maior ca min, pero a impresión que che transmitía era a de que vivira xa tres vidas mentres ti aínda non empezaras coa túa».

Andreas Källström: «Lembro que unha tarde estivo a falarnos dunha tribo dos antípodas que tiñan un ritual chamado *kula*: trocaban uns colares feitos con cunchas e unhas pulseiras da mesma caste. Por máis que lle preguntabas ofrecía unha resposta para calquera dúbida que lle puideses expor. Máis adiante, lin os traballos etnográficos de Malinowski e comprendín que fora aí onde o vira, pero debín esquecelo ata agora que reapareceu así de súpeto nas nosas vidas».

Gerd Olander: «Eu xa vira a Paul Newman en *Hombre* e creo que aquel ano viñan de estrear *Butch Cassidy and the Sundance Kid*. Naquela altura estaba mal visto entre a xente coa que me movía que che gustase o cine de Hollywood, moito menos os *westerns*. Así que tiña que ir ás agochadas se quería ver unha película dese estilo. Cando apareceu Frank... imos chamalo así, non?, aínda que só sexa por saber de quen falamos... cos seus ollos azuis, bronceado do que pensabamos o sol na cuberta, e ese ar de desleixo calculado que se daba, pensei que por unha vez unha fantasía miña, alimentada nas salas escuras e entre sabas insomnes, puxera o pé na realidade. Tiña nos ollos un esculcar daqueles que semellaban espirte, que era o que as rapazas, loxicamente, estabamos desexando del. E abofé que se aproveitou daquela calidade. Gozou o que quixo ao tempo que sabía o que necesitaba».

Elin Alvarsson: «Eu debín de ser das últimas que se deitou con el, porque desapareceu pouco despois. Debemos de facelo tres ou catro veces tres ou catro días nunha semana; eu cobizábao e en canto entrabamos no meu cuarto alugado de estudante, botabamos horas sen saír, agás por un bolo de pan, algo de Prästost e unha botella de viño tinto barateiro para repoñer forzas e pasar a noite. Xa sabía que viña de deitarse con outras; a algunhas, como Kajsa ou Helmi, coñecíaas ben porque se gababan do tempo pasado con el. Aqueles eran os anos da liberación, do amor sen trabas, e unha podía sentirse emancipada con só satisfacer os seus desexos en brazos dunha fantasía que collera corpo. Pero non era máis ca iso, claro».

E Vendela Lund: «Non era só o seu físico, o ollar azul e o músculo discreto pero baril. Era o primeiro no que reparabas. Pero logo era todo un sedutor coas palabras. A min un día sentoume no seu colo e apuntou á fonte de Molin. "Mira, ti mais eu somos coma Ægir e Rán: eu son o *jöttar* do océano e ti a deusa que vive baixo as augas. E aí están as nosas fillas: Hröng, Dúfa, Bylgja, Hefring... son nove. Máis nos vale ir apurando!". E escachaba coa risa e aproveitaba para meterme a man nas coxas namentres eu o bicaba. Pero el ceibaba os beizos e proseguía: "Percorreremos os camiños atlánticos dende o noso fogar na illa de Tulé, ao norte do norte, onde non existe o solpor". Sempre viña coa leria de Tulé e a estrela Polar, e por iso mesmo non me pareceu raro velo nos versos daquel libriño que un día empezou a repartir no Kungsträdgården».

D'*O soñador en Tulé*, poemario asinado por Frank Sigmundson, non se conserva copia algunha. Cando se deron a coñecer os primeiros pormenores da investigación un libreiro de vello de Haparanda, na fronteira mesma con Finlandia, contactou para informar de que no rexistro anotara a entrada dun exemplar, pero que logo non fora quen de dar co malfadado caderno por máis que revolvera nos andeis máis afastados, alá onde ninguén puxera a man en anos. Emporiso, si enviou copia do ingreso da obra, polo que contamos cunha descrición básica do volume:

SIGMUNDSON, FRANK. *O soñador en Tulé*. Edición de autor. 105 × 148 mm. Sen sobrecuberta. Cuberta acartonada, verde militar esvaído. 16 páxinas numeradas mais unha co título sen número, sen data e sen lugar de impresión. Trazas dun nome escrito con lapis e logo borrado. Debaixo, as iniciais «E. A.» con bolígrafo. Número de inventario # DADAX0224017624.

Ninguén dos que tratou a Sigmundson no seu breve paso polo Kungsträdgården naquel final dos convulsos anos sesenta conserva un exemplar. Algúns nin tan sequera o asocian á poesía. Hai quen lembra un recital nunha cava iluminada por candeas, deses que os estudantes adoitaban organizar, veladas de literatura e bebida. Pero esa mesma persoa, que preferiu non dar o seu nome, admite que, se sitúa a Sigmundson alí, é só porque naquela altura frecuentaba aquel ambiente e lle parece lóxico que tamén acudise ás veladas poéticas e mesmo tomase a palabra, mais sen lembranza concreta e moito menos unha proba física. Poucos anos despois, en maio de 1973, cando a revista *Folket i Bild/Kulturfront* publicou as primeiras revelacións do caso, ninguén imaxinou que o mariño do gorro encarnado puidese estar involucrado.

Haberían de pasar outros case trinta anos, ata a aparición no 2002 do documento de seguridade nacional titulado *Rikets säkerhet och den personliga integriteten*, para que alguén establecese a primeira asociación entre Sigmundson e o que se coñecería como caso IB. Como adoita suceder, o azar puxo en marcha o mecanismo da memoria persoal que ao cabo sacaría a Sigmundson das tebras nas que o suniran a natureza da súa actividade e unha vontade de seu por borrarse da historia.

II

En 1970, Seved Ekdahl iniciara a súa etapa docente como profesor axudante no Departamento de Linguas Románicas e Clásicas da

Universidade de Estocolmo, na que viña de graduarse. Durante os recentes anos da carreira militara na Svenska Clartéförbundet, a organización ao redor da que gravitaban a maioría dos estudantes de ideoloxía socialista. Naquela altura, a Clarté, como era popularmente coñecida, iniciara un proceso de radicalización por mor do seu achegamento ao KFML, escindidos do Partido Comunista tras escorarse a posturas maoístas. Naquela altura, Ekdahl cría aínda que para exercer a docencia da literatura era imprescindible manter a proximidade coa súa creación: sen o contacto continuado entre a cerna mesma das letras e o ensino, a transmisión das obras artísticas non era máis que unha disección estéril e baleira. Porén, a súa incapacidade para transcender os versos cos que todo adolescente cre singularizar as súas paixóns vitais, evidenciada nas pobres tentativas que nin tan sequera pasara pola peneira das revistas universitarias, levárao a renunciar á actividade lírica e canalizar a súa expresión no ensaio e nas aulas. Por isto mesmo era unha sinatura cotiá nas páxinas culturais dos diarios e nas publicacións especializadas, e o seu un rostro fácil de distinguir en debates, presentacións de libros e recitais.

Naquela altura tamén o decorrer literario fluía parello ao político, xa que non se concibían versos sen unha dirección ideolóxica, unha ferramenta máis que contribuíse á necesaria transformación da sociedade, e aqueles mesmos debates, presentacións e recitais eran ademais encontros nos que se citaba a común causa do progreso. Neste ambiente, Ekdahl inspiraba desazo entre os creadores, nerviosos por coñecer o ditame que lle mereceran as súas obras. Sobre ese prestixio construíra unha altura académica que o conducira a unha cátedra, na que tamén fora decisivo o seu paso da Clarté á militancia na socialdemocracia. Non foi sorpresa recibir a chamada que lle confirmaba a inclusión do seu nome no informe. Tiña constancia de que se estaba a investigar o uso de estruturas e recursos do Estado en actividades de dubidosa calidade democrática, por non cualificalas de espionaxe institucional. Sabía tamén que as conclusións ás que puidesen chegar carecerían de toda consecuencia na vida política do país, xa que se limitaban a testemuñar friamente os excesos e erros dun tempo pasado; tanto que tivo que esforzarse por lembrar aquelas noticias que botaran luz sobre o caso IB.

Pero a sorpresa adoita abrir o camiño para a curiosidade. Ekdahl xa non tiña interese en coñecer polo miúdo como se desenvolveran aquelas operacións –tres décadas en cargos académicos e a proximidade á política activa fornecérano dunha casuística tan ampla como variada–, pero había algo que si quería saber: nomes. Os nomes de quen, coma el, foran axexados sen eles sabelo e, sobre todo, dos que o espiaran: quen foran, que amizade ou confianza fora traizoada, que rutinas do seu día a día foran obxecto de observación, de análise e delación, que viran nel e que ollos o miraran, que palabras súas, ditas quizais na aula ou nunha conversa íntima, quedaran rexistradas, quen.

O informe contiña fotografías de cada un dos axentes que, dun xeito ou outro, foran recrutados para o programa. Non eran moitos, pouco máis de dez, e a maioría prestaron os seus servizos uns meses para non seren descubertos. De todos había un retrato, agás de Frank Sigmundson. E iso, esa ausencia dun referente visual, foi o que desencadeou en Ekdahl o percorrido mental que ao cabo levaría a agromar a lembranza latente.

«Nado en 1949. Formación, Academia de Policía de Ystad. Tres anos de ensino e seis meses de preparación específica para a misión. Obxectivo: recadar información sobre tendencias maoístas nos círculos universitarios. Matrícula en estudos de Linguas Modernas e aspiracións poéticas, para o que se lle entrega un caderniño de versos. Informes enviados: non consta. Data de baixa: febreiro de 1971. Paradoiro: sen noticias ata 1977, cando unha alerta o sitúa no control fronteirizo de Haparanda».

A medida que Ekdahl ía lendo a lembranza collía corpo ata converterse no rapaz louro, de adobío mariñeiro, que primeiro fora un rostro máis entre as gavelas de estudantes que se cruzaba acotío, para logo singularizarse aos poucos naqueles recitais nos que declamaba os seus versos, con torpeza pero vehemente. Aínda así, non soubo o seu nome ata a tarde na que tivo que acompañar a aquel escritor estranxeiro a cear e atallaran dende a Universidade polo xardín de El-Rei. Non retivera moito máis daquel serán, nin un retallo de conversa ou algunha cita de interese literario: só a imaxe do convidado foráneo, vestido de traxe e gravata, a súa indumentaria e avanzada idade nunha perfecta simetría inversa coas daqueles aprendices de *hippies* sentados a rentes da fonte de Molin e a quen ollaba con fascinación.

Un deles ergueuse e achegouse onde ficaran detidos. Viña de publicar o seu primeiro poemario, dixéralle, centrando nel a súa atención, e ese dato foi a faísca que precisaba para situalo como un dos aspirantes a poetas que vía nos recitais ou se atopaba aquí e acolá de xeito casual. Quería entregarlle un, non para que se sentise obrigado a escribir sobre el na súa sección de crítica no xornal, aínda que se o consideraba merecente... Aceptou o galano, pero non quería prolongar máis a conversa e puxo como pretexto a presenza do autor convidado, a quen debía levar ao restaurante. O mozo remexeu nun bolso de lona que levaba pendurado do ombro e entregoulle outro exemplar ao seu acompañante, quen o recibiu cun sorriso e lle deu as grazas, *tak*, cun lene aceno da cabeza. Ao despedirse, reparou no nome da cuberta, Frank Sigmundson, e nunha folla de papel cuxos cantos asomaban por riba e pola dereita. «É un poema engadido. Escribino cando o libro xa estaba no prelo. Deume tanta mágoa que o pasei a máquina e agora vai de coda dos demais», dixo, antes de erguer a man nun sinal de despedida. Tanto el como o escritor convidado corresponderon ao aceno e retomaron o seu camiño da cea. Na pálida luz celeste do serán sueco leu: «Tantos camiños busquei».

No informe unha fonte anónima aseguraba que o libriño precipitara a saída de Sigmundson. Nin tan sequera o escribira el, senón que formaba parte da camuflaxe que lle permitiría espiar nos círculos universitarios con aspiracións literarias, igual que o gorro de la, o tabardo e as singraduras, así como a procura de Tulé. Debíase só a un envoltorio de verosimilitude, e non estaba previsto que o seu suposto autor o amosase máis do necesario, nin, claro está, que solicitase recensións, privadas ou moito menos públicas, que o achegasen arriscadamente á luz pública. Decatouse entón de que debía buscar na súa biblioteca, non o libro, do que non lembraba que ao cabo escribise crítica algunha, senón aquela folla solta, onde escribira o seu poema Frank Sigmundson ou, mellor dito, calquera que fose o nome daquel poeta fugaz e esquecido. ■

SUSTO

Julieta Valero

El decimoquinto Cantero de Ylardulla supo ver que la variedad de uva malvasía era caballo para meta en la modernidad de su estirpe envejecida, y montó la bodega más exquisita de la región. Siglo y medio después, el nombre del negocio hacía salivar a cualquiera; a cualquiera que gustara del vino o del dinero. Y ni lo uno ni lo otro interesaban lo más mínimo a Pocha Cantero de Ylardulla, heredera del imperio familiar, que había nacido para recoger perros callejeros en su habitación forrada de terciopelo malva (cinco, siete, diez y doce años), bailar desnuda en los jardines de la finca principal con la intención de captar en su cuerpo el perfume de la lluvia (cada verano desde la adolescencia) o intentar salvar de sí mismo al chófer en el Lexus encallado en todos los parques posibles camino de su escuela muy método inglés.

Se cree que la suma de esas partes devino en el todo de la abuela frita de un infarto bajo la pérgola del jardín a la hora de un té, que siempre permutaba por oporto, oh traición. Pocha Cantero lloró su ausencia poco, y con la misma sensación antártica a futuro que ante las canillas delgadísimas y el culo inexistente del que le señaló su madre como su futuro prometido. Su madre, furibunda retroactiva respecto de sus notas, de sus bailes desnuda y muy particularmente de las denuncias por comportamiento indecente en la vía pública. Se lo dijo con indisimulada satisfacción, durante la fiesta de verano que los Cantero de Ylardulla daban cada año para subrayar su dominio gremial. Te casas y punto pelota, le susurró fulminante mientras le hacía un gesto de saludo desde lejos al interesado. Pocha hubiera querido ahogar a todos los seres sobre dos patas allí presentes en la enorme piscina iluminada y quedarse contemplando después sus cabelleras como medusas malignas y, de ponerse a llover, arrancarse el vestido tan ridículo y danzar con los ojos cerrados y el jardín lleno de muertos idiotas. Pero asintió, se casó la primavera siguiente y parió tres hijos en cinco años.

La afición por dar sustos le vino cuando superó la tercera depresión posparto.

El primero no fue el mejor pero sí quedó como melaza en la retina de sus referentes del placer absoluto. Se lo dio a su madre, aprovechando su devoción por la imagen del Santo Cristo de Burgos que, según la historiadora burgalesa Dolores Bonilla, es la escultura articulada que alcanza mayores cotas de perfeccionamiento técnico, amén de ser estéticamente muy singular y de tener pelo natural. Se gastó un buen dinero en encargar una réplica exacta a un imaginero sevillano y para el Día de la Madre, que siempre celebraban en un improcedente formato nocturno y profesional con capitostes del mundo del vino, le dejó el regalo en su vestidor. Atado a la bisagra de la puerta, de modo que moviera ambos brazos como saludo, y con la pamela que llevara la abuela la tarde de su deceso. Hubo que suspender la fiesta, y cuando al día siguiente, una vez de vuelta a su mala leche habitual tras los efectos purgantes de los ansiolíticos, la madre le pidió cuentas, Pocha se limitó a responder con gesto entre iluminado y memo que había pensado que le haría ilusión tener a Cristo de cuerpo presente; verlo con sus propios ojos, como tantas veces había afirmado enjugándose la frente y el bigote con un pañuelo tras sus éxtasis caseros de fe en la capilla de la finca.

Pochita ni se sentía psicopática ni estaba haciendo justicia. El impulso de las bromas abismadas en susto le sobrevenía en las horas de insomnio, cuando las tomas de pecho del pequeño la dejaban varada como vaca en prado del Pacífico Sur. La idea le atravesaba la conciencia como un vicio, y el diseño de la producción la estimulaba al punto de tener que correr al baño.

Había un viejo capataz mojón de rencores entre los empleados. A ella le sacaba tesoros de las orejas en su muy primera infancia, pero pronto la miró como si fuera un charco viscoso en medio de los mármoles familiares. Vivía en la finca, en un edificio pegado a las bodegas. Una vez que sus propias hijas estaban armando bulla, agarró por los tobillos a la mayor y la colgó por la ventana del tercer piso agitándola mientras se cagaba de la risa por el aspecto de brocha gorda, según explicó más tarde. Es un esbirro despótico y un hijoputa, le diría a la propia Pocha la hija, todo *piercings* y tensión facial, el día que se marchó de la finca con resolución de parasiempre.

Al capataz, en su estatus de cabrón operativo, se le dejaba hacer, y ejercía laxamente su maldad de manual: despedía a capricho, era imperturbable ante las circunstancias y desgracias de los trabajadores, intimidaba a algunas mujeres e incluso ahogaba camadas de perros en la acequia de vez en cuando. Y le horrorizaba la idea, cada día de su vida, de que la psoriasis pustulosa que se llevó a su padre entre dolores sin relato le jodiera la existencia a él también. Pochita lo veía entrar y salir de la casa principal con aires de ranchero para recibir órdenes o dar recados. Su rastro de sudor y de impudicia quedaba suspenso en el *hall* como los trazos ondulantes y blanquecinos de los malos olores en los dibujos que veía una y otra vez con sus hijos, cada tarde, por televisión.

Trazó su plan a partir de un almanaque evangélico latinoamericano al que estaba suscrita su madre. En la página de pasatiempos venía un listado, «Chanzas para reír en familia el 28 de diciembre, Día de los Santos Inocentes (…) nº 7: Broma de los polvos colorantes». Funcionó muy bien porque el verano estaba siendo implacable y los cuerpos rezumaban toda la noche. El colorante se implantó en la piel dibujando nervaduras y grumos. La deriva regalada del plan fue que el capataz saliera huyendo de su cuerpo a la placita de las viviendas comunes en calzoncillos amarillentos, rapeando pavores sin forma.

Justicia divina, se decía Pocha en el desayuno, tras escuchar de la criada lo sucedido, y una sensación de poder relacionada con el tiempo y con los materiales del mundo comenzó a estructurar su ánimo, su semana. La alegría de las bromas personalizadas –el detalle significativo, la buena construcción de artefactos, la previsión magistral de efectos físicos y psicológicos celestialmente cuestionada por flecos que venían a intensificar el éxito– se fue profesionalizando sin perder el aire selvático de la autora. El culmen fue la broma colectiva al abuelo Martinxo, el dueño de todo, un mestizaje operativo de energías y motivaciones procedentes de estratos sociales opuestos. Todos aceptaron participar de buena gana. Los empleados más antiguos porque al viejo le tenían un cariño amalgamado de vasallaje; los recientes, por inercia supervivencial, y el tío de Pocha, por disfrutar de su padre patrón haciendo el idiota, aurora boreal nunca vista pero deseada desde la infancia.

El abuelo era autoritario y seco hasta la sospecha de que tuviera el sistema nervioso hecho de cuero, pero pocas veces arbitrario, al menos desde la línea de horizonte de una explotación vinícola. Rigores y frontalidad. Su fortaleza era legendaria y sirvió de pretexto para que el miedo por su salud no frenara el proyecto. Se movía en bicicleta, decenas de kilómetros a diario, y era capaz de bajarse solo una botella de pacharán sin que se le empastaran la lengua o la mala hostia. Únicamente le fallaba la vista, hábil casi toda en un ojo, lo que le hacía ladear la cara para enfocar el naipe en la timba diaria con su hijo, nietos mayores y algunos empleados ilustres. No la perdonaba desde hacía cuarenta años, pero en los últimos dos o tres siempre se adormecía un rato, normalmente cuando le venían malas. Nadie tenía el valor de despertarlo y ya era costumbre emplear el alto en el rellenado de cafés y copas y la visita al baño.

A Pocha le parecía un viejo codicioso y detestable, y le echaba maldiciones gitanas por dentro en las comidas de los domingos y cada vez que se lo cruzaba por la finca.

El día fijado esperaron a que el abuelo se adormeciera, y entonces bajaron del todo la única persiana de la sala de cartas; apagaron las luces y pusieron una chaqueta en la rendija de la puerta para que la oscuridad fuera absoluta. El león al fin desdentado, expuesto. Se escuchaba la risa contenida de Pocha, presente con la excusa de ordenar unos papeles, y los tragos de saliva del resto.

–¡Hostias! ¿Pero qué pasa?

–Lleva la mano, abuelo. ¿Qué dice al envite del Chema?

–¡Que no veo, que no veo nada!

–¿Pero qué dice?

–Que estoy ciego, cagüendios, ¿¿es que no lo veis??

Y así el peloteo entre el pánico y la chanza. Hasta que el viejo rompió la baraja de la broma con un sollozo. Su hijo subió la persiana y él siguió llorando, ahora ciego de luz. Los parroquianos fueron abandonando la sala sin decir nada, alguno ahogando aún la risa; los más, demudados. Finalmente quedaron Pocha, su tío y el abuelo despojado de su carácter. Le costó no sonreír de gusto al decirle, ande, ande, que le acerco a casa; ya mandamos a alguien a por la bici mañana.

Justicia; justicia divina, se dijo esa noche al desmaquillarse.

Después de esa, las bromas fueron perdiendo otoñalmente mimo y creatividad. Como no sabía por qué las seguía haciendo, Pochita llamó a su compulsión orden, y las bromas mutaron en sustos macabros. Un régimen bunkeriano de gritos secos a la vuelta de las penumbrosas hileras de las bodegas. En los espejos de los baños, sobre todo de mujeres, brochazos rojos con goterones y lemas de serie B: «sal de aquí», «puta», «asesinada». O la más sonada, cuando escribió en el baño principal «*Lorem ipsum dolor sit*», que Pochita copió de una prueba de imprenta de folleto por lo del dolor y porque el latín, asignatura odiada y obviada, le parecía perturbador. Lo leyó una empleada del turno de noche llamada Lorena. Ataque severo de ansiedad seguido de una baja de dos meses.

Se corrió la voz sobre la afición, la manía, el vicio de la señora. La loca esa, que entonces heredó por fin el imperio del vino. Y ya no podía nadie irse de la lengua, tener sexo extramatrimonial o solicitar un aumento porque en el plazo breve de unas semanas la magia negra de la señora caía con su peso previsible pero imprecisable sobre su sentenciado.

Con el paso de los años, los empleados de la finca se fueron sometiendo a un reino de ejemplaridad dictado por nadie o más bien impuesto por la psicopolítica de la loca Torquemada, como la llamó el único trabajador que se despidió en franca indignación por la insania conventual de Bodegas Cantero de Ylardulla. No pocos progenitores de jóvenes descarriados, adictos a las drogas de diseño, balaperdidas de familias importantes, acababan regenerándose con una larga, a veces indefinida, temporada en la empresa.

La señora encargó a un paisajista francés, impresionada por el lema de su web, «Planta en orden tus sueños y siéntate a esperar el brote de la alegría», que llenara de setos con forma de uva y de copa los extensos jardines de la finca.

La mañana de su cuadragésimo séptimo cumpleaños, un cálido jueves de octubre percutido de lluvia, doña Pocha terminó su desayuno y se acercó a descorrer el ventanal del salón para contemplar sus parterres. Entonces vio algo que no podía, no debía estar ahí: luminosamente recortado sobre el césped del jardín, recién salido de la cueva del mundo, como la primera vez que se lo pusieron sobre el pecho, el cuerpo de su hija menor danzaba cadencioso bajo la lluvia, al ritmo de una música interna. Cereal de felicidad y olvido de sí. Y doña Pocha sintió un terror robusto y sobrio, plantado en el centro de su corazón. ■

GENTE SECANTE

Harkaitz Cano

–Lo que menos me gusta es esta sensación de vacío, sentir que te han quitado tu tiempo a cucharadas. A ti te pasará igual. «¿A dónde se fue mi tiempo?», te preguntarás.

–No le hables de tiempo. El niño no sabe lo que es el tiempo.

–Pero, ¿sabe o no sabe lo que es una cucharilla?

El niño jugaba con su yoyó, absorto, y apenas si prestaba atención a los adultos. Para saber lo que es el tiempo tienes que haberlo perdido alguna vez.

–Consuélate: por seniles nos caerá menos.

–Bueno, tampoco es que lo hayamos raptado para un rito satánico...

–No, satánico no.

El niño dijo «hambre» y le prepararon un sándwich. Él sí estaba destinado a crecer. Él sí estaba destinado a hacerse grandote. Las cucharadas que les fueron hurtadas al hombre escuchimizado y a la mujer de ojos grises acabarían en él. Sutil fuga de masa muscular, de energía, de fuerza, de moral. Alguien se iba apropiando de sus espacios y de sus momentos.

–Sin cortezas –dijo el niño.

Pero ella le dio un buen pescozón y fue con cortezas como se lo comió. Un futuro secante no podía andarse con remilgos. Lo devoró, como si su misión en esta vida fuese hacer desaparecer aquel sándwich. Estaba en esa edad. Le prepararon otro y lo devoró igual.

–¿Viste cómo los tritura?

¿Creativos? Un mito. Los niños son los seres más conservadores del mundo. Adoran la repetición.

–Serás un buen secante algún día –se sonrió el hombre.

Era la primera vez que lo hacía en mucho tiempo, aunque eso al niño le traía sin cuidado.

Siguió jugando con el yoyó –otra repetición–, prepararon la olla y los cuchillos.

–Huele mal –se quejó.

–Es hinojo.

El niño puso cara de no entender.

–Es hinojo con especias.

Siguió sin entender.

–Finas hierbas.

A la tercera, pareció comprender algo. Por lo menos las palabras le resultaban familiares, aunque la combinación, no tanto.

El preparado y los cuchillos eran por si no funcionaba la conversión.

Una ráfaga de tráfico pasó dejando en la terraza una vibración de sombra tupida, como de zarza. El niño abandonó el yoyó sobre la mesa de la cocina. Reposando la cabeza sobre el ángulo de su codo, dijo: «Me aburro».

–No tenerlos fue una buena idea.

–Bueno, *idea* no es del todo exacto.

Recordó que hubo un tiempo. En que. Tuvieron. Ciertas esperanzas.

Una mosca se posó sobre el yoyó y la mujer de ojos grises la estampó allí mismo.

–La vida –sentenció.

El niño, atónito, ni siquiera acertó a poner cara de asco.

–Todavía tienes reflejos, flaca…

Quizá siempre tuvieron la esperanza de separarse a tiempo o de morir lo suficientemente jóvenes. Pero nunca se les pasó por la cabeza tomar cartas en el asunto. Ni cianuro, ni ahogamiento, ni pisos altos, ni imprudencias al volante. Esperamos a que suceda algo que enderece las cosas sin que tengamos que hacer nada. Esperamos la intervención de la madre, el soplo de los naipes o el conjuro. Que sea lo que. Tachadura, tachadura. No eran religiosos y la siguiente palabra estaba prohibida. Que sea lo que. Quiera. Punto.

Durante años fueron a ver pájaros todos los domingos. Un batir de alas repentino entre las ramas. Un color inesperado en el plumaje. Una variación. Un pájaro difícil de identificar que causa estupor porque está fuera de lugar o de temporada. Una forma de colectividad que se arracima y crea picas gigantes en el cielo. Mucho cielo, mucho vaho en la boca, muchos termos de café y muchas madrugadas de silencio salpicado de trinos, de graznidos, de ecos nerviosos, con los ojos miopes pegados a los catalejos y arrugas cada vez más pronunciadas en el rostro.

Los achinaban como pequeños horizontes. Los ojos.

No hubiese sido del todo impensable empezar a creer en algo a fuerza de observarlos: empezar a creer en la marisma, en el litoral, en el pantano. Pájaro: tacita que agita las alas imitando lo vegetal y lucha contra molinos invisibles como si fuesen gigantes. Se imponía la teoría de un creador –se imponía la teoría de que debía haber alguna teoría–, pero jamás tomaron esa deriva.

La palabra *milagro*. Aquella palabra, por extraño que parezca, no estaba prohibida en casa.

«No, satánico no».

A todo esto, aún no lo he dicho: se querían mucho. Se quisieron desde el principio, incluso antes de descubrir su función en el mundo. Que a fuerza de enjuagar a los demás ellos fuesen entrando en una línea de sombra y les faltasen cosas o les fuesen arrebatadas –a veces las mismas cosas, otras veces cosas distintas; unas veces de golpe, otras paulatinamente– no hizo sino estrechar sus lazos.

El niño se había quedado dormido después de saltar a la comba. Las cuerdas, en realidad, eran para tomarle las medidas. No era tan pequeño, pero daba igual.

Un hombre anciano y una mujer anciana. Dos viejos sin hijos, sin nietos, sin pariente alguno. Seguían conservando ciertos comportamientos infantiles que se habían acentuado con la edad por el hecho de no frecuentar a niños y tener que representarlos ellos mismos, en compensación o en pago de algún pecado no consumado.

Pecado es un decir, claro. Ahora se decía *responsabilidad.* Ahora se decía *desliz.* Ahora se decía *a lo hecho, pecho.* Ahora se decía. No se decía nada de eso, en realidad.

Apelativos cariñosos, pellizcos y tirones de falda. Enfados impostados como «no toques la comida» o piquitos furtivos antes de que cualquiera de los dos saliese de casa. Su lema: «Nunca separarse enfadados, nunca acostarse enfadados». Claro que a veces discutían. Discutían porque ella quería dormir siempre con la ventana abierta y él gastaba demasiado dinero en las apuestas. Pero había modos de solucionarlo: cruzaban apuestas sobre si amanecerían con hormigas en la boca o con moscas en los labios por dormir con la ventana abierta. No hay que renunciar a nada, sino superponer vidas, solapar vicios, incorporarlo todo y abrazar opuestos.

Eran ese tipo de gente, a mucha honra: secantes ejerciendo su secantía. Eran lo lúgubre succionado. Como un pararrayos capta el aparato eléctrico, ellos atraían otra cosa, habían ido haciendo acopio de hectáreas oscuras, liberando al mundo de un terrón sombrío cada vez. Ellos llevaban la carga de otros. Los liberaban. «De nada, no hay de qué».

Lo hacemos todo el tiempo: odiamos en silencio a la gente que parece tenerlo todo. Procuramos creer que la renuncia voluntaria o los desgarros de la vida se compensarán con otras cosas. «No se puede tener todo». ¿No se puede tener todo? ¿Quién lo dice? ¿Dónde está la gracia, entonces? ¿Qué le dejamos a la imaginación que se desmadra y se suelta del cepo, y se muerde la pata y la deja en la trampa y quiere ser libre, aun faltándole una extremidad? ¿No se puede tener todo? No. Cierto. A veces hay que dejarse algún pelo en la gatera. Y otras veces hay que dejarse la zarpa en el cepo.

Y un buen día vemos que hay gente sin renuncia y sin desagarro, que envejece feliz con su prole y lo tiene todo. O parece tenerlo. Lo que no saben es que es gracias a gente como ellos. El anciano escuchimizado. La anciana de ojos grises. La gente secante.

«No, satánico no».

Cuando no tienes hijos y tienes una edad, te sorprendes tratando a tu pareja como a un niño o siendo regañado por ella como tal. Cuando no tienes nietos y tienes una edad, acabas siendo tus propios nietos o podando el seto como si fuese del género humano.

Y, sin embargo, nunca quisieron tenerlos. ¿Nunca? Hubo un tiempo. En que.

«Ay», se oye, y no es el seto el que se queja.

–¿Por qué lo estás midiendo otra vez?

–Para asegurarme.

Se irritaban cuando oían lamentarse a la gente. La gente se quejaba por cualquier cosa. Por un divorcio, se quejaba. Por un desahucio, se quejaba. Por un cáncer, se quejaba. «¿Por qué a mí?», se preguntaban. Ellos, por el contrario, sabían desde el principio que *siempre* les tocaría. No el cáncer, quizá. Pero sí su porción de lo indeseable. Estaban dispuestos a asumirlo porque eran lo que eran: gente secante. Habían sido puestos en el mundo para eso.

–¿Crees que es vocacional?

–¿Lo nuestro? Sin duda.

Defectos, dolores, penurias, desgracias, autopercepciones oscuras. Todo podía ser absorbido.

El hombre escuchimizado y la mujer de los ojos grises contaban con no perder la parte divertida del vampiro. Porque eran pocos. Hacían falta más.

A este lo encontraron a la salida de un colegio. Había mirado a ambos lados de la carretera, no tanto para comprobar si venían coches, sino para cerciorarse de que no había acudido nadie a esperarle.

Esa era la señal.

El truco duraba lo que duraba, pero el yoyó siempre había funcionado.

Le dieron de beber: una cola y un refresco de naranja, para variar.

–Que no se desvele.

–Descuida.

Después le escucharon orinar desde el otro lado de la puerta del baño.

–Saludable –dijo ella con satisfacción.

El niño quiso saber más sobre ellos. Cosas comunes, como sus nombres y a qué colegio habían ido.

–Yo no fui a ninguno –dijo ella, y al niño pareció darle cierta lástima–. Las ovejas, alguien tenía que cuidarlas.

–Aún me corta ella el pelo –bromeó el hombre escuchimizado.

–Si sale bien a la primera, podrás irte. Si no, lo haremos una segunda vez, por si acaso.

El niño ya no se quejaba por el olor a hinojo. Tampoco preguntó nada.

Otros preguntaban: «¿Hacer qué?». Y ellos respondían: «La transferencia, ¿qué va a ser? ¿O acaso pretendes que lo sequemos todo nosotros?».

Claro que no todos servían. ¿Y si no servían? Si no servían había que ocuparse de ellos. Estaban los bidones a los que llamaban «los barquitos», y estaban las aguas vivas y el ungüento de hinojo para protegerlos de los insectos.

Ella dudaba si había entendido debidamente las instrucciones. Un mirlo se posó en el alfeizar de la ventana y el niño gritó «¡un pájaro!» en medio de la explicación.

–No es un pájaro: es un mirlo.

Era decepcionante que tuviese unos conocimientos de ornitología tan limitados. ¿Qué iba a hacer este chico los domingos?

A pesar de todo su candor, quizá no sirviese, después de todo. Pero ya no se podían echar atrás. Un buen secante debía ser muy preciso. De ahí su afición a los pájaros. Un batir de alas repentino entre las ramas. Un color inesperado en el plumaje. Una variante. Había que saber verlo.

–No te importa que nos desnudemos, ¿verdad? Siempre lo hacemos para la transferencia.

El niño dijo que no, pero que él también quería desvestirse.

–No, tú no puedes. Desnudo no nos sirves.

Lo acató con desgana. Desnudos eran tan flacos que el niño se vio obligado a convertirse en ornitólogo.

–¿Cómo hemos dicho que se llamaba el pájaro?

–Mirlo.

–Bien.

Cuchara, papel, tijera.

Depende. Una cuchara para el huevo duro. Un papel para escribir esta historia. Una tijera para esquilar o cortar el pelo.

Al niño se lo preguntaron igual. Elige: «Cuchara, papel, tijera».

–¿Cuchara? Yo lo aprendí con piedra…

–Cambió la compañía, cambiaron las reglas.

Eligió tijera. No debió hacerlo. No a la primera. Eso acortaba mucho el camino.

–Tenías que haber elegido cuchara.

–Por última vez: ¿dónde está?

–En las aguas vivas y en los rápidos. No nos servía.

–Están locos, ya se lo he dicho. Pero tenían su cartera del colegio y sus libros. Estaban leyendo los libros del crío cuando llegó la policía.

–¿Dónde está el niño?

–Voló y es más sabio ahora. Lo protegerán de los mosquitos. Las finas hierbas.

–No para de repetirlo, señor.

–Se lo preguntaré por última vez. Dónde. Está. El niño.

–La transferencia, ¿por qué ha de darse siempre en el mismo sentido?

–¿Qué transferencia? ¿De qué están hablando? ¿Tú lo sabes?

–No, señor, solo sé que no es la primera vez. Hemos encontrado varias mochilas de Hello Kitty. Estamos comprobando los archivos.

–Siempre ha sido así. Hay gente que sirve y gente que no.

Los agentes insistieron un rato más antes de conducirlos a sus celdas. Si gritaban lo suficiente podían comunicarse.

–¿Tú qué dices? –gritó ella.

–¡Yo apuesto por las hormigas! –respondió él.

–¡Yo entonces voy con las moscas!

Ni siquiera el fornido compañero de celda con los brazos tatuados de flores de lis y frondosa vegetación se atrevió a pedir silencio.

Dormir y esperar con los labios entreabiertos era algo que, durante todos aquellos años, el hombre escuchimizado y la mujer de ojos grises jamás habían dejado de hacer.

Por el placer de jugar, se apostaron algo que allí no tenían modo de conseguir.

El ganador se quedaría con el yoyó. ■

Traducción del euskera de Harkaitz Cano.

XUKA JENDEA

Harkaitz Cano

–Hutsune hau da gutxien gustatzen zaidana: denbora koilarakadaka kenduko balizute bezala. Baietz zuri ere gertatu. «Nora arraio joan da nire denbora?», galdetuko diozu zeure buruari.

–Ez zaiok denboraz hitz egin. Umeak ez zakik zer den denbora.

–Baina koilara bat zer den jakingo din, ala?

Haurra yo-yoarekin dabil jolasean, bere gauzetara, arreta gutxi helduen jardunari. Denbora zer den jakiteko, denbora galdu behar, lehenbizi.

–Kontsola hadi: adintsuak izateagatik laburtu egingo ziguten espetxealdia.

–Tira, ezta mutila erritu sataniko baterako bahitu bagenu ere…

–Ez, satanikoa ez, prexixo.

Umeak «gosea» esan zuen eta sandwich bat prestatu zioten. Hura bai hazteko adinean. Hura bai sasoiko bilakatzeko bidean, handitzen-handitzen. Gizon erkinduari eta begi grisak zituen emakumeari koilarakadaka ateratako denbora umearen baitan haragitzea zen lege. Gihar trinkoen, indarraren, kemenaren eta adorearen galera sotila. Norbait ari zen haienak ziren uneez eta guneez jabetzen.

–Ertzik gabe nahiago –esan zuen umeak. Baina emakumeak belarrondoko bat eman eta ertz eta guzti jan behar izan zuen sandwicha. Xukatzaile batek ezin zuen mizkina izan. Irentsi egin zuen, egiaz, bizitzan zuen zeregin bakarra sandwich hura mundutik desagerraraztea balitz bezala. Adin horretan zegoen. Bigarren bat prestatu eta berdin irentsi zuen.

–Ikusi dun nola mastrakatzen dituen?

Sortzaileak? Gezurra, galanta. Munduko izakirik kontserbadoreenak dira umeak. Errepikapenaren gurtzaile.

–Xukatzaile ona izango zara –egin du gizonak bere kolkorako irribarre. Aspaldi ez zuela halakorik egiten, umeari hori bost axola zaion arren.

Umeak yo-yoarekin –beste errepikapen bat– jolasean jarraitzen zuen bitartean, eltzea eta labanak prestatu zituzten.

–Kiratsa dario –esan zuen umeak.

–Mihilua da.

Ez ulertzearen aurpegia egin zaio.

–Mihilua eta espeziak.

Ulertu gabe jarraitzen du.

–Belar finak...

Orain zerbait konprenitu zuen, itxuraz. Hitzak ezagunak zitzaizkion, behintzat, nahiz bien konbinazioa ez hainbeste.

Prestaketa hura badaezpadakoa zen, konbertsioak huts egingo balu ere.

Trafikoaren uhinak sasiek proiektatzen duten itzalaren antzeko isiltasun sare bat laga zuen terraza zeharkatzean. Sukaldeko mahaiaren gainean utzi zuen umeak yo-yoa. Ukondoko barne triangeluan okotsa jarrita bota du: «Aspertuta nago».

–Ideia ona izan genian batere ez izanda.

–Tira, «ideia» esatea ere ez dun erabat zehatza.

Izan zela, alegia, sasoi bat. Zeinean. Izan zuten. Nolabaiteko.

Euli bat pausatu zen yo-yoaren gainean eta kolpe batez zanpatu zuen begi griseko emakumeak.

–Bizitza –esan zuen.

Haurrak, harri eta zur, ez zuen nazka aurpegia jartzeko indarrik ere bildu.

–Badun oraindik ere erreflexurik, hanka-mehe...

Agian garaiz bereizi edo aski gazte hiltzeko itxaropena izan zuten. Ez zuten, hala ere, hori gerta zedin haien kasa erabaki latzik hartzeko pausorik eman. Ez pozoi, ez itotzeko putzu, ez zazpigarren solairu, ez errepide istripu. Espero dugu guk deus egin gabe gauzak xuxenduko dituen zerbait gerta dadin. Amak noiz parte hartuko, tarotak ze norako seinalatuko, konjurua nork jaurtiko. Izan dadila. Ezabatua, ezabatua hitz bat hemen. Ez ziren sinestunak eta hurrena zetorren hitza debekaturik zegoen. Izan dadila. Nahi duena. Kito.

Urte luzez txoriak ikustera joan izan ziren igandero. Bat-bateko hegalen astindutxoa adarren artean. Ustekabeko kolore bat lumajean. Aldagai ttipia. Antzematen zaila delako durduzatzen gaituen txori identifikatzen nekeza, lekuz edo sasoiz kanpo heldu dena. Zeruan mahats mordo egiten den komunitatea, hirusta erraldoiak marrazten eta desegiten. Zeru asko, lurrun asko ahotik jario, kafe termo asko eta egunsenti isil asko hegaztien karrankek, urrumek eta txio hotsek zipriztindurik. Begi miopeak largabistei itsatsita eta zimurrak aurpegian gero eta sakonago.

Horizontea bezala ñarrotzeko joera hori. Begiak.

Ez zen guztiz pentsaezina txoriei begiratzearen poderioz zerbaitetan sinesten hastea: sinesten hastea paduran, itsasbazterrean, zingiran. Txoria: hegalak astintzen dituen kikara, landarediaren imintzio, erraldoiak bailiran borrokatzen duena zeruan haize-errota ikusezinen kontra. Bere kasa inposatzen zen halakoetan kreatzaile baten existentziaren teoria –teoria baten premiaren teoria inposatzen zen–, baina ez zuten sekula deriba hori hartu.

Mirari hitza bera. Hitz hura, harrigarria izan arren, ez zegoen debekaturik etxean.

«Ez, satanikoa ez, prexixo».

Bide batez, oraindik ez dut esan: ikaragarri maite zuten elkar. Hasieratik beretik, munduan betetzen zuten funtzioa zein zen jakin aurretik. Hurkoa xukatzearen xukatzez itzalaren zama sentitzen hasteak eta faltan zituzten gauzak partekatzeak areago estutu zituen haien arteko loturak. Batzuetan gabezia berberak konpartitzen zituzten, beste batzuetan ezberdinak; zenbaitetan, kolpez eta biei batera erauzitako gauzak, beste batzuetan, apurka-apurka nork bere bidean galduak.

Haurra lo geratu zen sokasaltoan aritu ondoren. Soka, izatez, berari neurriak hartzeko zen. Jada ez zen horren umea, baina balioko zuen.

Adin nagusiko gizon bat eta adin nagusiko emakume bat. Seme-alabarik gabekoak, bilobarik eta ahaiderik batere gabekoak. Umeen portaera izaten bazekitenak tarteka, eta, menturaz, umekerietarako joera areagotu egin zitzaienak urteekin, inguruan haurrik ez zeukatelako haiek antzeztu beharraren antzeztu beharraz, konpentsazio bezala edo azken burura eraman gabeko bekaturen baten ordain.

Bekatu, esateko modu bat da, jakina. Orain «ardura», esaten zen. Orain esaten zen «ahultasun une». Orain esaten zen «hobeto pentsatu hurrengoan». Orain, egiaz, ez zen deus esaten.

Ezizen maitakorrak, elkarri egindako atximurrak eta tiradizoak gonan. Txantxetako haserretxoak eskuak eskuekin txapla egitean –«ez ukitu janaria!»–, edota bietako edozein etxetik ateratzerako musutxo ezkutuak. Haien lema: «Inoiz ez bereizi muturtuta, inoiz ez lokartu elkarrekin haserre». Eztabaidatzen zuten batzuetan, jakina. Eztabaidatzen zuten emakumeak leihoa zabalik zuela lokartu nahi izaten zuelako beti, eta gizonezkoak diru gehiegi gastatzen zuelako apustuetan. Baina baziren hori konpontzeko moduak: leihoak zabalik lo egiteagatik goizean goiz esnatzean ahoan inurriak edo ezpainetan euliak izango ote zituzten apustu egitea, demagun. Ez dago zertan deusi uko egin; aski da bizitza posibleak gainjartzea, bizioak teilakatu eta dena barnebiltzea, kontrakoak besarkatzea.

Harro zeuden zirenaz: xukatzeaz arduratzen zen xuka jendea. Laiotza zurrupatzen zuten, tximistorratzek tximistak bezala eurenganatu zituzten haiek urterik urte itzal hektareak, aldiro munduari iluntasun koxkor bat erauzita. Besteen zama zeramaten bizkar gainean. Liberatu egiten zituzten. «Ez horregatik».

Etengabe egiten dugu: isilpean gorrotatzen dugu denetik daukala dirudien jendea. Norbere borondatezko ukoak eta bizitzak eragindako urradurak beste gauza batzuek konpentsatuko dituztela sinesten saiatzen gara. *Ezin delako dena eduki.* Baina ezin da dena eduki? Nork dio ezetz? Non dago grazia, orduan? Ze tarte uzten diogu desmadratu eta zepotik askatu den irudimenari, zepoan geratu zaion atzaparrari koska egin eta zangoa tranpan utzita aske izan nahi duen horri, baldin eta ezin badugu dena eduki? Ezin da dena eduki? Ez. Egia. Batzuetan amore eman eta zerbait utzi behar da bazter. Beste batzuetan, atzaparra utzi behar da osorik zepoan.

Egun batez jakiten dugun arte badela ukorik eta urradurarik gabeko jendea, zoriontsu zahartzen dena bere seme-alabekin eta dena daukana bizitzan. Dena, itxuraz.

Jende horrek ez dakiena da haiek bezalakoei esker gertatzen dela hori: adineko gizon erkindua. Begi grisak dituen emakumea. Xuka jendea.

«Ez, satanikoa ez, prexixo».

Seme-alabarik ez duzularik eta adinean gora zoazela, bikotekideari ume bati bezala hitz egiten harrapatzen duzu ustekabean zure burua, edota hark haurra bazina bezala kargu hartzen dizula ohartzen zara. Bilobarik ez duzularik eta adinean sarturik zaudela, zeure bilobetako bat bilakatzen zara, edota baratzeko landareak humanoak balira bezala kimatzen hasten.

Eta, halere, inoiz ez zituzten eduki nahi izan. Sekula ez? Izan zen sasoi bat. Zeinean. Izan zuten. Nolabaiteko.

«Otx!», entzun da, eta ez da baratzeko landarea izan kexatu dena.

–Zergatik ari haiz berriro neurtzen?

–Ziur egoteko.

Sumindu egiten ziren arranguratzen zen jendeaz. Jendea edozerekin kexatzen zen. Dibortzio bategatik. Etxegabetze bategatik. Minbiziagatik. «Zergatik niri?», galdetzen zuten. Haiek, aldiz, hasieratik zekiten *beti* tokatuko zitzaiela. Ez minbizia, derrigorrez. Baina tokatuko zitzaien desiragarri ez diren gauzen zati koskorra. Eta prest zeuden onartzeko, zirena zirelako: xuka jendea. Hori zen haien zeregina lurrean.

–Esango huke bokazio kontua dela?

–Gurea? Duda barik.

Inoren akatsak, oinazea, zorigaitzak, ezbeharrak, norbere buruari buruzko iritzi ilunak. Dena xuka zezaketen.

Gizon erkinduak eta begi grisak zituen emakumeak banpiroaren alderdirik dibertigarriena preziatzen zuten. Ez baitziren aski. Gehiago behar ziren.

Eskola irteeran topatu zuten hau. Errepidearen albo bietara begiratu zuen, ez hainbeste autorik ba ote zebilen jakiteko, baizik eta egun hartan ere bila inor etorri ez zitzaiola ziurtatzeko.

Hura zen seinalea.

Ez zuen asko irauten trikimailuak, baina yo-yoarenak beti funtzionatzen zien hasieran.

Edaten eman zioten: coca-cola bat eta laranjazko freskagarri bat, aldatzeagatik.

–Ez dadila lo egin ezinik geratu.

–Ez kezkatu.

Komuneko atearen bestaldetik txiza egiten entzun zuten gero.

–Osasuntsu zagok –esan zuen emakumeak, pozik.

Umeak haiei buruz gehiago jakin nahi izan zuen. Gauza arruntak: izenak, zein eskoletan ibiliak ziren.

–Ni ez nintzen inora joan –esan zuen emakumeak, eta pena halako bat sortu zitzaion umeari–. Norbaitek zaindu behar zituen ardiak.

–Oraindik berak mozten dit ilea –gizon erkinduak, txantxetan.

–Lehen aldian ongi ateratzen bada, joateko moduan zara. Bestela, bigarren aukera bat izango duzu, badaezpada.

Umea ez zen jada mihilu usainaz kexu. Galdetu ere ez zuen deus galdetu.

Beste batzuek bai, galdetu izan zuten: «Zerk atera behar du ondo?». Eta haiek erantzun: «Transferentziak, zerk bestela? Ez duzu nahiko ba dena guk xukatzea, ala?».

Ez baitzuten guztiek berdin balio. Eta balio ez zutenean? Balio ez zutenean, norbaitek arduratu behar. «Txalupatxoak» deitzen zieten upelak zeuden, eta zeuden errekako ur-lasterrak eta mihiluarekin egindako ukendua moskitoen kontra.

Emakumeak duda egin zuen argibideak ongi ulertu ote zituen ala ez. Azalpenaren erdian, zozoa leihoko arasan pausatu zenean, oihu egin zuen umeak: «Txori bat!».

–Ez da txori bat: zozo bat da.

Etsipengarria zen hegaztiei buruzko hain ezagutza murritza izatea. Zer egin behar zuen mutiko hark igandeetan?

Bere xalotasun eta guzti, agian ez zuen balioko, azkenean. Baina jada ezin zuten atzera egin. Xukatzaile on batek oso zehatza izan behar zuen. Horregatik ziren horren txorizale. Bat-bateko hegalen astindutxoa adarren artean. Ustekabeko kolore bat lumajean. Aldagai ttipia. Hura ikusteko gaitasuna behar.

–Ez zaizu axola gu biluztea, ezta? Beti egiten dugu transferentzia burutzeko.

Ezetz esan du, baina berak ere arropa kendu nahi duela.

–Ez, zuk ezin duzu. Biluzik ez diguzu balio.

Desgogora onartu zuen umeak. Biluzik hain ziren txankilak eta argalak, haiei so ornitologo bihurtu behar izan baitzuen halabeharrez.

–Nola esan dugu izena zuela txoriak?

–Zozoa.

–Ongi.

Koilara, papera, guraizeak.

Zertarako den. Koilara arrautza gogorrarentzat. Paper bat

istorio hau idazteko. Guraizeak ardiei artilea eta berari ilea mozteko.

Umeari hala eman zizkioten aukeran. Hautatu: «Koilara, papera, guraizeak».

–Koilara? Nik harriarekin ikasi nuen...

–Gurekin, gure arauak.

Guraizeak aukeratu zituen. Gaizki egina. Ez zen aukera ona. Asko laburtzen zen bidea hartara.

–Koilara aukeratu behar zenuen.

–Ez dut berriro galdetuko: non dago?

–Ur bizi eta lasterretan. Ez zuen balio.

–Zoratuta daude, esan dizut... Baina umearen eskolako zorroa eta liburuak aurkitu dizkiegu. Irakurtzen ari ziren polizia ailegatu denean. Umearen liburuak.

–Non dago umea?

–Hegan atera zen eta jakintsuagoa da orain. Moskitoetatik babestuta egongo da. Mihiluari eta belar finei esker.

–Behin eta berriro errepikatzen dute, jauna.

–Azken aldiz galdetuko dizuet. Non. Dago. Umea.

–Transferentziak, zergatik izan behar du beti zentzu berean?

–Zer transferentzia? Zertaz ari dira? Zuk badakizu?

–Ez, jauna. Dakidan bakarra da ez dela lehen aldia. Hello Kittyren hainbat bizkar-zorro topatu ditugu. Artxiboetan begira ari gara.

–Beti izan da horrela. Bada balio duen jendea eta bada balio ez duena.

Saiatu ziren beste bizpahiru bider, atxilotuak komisaldegiko ziegetara jaitsi aurretik. Nahikoa ozen oihu eginez gero, han ere elkar entzun zezaketen biek.

–Hik zer dion!

–Ni beti paratuko nauk inurrien alde!

–Ni euliekin noan, orduan!

Besoak lirioz eta lore hostotsuz tatuatuta zeuzkan zeldakide sendoa ere ez zen haiei isiltasuna eskatzera ausartu.

Lokartu eta ezpainak erdi irekita itxoitea bazen, urte haiek guztietan, gizon erkinduak eta begi griseko emakumeak galdu ez zuten ohitura.

Dibertimendu hutsez, han inolaz ere lor ezin zezaketen zerbait preziatua jokatuko zuten.

Irabazlearentzat izango zen yo-yoa. ■

SALTO GENERACIONAL

Susana Sánchez Arins

I

Hay una herencia a la que mis hermanas y yo renunciamos periódicamente, para que mis padres lo tengan en cuenta a la hora de testar.

La renuncia inicial fue la ocultación. Retirar los cuerpos del delito de los espacios visibles y decorativos de la casa: de encima de la televisión, de la librería del corredor, del aparador de la loza. Cada vez que había que repintar las paredes, recolocar los libros o barnizar de nuevo muebles, compinchadas con mamá, procurábamos que desapareciesen la urraca rabilarga, las gaviotas alzando el vuelo, el busardo enfadadizo o el cuervo, elegante incluso en esas circunstancias.

Al *papai* le gustaban los animales vivos, pero en cuanto aparecía uno muerto, fuese en casa, en el camino o en el monte, se iba el bicho al congelador de Fina Batám.

Fina Batám es la dueña de la taberna y ultramarinos. Allí echaba papá la partida de truço después de comer. Allí sabían los vecinos que andaba si le querían ofrecer un bicho, una alimaña. Allí se quedaban los bichos, las alimañas, entre los guisantes y los filetes de merluza del congelador, a la espera de tener dinero para pagarle al taxidermista.

Y así llenó las habitaciones de arte funerario.

Las primeras que yo recuerdo, las águilas que le dieron fama de *félixrodríguezdelafuente* en los alrededores. Un día que iba caminando por el monte se encontró una rapaz en el suelo, abatida por un escopetero. Miró hacia la cima del pino y vio un nido, e incluso oyó a las criaturitas piar. Yo me lo imagino trepando por el árbol, oso humano, rescatando a los polluelos, guardándoselos en el bolsillo y bajándolos, sufriendo por ellos los arañazos de la corteza en la piel, los pellizcos de los bebés hambrientos en la ropa. Y trajo a los aguiluchos para casa y comprábamos carne congelada para alimentarlos y venían todas las criaturas de la aldea a ver al *papai*, garrido, *félixrodríguezdelafuente*, darles de comer en el pico.

Y la honra sobre el televisor cuando murieron. Pose majestuosa de escudo americano.

Antes había llegado el cuervo, azabache lustroso, al que no conocimos vivo, pero que papá jura que hablaba palabras de verdad y que se le posaba en el hombro después de dar una vueltecita volando.

Y luego fueron llegando otras. A las gaviotas las trajimos del puerto de Combarro, adonde fuimos de paseo porque alguien estaba de visita turística, puede que la tía Coco, quién sabe si el tío Pepe. El asombro de la invitada (¿del invitado?) cuando, con total naturalidad, ayudamos a papá a meter los cadáveres en el maletero del coche, manera perfecta de expresar su mafioso amor por la naturaleza.

Otra vez fue Suso O Fogueteiro, que apareció en lo de Fina Batám y dejó el envite del truco flotando en el aire.

–Don Ramiro, ¿usted quiere los bichos muertos o le valen vivos? –papá era *don* porque, además de *félixrodríguezdelafuente*, era el maestro de O Foxo.

–Siempre vivos, ¿cómo va a ser, si no?

–Puse unos cepos para que el jabalí no me entre en el maíz. Cayó un raposo. Allí está, con una de las patas atrapada. Si quiere, no lo mato. Si quiere, va para el congelador.

Y así llegó el zorro a nuestras vidas, como antes las águilas. Y se curó de las heridas y se quedó con nosotros en pago servil por los cuidados. ¿Y quiere también un tejón?, fue la pregunta quince días después.

Yo sentía pena por los dos bichos, que nunca llegaron a tener nombre. Raposo y Tejón roían la alambrada que los encarcelaba, dejaban sin tocar la comida que les poníamos, parecía incluso que mirasen las nubes soñando otra vida sin prisión perpetua.

–Si los suelto, los van a matar los *escopeteiros*.

–Ellos lo que quieren es el jabalí, estos no acaban con el maíz.

La discusión con el *félixrodríguezdelafuente* no dio para más. Raposo y Tejón murieron al cabo de unas semanas y pasaron a engrosar las hileras de bichos en el congelador de Fina.

Cuando Virucha de Ferrín iba a comprar palitos de marisco Pescanova, relucían, al lado del pescado y de las croquetas, el pelaje lustroso y ceniza de la gineta, el color encarnado del faisán dorado, la cabeza de aquel zorro tan triste, incluso entre las diminutas láminas de hielo.

A la espera de tener dinero para pagarle al taxidermista.

II

Los domingos siempre íbamos de visita familiar a Vilagarcía. Una de las cosas que más me gustaba de esos viajes era entrar en las casas por el *saguão*, nombre mágico este, el zaguán, que a nuestra vivienda le faltaba. Los *saguões* eran un descansadero, un espacio intermedio entre el dentro y el fuera. Todos tenían puertas acristaladas que dejaban entrar la luz de la calle. En el de la abuela Gloria siempre estaba la caja de gaseosas A'Nosa, pendiente de la llegada del repartidor. Los de la tía Teresa o la tía Purita estaban a reventar de plantas y flores. Las casas abrían la boca en una sonrisa para recibirnos con alegría, la misma sonrisa que lucían la abuela Gloria, Teresa o Purita al abrir la puerta interior. No había *saguão* que no condujese a algo especial, a un sabor de rosca recién hecha, a una voz admirada de lo bonitas que estábamos creciendo, a una moneda de 25 pesetas ofrecida a escondidas.

Uno de esos domingos, de vuelta hacia O Foxo, papá dijo de parar en Caldas. Nos recibió una casa con *saguão*. Entramos tan confiadas cuando nos invitó a pasar un señor desconocido.

–Es el que diseca los animales –explicó papá–. Voy a recoger las gaviotas.

No había plantas ni cajas de gaseosas. En un rincón, una gata amamantaba a cinco gatitos. Recuerdo que saltamos levemente a un lado cuando la descubrimos. Papá nos había enseñado que no se molesta a las hembras recién paridas y desconocidas. Pero la gata ni se movió. Y no miañó. Y no gimió ninguna de las crías. Creo que tardamos en darnos cuenta.

–Parecen vivos –dijo mi padre.

–Es la gata de la casa. Llevaba años con nosotros. La verdad es que fue una pena asfixiarlos a todos, pero me encanta cómo quedó la composición.

Recogimos las gaviotas y retomamos el viaje, dejando atrás aquel extraño *saguão*.

–Yo no mato animales. Solo lo hago cuando mueren –susurró papá nada más cerrar la puerta del coche.

Yo siempre me mareaba en el viaje de O Foxo a Cea, de Cea a O Foxo, pero aquella vez no vomité.

III

Hace unos meses, las sobrinas dieron con el escondite de Raposo y Tejón. Nuestra lenta estrategia de escondérselos a papá liquidada por la curiosidad infantil. Años desapareciendo progresivamente ahora uno, ahora otro, para que vengan las nietas a reavivar el recuerdo y ¿dónde metisteis el cuervo que hablaba, las gaviotas de Combarro, las águilas que salvé de la muerte y que crie de dedo a pico?

Las sobrinas solo pueden tener animales de compañía adaptados a la vida humana. Perros o gatos. Aquellas que tienen casa con finca. Las que viven en pisos de edificios enormes no pueden tener animales. La conciencia animalista de mamás y papás y tías y tíos lo impide. Es lo que tiene haberse criado entre las hijas e hijos de un *felixrodriguezdelafuente*, el de O Foxo. Las mismas que escondieron bichos disecados en la parte trasera de la casa porque todavía recuerdan a la gata con los cinco gatitos que no miañaban ni se movían.

Y las sobrinas se llevan a Raposo y Tejón al jardín, cada niña con su bicho bajo el brazo, como pan futuro de riqueza, y juegan a tener mascotas, y se tumban con ellos a echar la siesta, en el trapo que mamá extiende sobre la hierba, y les hacen cariños en los morros secos, en las pieles que llevan años acumulando polvo, y les dan de comer churrasco de mentira y de beber agua de mentira en vajilla de mentira. Y los peinan con peines de verdad y nos preguntan por qué parecen tan de verdad esos peluches.

Las sobrinas, que nada saben de momificaciones ni de *saguões*, recibirán la herencia. ■

Traducción del gallego de Jeiry Castellano.

SALTO GERACIONAL

Susana Sánchez Arins

I

Há uma herança à que todas as filhas e filhos renunciamos periodicamente, por isso de o deixar claro.

A primeira renúncia foi já a ocultação. Retirar os objetos do delito dos espaços visíveis e decorativos da casa: do cimo da televisão, da estante sobre o corredor, do aparador da louça. Cada vez que havia que repintar as paredes, recolocar os livros ou envernizar de novo móveis, cumpliciadas com mamã, fazíamos por desaparecer a pega rabilonga, as gaivotas a alçar o voo, o minhato enfadonho ou o elegante, mesmo nessas circunstâncias, corvo.

O papai gostava dos animais vivos mas, enquanto um aparecia morto, fosse na casa, no caminho ou no monte, ia o bicho para o congelador de Fina Batám.

Fina Batám é a dona da taberna e ultramarinos. Lá botava papá a partida de tute após o jantar. Lá sabiam os vizinhos que havia de estar se lhe queriam oferecer um bicho, uma alimária. Lá ficavam os bichos, as alimárias, entre as ervilhas e os filetes de pescada do congelador, em aguarda de ter dinheiros para pagar o taxidermista.

E assim encheu as habitações de arte funerária.

As primeiras que eu lembro, as águias que lhe deram fama de *félixrodríguezdelafuente* na redonda. Um dia a caminhar polo monte deu com uma ave dos pitos no chão, abatida por um escopeteiro. Olhou ao cimo do pinheiro e viu o ninho e mesmo ouviu as criancinhas a chiar. Eu imagino-o a apolitar a árvore, humano urso, e resgatar os polinhos e guardá-los no peto e abaixá-los, sofrendo por eles as rabunhaduras da cortiça na pele, os beliscos dos bebés famintos na roupa. E trouxe os aguiunchos para casa e mercávamos carne congelada para os alimentar e vinham as crianças todas da aldeia a ver o papai, garrido, *félixrodríguezdelafuente*, a lhes dar de jantar no bico.

E a honra em cima do televisor quando morreram. Posse majestosa de escudo americano.

Antes viera o corvo, azeviche brilhante, que nós não conhecemos vivo mas que papá jura que falava palavras de verdade e que se lhe pousava no ombreiro após dar uma voltinha a voar.

E depois foram chegando outras. As gaivotas trouxemo-las do porto de Combarro, aonde fôramos de passeio porque alguém estava de visita turística, pode que a tia Coco, quem sabe se o tio Pepe. O assombro da convidada (do convidado?) quando, com total naturalidade, ajudamos a papá a entrar os cadáveres no porta-malas do carro, maneira perfeita de expressar o seu mafioso amor à natureza.

Outra vez foi Suso o Fogueteiro que apareceu na de Fina Batám, deixando o envide do truco a flutuar no ar.

–Dom Ramiro, você quer os bichos mortos ou valem-lhe vivos? –Papá era *dom* porque, ademais de *félixrodríguezdelafuente*, era o mestre do Fojo.

–Sempre vivos, como vai ser, senão?

–Pus uns cepos para que o porco bravo não me entre ao milho. Caiu um raposo. Lá está, com uma das patas pilhadas. Se quer, não o mato. Se quer, vai para o congelador.

E chegou o raposo às nossas vidas, como antes as águias. E sanou as feridas e ficou connosco em pagamento servil dos cuidados. «E quer também um teixugo?», foi a pergunta quinze dias depois.

Eu sentia pena polos dous bichos, que nunca chegaram a ter nome. Raposo e Teixugo roíam as grades que os encarceravam, deixavam sem tocar a comida que lhes púnhamos, mesmo semelhavam olhar para as nuvens sonhando outra vida sem prisão perpétua.

–Se os libero, vão acabar com eles os escopeteiros.

–Eles querem é porco bravo, estes não acabam com o milho.

A discussão com o *félixrodriguezdelafuente* não deu para mais. Raposo e Teixugo morreram passadas umas semanas e engrossaram as fileiras de bichos no congelador de Fina.

Quando Virucha de Ferrim ia comprar pauzinhos de marisco Pescanova reluziam ao carão do peixe e as croquetes, a pelagem brilhante e cinzenta da gineta, o encarnado do faisão dourado, a cabeça do raposo tão triste, mesmo entre as lâminas mínimas de gelo.

Em aguarda de ter dinheiros para pagar o taxidermista.

II

Os domingos íamos sempre de visita familiar a Vila Garcia. Uma das cousas que mais adorava dessas viagens era entrar nas casas polo saguão, nome mágico ele e que a nossa vivenda não tinha. Os saguões eram um descanso, um espaço intermédio entre o dentro e o afora. Todos tinham portas vidradas que deixavam entrar a luz da rua. No da avó Glória estava sempre a caixa de gasosas A'Nosa, pendente da chegada do repartidor. Os da tia Teresa ou a tia Purita rebentavam de plantas e flores. As casas abriam a boca em um sorriso para nos receber com alegria, essa que transparentavam a avó Glória, Teresa ou Purita ao abrirem a porta interior. Não havia saguão que não levasse a um momento especial, um sabor de rosca recém cozida, uma voz admirada do bonitas que crescíamos, uma moeda de vinte e cinco pesetas oferecida às escondidas.

Em um desses domingos, de volta para o Fojo, papá disse de parar em Caldas. Recebeu-nos uma casa com saguão. Entramos tão confiadas quando convidou a passar um senhor desconhecido.

–É quem disseca os animais –explicou papá–. Vou recolher as gaivotas.

Não havia plantas nem caixa de gasosas. Em um recanto, uma gata amamentava cinco gatinhos. Lembro como saltamos levemente a uma banda quando a descobrimos. Papá nos aprendera a não incomodar fêmeas paridas e desconhecidas. Mas a gata nem se mexeu. E não mianhou. E não gemera nenhuma das crias. Acho que tardamos em cair na conta.

–Parecem vivos –disse meu pai.

–É a gata da casa. Levava anos connosco. A verdade é que foi uma pena afogá-los todos, mas adoro como ficou a composição.

Recolhemos as gaivotas e retomamos a viagem, deixando atrás aquele estranho saguão.

–Eu não mato animais. Só o faço uma vez que morrem –sussurrou papá uma vez fechou a porta do carro.

Eu sempre me mareava na viagem do Fojo a Ceia, de Ceia ao Fojo, mas desta vez não vomitei.

III

Há uns messes, as sobrinhas deram com o agocho de Raposo e Teixugo. A nossa lenta estratégia de lhos esconder a papá liquidada pola curiosidade infantil. Anos a desaparecer progressivamente agora um, agora outro, para que agora as netas estimulem o recordo e onde é que metestes o corvo que falava, as gaivotas de Combarro, as águias que salvei da perda e criei de dedo a bico?

As sobrinhas só podem ter animais de estimação adaptados à vida humana. Cadelos ou gatos. As que têm casa com leira. As que vivem em andares de prédios enormes não podem ter animais. A consciência animalista de mamãs e papais e tias e tios impede-o. É o que tem criarem-se entre as filhas e filhos de *félixrodríguezdelafuente*, o do Fojo. As mesmas que esconderam bichos dissecados nas traseiras da casa porque ainda recordam a gata com as cinco crianzinhas que não mianhavam nem se mexiam.

E as sobrinhas levam Raposo e Teixugo para o jardim, cada uma um baixo o braço, como pão futuro de riqueza, e jogam a ter animais de estimação, e deitam-se com eles a botar a sesta, no farrapo que mamã estende sobre a erva, e fazem-lhes carinhos nos focinhos secos, nos pelames a carregar anos de poeira, e dão-lhes a comer churrasco de mentira e a beber água de mentira em baixela de mentira. E penteam-nos com pentes de verdade e perguntam-nos por que parecem tão de verdade essas pelúcias.

As sobrinhas, que nada sabem de mumificações nem de saguões, hão receber a herança. ■

FEMINISMO Y LITERATURA CATALANA

Montserrat Roig

Hablando *un poco* como hacen mis compañeras, explicando *un poco* mi relación personal con el acto de escribir, he de confesar que cuando empecé a escribir, simplemente, me sentía como alguien que deseaba fabular, que deseaba narrar. Teresa Pàmies ha hablado de los folletines y de los cuentos de las abuelas. Yo puedo recordar las películas de mi abuela y una gran discusión que hubo en casa sobre el señor Rhett Butler, si volvía con Escarlata O'Hara o no. Es decir, recuerdo *Lo que el viento se llevó* y todo lo que tenía de literatura de folletín introducida en mi infancia.

Cuando empecé a escribir, lo que quería, simplemente, era escribir. Se empieza con mucha inocencia, con mucha ingenuidad, pensando que te comerás el mundo. Te vas enamorando poco a poco de las palabras y con el tiempo te das cuenta de que todo eso es un proceso duro, a menudo devastador. Y, como se ha dicho también muchas veces, son los demás los que te van moldeando. Son los demás los que me convirtieron en una mujer que escribe. Yo, simplemente, me veía como una escritora y a mí, personalmente, eso no me planteaba ningún tipo de conflicto interior. Yo quería narrar un mundo porque yo pensaba que tenía un mundo. Y creo que lo tenía. Una vez, un crítico catalán dijo que era muy interesante «el mundo de las mujeres» descrito por Montserrat Roig, pero que ahora esperaba a que

Montserrat Roig explicase el mundo. Parece que el mundo que yo explicaba no era *el mundo* porque era «el mundo de las mujeres».

Poco a poco, te vas dando cuenta de eso en lo que los demás te van convirtiendo. Entonces, con los años, los demás te hacen mujer y también los demás te hacen catalana porque cuando naces, el mundo está narrado en catalán y la lengua del mundo es la lengua catalana y el universo está explicado en tu propia lengua. Y poco a poco, el mundo se te va rompiendo. Yo empecé a leer en catalán en casa y recuerdo que cuando me llevaron al colegio de monjas –que, por cierto, eran catalanas, pero hacían de *capos*, es decir, nos obligaban a hablar castellano en la escuela– y me dijeron aquello de «mi mamá me ama» y «la pipa de papá» yo pensé que se habían inventado una lengua, porque la manera de relacionarnos, en casa, entre nosotros, era «*la meva mare m'estima*» y, además, mi padre no fumaba en pipa ni fumaba en nada. No fumaba.

Poco a poco, te vas dando cuenta de que tienes que excusarte y pedir perdón porque estás dentro de la literatura. Evidentemente, a principios de siglo, la señora Caterina Albert se puso un apellido masculino para no molestar y hasta hace poco, las mujeres –y en la literatura catalana ha pasado exactamente lo mismo– se han definido ellas mismas como «mujeres que escriben». No se atreven a llamarse *escritoras*: «nosotras no queremos molestar». Entonces, te encuentras con escritoras extraordinarias que adoptan una apariencia frágil de jícara –y que me perdonen las traductoras– de porcelana, o sea, para tomar el chocolate.

Yo creo que las mujeres tenemos muy mala leche, y está muy bien. Pero en la apariencia, había que representar el epítome no de femenina –y esto es intraducible– sino de *feminívola*, un adjetivo que se puso muy de moda en los años 30. Y así, durante un tiempo, vas teniendo un poco el concepto de que eres Copito de Nieve. Copito de Nieve es un gorila blanco –y esto lo digo para las invitadas extranjeras– que vive en el parque zoológico. Es blanco no porque sea más bonito, sino porque tiene una condición genética, y la gente dice «Ay, ¡qué bonito es este gorila!», pero no: es que padece albinismo, que es una suerte de enfermedad.

A nosotras también se nos miraba como la enfermedad de la literatura catalana. Se decía «y además hay mujeres» (¿qué ha pasado?) o «y, además, las escritoras venden» (¿pero qué pasa aquí?). Extrañeza, un cierto nerviosismo. Y decidimos que dentro de la literatura catalana hay una literatura de mujeres, como allí en el congelador, en el supermercado, donde encuentras el Findus o el Pescanova. Está la *Literatura*, aquello que es importante, y después, la literatura de mujeres. Pero cuando se habla de los grandes narradores del siglo XX [de la literatura catalana], resulta que los dos son mujeres. Bueno, a una se lo perdonamos porque tiene un seudónimo masculino, y a la otra se lo perdonamos porque ha estado en el extranjero mucho tiempo y cuando regresó no molestó mucho. Se encerró, y, además, después se murió.

Es decir, lo importante para las mujeres que escribimos en catalán y que además somos *mujeres* es esperar a tener 80 años. Mantener la calma, esperar a cumplir los 80. Si morimos, entonces sí; pero si no, a cumplir 80 años y empezarán a hablar de nosotras. No hay que ponernos excesivamente nerviosas porque en la Universidad de Barcelona y en la Autónoma –tal vez me equivoco, pero hasta hace unos años así era– aún están metidos en 1906. Claro, hay que recuperar muchas cosas en este país. Y tener que recuperar, encima, a las novelistas es algo muy complejo.

Durante un tiempo, pues, como decía alguno, «siempre ha habido la Tabla de Literatura», el corpus, y un poco es eso: Copito de Nieve. ¿Cuál es el peligro que corremos las mujeres que escribimos? Pues lo mismo que el gorila. Los gorilas se reconocen mirándose el ombligo. Entonces, eres mujer, eres catalana, y además te miras el ombligo, te crees el centro del mundo. Y como considero que toda escritora y todo escritor son un proceso, que nos escribimos a lo largo de la vida y siempre estamos aprendiendo, con el tiempo sabes que debes relacionarte con tu lengua y tu condición con total naturalidad.

Cuando a mí aún me preguntan –no en el Estado español porque la gente se ha vuelto bastante educada y ahora ya saben que aquí hay cuatro lenguas– o me dicen «bueno, qué lástima. ¿Por qué escribe en catalán? Si usted escribiera en castellano sería más conocida», respondo, «bueno, escribo en catalán por tres razones: en primer lugar, porque es mi lengua y la relación con la lengua es la misma relación que se tiene con la madre. Cuando yo entré en el colegio de monjas, descubrí lo que era el Poder y lo que era el Estado. El Estado es el padre. Tu tierra es la madre. Por tanto, la relación con la lengua es la relación con los orígenes y es una relación con la tierra, mande quien mande. Así que, en primer lugar, porque es mi lengua. En segundo lugar, porque tenemos la inmensa suerte de que nuestra lengua es una gran lengua, con una tradición literaria escrita, porque hay grandes lenguas en el mundo que han tenido la desgracia de no tener una tradición literaria escrita, lo cual sería también algo sobre lo que hablar; pero nosotros la tenemos, una gran tradición literaria escrita. Y, en tercer lugar, porque me da la gana».

Evidentemente, mi relación con la lengua, en este momento, es de absoluta naturalidad. Actúo como si fuera inglesa, con la diferencia de que los derechos de autor no son los mismos. Se habla mucho, hoy en día, de si nuestra lengua está en extinción o no está en extinción, pero eso no entra en este debate. Me preocupa, evidentemente. Siempre recuerdo una historia que estudié en la universidad, la de aquel pobre señor Dudin que hablaba en retorrománico y que era el último señor que hablaba en una lengua en extinción. Entonces acudieron todos los eruditos a transcribirla, porque cuando él desapareciese, la lengua desaparecería. A veces, los catalanes tenemos esa sensación de que vamos desapareciendo. Pero creo que vamos escribiendo, vamos haciendo, no solo por el hecho de ser catalanas, por el hecho de ser mujeres, sino fundamentalmente por el hecho de ser escritoras. No hemos elegido este oficio porque sí. Hemos elegido este oficio porque somos escritoras, y porque nuestra relación con el mundo pasa a través de la relación con la literatura.

Creo que las mujeres escritoras hemos crecido en todo el mundo, que tenemos menos complejos, menos miedos. Nos vienen con la historia de siempre «ah, es que las mujeres solo escribís autobiografía». Claro. Hace diez años, nos fijábamos en todos los libros de literatura y decíamos «Proust, Hemingway, Henry Miller, todos escriben autobiografía y han escrito autobiografía y nadie se lo ha echado en cara». Ahora creo que no. No debemos explicar eso. ¿Por qué? Porque tenemos una tradición. La tenemos como mujeres.

Nosotras, además, tenemos la gran suerte de una tradición literaria y lingüística propia. Y si no nos conocen, no creo que las escritoras y los escritores de verdad se planteen el tema como «yo, lo que querría, es ser conocida en Francia». Evidentemente, nos haría mucha ilusión que nos conocieran en París, pero no es tan importante. Para mí, lo que realmente importa es la opción que hemos tomado, que es la opción de ser escritoras.

Nada más. ■

Conferencia pronunciada en la
IV Feria Internacional del Libro Feminista
en Barcelona el 21 de junio de 1990.

Traducción del catalán de Betsabé García,
autora de Con otros ojos. La biografía de Montserrat Roig.

FEMINISME I LITERATURA CATALANA

Montserrat Roig

Parlant *una mica* com fan les meves companyes, explicant *una mica* la meva relació personal amb el fet d'escriure, he de dir que quan vaig començar a escriure, simplement, em sentia una persona que desitjava fabular, que desitjava narrar. La Teresa Pàmies ha parlat dels fulletons i de les rondalles de les àvies. Jo puc recordar les pel·lícules de la meva àvia i una gran discussió que hi va haver a casa sobre el senyor Rhett Butler, si tornava amb l'Escarlata O'Hara o no. És a dir, recordo *Allò que el vent s'endugué* tot el que tenia de literatura de fulletó introduïda dins la meva infantesa.

Quan vaig començar a escriure, el que volia, simplement, era escriure. Es comença amb molta innocència, amb molta ingenuïtat, pensant que et menjaràs el món. Et vas enamorant a poc a poc de les paraules i amb el temps t'adones que tot això és un procés dur, tot sovint devastador. I com s'ha dit també moltes vegades, són els altres els qui et van fent. Són els altres els qui em van convertir en una dona que escriu. Jo, simplement, em veia com una escriptora i a mi, personalment, això no em plantejava cap mena de conflicte interior. Jo volia narrar un món perquè jo pensava que tenia un món. I crec que el tenia. Una vegada, un crític català va dir que era molt interessant el món de les dones descrit per Montserrat Roig, però que ara espera-va que Montserrat Roig expliqués el món. Sembla que el món que jo explicava no era el *món* perquè era «el món de les dones».

A poc a poc, et vas adonant d'allò en què els altres et van convertint. Llavors, amb els anys, els altres et fan dona i també els altres et fan catalana perquè quan neixes, el món és narrat en català i la llengua del món és la llengua catalana i l'univers està explicat en la teva pròpia llengua. I, a poc a poc, el món se't va trencant. Jo vaig començar a llegir en català a casa i recordo que quan em van portar a l'escola de monges –que, per cert, eren catalanes però feien de *capos*, és a dir, ens obligaven a parlar castellà a l'escola– i quan em van dir allò de «mi mamá me ama» i «la pipa de papá» jo vaig pensar que s'havien inventat una llengua, perquè la manera de relacionar-nos, a casa, entre nosaltres, era «la meva mare m'estima» i a més el meu pare no fumava en pipa ni fumava amb cap cosa. No fumava.

A poc a poc, et vas adonant que has de demanar excuses i perdó perquè ets dins de la literatura. Evidentment, a principis de segle, la senyora Caterina Albert es va posar un cognom masculí per no molestar i, fins fa poc, les dones –i en la literatura catalana ha passat exactament el mateix– s'han definit elles mateixes com a «dones que escriuen». No s'atreveixen a anomenar-se *escriptores:* «nosaltres no volem molestar». Aleshores, et trobes amb escriptores extraordinàries que agafen una aparença fràgil de xicreta –i que em perdonin les traductores– de porcellana, o sigui, per prendre-hi la xocolata.

Jo crec que les dones tenim molt mala llet, i està molt bé. Però en l'aparença, calia ser el màxim no de femenina –i això és intraduïble–, sinó de «femenívola», un adjectiu que es va posar molt de moda als anys trenta. I així, durant un temps, vas tenint una mica el concepte que ets el Floquet de Neu. El Floquet de Neu és un goril·la blanc –i això ho dic per les convidades de fora– que viu al parc zoològic. És blanc no perquè sigui més bonic, sinó perquè té aquesta condició genètica, i llavors la gent diu: «oh! Que n'és de bonic, aquest goril·la!», però no: és que pateix d'albinisme, una mena de malaltia.

A nosaltres també se'ns mirava com «la malaltia de la literatura catalana». Es deia: «és que a més hi ha dones» (però, què ha passat?) o «és que, a més a més, resulta que les escriptores venen» (però què passa aquí?). Estranyesa, un cert nerviosisme. I decidim que dins de la literatura catalana hi ha una literatura de dones com al congelador o al supermercat, on trobes el Findus o el Pescanova. Hi ha la *Literatura*, que és allò important, i després, la literatura de dones. Però quan es parla dels grans narradors del segle XX [de la literatura catalana], resulta que totes dues són dones. Bé, a una li ho perdonem perquè té un pseudònim masculí, i a l'altra li ho perdonem perquè ha estat fora molt de temps i quan va tornar no va molestar gaire. Es va tancar, i a més a més, després es va morir.

És a dir, allò que és important per a les dones que escrivim en català i que a banda som *dones*, és esperar a fer vuitanta anys. Mantenir la calma, esperar a fer-ne vuitanta. Si ens morim, aleshores sí; però si no, a fer vuitanta anys i començaran a parlar de nosaltres. No ens hem de posar gaire nervioses perquè a la Universitat de Barcelona i a l'Autònoma –potser m'erro, però fins fa uns anys era així– encara estaven al 1906. És clar, s'han de recuperar moltes coses en aquest país. I haver de recuperar, també, les novel·listes és molt més complex.

Durant un temps, doncs, com deia algú, «sempre hi ha hagut la Taula de Literatura» i una mica és això: el Floquet de Neu. Quin és el perill en què podem caure les dones que escrivim? Doncs el mateix que el goril·la. Els goril·les es reconeixen mirant-se el melic. Aleshores, ets dona, ets catalana, i a més et mires el melic, et creus el centre del món. I com que considero que tota escriptora i tot escriptor són un procés, que ens escrivim al llarg de tota la vida i sempre estem aprenent, amb el temps saps que has de relacionar-te amb la teva llengua i amb la teva condició amb tota naturalitat.

Quan a mi encara em pregunten –no m'ho pregunten a l'Estat espanyol perquè la gent s'ha tornat bastant educada i ara ja saben que aquí hi ha quatre llengües– o em diuen: «bé, vostè, quina llàstima. Per què escriu en català? Si vostè escrivís en castellà seria més coneguda», responc: «bé, escric en català per tres raons: en primer lloc, perquè és la meva llengua i la relació amb la llengua és la mateixa relació que es té amb la mare. Quan jo vaig entrar a l'escola de monges, vaig descobrir el que era el Poder i el que era l'Estat. L'Estat és el pare. La teva terra és la mare. Per tant, la relació amb la llengua és la relació amb els orígens i és una relació amb la terra, mani qui mani. Així que, en primer lloc, perquè és la meva llengua. En segon lloc, perquè tenim la immensa sort que la nostra llengua és una gran llengua, amb una tradició literària escrita, perquè hi ha grans llengües al món que han tingut la desgràcia de no tenir una tradició literària escrita, cosa que seria, també, per parlar-ne; però nosaltres la tenim, una gran tradició literària escrita. I en tercer lloc, perquè em dona la gana».

Evidentment, la meva relació amb la llengua, en aquest moment, és d'absoluta naturalitat. Actuo com si fos anglesa, amb la diferència que els drets d'autor no són els mateixos. Es parla molt, avui dia, de si la nostra llengua està en extinció o no està en extinció, però això no entra dins d'aquest debat. Em preocupa, evidentment. Sempre recordo una història que vaig estudiar a la Universitat, d'aquell pobre senyor Dudin que parlava en retoromànic i que era el darrer senyor que parlava en una llengua en extinció. Llavors, hi van anar tots els erudits europeus a transcriure-la, perquè quan ell desaparegués, la llengua desapareixeria. De vegades, els catalans tenim aquesta sensació, que anem desapareixent. Però crec que anem escrivint, anem fent, no solament pel fet de ser catalanes, pel fet de ser dones, sinó fonamentalment pel fet de ser escriptores. No hem triat aquest ofici perquè sí. Hem triat aquest ofici perquè jo crec que som escriptores, i perquè la nostra relació amb el món passa a través de la relació amb la literatura.

Crec que les dones escriptores hem crescut a tot el món, que tenim menys complexos, menys pors. Ens venen amb la història de sempre: «ah!, és que les dones només feu autobiografia». És clar. Fa deu anys ens miràvem tots els llibres de literatura i dèiem «Proust, Hemingway, Henry Miller, tots escriuen autobiografia i han fet autobiografia i ningú no els ho ha retret». Ara jo crec que no. No hem d'explicar això. Per què? Perquè tenim una tradició. La tenim com a dones.

Nosaltres, a banda, tenim la gran sort d'una tradició literària i lingüística pròpia. I si no ens coneixen, no crec que les escriptores i els escriptors de debò es plantegin el tema com «jo, el que voldria, és ser coneguda a França». Evidentment, ens faria molta il·lusió que ens coneguessin a París, però no és tan important. Per a mi, el que realment importa és l'opció que hem pres, que és l'opció de ser escriptores.

Res més. ■

Conferència pronunciada durant
la IV Fira Internacional del Llibre Feminista
a Barcelona el 21 de juny de 1990.

EL CRÁTER

Eider Rodríguez

A Iñaki y Maixabel, a Lourdes y Dori, a Oihana.

–No quiero morir en pijama –dijo Fani.

Amaia estaba sacando la pulpa a una hoja de aloe con una navaja. Llevaba ya unos días en los que le costaba pronunciar las consonantes y era necesario estar muy atenta para entender lo que decía. Amaia le untó la sustancia pegajosa en los labios, por fuera y por dentro, para ayudar a la cicatrización de las heridas, que se le habían multiplicado durante las últimas semanas. Al terminar, cortó un pedazo pequeño, se lo puso en la punta del dedo y trató de introducírselo en la boca. Fani giró la cabeza a un lado. Al ver aquel rasgo de obstinación que había sido el punto de partida de sus enfados más virulentos, sintió algo parecido a «esta es mi chica», y comprendió lo absurdo que había sido intentar castrarla durante 40 años.

–No quiero morir en pijama.

–¿Y qué nos ponemos? –había empezado a hablar en plural al mismo tiempo que había empezado a pensar en singular.

–No lo sé.

Le limpió la barbilla con un pañuelo de tela. Luego, le acarició la mejilla con el dorso de la mano, aunque hasta entonces no había acariciado a nadie de esa manera. Sin embargo, estos últimos días le salía hacerlo así, no sabía por qué. Por lo demás, nunca habían sido especialmente cariñosas. Fani apretó la mejilla contra la mano. Le gustaba. Por culpa del tumor, el ojo izquierdo se le había torcido ligeramente y desde que no salía de la cama, el lunar que tenía sobre el labio, un lunar arrogante que en su día enloqueció a Amaia, se había desdibujado y vuelto fláccido, como si el cáncer también se hubiera apoderado de él. Todo sucedió tan rápido que, cuando Amaia se esforzaba en colocarlo dentro de las coordenadas de la comprensión, no podía evitar pensar que aquel lunar era la entrada al inframundo de Fani y que por ahí se había colado la enfermedad, y que no había empezado en el páncreas, como decían los médicos.

En cualquier caso, se comió todo lo que encontró a su paso. Lo que yacía en la cama era la cáscara de Fani.

Amaia sacó del armario una camisa de cuello mao que compró en Las Landas para el concierto de piano de fin de curso de su sobrina, pero que nunca se llegó a poner. También habría que pensar qué hacer con el *bungalow*: no se imaginaba a sí misma yendo allí sin Fani, limpiando la arena del porche sin Fani, en el mercado de Vieux-Boucau sin Fani, curioseando en los mercadillos de segunda mano sin Fani, en bicicleta sin Fani, bebiendo al atardecer sin Fani el vino Tariquet que acababan de descubrir, con más gente, pero sin Fani.

Allí empezó la pesadilla hacía apenas cinco meses. A Amaia y a Fani les gustaba ir a la playa a echar la siesta, aunque aquel día hacía viento y dudaron. Pero eran los primeros rayos de sol después de un invierno duro y no podían desperdiciarse. No había nadie en la playa además de los surfistas. Parecía que se acercaba una galerna, y en lugar de tumbarse, decidieron caminar. Amaia vio algo que al principio le pareció un pez grande, pero estaba demasiado lejos de la orilla. Cuando se acercaron, vieron que era un obús envuelto en una costra de óxido y salitre, sepultado a medias en la arena. Un conocido de Rentería se había quedado ciego de pequeño al estallarle una granada de la época de la guerra, sabían que había que tener cuidado.

–No lo podemos dejar aquí. Alguien lo puede coger o pisar.

–¿Y si lo tapamos con arena hasta que volvamos?

No dominaban el francés como para llamar a la policía y decidieron que fuera Fani la que se quedara cuidando el obús. Se sentía débil desde por la mañana y no tenía ganas de caminar de un lado a otro. Así lo hicieron. Amaia le enseñó la foto que había sacado con el móvil a un policía que encontró en el camino hacia el pueblo. Le costó más o menos media hora encontrar uno: era un chico que estaba poniendo multas en los parabrisas. Le mostró la foto y señaló en dirección a la playa. Hizo una llamada y en poco tiempo llegaron dos policías que recorrieron el camino de vuelta con Amaia. Y aquella imagen: encontraron a Fani de rodillas junto al obús, pálida, con el gesto contraído y el pelo enmarañado por el viento. Amaia pensó que estaba así a causa de la galerna, los granos de arena picaban al golpear la piel; pero cuando se acercó vio que tenía la cara desfigurada.

–¡Fani!

El viento y el mar no le dejaban hablar con ella.

–¡Fani!

Estaba como ida, con los brazos cruzados sobre el vientre.

Los policías les dijeron a gritos que había que acordonar la zona y que se alejaran, mientras desplegaban una cinta roja y blanca. Amaia le descruzó los brazos e intentó levantarla, pero Fani era bastante más grande y no conseguía ponerla en pie. Los policías, con amabilidad administrativa, se ofrecieron a pedir una ambulancia, pero ellas prefirieron que las llevaran al *camping*. En el coche de policía, tumbada sobre los muslos de Amaia, Fani reunió las fuerzas justas para decir que antes de marcharse tenían que limpiar el *bungalow*.

–No se puede dejar así.

Fani se sentó en la hamaca, sujetándose las rodillas con los brazos, inclinada hacia un lado. Amaia reunió las sobras de la nevera, recogió la ropa que tenían colgada y se metieron en el coche. Estaba asustada. Aunque entonces no lo sabían, era el principio del final.

Amaia sacó una camisa verde de manga corta, de Coronel Tapioca, pero Fani no borró su expresión de rechazo. Cogió toda la pila de camisetas que tenía meticulosamente dobladas en el armario y se las puso encima de la cama: muchas estaban gastadas y algunas tenían más de 20 años.

–Esa –señaló Fani.

Ponía «*Inor ez da ilegala*». Nadie es ilegal.

Le quitó el infusor y le desabrochó la parte de arriba del pijama. Además del rostro, también el cuerpo se le había afilado y los pechos se habían convertido en dos alforjas que caían a ambos lados. Lejos quedaba aquel cuerpo que, mientras escuchaba a Tracy Chapman, había cubierto el suelo de la sala con sábanas viejas e improvisado una carpintería con dos burros. Tras quitar las ventanas de toda la casa, las había lijado, pintado y vuelto a colocar, vestida con la bata gris que usó durante años para trabajar. No había pasado tanto tiempo desde entonces. Fue justo después de jubilarse y traspasar el quiosco.

Abrió mucho el cuello de la camiseta para que no le rozara la cara al ponérsela. Llevaba puestos los pantalones azul claro del pijama.

–¿Cambiamos también el pantalón? ¿Te quedas en bragas?

Fani asintió con la cabeza. Se la quedó mirando fijamente, y Amaia se asustó pensando que le iba a preguntar algo que no sabría responder.

–Estás preciosa –le dijo, lo primero que le vino a la cabeza.

Fani siguió mirándola fijamente y, de pronto, le sacó la lengua, arrugando la nariz y entrecerrando los ojos. Lo hacía a menudo: por ejemplo, con las chicas, alrededor de la mesa de una terraza, cuando las dos se quedaban fuera de la conversación y cruzaban sus miradas, le sacaba la lengua de manera que nadie más pudiera verlo, y luego volvía a su expresión seria, creando una pequeña y misteriosa grieta en el universo.

–Eres preciosa.

De habérselo dicho en el pasado, le hubiera llamado loca, entornando los ojos, sacudiendo rápidamente las pestañas, negando con la cabeza. Sin embargo, ahora parecía agradecida. Fani sabía que estaba entendiendo el sentido infinitamente profundo que encerraba aquella frase, y se arrepintió de no haberla pronunciado más a menudo.

Tocaron el timbre.

–Son las chicas –dijo Amaia.

Amaia hubiese agradecido que entre ella y Fani hubiera alguien más, pero Fani ya le había dicho que no, que no quería, ni las chicas, ni su hermana, ni su sobrina, nadie. Fue idea de Fani morir en casa. A Amaia al principio le cogió de improviso, porque, a diferencia de ella, Fani no era caprichosa, y enseguida lo entendió como un gesto de amor, como un reconocimiento. Cuando se lo comunicó a la gente más cercana, comenzó el desfile: las compañeras de militancia, las clientas del quiosco, que a fuerza de ir a diario se habían convertido casi en amigas, las compañeras de la sociedad… Nunca había pasado tanta gente por su casa, porque, aunque siempre estaban en la calle, la casa era su espacio privado. Sin embargo, los últimos días, Fani ya no quería ver a nadie.

–¿Quieres que suba alguien? ¿Marisa o Oihana, o alguna otra?

No respondió. Estaba recostada en la cama, con las manos enlazadas en el vientre, desbordada por el dolor. Amaia miró el reloj: la médica debería de haber llegado a casa hacía tiempo.

Se dirigió a las chicas a través del portero automático:

–Está muy cansada. Voy a abrir la ventana de la habitación. Gracias. Estamos bien. Gracias.

Volvieron a tocar el timbre. Eran la médica y la enfermera, y solo entonces se dio cuenta de lo mucho que ansiaba su llegada. Se sentía de su mismo equipo de una manera irracional, del equipo que estaba haciendo las cosas bien.

Oyó el crujido de las escaleras de madera mientras se acercaban poco a poco a la puerta. Abrió antes de que llamaran. Eran dos mujeres de unos 40 años, igualadas por el uniforme –polo azul claro, pantalones de montaña azul oscuro–, pero que habían ido llenándose de matices después de tantas visitas y conversaciones.

–Perdón, se nos ha hecho tarde. Hemos visto que tenéis concierto –dijo la médica con una amplia sonrisa que, en aquella situación, podría haber resultado de mal gusto, pero que a Amaia le resultó tranquilizadora.

–Lo querían hacer en casa, pero... no está de humor.

–Es normal. Ella manda. ¿Qué tal está?

–Lleva desde ayer sin orinar. Ha comido poco. No ha querido desayunar y a mediodía ha tomado medio tazón de caldo con mucho esfuerzo, luego le han entrado ganas de vomitar. Hasta ahora ha estado dormida, pero se ha despertado con dolor. Ayer también se pasó dormida casi todo el día...

–Está cansada. Ya ha hecho suficiente.

Llevaba ya unos días hablando en susurros con la médica y la enfermera en el umbral de la casa y eso le producía inquietud, pues sabía que aquella alianza, que también tenía algo de traición, duraría solamente unos pocos minutos, y que después volvería a quedarse sola.

Camino al dormitorio, rompía el embrujo dirigiéndose a Fani en un volumen más alto de lo habitual.

–¡Han llegado la médica y la enfermera!

–¡Hola! –exclamaron ambas.

Había en el ambiente un intento de representar cierta normalidad, y aunque a Amaia le provocaba desasosiego, también la ayudaba a no hundirse. Tenían el dormitorio pintado de color vainilla, las puertas y los zócalos de blanco, el suelo era de roble. Un espejo de pie con un ramo seco de lavanda en una esquina, el sillón abatible que les regalaron las chicas cuando Fani enfermó junto a la cama, un aloe mutilado cerca del balcón, una silla de mimbre. En las baldas, libros de Sue Grafton, Patricia Highsmith, y Henning Mankell, la Colección Grandes Éxitos de la editorial Salvat, un libro de poemas de Safo y otro de Gioconda Belli, algunos ejemplares de periodismo de investigación y una buena colección de *National Geographic*. Plantas por todas partes.

–Buenas tardes –dijo la médica–. ¿Qué tal está la reina de la casa?

Fani forzó una sonrisa que bien hubiese podido confundirse con un gesto de asco. Era el momento previo a la puesta de sol. Después, en ese dormitorio solo se encendería una lamparita tapada con un trapo, porque a Fani, después de enfermar, le molestaban las luces, los ruidos, los olores. La médica le puso la mano sobre el brazo mientras la enfermera preparaba la dosis de morfina:

–Ahora mismo te vamos a quitar ese dolor. Tranquila, Fani. Dentro de un rato sentirás sueño, tú déjate ir –le explicó la médica mientras le acariciaba el pelo–. Se acabó el dolor. Se acabó.

–Gracias –contestó Fani.

La enfermera le ofreció el dedo índice y Fani lo agarró lo más fuerte posible. Quería demostrarle que aún tenía fuerzas. Le costaba enfocar, llevaba unos días viendo doble, sin embargo, su preocupación por mostrarse atenta con la médica y la enfermera era evidente.

Mientras le cambiaban el infusor, la médica les preguntó cómo se conocieron, primero mirando a Fani, pero ésta hizo rebotar la mirada a Amaia. Allí iba la dosis que aligeraría el camino hacia la muerte.

–En la fábrica, hace... –hizo con los ojos el gesto de realizar la operación matemática– 42 años, imagínate.

Era muy carismática, eso fue lo que más la atrajo. Eso y que era una *morenaza* de pelo largo y rizado. Más tarde se daría cuenta de que la capacidad de atraer a la gente y la soledad son perfectamente compatibles. Fani le enseñó a nadar en la playa de Hondarribia, al poco de conocerse. Le gustaba enseñar –a Amaia no, Amaia era de mecha corta– y muchas veces Amaia le decía que debería hacerse profesora, porque tenía paciencia, disciplina y generosidad. Fani había aprendido a nadar en la piscina, Amaia no, en su casa no tenían los medios para ello. Por aquel entonces, ambas trabajaban en la fábrica de esmaltes. A la salida, en verano, iban juntas en autobús a la playa. Allí, Fani sujetaba a Amaia de las manos y le decía cómo mover las piernas. Amaia levantaba demasiado la cabeza y por eso las piernas se le hundían.

–No te pongas rígida, déjate... –ambas sabían que no estaban hablando solo de nadar. Cuando se hundía, la empujaba hacia arriba, hasta que aprendió a abrirse como una estrella de mar y a sostenerse en la superficie. Fani tenía 23 años, Amaia 22. Fue entre las rocas donde tuvieron sexo por primera vez. No se lo podían creer, no podían parar.

–Hemos vivido tranquilamente juntas, ¿sabes? –lo afirmó mirando a la médico y a la enfermera–. Hemos cuidado la una de la otra, también hemos cuidado de nuestra gente...

–Y hemos luchado –añadió Fani cosiendo las vocales con un hilo de voz.

–Hemos luchado, sí, hemos luchado, ¡uf! –Amaia les hizo la traducción. Se alegró de repente, era una alegría triste. Agarró a Fani de la mano–. En favor de las mujeres, incluso cuando no estaba bien visto... Pero no solo eso: ¡nos hemos metido en muchas salsas!

Fani miraba a Amaia a los ojos, como si de pronto todo hubiera cobrado sentido.

–Hemos sido felices –dijo Amaia mirando a Fani–. ¿No?

–Mucho –Fani respondió con seriedad y firmeza, como si la pregunta hubiera sido otra. Después se le cerraron los ojos.

–Pues de eso iba todo esto –concluyó la médica.

–Sí, hemos sido felices –repitió Amaia un poco excitada, y se dio cuenta de lo cansada que estaba.

Mientras la enfermera cambiaba el empapador, se asomó a la ventana del balcón. Necesitaba un poco de aire, rebajar la intensidad.

Allí estaban las amigas de Amaia y de Fani, jubiladas todas ellas o a punto de hacerlo. Se conocieron en el grupo de mujeres cuatro décadas antes. Miraban hacia arriba. Al teclado estaba Oihana, la sobrina de Fani, el pelo recogido en una coleta y los laterales de la cabeza rapados al cero. Al lado su madre, la hermana de Fani, Marisa, con un ramo de claveles en la mano y unas gafas estilo ciclista. Y más gente del pueblo, unas 30 personas. Oihana marcó el compás y todas las demás la siguieron chascando los dedos. Era «Amores se van marchando» de Mari Trini, la canción que solía cantar Fani siempre, sin excepción, cada vez que se achispaba y perdía su rigidez, esa cuya letra Amaia no había conseguido aprenderse todavía, a pesar de haberla escuchado cientos de veces, al igual que las amigas, que también llevaban en la mano una copia de la letra. El homenaje le producía cierto malestar, ya que Fani y ella no eran de llamar la atención, pero ahora no les quedaba más remedio que aceptarlo, aunque fuera solo por las otras.

–¿Ya oyes? –le preguntó Amaia a Fani girando medio cuerpo hacia la espesura del dormitorio–. Oihana está al teclado, ¿estás escuchando tu canción? Tu hermana también está ahí, todas están ahí… Mertxe, Inés, Julia, Maripi, Karmela, Esther… Las de la sociedad… Paki, Mikela, Iñaki… Las del *euskaltegi*… Fátima, Nekane, Pedro, Yoli, Habib, Brais… han venido todas. ¿Te das cuenta…? –era solo la abreviatura de la pregunta completa: «… de cuánto te quiere la gente».

La médica y la enfermera salieron al balcón.

–Está dormida –dijo la médica.

Amaia cantó con ellas, y observó fijamente las motas de polvo suspendidas dentro de un haz de luz que partía el dormitorio en dos. Una vez, en ese mismo balcón, se asomaron a ver una bandada de grullas que pasaron graznando y Fani le dijo que algunas aves se pasan el 99% de la vida volando. No hacía tanto tiempo.

Abajo, dos o tres viandantes se unieron al canto, mujeres con las bolsas de la compra.

¿Cuántas veces la había ridiculizado ante las chicas, en mitad de alguna riña, adoptando el papel de despreocupada y divertida y obligando a Fani a ser la amargada? ¿Cuántas veces la había llevado hasta el límite, casi hasta obligarla a decir una barbaridad, para luego aferrarse a esa barbaridad y no soltarla, aunque Fani se hubiera disculpado ya? ¿Sabrían la verdad? ¿Que no podría vivir sin ella? Últimamente, a Amaia le rondaba la pregunta de si la había amado debidamente, si los cuidados que le daba desde que enfermó no eran en realidad una manera de ocultar lo que no había hecho durante años. Era fácil cuidar a alguien que está a punto de morir, cuidar a alguien que todavía quiere vivir era bastante más difícil.

Se le ocurrió que el narcisismo del que había acusado Fani en más de una ocasión podía referirse precisamente a eso. Negó con la cabeza. Después recordó que, cuando trabajaba por las tardes, solía ir a visitarla al quiosco cada mediodía con un café y un pincho y le hacía los recados, iba al banco a por monedas, o a la oficina de correos. Recordó también la media docena de mitones que tejió para que trabajara en el quiosco sin que se le helaran las manos, y el ordenador portátil que le regaló, y el curso de ofimática que le impartió en la cocina para enseñarle a utilizarlo. O cómo le desmontaba los rígidos planes que ni a ella misma le apetecía cumplir –cambiar las ruedas del coche, acudir a la reunión de pensionistas, limpiar la nevera–, para descubrir lo que realmente deseaban hacer y poder llevarlo a cabo –ir al concierto de un grupo de chicas de la comarca en el *gaztetxe*, ver la última película de Ken Loach. Los masajes que le daba en los pies, sentada en el sofá, hasta que se quedaba dormida. Todas las payasadas que le había hecho para sacarla del agujero negro en el que se metía cuando estaba de mal humor sin motivo aparente. Las risas sonoras e intransferibles en la cama, cuando recordaban algo que les había sucedido. A lo mejor no lo habían hecho tan mal. A lo mejor no lo había hecho tan mal.

A lo mejor lo que sentía era miedo.

–Se irá dulcemente –le dijo la médica en voz baja–. Los últimos días han sido duros. Ahora estará más tranquila.

–Sí, solo debo pensar en eso. ¿Crees que será hoy?

–No me gusta poner plazos, pero tiene toda la pinta de que no pasará de esta noche.

Las chicas gritaron «¡te queremos!» y «¡viva Fani!». Después abrieron botellas de vino. Amaia les dio las gracias desde el balcón y les lanzó besos con las dos manos. Cuando hizo el amago de cerrar la ventana, Oihana le gritó:

–¡Amaia! ¿Podemos subir mi madre y yo a llevarle flores a la tía?

A ella nunca le había llamado *tía,* a pesar de que Oihana también militaba en un grupo feminista desde que era adolescente, a pesar de que en las fotos del día en que nació, Fani y Amaia aparecían sentadas juntas en la habitación del hospital. A pesar de que ella y Fani habían acudido a todos sus cumpleaños y casi siempre con un regalo comprado en la feria de artesanía del uno de mayo –un rompecabezas de madera, un jersey tejido a mano, una cartera de cuero. Una lealtad salvaje y hermética unía a las mujeres de aquella familia, tanto era así, que se transmitía de generación en generación y por encima de toda ideología. Para doña Rosario, la madre de Fani, ellas habían sido siempre *amigas*. Al principio de la década de los 80, Rosario vio un grupo de mujeres sentadas en el suelo, gritando, cortando la carretera principal. Muchas de ellas formaban un triángulo con los dedos, entre ellas su hija Estefanía, con Amaia sentada en su regazo. Rosario permaneció atenta, escondida detrás de una cabina de la ONCE, hasta que entendió la palabra *aborto*. Después, dio media vuelta y volvió a casa.

El disgusto la obligó a tumbarse en la cama y así la encontró Marisa cuando llegó a casa, con los zapatos marrones de tacón tirados en el suelo del dormitorio, de manera que las puntas de los pantis color carne daban a los pies de Rosario, que no dejaban de contraerse, un aspecto terrible, como si estuvieran hambrientos.

–Qué coraje me da –repetía, nada más.

Rosario era una mujer alta y estirada, al igual que Fani. De buen caserío, despreciaba a la gente ostentosa: para ella tanto los trapos sucios como los limpios debían quedarse en casa.

–Qué coraje –siguió diciendo en diferentes tonos y velocidades.

De vez en cuando, sacaba el pañuelo que guardaba en la manga, para sonarse la nariz. Marisa le preparó una menta poleo y se sentó en la cama de su padre. Su madre no dijo ni pío hasta que terminó de beber la infusión y Marisa esperó obedientemente sentada allí, sin saber aún que se encontraba en mitad de un capítulo que iba a suponer un antes y un después en la historia familiar.

–He visto a Estefanía con esa que va siempre con ella… Esa charlatana desgarbada –dejó la taza sobre la mesilla que separaba las dos camas, dando un golpe más fuerte de lo normal sobre el cristal. Se aclaró la garganta–. ¿Son lesbianas?

Marisa, antes de responder, se fijó en el tapete que había debajo del cristal, compuesto de miles de nudos, indestructible a pesar de su apariencia frágil. Ella también lo sospechaba.

–No.

–¿Y entonces?

–Son amigas.

–¿Estás segura?

–Sí.

–Me alegro. Si no iba a enterrar a tu padre.

Amaia conocía la anécdota por boca de Fani.

–¿Marisa te lo contó arrepentida? –le preguntó Amaia.

–Lo hizo para protegerme. ¡Cómo iba a estar arrepentida, mujer!

Aparte de aquel pequeño reproche, Amaia mantenía una buena relación con la familia de Fani. Siempre tuvo un plato de comida en aquella casa. Al morir la madre de Amaia, a los pocos años de empezar a salir con Fani, fue Rosario quien le dio las 20.000 pesetas que necesitaba para pagar la esquela en *El Diario Vasco*. Habían cerrado la fábrica de esmaltes, y tanto Amaia como Fani estaban en paro. Amaia dijo que no podía aceptar ese dinero, que se lo devolvería en cuanto ahorrara, a lo cual Rosario respondió «no te hagas la humilde, que no eres tan importante». Al poco tiempo, cuando empezó a trabajar en la fábrica de enchufes, le quiso devolver el dinero, pero Rosario no lo aceptó. Amaia comprendió que aquella era su manera de decir que aceptaba la relación que mantenía con su hija.

En aquella esquela no mencionó el nombre de Fani, pero ahora sí, ahora lo iba a mencionar, y no con poco orgullo: pondría «su amiga Amaia». El tiempo había convertido en reconocimiento lo que había surgido como negación. Amaia sospechaba que el hecho de no haber legalizado su situación podía tener relación con el miedo a romper aquella lealtad, ya que más de una vez le había propuesto a Fani que hicieran los papeles, pero Fani lo tenía claro: «aunque pudiera hacer el servicio militar, no lo haría» o también «no necesito firmar nada ante nadie para demostrar mi amor hacia ti». Sin embargo, Amaia no se empadronó en su casa hasta que Rosario murió, dos años antes, y llevaban poco tiempo así, cuando supieron de la enfermedad y la propia Fani le propuso formalizar su situación.

Marisa y Oihana subieron con un ramo de claveles rojos. Marisa entró sin quitarse las gafas de ciclista y empezó a sollozar nada más atravesar el umbral de la casa. Amaia la abrazó, puede que por primera vez en la vida.

–En el plano físico, ya ha pasado lo más duro –les dijo la médica–. Cuando se quede más dormida el esfuerzo será psicológico.

Madre e hija entraron en el dormitorio. Amaia se quedó fuera. Observó a Marisa dejar los claveles sobre la mesilla, a las dos mujeres sentarse al borde de la cama como si quemara, coger las manos de Fani y besarlas mientras dormía ruidosamente.

–Dejad que se vaya –les sugirió la médica–. Le estáis haciendo un regalo.

Cuando se quedó sola, se sentó a la mesa de la cocina. No quería entrar al dormitorio. Era como acercarse de noche a la orilla del mar: no sabía exactamente qué se iba a encontrar, pero el olor era intenso y había un animal marino sacudiendo las branquias. También podía oír el oleaje en los estertores de Fani. Arrimó el sillón a la cama y cogió la mano de Fani, la abrió y la acercó a la lámpara, a contraluz. Allí estaban las cumbres y los valles de las huellas digitales que aún pertenecían a alguien. Recordó que no se había despedido de ella cuando todavía estaba despierta. Que cuando se quedó dormida estaba hablando en el balcón, pensando en las grullas.

Fani era su amante. Le besó los hombros, le besó la cara. Era su amante, era su hermana, era su madre, era su padre, era su hija, era su compañera. Permaneció sentada a su lado hasta que se hizo irremediablemente de noche, observando la agonía, embrujada. Quería decirle cosas importantes. Sentía cosas importantes hacia ella. Pero tomó su mano, le acarició el pelo y, aparte de repetirle una y otra vez que estuviera tranquila, no se le ocurría nada. Quería que muriera de una vez, y se avergonzó por desearlo, aunque no era la primera vez que sentía aquello. Lo aprendió con el tiempo: no sabía mucho sobre el deseo, pero el deseo lo sabía todo acerca de ella, no merecía la pena intentar engañarlo.

–¿Con quién me enfadaré en adelante? –le preguntó–. ¿Cómo voy a doblar las sábanas ahora?

Fue a la cocina. Recalentó el caldo del mediodía y se bebió una taza a la luz de la campana extractora. Así desayunaba cuando tenía turno de mañana, bajo aquella luz precaria. Se le había quedado la manía de andar a oscuras y Fani solía ir por detrás encendiendo las luces y diciendo «parece que vivimos en un piso franco».

Amaia se cepilló los dientes y, aunque le daba reparo, hizo lo que había decidido hacer: se metió en la cama con Fani. Deslizó los dedos por el cable que iba del infusor a la vena. Tenía el temor y la duda de si sentiría el paso que va de la vida a la muerte. Se acurrucó junto a ella. Había empezado a refrescar y los estertores eran cada vez más profundos, cada vez más marinos. Fani le apretó la mano un par de veces, y Amaia le respondió, sin saber si era consciente o solo un acto reflejo.

–Preciosa...

No creía que la fuera a vencer el sueño, pero estaba más cansada de lo que pensaba. No quería, no quería despertarse junto a su cadáver, quería estar a su lado en el momento exacto en que muriese. Amaia pasó la noche oscilando entre un sueño ligero y la vigilia, volviéndose a dormir cuando escuchaba el oleaje de Fani.

Al amanecer, despertó agitada por la culpa de haber dormido demasiado profundamente. Oyó un ruido y palpó la cama. No estaba. Se asustó. Alargó más el brazo. Nada. Estaba oscuro. Otro ruido. Se incorporó, nerviosa. Al encender la luz la vio.

–¿Adónde vas?

Fani estaba sentada al borde de la cama, intentando levantarse, aunque hacía tiempo que no estaba allí. Su cuerpo sí, pero ella no.

–¿Adónde quieres ir? –Amaia intentó ser más suave.

Fani se la quedó mirando fijamente. Luego, se llevó la muñeca a la boca.

–¿Un beso?

Repitió el gesto.

–¿Tienes hambre? ¿Te preparo un café?

De pronto la miró como si estuviera allí, presente por un instante. Quería su café con leche.

–¿No estarás mejor en la cama?

No contestó, había posado la mirada en el sillón.

Amaia la cogió en brazos y la sentó allí. Le dio unos golpecitos al infusor para asegurarse de que no se había parado, pero debía de estar en marcha, porque estaba vacío. Estuvo a punto de llamar a la médica, pero, ¿para decirle qué?, ¿que no se había muerto?

Corrió a la cocina y calentó un poco de leche. Puso una cucharada de café soluble en el fondo de una taza vacía. Se dio cuenta de que estaba temblando. Recordó que no tenía magdalenas, que cuando hizo las compras el lunes no las echó al cesto a propósito, porque solo las comía Fani, dos cada mañana, era metódica también para eso, y que tuvo el paquete en la mano y lo había vuelto a dejar en la estantería, puesto que los últimos días ya no tenía apetito. Se sintió miserable por regatear con la muerte.

Le acercó el café a los labios.

–Bebe despacio, bonita, no te quemes.

Fani arrugó los labios para dar un sorbo pequeño. Luego intentó decir algo, pronunció las vocales vagamente, pero Amaia le entendió a la primera.

–Magdalenas.

Aguantó la tentación de salir del dormitorio, ir a la cocina, y simular que las estaba buscando. También podía ir corriendo a la máquina de *vending* de la calle Viteri, o a la estación de tren, también allí había ese tipo de máquinas. Se imaginó a sí misma yendo y viniendo, lo podría hacer en quince minutos, pero quién sabía cuánto iba a durar Fani.

–No hay magdalenas, Fani –le confesó Amaia–. No las he comprado, ya sabes lo desastre que soy.

Le acarició la cara con el dorso de la mano y Fani le respondió con un pequeño empujoncito, igual que un gato. Después, murió. Amaia también cerró los ojos. Se quedó así hasta que en el cielo se hizo el día, dando pequeños sorbos al café con leche de Fani. Luego, puso en posición horizontal el sillón en el que yacía, y mientras llamaba a la médica, posó su mano sobre la cabeza de Fani y jugueteó con sus rizos.

Aquel día volvería a recrear aquel empujoncito, y así lo haría también en adelante, una y otra vez, cada vez que alguien le preguntara qué tal estaba y, con más solemnidad de la que quisiera, hablara sobre el gran corazón que tenía Fani, cada vez que en la sociedad, con las chicas, sacara chispa a algún comentario e hiciera reír a todas –como si después de haber incinerado a Fani la risa fuese legítima–, cuando llevara a Oihana y a Marisa a conocer el *bungalow* y limpiara con la escoba la arena del porche, cada vez que pisara la playa infinita de Las Landas eternamente renovada por el viento, cada vez que se emocionara con los gritos de solidaridad de la gente en medio de una manifestación, cuando viera las grullas pasar, cuando cambiara el tiesto a una planta porque se le había quedado pequeño, al volver sola a casa después de haberse tomado un vino, cuando pusiera en la tele una película ridícula, y también cuando se cortara la yema del dedo con alguno de los papeles que estaba reuniendo para demostrar que, durante 40 años, había sido la pareja y la compañera de Fani, mientras luchaba por la pensión de viudedad que le correspondía. ■

Traducción del euskera de Jon Gerediaga.

KRATERRA

Eider Rodríguez

Iñaki eta Maixabeli, Lourdes eta Doriri, Oihanari.

—Ez dut pijaman hil nahi –esan dio Fanik.

Amaia pulpa ateratzen ari zitzaion aloe hosto bati labanaz lagunduta. Egun batzuk ziren kontsonanteak ahoskatzea kosta egiten zitzaiona eta oso erne egon beharra zegoen esaten zuena ulertzeko. Zera likatsu hura ezpainetan igurtzi zion Amaiak, kanpotik eta barrutik, azken asteetan ugaritu zitzaizkion zauriei orbantzen laguntzeko. Bukatzean, pusketa txiki bat moztu, hatz puntan ipini eta ahoratzen saiatu zen. Fanik alde batera jiratu zuen burua, Amaia bizitza osoa zikiratzen ahalegindu zen eta beraien arteko haserrealdi bortitzenen abiapuntu izandako egoskorkeria traza hori ikustean "hau da nire neska" bezalako zerbait sentitu zuen, eta berrogei urtez horren kontra borrokatu izanaren absurdua bistaratu zitzaion.

–Ez dut pijaman hil nahi.

–Eta zer jarriko dugu? –singularrean pentsatzen hastearekin batera hasia zen pluralean mintzatzen.

–Ez dakit.

Kokotsa garbitu zion oihalezko mukizapi batekin. Gero, esku gainarekin masaila laztandu zion, nahiz ordura arte ez zuen inoiz inor horrela laztandu. Azken egunetan ordea hala egitea ateratzen zitzaion, ez zekien zergatik. Ez ziren, bestalde, sekula bereziki amultsuak izan. Fanik masaila eskuaren kontra bultzatu zuen. Gustatu egiten zitzaion. Azken asteotan ezkerreko begia apur bat okertu zitzaion, tumorearen erruz, eta ohetik ateratzen ez zenetik ezpain gaineko orin ordura arte tentea maskaldu, minbizia hartaz ere jabetu izan balitz bezala. Hain azkar gertatu zen dena, Amaiak hura guztia ulermenaren koordenadetan kokatzeko indarrak egiten zituenean bururatzen baitzitzaion orin hura zela Faniren inframundura sarbidea eta handik sartu zitzaiola gaitza, eta ez zela pankrean hasi, medikuek zioten bezala.

Edonola ere, bidean aurkitutako dena jan zuen. Ohean zetzana Faniren oskola zen.

Amaiak armairua zabaldu zuen parez pare. IKEAko altzari bakarra zen. Oso zorrotzak ziren horrekin, batez ere Fani, eta dena erosten zuten Errenterian edo bailaran; aldiz logelako armairua aldatu nahi izan zutenean, altzari dendetan begiratu eta gero, arotzegietako aurrekontu dardara-emangarriak baztertu ondoren, amore eman zuten, ez kontraesanez libre.

Fani sabaira begira zegoen, gaixotu aurretik umore txarreko zegoenean azaleratzen zitzaion eta bere amaren antza ematen zion desaire keinu iraunkor bilakatuarekin. Arnasestua zuen eta lepoa luzatzera behartuta zegoen hobekixeago hartzeko arnasa.

Landetan erositako mao lepodun alkandora atera zuen Amaiak, ilobaren karrera amaierako piano kontzerturako erosi baina jartzera iritsi ez zena. Bungalowarekin zer egin ere pentsatu beharko zen, ez zuen-eta bere burua irudikatzen asteburuetan Fani gabe joaten, Fani gabe bungalow atariko hondarra garbitzen, Fani gabe Vieux-Boucauko merkatuan, Fani gabe brokanteetan kuxkuxean, Fani gabe bizikletan, Fani gabe deskubritu berri zuten Tariquet ardoa iluntzean edaten, Fani gabe beste batzuekin.

Han hasi zen amesgaiztoa, apenas bost hilabete lehenago. Siesta egitera hondartzara joatea gustatzen zitzaien. Egun hartan haizea zebilen eta zalantza egin zuten, baina negu beltz baten ondorengo lehen eguzkiak ziren, ezin ziren alferrik galdu, eta abiatu egin ziren hala ere. Surflariez gain hondartzan ez zebilen inor, enbata altxatzen ari zela iruditu zitzaien, eta etzan ordez ibiltzera joan ziren. Orduan Amaiak zerbait ikusi zuen. Hasieran, arrain handi bat iruditu zitzaion, baina itsasertzetik urrunegi zegoela pentsatu zuen. Gerturatu zirenean, obus bat zela ikusi zuten, herdoil eta kresalezko zarakarretan bilduta, hondarrak erdizka estalita. Herrian bazen mutikotan gerra garaiko granada bat lehertu eta itsu gelditutako bat, bazekiten ez zela txantxetako kontua.

–Ezin dugu hemen utzi. Norbaitek hartu edo zapaldu dezake.

–Eta hondarrarekin estaliko bagenu itzuli arte?

Poliziari deitzeko adina frantses ez zekitenez, obusa zaintzen Fani geldituko zela ebatzi zuten, pattal sentitzen zen esnatu zenetik eta atzera-aurrera ibiltzeko gogorik ez zuen eta. Hala egin zuten. Amaiak hondartzatik herrira bidean topatzea espero zuen poliziaren bati sakelakoarekin ateratako argazkia erakutsiko zion. Ordu erdi inguru kosta zitzaion bat aurkitzea: parabrisetan isunak jartzen ari zen mutil bat zen. Argazkia erakutsi eta hondartzako norabidea seinalatu zion. Dei bat egin eta handik pixka batera polizia bikote bat iritsi zen, Amaiarekin batera hondartzara itzuli zena. Eta irudi hura: obusaren aldamenean belauniko aurkitu zuten Fani, zurbil, keinua uzkurtuta, haizeak ilea nahastuta. Amaiak pentsatu zuen enbatagatik zegoela horrela, hondar aleek azkura eragiten baitzuten azalaren kontra jotzean; hurbildu zitzaionean ordea aurpegia desitxuratuta zeukala ikusi zuen.

–Fani!

Haizeak eta itsasoak ez zioten berarekin hitz egiten uzten.

–Fani!

Joanda bezala zegoen, besoak sabel gainean antxumatuta.

Poliziek, eremua zigilatu behar zutela eta handik aldentzeko eskatu zieten errieta eginez, zinta zuri-gorria zabaltzen zuten bitartean. Amaiak besoak askatu zizkion eta altxatzen ahalegindu zen, baina Fani Amaia baino puskaz handiagoa zen eta ez zuen lortzen zutik jarraraztea. Poliziek, adeitasun administratiboz, anbulantzia bat eskatzeko eskaintza egin zieten, baina haiek nahiago zutela kanpinera eramaten bazituzten. Polizia autoan, Amaiaren izterren gainean etzanda, alde egin aurretik bungalowa txukundu behar zela esateko beste indar bildu zuen Fanik.

–Ezin da horrela utzi.

Fani hamakan jesarri zen, besoekin belaunburuak helduz, alde baterantz okertuta. Amaiak hozkailuko jaki apurrak jaso, eskegita zituzten arropak bildu eta kotxean sartu zituen. Izututa zegoen. Bilakatuta zegoen matazatik burua altxatuz, Fanik galdetu zion ez ote zuen lurra apur bat "pasako". Amaiak ezetz erantzun zion, ospitalera joan behar zutela ziztuan. Altxatzen lagundu eta ibiltzen hasi zenean erratzaren bila joateko imintzioa egin zuen Fanik, baina gorputzak ez zion utzi.

Orduan ez bazekiten ere bukaeraren hasiera zen.

Amaiak mahuka motzeko alkandora berde bat atera zuen, Coronel Tapiocakoa, baina Fanik ez zuen muzin keinua erretiratu. Txukun-txukun jarrita zegoen elastiko pila osoa hartu eta ohe gainera eraman zion Faniri: maiztuak zeuden asko eta 20 urte pasa zituzten batzuk.

–Hori –esan zuen Fanik.

«Inor ez da ilegala» ipintzen zuen.

Infusorea kendu eta pijamaren goiko partea askatu zion. Aurpegia ez ezik gorputza ere zorroztu egin zitzaion eta bularrak gorputzaren alde banatara isurtzen zitzaizkion bi alforja bilakatuak zeuden. Lekutan zegoen Tracy Chapman entzun bitartean, urteetan lanerako erabilitako mantal grisa jantzita, etxe hartako leihoak kendu, lixatu, zuriz pintatu eta berriro ipintzeko egongelako lurra maindire zaharrekin estali eta bi astorekin aroztegia atondu zuen gorputza. Ez zen hainbeste denbora. Erretiratu eta kioskoaren traspasoa egin berritan izan zen.

Elastikoaren lepoa zabal-zabal egin zuen sartzean aurpegia urra ez ziezaion.

Pijama galtza urdin-argia zeukan jantzita.

–Galtza ere aldatuko dugu? Kulerotan?

Fanik baietz egin zuen buruaz. Begira-begira gelditu zitzaion eta Amaia beldurtu egin zen erantzuten jakingo ez zuen zerbait galdetuko ziolakoan.

–Polita zaude –burura etorri zitzaion lehenengo gauza esan zion.

Fanik begira-begira jarraitu zuen eta halako batean mingaina atera zion, sudurra eta begiak kizkurtuta. Maiz egiten zuen: neskekin terraza bateko mahai-bueltan, adibidez, biak elkarrizketatik kanpo gelditu eta begiradak gurutzatzen zituztenean mingaina ateratzen zion beste inork ez ikusteko moduan, eta gero bere begitarte seriora itzultzen zen, unibertsoan arrakala txiki misteriotsu bat sortuz.

–Polita zara.

Ongi zegoenean hori esan balio erotzat joko zuen, begiak gorantz jiratuta, betileak azkar astinduz, buruarekin ezetz eginez. Orain aldiz, eskertuta zirudien. Fanik bazekien esaldi horrek gordetzen zuen zentzu sakon infinitua ulertzen ari zela, eta gehiagotan esan ez izanaz damutu zen.

Txirrina jo zuten.

–Neskak dira –esan zuen Amaiak.

Amaiak eskertuko zukeen Fani eta bere artean beste inor egotea, baina Fanik ezetz esana zion, ez zuela nahi, ez neskak ez ahizpa, ez iloba, inor ez. Faniren ideia izan zen etxean hiltzea. Amaia ezustean harrapatu zuen hasieran, bera ez bezala, Fani ez baitzen apetatsua, eta berekiko maitasun keinu bat zela ulertu zuen berehala, aitortza bat. Gertukoei jakinarazi zienean desfilea hasi zen: militantziako kideak, egunero joatearen poderioz ia lagun bilakatu ziren kioskoko bezeroak, elkarteko lagunak... Inoiz ez zen hainbeste jende pasa haienetik, beti lagunartean zebiltzan arren etxea haien eremu pribatua baitzen. Azken egunotan ordea Fanik ez zuen inor ikusi nahi.

–Bakarren bat igotzea nahi? Marisa edo Oihana edo?

Ez zuen erantzun. Saiheska zegoen ohean, eskuak sabelaldean lotuta, minak gainez hartuta. Amaiak ordulariari begiratu zion: medikuak aspaldi behar zuen etxean.

Interfonotik hitz egin zien neskei:

–Oso nekatuta dago. Logelako leihoa zabalduko dut. Eskerrik asko. Ongi gaude. Eskerrik asko.

Amaiak ikasi zuen ordura arte hitz egin gabeko toki batetik hitz egiten negarrari bidea ixteko, ahotsa bestelakotuta atera eta hitzek barruan zeraman kaltea purgatzen ez zuten arren.

Txirrina jo zuten berriro. Medikua eta erizaina ziren, eta orduan ohartu zen zenbateraino irrikatzen zuen haien etorrera. Beren ekipoko sentitzen zen modu irrazional batean, gauzak ongi egiten ari zirenen ekipoko, onena zer zen zekitenen ekipoko, bidean jarraituko zutenena.

Egurrezko eskaileren karranka entzun zuen gutxika atera hurbiltzen eta deitu aurretik ireki zien. Berrogei urte inguruko bi emakume ziren, uniformeak –polo urdin-argia, mendirako moduko praka urdin-ilunak– berdindutakoak, bisitaz bisita eta elkarrizketaz elkarrizketa ñabartuz joan zirenak Amaiaren begietara.

–Berandutu egin zaigu, barkatu. Ikusi dugu kontzertua daukazuela –esan zuen medikuak egoera hartan gustu txarrekoa izan zitekeen baina Amaiari lasaigarria iruditu zitzaion irribarre zabalarekin.

–Etxean egin nahi zuten, baina... ez dago umoreko.

–Normala da. Berak agintzen du. Zer moduz?

–Atzotik pixa egin gabe. Jan ere gutxi. Ez du gosaldu nahi izan eta eguerdian salda katilukada erdi bat hartu du kostata, gero gonbitolarria etorri zaio. Orain arte lo egon da, baina minez esnatu da. Atzo ere lo eman zuen ia egun osoa...

–Nekatuta dago. Nahikoa egin du.

Baziren egun batzuk mediku eta erizainarekin etxeko atalasean ahapeka hitz egiten zuena eta horrek ezinegona sortzen zion, bazekien-eta minutu bakar batzuk baino ez zuela iraungo saldukeriatik ere bazuen aliantza hark, ondoren bakarrik geldituko zela.

Logelara bidean Faniri behar baino ozenago hitz eginez puskatzen zuen sorginkeria:

–Medikua eta erizaina etorri direla!

–Kaixo! –esan zuten biek.

Bazegoen nolabait normaltasuna antzezteko ahalegin bat giroan, Amaiari ezinegona sortzen zion arren ez hondoratzen laguntzen ziona. Banilla kolorez zeukaten pintatuta logela, ateak eta zokaloak zuriz. Hankadun ispilu bat izkin batean labanda xorta idor bat zuena, Fani gaixotu zenean neskek oparitu zieten besaulki etzangarria ohearen ondoan, aloe mutilatu bat balkoitik gertu, zumezko aulkia eta haritzezko lurra. Apalategian, Sue Graftonen, Patricia Highsmithen eta Henning Mankellen liburu ugari, Salvat etxearen Colección Grandes Éxitos, Saforen eta Gioconda Belliren olerki liburu bana, ikerketa kazetaritzazko ale batzuk eta National Geographicen bilduma eder bat. Landareak nonahi. Amaia hartuta zegoen haiek zaintzeko erreleboa Fanik ohetik ematen zizkion aholkuei adi: "horrek ur gutxi behar du, gogoratuko al zara?". Mostera handiak kezkatzen zuen gehien, zeinaren hostoetako nerbioak ikus zitezkeen kontraluzean, zeinaren zainek loreontzitik kanpora luzatzen jarraitzen zuten sugegorrien antzera. "Hori udan leihotik urrundu". Baina udan Fani ez zen egongo, biharamunean ere ez.

–Arratsalde on –esan zuen medikuak–. Zer moduz dago etxeko erregina?

Higuinarekin nahas zitekeen irribarre behartua egin zuen Fanik.

Eguzkia erretiratu aurreko azken momentuak ziren. Ondoren, zapi batez estalitako lanparatxoa baizik ez zen piztuko gela hartan, gaixotuz geroztik Faniri traba egiten zioten-eta argi artifizialek, zaratek, usainek. Medikuak eskua jarri zion beso gainean Faniri erizainak *erreskate* esaten ziotena prestatu bitartean. Fanik bilakatua zen matazatik irteteko esfortzua egin zuen, baina minak eragotzi zion:

–Oraintxe kenduko dizugu min hori. Lasai egon, Fani. Utzi zaitez, goxo-goxo egongo zara –esan zion medikuak ilea laztantzen zion bitartean–. Bukatu da mina. Bukatu da.

–Eskerrik asko –erantzun zuen Fanik.

Erizainak hatz erakuslea eskaini zion eta Fanik heldu egin zion ahalik eta fuerteen. Oraindik indarra zuela erakutsi nahi zion. Kosta egiten zitzaion enfokatzea, baziren egun batzuk doble ikusten zuena, eta hala ere nabarmena zen medikuarekin eta erizainarekin adeitsu azaltzeko ardura.

Infusorea aldatzen zioten bitartean medikuak nola ezagutu ziren galdetu zien, lehenengo Faniri begira, baina honek Amaiari errebotatu zion begirada. Bertan zihoan heriotzara bidea arinduko zuen azken dosia.

–Fabrikan, orain... –eragiketa matematikoa egitearen keinua egin zuen begiekin– 42 urte, pentsa.

Karisma handikoa zen, horrek erakarri zuen gehien. Horrek eta ile kizkur luzeko beltzaran eder bat zela. Gerora jakingo zuen jendea erakartzeko gaitasunak eta bakardadea ezin hobeto ezkontzen zirela. Igeri egiten erakutsi zion Fanik, Hondarribiko hondartzan, elkarrekin hasi aurretik. Gauzak irakasteko afizioa zuen –Amaiak ez, Amaia metxa motzekoa zen– eta irakasle sartu beharko lukeela esaten zion sarri Amaiak, egonarria, diziplina eta eskuzabaltasuna baitzituen. Fanik igerilekuan ikasi zuen, baina Amaiaren etxean ez zuten horretarako aukerarik izan. Orduan esmalte fabrikan egiten zuten biek lan eta handik irtendakoan autobusez joaten ziren Hondarribiko hondartzara. Han, Fanik Amaiari eskuetatik heldu eta hankei eragiteko esaten zion. Amaiak burua tenteegi jartzen zuen eta hankak hondoratu egiten zitzaizkion horregatik. Orduan, Fanik metodoa aldatu zuen, lehendabizi flotatzen irakatsi behar ziola konturatuta. Ahoz gora jarri eta konfiantza egiteko eskatu zion, beso bat bizkarraldean eta bestea belaunen atzean jarrita.

–Ez gogortu, utzi zaitez... –biek ala biek zekiten ez zirela igeriketaz bakarrik ari.

Hondoratzen zenean gorantz egiten zion bultza Fanik, itsas izar baten moduan zabaldu eta ur azalean eusten ikasi zuen arte.

Fanik 23 urte zituen, Amaiak 22. Arroketan egin zuten larrutan lehen aldiz. Ezin zuten sinetsi, ezin zuten gelditu.

–Lasai bizi izan gara elkarrekin, badakizu? –medikuari eta erizainari begira esaten zuen, baina Fani baino ez zuen gogoan, eta bere burua ere bai. Bere buruari ari zitzaion hizketan?–. Elkar zaindu dugu, aldamenekoak ere zaindu ditugu...

–Eta borroka –gaineratu zuen Fanik bokalak arnasa-hari batekin josiz.

–Borroka, borroka ere egin dugu, uf! –itzulpena egin zien Amaiak medikuari eta erizainari. Pozik jarri zen bat-batean, poz triste bat. Eskutik heldu zion Faniri–. Emakumeen alde, ongi ikusia ez zegoenean gainera... Baina ez hori bakarrik: mila saltsatan ibili gara!

Fanik begietara begiratzen zion Amaiari, kolpetik guztiak zentzua hartu izan balu bezala.

–Zoriontsu izan gara –esan zuen Amaiak Faniri begira–. Ez?

–Oso –Fanik irmo bezain serio erantzun zuen, galdera beste bat izan balitz bezala. Gero begiak itxi zitzaizkion.

–Ba horretaz zen hau guztia –medikuak harro esan zuen, puskaz gazteagoa zen arren, urte guzti haietan zulotxoren batetik haiei begira egon izan balitz bezala, haien bizitzak nolabait bideratuz, ikasle traketsari fedea inoiz galdu ez dion irakasleak nola.

–Zoriontsu izan gara, bai –errepikatu zuen Amaiak, apur bat aztoratuta, eta zein nekatuta zegoen ohartu zen.

Erizainak oihal xurgatzailea aldatzen zuen bitartean, logelako balkoiko leihora irten zen. Haize pixka bat behar zuen, intentsitatea leundu.

Han behean zeuden neskak, hirurogei urteak paseak zituzten Amaia eta Faniren betiko lagunak, emakume taldean ezagutu zituztenak lau hamarraldi lehenago, han zeuden gora begira, bere biografiaren epilogora arte ohearen aldamenean berriketan egondakoak Faniren bizitzaren errelatoa osatuz, argituz, zuzenduz, berrituz, hazañak azpimarratuz, beraiena ere bazen errelatoa. Teklatuan Faniren iloba Oihana zegoen. Ilea motots batean jasota, belarri gainak rapatuta. Aldamenean bere ama, Faniren ahizpa Marisa, krabelin sorta bat eskuetan, txirrindulari estiloko betaurrekoak jantzita. Eta herriko jende gehiago, hogeita hamar lagun inguru guztira. Oihanak markatu zuen konpasa eta guztiek segitu zioten kriskitinekin. Mari Triniren *"Amores se van marchando"* zen, txolindu eta bere zurruntasuna galtzen zuenean Fanik hutsik egin gabe abestu ohi zuen kantua, ehunka aldiz entzunagatik Amaiak inoiz osorik ikasi gabekoa, eta berdin lagunek, letraren kopia bana baitzuten eskuetan. Ezinegona sortzen zion omenaldiak, Fani eta bera ez baitziren nabarmendu zaleak, baina onartu beharra tokatzen zitzaien.

–Aditzen? –galdetu zion Amaiak Faniri logelako loditasunera jiratuta gorputz erdia–. Oihana ari da teklatuan, entzuten al duzu zure kantua? Zure ahizpa ere hor dago, denak daude hor... Mertxe, Ines, Julia, Maripi, Karmela, Esther... Soziedadekoak... Paki, Mikela, Iñaki... Euskaltegikoak... Fatima, Nekane, Pedro, Yoli, Habib, Brais... Guztiak etorri dira. Konturatzen...? – "...zenbat maite zaituen jendeak" galderaren laburdura zen.

Quién a los quince años
No dejó su cuerpo abrazar
Y quién cuando la vida se apaga
Y las manos tiemblan ya
Quién no buscó ese recuerdo
De una barca naufragar.

Medikua eta erizaina balkoira irten ziren.

–Lo dago –esan zuen medikuak.

Logela bitan partitzen zuen eguzki izpiko hauts malutei erreparatu zien. Lo zetzan, baina besoak altxa nahi zituela zirudien, lehenengo bat, gero bestea. Hegazti batzuk bizitzaren %99 hegan ematen dutela esan zion behin Fanik balkoi hartantxe, txilioka pasa zen kurrilo saldo bat ikustera irten zirenean. Ez zen hainbeste denbora.

Behean, bizpahiru kaletar batu zitzaizkien kantura, erosketa poltsekin zihoazen andreak ziren, Amaiak baino hobeto zekitenak kantuaren letra.

Zenbat aldiz ez ote zuen barregarri utzi nesken aurrean errietaren bat tarteko bera alai eta arinarena jokatuz eta Fani astun eta mikatz izatera behartuz? Jakingo al zuten egia? Ezingo zuela bera bizi? Aurrerantzean ez zuela inoiz berak bezala maitatuko zuen inor izango aldamenean? Zenbatetan ez ote zuen argudioekin setiatu eta hitzik gabe utzi arte ahuldu, hitza eta arrazoia norenak ziren erakusteko plazeragatik? Zenbatetan ez ote zuen mugaraino eraman itsuskeria bat esatera ia derrigortu arte, gero itsuskeria horri lotuz eta ez askatuz Fanik barkamena eskatuta ere? Jakingo al zuten egia?

–Fani! Estefania! –bazekien ez ziola inoiz gehiago horrela deituko, gauza guztien azken aldia eta ondorioz lehena izaten ari zela.

Behar bezala maitatu ote zuen galdera zebilkion bueltaka Amaiari azkenaldian, gaixotuz geroztik eskaintzen zion arta ez ote zen hainbeste urtetan egin ez zuena estaltzeko modua, hunkitzen zuena ez ote zen bere burua zaintza lanetan ikusteak eta ez hainbeste zetorrenak. Erraza zen hilzorian zegoen norbait zaintzea, bizi nahi duen norbait zaintzea arrunt zailagoa da. Fanik inoiz aurpegiratu izan zion nartzisismoa hori ote zen bururatu zitzaion. Ezetz egin zuen buruaz. Gero akordatu zen, lanean arratsaldez zegoenean, eguerdiro joaten zitzaiola bisitan kioskora kafesnearekin eta pintxoren batekin eta enkarguak egiten zizkiola, bankura txanpon bila joanez edo postara. Fanik bolumena kentzen zion irratiari bera iritsi bezain pronto eta joaten hasi orduko igotzen zuen atzera, min ematen zioten albisteekin trantzean sartu arte kasik. Akordatu zen, baita ere, kioskoan lan egiteko josi zizkion dozena erdi mitoiez eta ordenagailu eramangarria oparitu eta hura erabiltzeko sukaldean emandako ofimatika ikastaroaz. Edo nola desarmatzen zizkion berak ere bete nahi ez zituen plangintza zurrunak –autoaren gurpilak aldatzera eraman, pentsiodunen bilerara joan, hozkailua garbitu–, benetan egin nahi zutena zer zen deskubritu eta egin ahal izateko –bailarako neska gazte batzuen kontzertua gaztetxean, Ken Loachen azken filma ikusi–. Sofan jarrita loak hartu arte oinetan ematen zizkion masajeak. Motiborik gabe umore txartuta zegoenean zulo beltz hartatik ateratzeko egindako pailazokeriak. Ohean, gertatutako zerbaitekin gogoratuta egiten zituzten barre gizen eta transferiezinak. Agian ez zuten hain gaizki egin. Agian ez zuen hain gaizki egin. Agian beldurra zen sentitzen zuena.

–Goxo-goxo joango da –esan zion medikuak ahopeka–. Pentsatu behar duzu ez duela inoiz gehiago minik izango. Inoiz ez. Pentsatu horretan –irribarrez hasten zituen esaldiak eta bukatzean oinazezko keinu bilakatzen zitzaion bisajea lipar batez.

–Bai, horretan bakarrik pentsatu behar dut. Gaur izango dela uste duzu?

–Ez zait gustatzen epeak jartzea, baina itxura guztia dauka ez duela gaua pasako.

–Ze polita –esan zuen medikuak besoarekin Amaiaren sorbalda inguratuz, beherantz begira.

Amaiari ordea aholku gaiztoa iruditu zitzaion, santujale askojakin eskuluzeren batek asmaturikoa.

Berarentzako mezu ezkuturen bat ote zeraman kantuak?

–Ez –esan zuen oharkabean ozen.

«Maite zaitugu!» eta «Gora Fani» oihukatu zuten neskek. Gero ardo botila batzuk zabaldu zituzten.

Amaiak eskerrak eman zizkien balkoitik eta muxuak jaurti zizkien esku biekin. Leihoa ixteko imintzioa egin zuenean Oihanak oihu egin zion:

–Amaia! Igo al gaitezke ama eta biok izebari loreak ematera?

Berari ez zion sekula *izeba* deitu, nahiz eta Oihana ere nerabezarotik talde feminista batean sartuta zegoen, nahiz eta jaio zen eguneko argazkietan Fani eta bera elkarren ondoan eserita agertu ospitaleko gelan, nahiz eta urtebetetze oro joan zitzaizkion Fani eta bera gehienetan maiatzaren leheneko eskulangintza azokan erositako opari bat ematera –egurrezko buru-hauslea, eskuz jositako jertsea, larruzko kartera– . Bera izan zen gertuen jaio zitzaien umea, eta iruditzen zitzaion Fani eta bere artekoa inoiz ofizialdu izan balute, lotura handiagoa leukaketela bi aldeetara. Leialtasun basati eta hermetiko batek lotzen zituen alabaina familia hartako emakumeak, hain zen horrela belaunaldiz belaunaldi eta ideologiaz gaindi transmititzen baitzen. Doña Rosariorentzat Fani eta bera "lagunak" izan ziren beti. Atzean gelditu zen bere buruari beste zerbait izan zitezkeela pentsatzeko baimena eman zion eguna: laurogeiko hamarkada hasiera zen. Zarpail jantzitako emakume saldo bat lurrean eserita ikusi zuen, oihuka, errepide nagusia mozten, haietariko asko hatzekin triangelu bat osatuz, tartean bere alaba Estefania, Amaia magalean eserita zuela. Rosario ONCEren kabina baten atzean gelditu zen gordeta, adi, *abortu* hitza ulertu arte. Gero, buelta erdia hartu eta etxera itzuli zen.

Disgustuak ohean etzanarazi eta hala aurkitu zuen Marisak etxeratzean, takoidun zapata marroiak ohearen ondoan botata, haragi koloreko pantien puntakoek itxura beldurgarria ematen zietela, gosea bailuten, etengabe uzkurtzen ari ziren Rosarioren oinei:

–Hau da korajea ematen didana –esaten zuen, beste ezer ez.

Fani bezala, emakume garai eta tentea zen Rosario. Baserri onekoa, afanean aritzen zirenak mespretxatzen zituen, trapu zikinak ez ezik garbiak ere etxerako ziren harentzat.

–Hau korajea –jarraitu zuen esaten tonu eta abiadura ezberdinetan.

Tarteka, beti mahukan zeraman mukizapia ateratzen zuen, zintz egiteko. Alaba gazteak poleo-menda egin zion eta aitaren ohean eseri zen. Infusioa osorik edan arte ez zuen txintik atera amak eta Marisak txintxo-txintxo itxaron zuen ohean eserita, artean jakin gabe familiaren barne historian mugarria izango zen atal baten erdian zegoela.

–Estefania ikusi dut orain beti berarekin dabilen… kalamastra berritsu horrekin –katilua bi oheak bereizten zituen mesanotxean utzi zuen, kristalean behar baino kolpe handiagoa emanez. Eztarria garbitu zuen–. Lesbianak al dira?

Marisak hauskor itxurak suntsiezin bilakatutako kristal azpiko milaka korapiloz egindako tapetetxoari erreparatu zion erantzun aurretik. Berak ere susmo bera zuen.

–Ez.

–Eta orduan?

–Lagunak dira.

–Seguru al zaude?

–Bai.

–Pozten naiz. Zuen aita lurperatu behar zuen bestela.

Rosariok arindua hartu zuen, benetakoa, eta ez zuen gaia berriro aipatu, nahiz eta handik gutxira Amaia familia ospakizun guztietara joaten hasiko zen, nahiz eta Amaia Estefaniaren gurasoena zen logela bakarreko pisura bizitzera joango zen, nahiz eta Estefaniaren aita Migueli ipurdia garbituko zion tronbosia emanez geroztik Marisak eta Fanik zaintzarako antolatu zituzten txandetan. Miguelek ere laguntasunaren teorian sinetsi zuen hil arte.

Faniren ahotik zekien pasadizoa Amaiak.

–Marisak damututa kontatu zizun? –galdetu zion Amaiak.

–Ni babesteko egin zuen, nola egongo zen ba damututa, neska!

Arrangura txiki hura gorabehera, Amaiak harreman ona zuen Faniren familiarekin. Beti izan zuen janari plater bat etxe hartan, eta bere ama hil zenean, artean gaztea zela, *El Diario Vasco*-ko eskela pagatzeko 20.000 pezetak Rosariok eman zizkion. Esmalte fabrika itxi zuten eta bai Amaia eta bai Fani langabezian zeuden. Diru hura ezin zuela onartu esan zion Amaiak zaharrari, aurreztu bezain pronto itzuliko ziola, eta zaharrak erantzun *«ez egin apal itxurak ez zarela hain inportantea»*. Handik gutxira, entxufe fabrikan lanean hasi zenean, dirua bueltatu nahi izan zion, baina Rosariok ez zuen onartu. Amaiak ulertu zuen hura zela Fani eta bere arteko harremana onartzen zuela esateko modua.

Eskela hartan ez zuen Faniren izena aipatu, baina orain bai, *«bere laguna Amaia»* ipiniko zuen, ez harrotasun gutxirekin, denborak aitortza bilakatuta jatorrian ukazioa zena.

Amaiak susmoa zuen beren egoera legeztatu ez izanak leialtasun hura puskatzeko beldurrarekin zerikusia izan zezakeela, behin baino gehiagotan proposatu baitzion Amaiak paperak egiteko –hala esaten zuen, eta ez «izatezko bikote egin» edo «ezkondu», «paperak egin» baizik–, Fanik argi zuen ordea: «Soldaduska egin ahal izango bagenu ere ez nuke egingo» edota «Ez dut inoren aurrean ezer sinatzeko beharrik dizudan maitasuna demostratzeko». Bi urte lehenago Doña Rosario hil arte ordea ez zen Amaia Faniren etxean erroldatu, eta tarte laburregia zeraman hala, gaixotasunarena jakin eta Fanik berak proposatu zionean izatezko bikote egiteko.

Krabelin gorri sorta batekin igo ziren Marisa eta Oihana.

–Ez dugu traba egin nahi.

–Faborez, pasa zaitezte –esan zien Amaiak, ez aurrera ez atzera egiten ez zutela ikusita.

Ziklista betaurrekoak erantzi gabe sartu zen Marisa eta negar zotinka hasi zen atalasea igaro bezain pronto. Besarkatu egin zuen Amaiak, bizitzan lehenengo aldiz akaso.

–Pasatu da gogorrena. Oso ongi egin duzue –esan zien medikuak bizkarra laztanduta biei.

Ama-alabak logelara sartu ziren. Amaia kanpoan gelditu zen. Ikusi zuen Marisa krabelinak mesanotxe gainean uztean, bi emakumeak ohearen ertz banatan esertzen erreko balu bezala, Faniren eskuak hartzen eta musukatzen eta bere lo zaratatsua begiratzen.

Faniri medikua eta erizaina agurtzeak min ematen zion, ez zuen bakarrik gelditu nahi. Agurrak iraun zuen denbora iraun zuen ahizpa eta ilobaren bisitak.

–Joaten utzi –esan zien enegarrenez medikuak–. Erregalo bat egiten ari zarete.

Bakarrik gelditu zenean giltzarekin itxi zuen atea. Faniren giltzaria zen, baina atezain batena zirudien, hain zegoen giltzez gainezka. Ikusten zuen bakoitzean ohartzen zen ez zekiela nongoak ziren giltza haietariko asko, baina erreparoa eman zion galdetzea –"nongoak dira?", azkenaldian galdera guztiek zuten eta heriotza usaina –"zu hiltzen zarenean zein atetako giltzak gelditu zaizkidan jakin nahi dut-eta" – .

Logelara itzuli aurretik sukaldeko mahaira eseri zen. Poltsa zabaldu zuen eta mahai gainera bota zuen edukia. Erabili berri zituzten botiken eta trasteen zorroak ziren. Beste egoera batean, erizainak esan bezala, zuzenean errefusera botako zituen guztiak. Aldiz, Fanik egingo lukeena egin zuen: infusorea gordeta zetorren zorroaren papera plastikotik bereizi eta berdin egin zuen botiken bilgarriekin. Paper eta plastikozko pilatxo bana egin zuen artatsu eta esku ahurrekin lisatu zituen edukiontzian leku gutxiago har zezaten. Hain zen arrunta guztia.

Ez zuen logelara sartu nahi. Gauez itsasertz batera joatea bezalakoa zen: ez zekien zer aurkituko zuen zehazki, baina usaina sarkorra zen eta hondartutako animalia bat zegoen zakatzak astintzen. Itsasoa ere entzuten zuen Faniren estertoreetan. Begiak zabaltzen zituenean ilun zeuden. Besaulkia arrimatu zuen ohera. Pisu handia zuen, motorragatik. Han egiten zuen lo Amaiak azkenaldian. Faniren eskua hartu, zabaldu eta lanparatxora hurbildu zuen, argi kontra. Ez zen guztiz uzten, aztoratuta zirudien, deseroso. Han zeuden oraindik norbaitenak ziren hatz marken gailurrak eta ibarrak. Esna zegoela ez zuela agurtu akordatu zen. Lo gelditu zenean balkoian zegoela berriketan, besoak nola mugitzen zituen begira, kurriloak buruak. Agian elastikoak traba egiten ziola esan nahi zion, horregatik mugitzen zituen besoak. Sukaldera joan zen artazien bila. Elastikoa moztu zion. Bere maitalea zen. Sorbaldetan muxu eman zion, hainbestetan ospatutako bularretan muxu eman zion, aurpegian muxu eman zion. Bere maitalea zen, bere ahizpa zen, bere ama zen, bere aita zen, bere alaba zen, bere burkidea zen. Bere ondoan eserita egon zen erabateko gaua egin zen arte, agoniari begira, sorginduta. Gauza handiak esan nahi zizkion. Gauza handiak sentitzen zituen berarekiko. Baina eskua heldu, ilea laztandu eta behin eta berriz lasai egoteko esateaz gain ez zitzaion beste ezer bururatzen. Behingoz hiltzea nahi zuen, eta lotsatu egin zen hori desio izategatik, nahiz eta ez zen gertatzen zitzaion lehenengo aldia. Denborarekin ikasi zuen: ez zekien gauza handirik desioaz, baina desioak berari buruz dena jakin, alferrik ari zen.

–Norekin haserretuko naiz orain?

Galdetu zion.

–Nola tolestuko ditut maindireak orain?

Eguerdiko salda berotu eta sukaldeko kanpaiaren argitan edan zuen katilukada bat. Gosaldu ere hala egiten zuen goizeko txandan zegoenean, argiztapen ziztrin haren pean, ilunpetan ibiltzearen ohitura gelditu zitzaion eta Fani bere atzetik ibiltzen zen argiak pizten, "pisu franko batean bizi garela ematen du" esanez. Azken hiruzpalau egunetan garbitutako katilu, edalontzi eta lapikoak harraskaren ondoan zeuden oraindik; ondoan ur putzutxo bat, bide berriak zabaltzen enzimeran barrena. Fanik baietarekin lehortuko zukeen, mingaina klaskatu eta gero.

Amaiak, hortzak garbitu zituen eta erreparoa ematen zion arren, erabakitakoa egin zuen: Fanirekin ohera sartu. Infusoretik zainera zihoan kabletik lerratu zituen hatzak. Bizitzatik heriotzarako pausoa sentituko ote zuen, zalantza eta beldur hori zeuzkan. Faniren kontra kolatu zen. Hozten hasita zegoen eta geroz eta koroka sakonagoak egiten zituen, geroz eta itsastarragoak. Pare bat aldiz Fanik eskua estutu zion, eta Amaiak erantzun, erreflexua edo borondatea zen ezin jakin.

–Polita…

Ez zuen uste loak errendituko zuenik, baina uste baino nekatuago zegoen. Ez zuen nahi, ez zuen bere gorpuaren ondoan esnatu nahi, baina hiltzen zen une zehatzean bere aldamenean egon nahi zuen. Lo-sumatik beilara joan-etorrian agortu zitzaion gaua Amaiari, olatu hotsa entzun orduko hartzen zuela loak.

Egunsentian, sakonegi lo egin izanaren erruak astinduta esnatu zen. Zarata bat entzun eta ohea haztatu zuen. Ez zegoen. Izutu egin zen. Besoa gehiago luzatu zuen. Ezer ez. Ilun zegoen. Beste zarata bat. Agondu egin zen, urduri. Argitxoa piztean ikusi zuen.

–Nora zoaz?

Fani ohearen ertzean eserita zegoen, altxatzeko ahaleginetan, nahiz eta aspaldi zen ez zegoela han.

–Nora joan nahi duzu? –leunagoa izaten saiatu zen Amaia.

Fani begira-begira gelditu zitzaion. Gero, eskumuturra ahora eraman zuen.

–Muxu bat?

Keinua errepikatu zuen.

–Gosea? Kafesnea egingo dizut?

Bat-batean han balego bezala begiratu zion, lipar batez presente. Kafesnea nahi zuen.

–Ez al zara hobeto egongo ohean?

Ez zuen erantzun, besaulkiari begira zegoen.

Amaiak besoetan hartu eta bertan eseri zuen. Infusoreari kolpetxo batzuk eman zizkion gelditu egin ote zen ziurtatzeko, baina martxan behar zuen, hutsik zegoen eta. Medikuari deitzekotan egon zen, baina zer esateko, ez zela hil? Besaulkian ipini zuenean, maindirea bota zion gainetik, min egiten zion eta bere biluztasunak.

Korrika batean joan zen sukaldera eta esnea berotu zuen. Kafe disolbagarri koilarakada bat ipini zuen katilu hutsean. Dardarka ari zela konturatu zen. Akordatu zen ez zegoela madalenarik, astelehenean erosketa egin zuenean ez zituela propio erosi, Fanik bakarrik ja-ten baitzituen, horretan ere metodikoa zenez, goizero bi, azken egunetan apetitua galduta zuenez apalera itzuli zuela zorroa. Miserable sentitu zen heriotzarekin deskontuetan ibili izanagatik.

Ahora hurbildu zion kafesnea:

–Poliki edan, erre gabe, polita.

Fanik ezpainak kizkurtu zituen hurrupa txiki bat egiteko. Gero zerbait esaten ahalegindu zen, bokalak ahoskatu zituen hala moduz, Amaiak ordea segidan ulertu zion:

–Madalenak.

Logelatik irten eta sukaldean bilatzen ari zelako itxurak egiteko tentazioari eutsi zion. Biteri kalean zegoen vending makinara joan zitekeen korrika batean, edo bestela tren geltokira, han ere bazeuden halako makinak. Bere burua irudikatu zuen joan-etorria egiten, hamabost minutuan egin zezakeen, baina auskalo zenbat iraungo zuen Fanik.

Amaiak besaulki ondora inguratu zuen aulkia. Fanik begiak itxi zituen, ahoa zabalik gelditu zitzaion, barruan zuen arnasa apurrari joaten uzteko bezala.

–Ez dago madalenarik, Fani –esan zion Amaiak–. Ez ditut erosi, badakizu zein ganoragabekoa naizen.

Masaila laztandu zion esku-gainarekin eta Fanik bultzada txiki batekin erantzun zion katu batek nola. Gero, hil egin zen. Amaiak ere begiak itxi zituen. Eguna osatu arte egon zen horrela, Faniren kafesneari urrupa txikiak emanez. Gero, Fani zetzan besaulkia posizio horizontalean jarri zuen, eta medikuari hots egin bitartean, Faniren kizkurrekin jolasean jardun zuen hatz puntekin.

Egun hartan, bultzada txiki hartara bueltatuko zen, eta aurrerantzean ere hala egingo zuen behin eta berriz, edonork zer moduz zegoen galdetu eta nahi baino solemneago Fanik zein bihotz ona zuen hizpidera ekartzean, neskekin elkartean norbaitek esandakoari txispa atera eta denak barrez jartzean –Fani erraustuz geroztik barrea zilegi balitz bezala–, Oihana eta Marisa haien bungalowa ezagutzera eraman eta atariko hondarra erratzarekin garbitzean, haizeak etengabe berritzen zuen Landetako hondartza infinitua zapaltzean, manifestazio baten erdian jendearen elkartasun oihuekin hunkitzean, kurriloak pasatzen ikustean, landare bati txiki geldituako potea aldatzean, ardo bat hartzetik etxera bakarrik itzultzean, sofan pelikula erridikulu bat ipintzean, eta baita berrogei urtean Faniren bikotekide eta bizikide izan zela frogatzeko eta zegokion alargun pentsioa borrokatzeko biltzen ari zen paperetako batekin hatz mamia ebakitzean ere. ■

ENGLISH TRANSLATIONS

1975

Rafa Lahuerta Yúfera

«Because I dream, I'm not crazy, because I dream, I'm not.»

LÉOLO LOZONE

1

The day you were born your father's car caught fire in the Plaça de la Reina. He had just dropped off the bread at the restaurant 'Comidas Esma' and as he left down Carrer Corretgería, the engine started spitting smoke. It was February 1st, 1975. It sounds like a joke, but I swear it's not. I've passed that fraudulent square with the scene in my head several times. Papà, the car, the cold, tense morning, the smoke that seemed to be auditioning for Las Falles Festival in March.

I'm the one sticking my head out from the top floor of the belltower. I see you all. I should be in daycare, because I'm only three years old, but I can see you; today is Saturday and there's no school. I live with one foot in the Micalet Tower and the other in Mestalla Stadium. Someone decided I'd spend my life on high, never rubbing shoulders with you all, never even grazing the muck and the routine, never sullied by your pain, the pain that should also be mine.

I see Papà. Still young, still no belly. Blue eyes in the midst of a gray city. He gets out of the car. His volcanic nature erupts. He kicks a wheel. He can't believe the sudden fire that is leaving him without a car, leaving him at the mercy of an approaching group of curious onlookers, more interested in gossip than fighting the fire. The brothers who run the Bar Chicote come out and help him. They finally manage to put out the fire. Your father takes the lord's name in vain, loudly. Don't pay him much mind. Even though he always seems about to crack a joke, he's also got a hot streak that'll make him set off firecrackers in sacred places, climb the railing on the Mestalla's stands to safeguard the honor of his football team, and prove how he grew up on the wrong side of the tracks, and that he only managed to clean himself up because he was good, which you could see in his face, and he'd learned the basic rules, intuited that he should lead a life based on honesty, hard work and the love of a woman he never stopped adoring. And adore is the right word. That adoration is what saved him, saved us, continues to save us. And yet that man who is also my father isn't aware of what's about to happen. I wish I could warn him, send a signal from up in the cathedral belltower, but he can't see me. I'm only three years old. Well, three and a half. Poor Papà. Right now, the least of his problems is the car that just left him in the lurch. Right as the tow truck arrives, my mother's water breaks, standing at the kneading table of the bakery on Carrer Gorgos, the bakery they opened across the river to give us a better life; that's what they always said, a better life.

2

The steam coming off the hot bread clouds the windows, condenses the dawn, sustains the crowing of the first rooster, binds together the line of lowlifes waiting at the blood bank just to the right of our doorway, at number six Carrer Gorgos. You never knew it, but that's what happened. Your mother's water broke as she was picking up a bag of fresh milk. A month before her due date. You were born premature and that's why you went into the incubator. In the incubator, there was an infection. A bitter silence permeated the hospital halls. The doctors didn't know what was going on and neither did the nurses. Everything started to tremble. Some babies died, by some miracle others survived. No one said anything. What could they say? Some of them covered up for others, they all covered up for each other. The corporate spirit. Your parents looked at you through the glass, in disbelief at what was happening. I looked at you too, but I didn't understand anything. I did see that the celebrations stopped and the congratulations became pats on the back. No one believed you'd pull through. Nobody. You were at death's door, you went deaf, something in your head broke beyond repair. That was the start of the only life you've ever known, a life hanging by a thread. We could say it all began with a bag of milk, but that wouldn't be fair either. I've been thinking about those bags for years. When did they stop selling them? Does anyone else remember them? Whose bag of fresh milk was it? Maybe someone who came by the bakery every day and said good morning to you for years. And you, wrapped in your mystery, wrapped in your muddle of language-less language, responded daily with a smile, an expression, maybe sometimes a laugh. You used to laugh all the time when you were little, I don't know if it was because you'd survived, or because you were sheltered by condescension. That was before the charm of childhood faded and everyone started to forget about you. I might have been the first one. It was normal for the others to forget about you. That I did is unforgivable. That distance between memory and reality is the novel that I must write someday. There's no room for imagination. So that's the crux of it: while your mother's water was breaking, your father's car was on fire in the Plaça de la Reina.

3

I knew I'd eventually end up writing about you even before I published my first book. I knew it and I kept it half hidden, even though I was already sketching it out. An attentive reader knows that. My first memories belong to you. They're more yours than mine. There's nothing before you. My perception of the world was born with you: my memory, my language, my way of seeing. Before your birth there's only a void, an erratic story, images in black and white. I don't trust other people's memories. What's important is what I remember and what I've created from it, what time has made of those years, which are my focal point right now. The kitchen of this hypothetical book is a corollary of gazes. While I'm writing I see Mamà, I see her more than anyone else. She still takes care of you and keeps us intact. I don't know for how long, but we live in an antechamber. It's a matter of time, we accept that with resignation, as if fate has no new twists, no unexpected pirouettes to offer us. Your mother only thinks about what life would be like without her, and tries to shield you the best she can. Her resolve is admirable, her love for you, everything she's been doing for years. I, on the other hand, remain at the top of the Micalet, like that first morning in 1975. My life is lived from the heights, a life of scenic views, metaphysical matters, little novels. Your mother is still in the muck. She was born in the muck and she'll die in the muck. She's made of muck. Her words are muck: this has to be paid, that has to be paid. And I get her, of course I get her, but I need to flee when she speaks from the muck, because the muck scares me, it sullies and discomfits me. I carry the writer's pathological condition. I'm nothing more than an eternal adolescent inventing parallel realities to avoid succumbing to the impact of a single reality.

4

Undoubtedly, the most tender expression of motherhood is seeing an older woman concerned for her vulnerable child, for what his life will be like when she is no longer around. Motherhood is that woman who senses that without her, her son will die of grief. Motherhood is the spark set off by seeing a mother care for a disabled son. Motherhood is that maternal fear. I admire all those mothers to the utmost because they are the best of humanity, brave women, women who move mountains, women who reveal to us love's true dimensions. The strength of those women speaks to me. I wish I could bring comfort to them, to their strength. There is no comfort. There are good times, moments of happiness, days with kindness. But there is no comfort. Comfort is a privilege. Comfort is the membrane that separates the lucid from the idiotic, the healthy from the sick, the generous from the stingy. There is no comfort, believe me. Don't look for it here. This is something else, perhaps some lame attempt at justification, a way to keep fooling myself, an apology. I'm writing the trajectory, the journey; I write the desertion.

5

There were also good moments, plenty. In his own way, that kid was happy, you were happy, I remember you happy. Just look at the photos, you emerging amid sacks of flour, splashing in puddles, laughing so hard you nearly wet your pants, here in a clown costume, a Superman costume, a Spiderman costume, a pirate costume, a Harpo Marx costume. Remember how hard we laughed when they played a Marx Brothers movies for us and your jaw would drop, mesmerized when Harpo came out, how your face lit up, how you laughed seeing him gesture with his hands. You were blond, with immense blue eyes, paradoxically lovely. As a boy you elicited immediate sympathy. Everybody loved you. At first, I thought you would always be like that, the Valencian Harpo Marx, that you'd never grow up, or that you would grow up without the weight of the disability that would make you a neurotic, depressed, dependent adult. During those evenings we seemed like a normal family, without guilt or shame.

6

The first of February, 1975, was a Saturday. That weekend there were no Spanish league games. On Wednesday, February 5th, there was a match between Spain and Scotland at Mestalla. Claramunt was the captain of the Spanish national team and he played with València. Claramunt was your father's favorite player. Of course, papà had tickets to the game. I don't know what he did with them, but he couldn't go. I imagine he gave them away. He was like that. Generous to a fault. He'd suffered the consequences of moral poverty and decided not to continue along that path. If there was one thing papà hated it was stingy people. He had a sensor. Your father was a good man. Rudimentary, temperamental, but good, a much better man than I am. There's a resemblance between you two. It's strange, but there's a resemblance.

I don't have real memories of that Saturday February 1st, 1975. What I invent and write is the confirmation of the silence, the anguish, the grief of your aunts when they came one evening and took me to the apartment on Erudit Orellana. I don't know how many days I spent living in that house with my aunts and uncles. But it must have been about two or three weeks, maybe more. I remember the boxes of colorful Carioca markers, the boiled ham sandwiches that Aunt Loli made for me, the bed where I slept. That bed seemed round to me, so I called it the *plaça de bous*, the bull ring.

7

It's odd, but every time I see a three-and-a-half-year-old boy, I stare more than I probably should. That's what I was like, I think, that's what I was like when you were born. I didn't know how to read, I didn't know how to write, I barely knew how to speak. What did I codify, what did I assimilate, what did I take away from the incubator, from your birth, from those weeks when I barely saw papà or mamà? What happened over those months? There is a report card from my daycare. Up until December of 1974, I'm a charming, sociable kid, an active participant. Your mother signs it and celebrates what they say about me. By March of 1975, the report had turned into a delayed-effect time bomb. The teacher asks if there was something going on at home. I'm suddenly someone else. Sullen, edgy, a kid who cries over everything. In that March of 1975, my mother doesn't even sign the report card. In that March of 1975, a battle prevailed, the only battle: survival. And I'm on the outside. I already live in another country. I haven't met you yet and I only know one thing: I am healthy and you are sick.

8

Forty-two days after you were born, during the 1975 celebration of the Falles Festival, they brought you home. You were a porcelain doll, a slit made of flesh. Mamà set up a sort of operating room in the bakery's kitchen, before the renovation in 1985. She was the only one who entered that room. When I got home from school, she would lift me up so I could see you through the window that connected the kitchen to the room. I wanted a brother to play with, not one that made my mother suffer. And even though I wanted to hate you, and I must have hated you for that, I couldn't say it. Those weeks were a swinging pendulum. Discovering grief before having a name for it, hearing words I didn't understand, heading to the bar holding your father's hand, leaving the bakery with tears in my eyes, unsure you'd live, if I'd ever be able to play with you, if we'd ever do all the things brothers do.

My first memories are these: going to and from school, often sleeping in the workroom while Papà kept the business going because you got sick again, all of a sudden, and the doctors didn't know what was happening to you, and Mamà had to stay with you at the hospital. There was only one respite in those first memories: Sunday games at Mestalla with the white flag your parents had waved at a remote Cup final in 1967, in another life, when they were still so young that not even I was born yet.

9

I imagine the first book I opened was a way to escape from all of you. Mamà, you, our grandmother. You all meant illness, pain, sadness. I read somewhere that when one family member is sick, they all get sick. I don't know if it's true. I do know that there was a surfeit of illness in that house, and that I wasn't sick. I saw you all from the highest part of the belltower, alien to everything, sustaining a city, imagining a novel that would shield me from becoming another one of the sick.

I don't really know what role Papà played in all that, but I clung to his smile in order to survive. Your father's smile came from a different place. There was a transparent innocence in his way of being. I could sense it. I also knew he would die young. Unfortunately, that intuition was right, too. Don't ask me why, but I spent my childhood in thrall to morbid premonitions, meticulously keeping track in my mind of all the interferences I started detecting after you were born.

10

What came later were the death certificates. In 1979 our grandmother died, and in 1983 they diagnosed your father with cancer. Papà lived a while longer, it was a time of fear, fear over any variation, any symptom, any slightly less candid smile. We were once again a family that took care of its sick. Mamà worked, Mamà was the caretaker, Mamà did not smile. I think of that woman's fortitude and I know I'll never hold a candle to her. Maybe I'm only writing for her. My ego isn't an artist's ego, my ego is the posthumous vanity of a son who wants to offer his mother a little bit of beauty, a slight respite, the useless glory of the novelist. Perhaps that's what writing is for me, finding the exact point where guilt and shame disappear, understanding once and for all that I've spent my life chasing a non-existent law of compensation, a secret power that would allow me to prompt a smile on my mother's, your mother's, lips.

11

The day of Papà's funeral, it all suddenly hit home for you. Your childhood officially ended during that grief-stricken journey through the city looking for the cemetery. You were fifteen years old, and had a limited view of the landscape. No one thought about your pain that morning. No one had explained to you what was going on, we didn't know how. Nor did we imagine that the scene would cause you such profound, unfathomable grief. They stuck your father into a niche and I wrote a date on the fresh plaster, April 4, 1990.

That night, already in bed, I recalled an afternoon in 1978. It was a summer Sunday, and we were at home because grandma was very sick and we couldn't go to the beach. It was scorching hot. I was six years old, and you were three. In order to play with you, I had to simulate your voice, the voice you didn't have. To make you credible, you spoke in Valencian, and I in Spanish. The dialogue took place only in my head, the foundational dialogue that helped me see reality from a different vantage point. You spoke Papà's language and I spoke Mamà's. Your silence was a metaphor of something beyond. I imagine that afternoon was when I first suspected this was the only way I would make my abysses bearable. I gave you a voice, and that voice has led here. It was a child's recourse that over time I accepted as inexorable. The dialogue we began then is the key that explains my writing, this borderland writing, this writing from both sides, which always needs a mattress to explain the fragility, the reasons behind it all.

12

1975 was no ordinary year. They killed Pasolini, Franco died in his bed and you were born. That presence, your presence, changed everything. I've lived to understand your wounds, as if only thanks to you I've had access to an impermeable but marginal lucidity, a lucidity that doesn't play in the big leagues of great world events. I've spent years silently accepting the unfair whipsaw of fate, knowing I have no right to complain. I know that I always tell two stories, mine and yours. These two stories walk side by side, holding hands, but against the current. Heads and tails. Health and sickness. Comprehension and the void. The brother who publishes books and the brother who can't even read them. Today I'm writing to you on a winter morning. You will never be able to understand this story. You will see the letters, you will see your birthdate, you will be unmoved. You spend your mornings at an Occupational Center, making plastic wallets with the club badge of València CF. That legacy inscribed on our hearts levels us out and invokes us. It's a sacred link we inherited from Papà, a complicity loaded with festive gunpowder.

I write to you, but I'm not entirely sure why. I should apologize for all those times I looked the other way while Mamà took care of you, and I was embarrassed of your eccentricities. Forgive me if I've written things that no one outside of our family should know. I don't even really know why I do it. I imagine it's the vain hindsight of the survivor, to claim the trophy of being the older brother who shuffles and deals the cards. Every interpretation could be valid. Maybe writing is the only thing that mitigates the pain and grief. Luckily, over the years, I've come to understand something. If literature borders on mystery, the author disappears and only you remain. Then what prevails is the echo of a distant childhood, when we slept in the same bedroom and I would give you a goodnight kiss hoping for the miracle that the next day you would speak, you would hear, you would be able to comprehend with exactitude the nature of my love for you. ■

Translated from Valencian by Mara Faye Lethem.

THE IMAGINARY WOUND

Berta Dávila

I came home with Cleo and Catboy a week after my father died. Cleo and Catboy are two orange freshwater fish that I found on sale in a grimy fish tank next to the counter in a pet store. I hadn't gone there looking for fish – I wanted something with a warm heart and soft fur, something like a cat. But the clerk convinced me that fish aren't much work and that they provide as much company as a cat, except with less commitment. I spent a long time trying to ascertain which fish had been put in my path by fate: choosing. I pointed at the most skittish of the bunch.

'One fish would be boring,' the clerk said. She scooped up another at random with a tool that reminded me of a soup ladle. She handed me the two fish in a plastic bag full of water, sealed at the top by a ring of tape. She didn't want to charge me for them. I was sort of relieved not to have to pay for companionship.

Instead of buying a fish tank, I housed them in a wide vase of frosted glass that my sister had given me a while back. I set it on the sill of my bedroom window so I could look at them at an angle, bathed in sunlight. The light was still pale and wintry when the fish arrived, but I had an intuition that the violet sunsets of August would make for a stunning picture. The curved glass of the vase fragmented their swishing bodies, creating striking visual configurations like nothing I'd seen before. When the water was clean, looking at the fish was like looking at the lights of a Christmas tree through a kaleidoscope. When the water got murky after a few days without me changing it, at least the scene wasn't as disgusting as it could have been.

At first, Cleo and Catboy didn't have names. I referred to them by their attributes, which meant I had to compare them constantly and find qualities that didn't just set them apart, but put them in direct contrast to one another. For example, I would call them 'the anxious one' and 'the chill one', or 'the chubby one' and 'the skinny one', but never 'the shiny one' and 'the not so shiny (but still pretty shiny!) one'. Then my niece Ada came up with those two names out of nowhere. I accepted them without reservation. It felt right that the names had no particular meaning.

Feeding Cleo and Catboy became one of my favorite rituals. Every day, I woke up with an overriding sense of duty, which I'd never felt before, so I treated every part of the process with total solemnity. While I brewed the morning coffee (for me), I used a pair of tweezers to extract five or six flakes from a jar of fish food, placing them gingerly onto the surface of the water in the vase, like the recently divided landmasses of Pangea. As soon as they felt the vibration of the flakes in the water, Cleo and Catboy would dart over from whatever corner they'd been hiding in. Cleo was more voracious, though, and had often devoured most of the flakes before Catboy could get his mouth around a single one. I would wait until she was busy with North America, or some other far-flung land, and offer Catboy extra flakes in Oceania. It was important to me to provide them similar amounts of food.

I never had guests over, except for my sister. She came with Ada every Thursday after Ada's swimming lessons. They always arrived late in the afternoon because they had to run urgent errands and always left early because they didn't want to be a bother. They were hardly a bother, but I was just as happy for the visits to be over, anyway. The harmony of my domestic routine with Cleo and Catboy was a delicate soap bubble, and I was afraid that an excess of my sister and niece's presence could somehow cause everything I had built to dissipate with a quiet pop. Sometimes, when my sister said, 'How are you doing?' I seemed to hear a modulation in her tone, like a tick of sorrow in her inflection, which acted like a warning, a sign that my sister was feeling the temptation to talk about our feelings. When that happened, I'd always reply saying any old thing and ask Ada how her swimming lessons were going and if she was still afraid of the water. When she heard her name, Ada filled the space occupied by my weariness with her light-hearted, excitable chatter, and my sister retreated to a more frivolous realm of conversation. I liked the smell of pool water and sandwiches Ada left hanging in the air when they finally left and I was alone again.

Day by day, without much resistance on my part, I lost interest in all the activities I'd spent my time on before my father's death. The only things that mattered to me were observing and caring for the fish. I had gained a new and comforting perspective on my own importance: finally, I was essential to the survival of other living creatures. My world now seemed serene and meaningful. Some afternoons I was able to write, in one sitting, an impersonal article about ten things you absolutely must pack for a trip to Malta, or about the rise in cryptocurrencies. Some mornings I even managed to jot down the beginnings of a poem in my journal, though the articles were the bulk of my writing production, not to mention the only writing I was paid for. The hours were as fluffy as bath sponges.

Nothing disturbed the placidity of that time until my sister said someone ought to visit our father's home to box up his things and supervise some work that needed to be done on the house before it went on the market. My sister has a daughter, a job and other responsibilities, so when she said 'someone', she meant me. I wasn't prepared with a defense. My father's house is two hours away by bus, but my sister couldn't see that it made a difference if I stayed at my place or at his. I had to remind her about the fish. Unlike cats, fish can't take care of themselves for an entire week; they're not equipped to be suspicious of abundance, if you leave them several days-worth of food, they'll eat themselves to death.

My sister suggested that I buy an automatic dispenser for their food or bring the vase with me on the bus. She didn't offer to watch them for a week. Still, I couldn't come up with any convincing excuses not to take the trip, and we agreed that she would make the appointments for the repair work on our father's house and that I would stay there for as long as it took to get everything done, as soon as we had solved the problem of Cleo and Catboy, that is. And because I wanted her to know the level of sacrifice she was asking of me, I told her I'd have no choice but to bring my laptop and spend some of the time writing my articles. I also told her that I was starting a novel and that it was a terrible time. 'Will you be able to write there?' she asked. And in the asking, I could tell she didn't mean, 'Can you write there?' What she was trying to say was something more like, 'How dare you?'

I have an ingrained distrust of machines, so I immediately tossed the dispenser idea out the window and took to the internet in search of an alternative. My father hadn't trusted machines either: he had toasted his bread and heated his milk over a fire; he had washed his clothes in a washbasin next to the tub because, in the end, he didn't have much laundry and it wasn't such a bother; and he had maintained the sincere conviction that he was the original inventor of the aquatic motorcycle and that someone had beaten him to the patent office.

In the same fishkeeping forum where I'd learned how to identify Cleo and Catboy's sexes a few weeks earlier, someone going by the name Guppy told me about a kind of fish food that came in slow-dissolve tablets. I ordered a few packets – the labels said 'Vacation Food' – containing four or five capsules shaped like grooved spheres, like miniature rocky planets, or like wads of paper that someone had crumpled in their fists. I also ordered a rectangular, twenty-five-liter fish tank, hoping that the fish wouldn't notice the dirty water as much while I was away.

The fish tank arrived first, and I decided to move Cleo and Catboy into it right away. The sense of anticipation was new and exciting. But whether because I was too nervous or too careless, when I poured the contents of the vase into the fish tank, I miscalculated: Catboy crashed into the tank's glass bottom and went momentarily still, mouth agape, like he'd just been betrayed. He spent the entire afternoon half asleep, but the incident had seemed so minor that I assumed his reaction had less to do with the impact and more to do with his lethargic tendencies, which must have been heightened now that he had to adapt to a larger enclosure. But Catboy was just as inactive the next day. He was swimming in a weird way, and I noticed a black spot on his left side, just below the fin, that I had never seen before. Cleo, on the other hand, seemed especially exuberant, enjoying the new opportunities before her, and – looking back on it now – perfectly content, I think, to take advantage of Catboy's inactivity and dominate the space.

I called my sister and told her I'd have to postpone the trip. I had prepared a series of plausible excuses about deadlines and unexpected setbacks, and a sincere plea about how I couldn't back out of my commitments, out of the blue, just to take care of an empty house. There was no need. My sister listened to my explanations without much interest and replied that she had never said I had to leave right away, and that she understood the circumstances. Then she passed the phone to Ada so that she could move on with her day. Ada wanted to know if I was going to travel or not, how long I'd be gone for, if it was far away and if I would bring her back a present.

'What would you like?' I asked. She was silent – not like she was thinking of the perfect gift, but like she was too scared to admit what she wanted.

'A snorkel,' she said finally. I tried to convince her that her fears had less to do with the water than how deep the pool was.

'The thought of sinking is really scary,' I said, but she didn't understand and pressed on about the snorkel. I promised I'd get her one.

I didn't care that much about the fish – I told myself, trying to sound convincing – but there was no getting around it: I would have to postpone the visit to my father's house until Catboy had recuperated. I stalked the fish tank at all hours, looking for evidence of the slightest change. Catboy started to take up strange postures and spent a lot of time listing to one side, like he had lost his balance, if it makes any sense to talk about losing your balance in the water. The black mark, barely noticeable at first, was now coated in a gauzy film. I clung to optimistic explanations as a ward against these grim signs, interpreting the changes in coloration of the bruise – when I assumed that the mark was a bruise and not just a blotch – as an indication that Catboy was getting better, and that his passivity meant he was finding a way to heal himself, not that he was in pain.

Any time I didn't spend staring at the fish tank during the day, I spent thinking about my father's house. I imagined it as a tortoise shell, preserved in the glass case of a natural history museum. Or of a snail, or any other empty husk that had previously housed a living creature, always different kinds of shells or armors, at first protective and then pointless. I also thought about all my father's useless objects and clothes, about the dozen books he owned – I tried to remember the titles – about the photos and the furniture and the blue-bordered handkerchiefs I would use to wipe away my tears of anger or distress when I was little, and about those tears, hot and fat because they were a child's tears, and therefore impossible to console. I thought about the clothes, the books, the photos and the tears, as if they were skeletons I had found on a sunken ship, or among its flotsam.

Then I thought about the wear-and-tear on the house and all the things that must have been wrong with it, about the peeling wallpaper in the living room, the broken hinge on the backdoor, and the plants and mildew that would be growing inside and out of it. And the more I thought, the more I allowed cracks or gaps to appear in my memory of the house, and in the house itself, and I got scared that all that was left of my father's things would slip through those imaginary cracks and be lost, and that by the time I finally deigned to visit I would find nothing there but dark algae and nacre, but I would still have to look after the dark algae and the nacre, and after the cracks and the gaps, because that was the least a daughter could do for her father.

My sister said that when she found him dead, his eyes and mouth were slightly open. The openings were so slight that you wouldn't have noticed it if you didn't look closely, but they were there. She was very insistent on this point, as if I had no choice but to share this image of the gap, which grew in my sister's tale to the point that it turned into an awful scene where my father looked cold and rigid to me, his mouth agape like Cleo's when she ate, and his eyes, which weren't in sync, obliterating any notion of peace.

At night, all I could think about was Catboy. If he hadn't moved enough that day, to ease my mind before I went to bed, I would give the fish tank a shake or tap on the glass with a fingernail to provoke a reaction. Lying under the sheets after I had switched off the bedside lamp, the dark mark under his fin would grow and grow until the entire room was swathed in black. Catboy appeared in all my dreams, which were quite diverse. Sometimes they were about an abstract sense of danger lurking in the fish tank, where I had to capture him with a butterfly net to save him from whatever the danger was. He almost always rebelled, so they tended to be agitated dreams. There were also sad, lethargic dreams where I imagined he was dead, floating at the surface of the water, immobile and repulsive. In those cases, I had to gather him up with a butterfly net and decide how to dispose of his body and the luminous memory of my first days with Cleo and Catboy, which would never again bring me any comfort. This is how I learned the difference between gathering and trapping, between finding and pursuing, between collecting and hunting.

I also had dreams about the slightly open eyes and mouth of my dead father, which were really Catboy's eyes and mouth on my father's face. Or on mine. And dreams where I had no mouth, not because it had disappeared, but because, somehow or other, I'd been born without one. My face, my nose, my forehead, my pronounced cheekbones that my father called 'your little apples', were all there. But not my mouth. Where my mouth should have been there was a strip of pink, uniform skin, like the wavy desert sand that precedes the valleys and dunes. Nothing but skin. Sometimes cold like porcelain, sometimes warm, but most often cold, like Catboy's wound, or his heart.

In the dreams, I would generally try to treat Catboy's wound by slicing away the gauzy film with a scalpel. Sometimes I even tried to use the scalpel to fashion myself a mouth, though for the most part I was content without one. I would wake up at dawn with sore muscles, overwhelmed by the need to know if all my loved ones were still alive or not, and bolt out of bed to check on Cleo and Catboy.

One morning like any other, I woke up to find Cleo alone in the fish tank. It took me a while to realize that I wasn't going to find Catboy's body on the table, nor out of the water, nor anywhere.

Looking at Cleo, bulging and resplendent, with a lump in her belly and a vicious calm in her eyes, as if something wonderful had happened to her in my nightly absence, I desperately searched all the darkest corners of the fish-keeping forum, looking for a covert comment by Guppy about evil, unscrupulous fish. I had so many questions. 'Can one fish eat another overnight?' 'Can one fish eat a weaker one, or a dead one, without getting sick?' The best I could find was a generic recommendation: 'It is not urgent to remove dead fish from the tank, but try to do so before the other fish feed on their corpses.' So it was true, one fish could eat another. How dare she.

I knew I would never love Cleo again, that I would never see her the way I did that first time, when I pointed at her in the pet store because she seemed so minute and perfect for me. But I held out hope that her voracity might be great enough that she could, finally, devour my grief.

After a while, I came to think that Catboy had never existed. ■

Translated from Galician by Jacob Rogers.

DUALITIES

Adrià Pujol Cruells

1. I'm saddened by celebrity impersonators – the official, certified impersonators, not stunt doubles – and they sadden me because they take the alpha model and suck on it like mosquitos, assuming their identities, betraying their own mothers and abandoning themselves to mimicry like trained monkeys. 2. I'm saddened by dog owners when they walk their dogs on a lead, as it's often difficult to know who is walking whom, and I wonder if the dog dares to take charge while the owner doesn't dare to be free. 3. It makes me sad when people paint in prison, especially when the painters are people who had never painted before being sentenced. And if they paint mountains of dolphins, well, that just tears me up inside. 4. I'm saddened by dead people's last words: Bob Marley spoke of money, Dalí of watches, Chekov of champagne and my great-grandmother of laying hens and chickpeas. 5. It makes me sad to see children's clothing when not being worn: kids brighten our homes with laughter and skipping, they scurry about, and are more fragile than the porcelain that is love, but before going to bed they remove their clothes, dirtied and frayed by the joyful fury of obliviousness, and leave them on the floor or chair as if they were leaving a testament – or a warning – that they might drop down dead at any moment. 6. I'm saddened by Chinese people, though I don't know why. 7. I'm saddened by contemporary novelists who write about Europe in their novels, the ones who speak with a tone of gravitas they don't feel but have only read, and come off as so profound: a stew of vanity, of pretentiousness. 8. It makes me sad when haute cuisine is represented stroboscopically in the red-faced photographs posted on social media that

say: 'look where I just ate' 9. I'm saddened by inland pine forests far from the sea, as I always feel on the verge of finding a hanged man swaying a few inches from the ground, and the creaking branch and the unknown motives. 10. It makes me sad to ride in the passenger seat, while sitting in the back seems an insufferable surrender. 11. I'm saddened by overly elaborate shop windows, the ones that show little confidence in the products they're selling. 12. I'm saddened by tobacco shops, the unhealthy clientele, the teeth of the clientele, the tired girl with heavy makeup and a tight dress asking all who enter if they smoke – as if we go in there not to buy smokes, but to say good morning and leave –, the girl dressed in the colours of the tobacco brand she's promoting, at times with a hat on, cosmetics, an expression on her face that suggests she'd rather be anywhere else. 13. I'm saddened by adverts for toys, as they do nothing but deceive children. 14. I'm saddened by public housing painted in loud – read 'fun' – colours, in fact, anything that is deliberately accessible (cheap, compact cars, computers of secondary brands) that tries to camouflage lower quality behind tropical plumage. 15. I'm saddened by the ease with which Christmas lights make me sad. 16. Dental floss makes me sad: of all forms of personal hygiene, I find dental floss the most extravagant and most formidable, because I can't help but consider the movements, the grimaces, the process and the result, the moment of truth when checking to see what has been produced, and in these circumstances you get the impression of meeting someone new, a stranger, your long-lost twin removed at birth from whom you've been estranged until now, until you've been picking at the teeth of reconciliation, and as such it saddens me to think of the many people you might bump into first thing in the morning, who not so long before were in the bathroom, in front of a mirror, going at it with the floss and removing bits and pieces of yesterday's dinner from between their teeth: and you try to detect which ones they are, these other people, whether something in our smirks might give us away, betray us, how many of us are there, and we greet each other as accomplices – how sad. 17. I'm utterly saddened by the experts who appear on news and talk shows, the ones who know everything about a subject, and the abysmal, self-satisfied mental paucity that brought them to the set. 18. I'm saddened by mayors – whether of a village or a city – by the function of mayors, the evolution of mayors, how their once luminous faces from the first campaign turn ashen after two or three terms. 19. It saddens me to know of writers who – whether victorious or not – write to win prizes. Their faces, like the mayors' faces, turn ashen over time, reigning ever more (or less) amongst their peers who only ignore them. 20. I'm saddened by stag and hen parties, when the bodies and dignity of those being celebrated are somewhat bandied abou. 21. I'm saddened by the world of extra-curricular school activities: it's late, karate; it's dark, dance; it's cold, swimming; it's icy, English, and all so very far from home. 22. I'm saddened by digital footprints, or rather the distress digital footprints cause in some people, as if they wish only to tiptoe around while entering anywhere and everywhere without leaving a trace, which is a domain that can only belong to ghosts. 23. I'm saddened by voluntary queues, like the ones of people waiting to buy the latest model of *x*... it all just seems so dehumanising. Involuntary queueing though, like the ones made up of people waiting for humanitarian aid, are devastating. 24. It makes me sad to see the state of my friends' kitchens: in our own homes, it's our right to have our kitchens and bathrooms as we want, but we should never have to see our friends' kitchens and bathrooms, as both are images of the sum of what we have achieved so far. 25. It makes me sad to remember the city parks of my childhood. 26. It makes me sad to read prose that's *patriotarda*, patriotic: its form, its tone, trying to guess how each sentence will end, knowing that rather than a story line, a subject, there's only phlegm. 27. What a catastrophe marketing campaigns are, the propaganda behind them, how pitiful the commercial onslaught around Valentine's Day, compulsive postering, the world buried under flyers, brochures, cards, the torrent of slogans. 28. The lottery makes me sad, and sunsets, industrial yoghurt, crowded campsites, holding out hope , returning to places where I was happy, dinnertime, holidays and, by extension, the summer, and I'm saddened by family protocols, ice cream, vaccines, souvenirs, nativity scenes, the rubber plants in banks, immaculate historical centres, the mist, the colour pink, the infants chosen to be the next Dalai Lama, French SUVs, kitchen robots, bubble tea (particularly when they call it *Boba Tea*), grandmothers' jewellery, stuccoed walls, government-funded protest songs, older women who play *Candy Crush* on the metro, the metro, and the belly bands around bestselling books, old men who flirt with young girls, sitting on the sofa, traffic lights, caviar, parked bicycles whose saddle and front wheel have been stolen, national anthems, astronauts, coffee with milk, jokes about cretins, cubes of chicken stock, people who live in Tarragona, friends who manipulate their way into only talking about themselves, and the oily film that never disappears from Tupperware containers.

* * *

1. I'm happy with cruet-stands, their name, their shapes and their function, everything about cruet-stands and cruets is a happy coalition of oil and vinegar, salt and pepper, and I can't think of a simpler, more efficient way of summing up the primordial matter that gives soul to the cosmos, the essential structure of the human condition. 2. It makes me happy to call an elderly lady '*noia*': in my village it comes out naturally and is in no way disrespectful. On the contrary, it expresses warmth and proximity, which we also occasionally use with elderly men. 3. Fireplaces and woodland streams make me happy, and it would be difficult for me to disassociate the two, following as they do one after the other. I'd have a problem if I were made to choose between the two, between the empty calm a fireplace instils in me and the frenzied joy I feel beside a stream. 4. It makes me happy to leave a place. Obviously if I'm not comfortable there, but even if so, abandoning them provokes a certain sweet regret, childish, a glee that at times turns solemn. 5. Sitting on stairs makes me happy as it's halfway between sitting on a chair and sitting on the floor, and if the stairs lead up to a church or museum, even better. I shed years and gain perspective. 6. It makes me happy to open other people's drawers and fridges when they're not looking: snooping electrifies me, it brings me into proximity with the omnipotence of the invisible man, the arrogance of the thief and the thin line of Evil that does no evil, especially because I do it when nobody's looking. 7. Seawater makes me happy in rock-pools along the coast at low tide, I find joy in that tiny, transparent world of seaweed, fish and snails. Now a crab, now a camouflaged octopus, all these universes you can see in but a glance. 8. I'm happy to see the passing of time, knowing that soon I'll be half a century old and that, in exchange, the ruminations, ideas and doubts rolling around my head are not exclusively mine nor of any specific age. 9. I'm over the moon after walking for at least an hour along pathways in a Mediterranean forest on a January morning, emptying my head and transferring the caloric energy to my body. It makes me genuinely happy, and yet I'm only aware of it once I get home. 10. It makes me happy that in Catalan there are double-faced words that tell little stories, for example: *adob/boda, cita/àtic* or *tapa/àpat* (marinade/wedding, date/attic, tapa/meal). 11. It makes me happy to see individuals sporting caps and DJ headphones scouring the beaches with metal detectors, and it makes me even happier to imagine what it must feel like to find things, and to imagine

the kinds of things they might find, whether they've ever found a gold-filled molar or a pacemaker, or the zipper from a pair of trousers I threw into the sea some 40 years ago. 12. It makes me happy to walk down the street and see women at the hairdressers with their heads inside those contraptions that I don't know what they're called but that seem to be mind-reading machines. 13. I'm happy that sea urchins can be eaten raw, like fruit. 14. I'm happy that the Jews exist. 15. It makes me happy to go and buy some chicken and get home and batter it up with some egg and breadcrumbs before frying it, knowing that my daughters won't leave the tiniest crumb uneaten at lunch. 16. Georges Perec's hairstyle makes me happy, though I've only ever seen it and his Mephistophelian beard in photographs. 17. It makes me happy to think how, truthfully, the essay form was born of the emancipation and growth of a note jotted in the margins or at the foot of a page – the emancipation of a note, of a comment – like when a teenager leaves home to become an autonomous person. 18. Vans make me happy: looking at them, driving them. When I was a child, I would draw them constantly, but in fact I could extend this to all land vehicles: illustrated ones, miniature toys and real ones, cars, motorbikes, even maritime vehicles, boats, yachts, and all other modes of transport, planes, bicycles – excepting ones that are alive, such as mules, camels and ostriches. 19. Family trees make me happy, the archipelago of surnames, the generational sinking into the well of time, the trades and geography of ancestors, knowing oneself to be the descendent of so many flukes, connecting the 21st century with the remote fifteenth, and myself with that distant relative, it makes me so happy. 20. Giants make me happy, both the ones from the local festivals and the ones in legends, the first ones because up close they provoke vertigo when you look upwards, and from afar they miniaturise the square and the people; and the second ones because they spark the imagination and even have fabulous names like Goliath, Gargantua and Polyphemus. 21. It makes me happy when TV anchors mess up on air (without fatal consequences), when they suffer mishaps on live camera (a spotlight falls, a gust of wind blows them over) and they try to continue as if nothing had happened. 22. It makes me very happy to draw things with my finger on steamed up windows. 23. It makes me happy to belong to the same species as Calamity Jane, Carl Sagan, Hildegard of Bingen, Rabelais and a scrap metal merchant whose name I never knew from the first street I ever lived on. 24. There's an urban myth that makes me happy, alleging that anything you 'do' in bathrooms of planes or trains, ends up being shot out into the air and disintegrating. 25. It makes me happy to stare at rocks and find faces, animals and objects in them – a lot happier than doing the same thing with clouds. 26. It's such a joy to fall asleep to the sound of a heater in winter, in a tiny bedroom if at all possible. 27. Human feats make me happy when they are essentially individual. I mean, not pyramids or skyscrapers (so often projections of the few while breaking the backs of the many), but rather people who climb very high mountains, who hold their breath under water for a long time, parkour aces or that friend of mine who once walked from Barcelona to Athens. 28. I'm happy with tarmacked secondary roads and songs of Tibetan harmonics, carnivorous plants, money, platypuses, fossils, and lighting a candle with a match before quickly blowing it out. And it makes me happy when people mistake me for who I'm not, and first-pressed olive oil, and watching *sardanes* in person, and Enric Casasses makes me happy even when he makes me sad, and so do coarse sweaters, wicker chairs, dried fruit desserts like *la grana de capellà* with muscatel wine, and *sobressada*, and groups of kids, I like looking at women, looking at men, videogames (the pixelated landscapes are an allegorical marvel), and those miniature replicas make me happy, such as tiny villages and their tiny cemeteries, or pressing the button of the kitchen extractor fan, or wood and the oracles of Antiquity, the popular names of birds and mushrooms, recreational pedantry, towels and socks, new notebooks, new pens, the business cards of African witch doctors left on the car windscreen, clothes pegs, the Odradek, the sea, the sea. ■

Translated from Catalan by Douglas Suttle.

ALL THE AGES OF A HUMAN BEING

Uxue Alberdi

Manuel made his decision the night before and shared it with Beatriz at breakfast, wearing an apron and holding an orange in his hand. His wife had just finished her thirty-minute workout on the stationary bike, and after taking a shower, was drinking her milk kefir and leafing through her mountaineering association magazine, *Pyrenaica*.

'Well,' she said, downplaying the matter, 'perhaps next year, then.'

He made his wife some fresh-squeezed juice, unloaded the dishwasher and arranged the plates in the cupboard, from large to small. Beatriz watched from behind, eyeing the worn-out pants Manuel liked to wear to 'work on his papers'.

'We have leftovers for lunch, yesterday's vegetable stew,' he told her. Every morning since he'd retired, he announced the daily menu to her.

Beatriz stood up and cleared the biscuits from the table. She took her cup and glass to the sink and opened the windows wide to air out the kitchen. The constant hum from the highway mimicked the sound of some faraway sea.

Manuel stroked her back.

'Umm, *Ze suerte*!'

'No, you mean, *a ze zortea*,' Manuel said, correcting her Spanish-laced Euskera, or Euskañol as they called it.

'Yes, *a ze zortea*, how lucky,' Beatriz replied mirthfully.

She grabbed her purse and jacket, heading off now to the office. She puckered her lips and closed her eyes, inviting Manuel to kiss her.

'So long, worker bee!' he said, bidding her farewell.

The breeze on the terrace overlooking the port was balmy. Andoni had just returned from Glasgow with his family, and school had let out for Amaia's children. They were all together for the first time in a long while, nibbling potato chips and olives, sipping the beer that'd been brought to their table.

'Well, it's decided,' Manuel announced when the children left the table to play in an adjoining field, 'I'm not doing the open water swim this year.'

Amaia looked at her mother, Beatriz discreetly twisted her mouth. Without looking at his father, Andoni asked.

'Because of your hernia?'

Manuel had been feeling some discomfort for a while, about two fingers below the scar from his kidney removal surgery. They'd just diagnosed a tear in his groin. 'The interior organs tend to push through and into the cavity.' But the stress test went well. 'You don't look it,' the doctor had said, resting his finger on Manuel's date of birth. 'I don't look *at* it,' Manuel quipped wryly, but the doctor didn't laugh.

Manuel took a sip of beer and signaled toward the ocean with his chin.

'It's cold!'

The July sun was mild, and had only come out sporadically, so the water hadn't even hit 68 degrees Fahrenheit. Manuel was used to training in the town pool in 84-degree water. He would spend his one-hour training sessions chasing the splashing feet of slender young swimmers. He would choose one in good shape and follow his pace stubbornly, pushing himself forward, 'You're not getting away from me.' He'd read somewhere that when the water temperature was below seventy-one degrees, a person's heartbeat quickened and the chances of having a heart attack increased exponentially. For their fortieth wedding anniversary, Beatriz had given him a watch that monitored his blood pressure. He checked it daily before and after he swam.

'Really cold!' he repeated. 'Last week I tested myself, and the first ten minutes nearly did me in. I couldn't!' He set his glasses down on the table and rubbed his reddened nostrils. 'What do you expect at 73?'

He'd been doing the three-kilometer, open water swimming event for the last twelve years. It was one of two swimming races organized in his hometown, and when he retired, he decided to sign up since the family spent the summers there. He'd only missed it once, the year he suffered an attack of gout.

He mentally divided the race into three intervals. After the initial thrust, he completed the distance between the wharf and the bay comfortably, his fingers dispersing the water like soap does oil. His body seemed to float on its own, in his mind there were only light thoughts, drifting like dandelion seeds. He could hear the constant rhythm of his breathing during this interval, nothing changed under the water, he held all the ages of a human being within himself, all at the same time. But gradually, as he passed the wharf, the cold and fatigue would get to him, a quiet concretion of old age. Once the bay was behind him, he'd have to swim against a kind of undertow of sadness, until the ocean floor became more visible once again. That's when he'd speed up and, propelled by the current, complete the distance to the beach, certain he'd just escaped the grips of something.

His time had improved over the past twelve years and he could now cover the distance in under an hour. 'You'll win the race when you turn one hundred!' his children encouraged him. Beatriz would shake her head and raise her fists, cheering her husband on, pushing him forward or pulling him back to a bygone time, depending on how you look at it. Beatriz was thirteen years younger than Manuel. 'Just wait,' Manuel used to warn her.

The family turned the competition day into a tradition. Manuel and Beatriz would wake up and go down to have breakfast at the coffee shop below their apartment, they'd sit down and his wife would massage his shoulders. The town filled up with broad-backed, muscular men. The registered swimmers representing clubs arrived by bus, each wearing their team's uniform made up of brand-new flip-flops and swimming trunks on recently waxed bodies. A nervous excitement always spread through the town's narrow, medieval streets, an invigorating pulse in the air.

After breakfast, they'd return home to get ready for the event. Manuel would take his blood pressure while Beatriz looked away. He'd put on his black, skin-tight racing suit, which showed off his muscular thighs. Beatriz would write his race number on his arms. He'd take his medicine, pack a change of underwear and a towel in Beatriz's backpack and head back outside, wearing the complimentary race t-shirt, flip-flops and baseball cap.

His children and four grandchildren always waited for him at the lookout above the port to take pictures. 'You're going to win, right?' the little ones squealed in their seagull chick voices. Before Manuel knew it, Amaia's second child, squirmy as a mullet, had climbed up his leg. Manuel barely spoke the hour before the race. He kept to a smile and mumbled sounds like, tsk, tsk, tsk. There'd be plenty of time to chat and play later, in the restaurant, under the summer awning, feeling both relieved and exhausted.

Beatriz and Manuel would take the stairs from the lookout down to the wharf, and walk through the tunnel where the Senegalese usually sold tennis shoes. They vacated the area on the day of the race. Manuel greeted the people he knew, stopped to chat with the older ones, cracked age-related jokes, 'the hull's holding out,' one of them said, 'keel's a little rickety, though' and so on. Beatriz accompanied him to join his group. Once there, he took off his t-shirt and, bare-chested, removed his gold chain with the cross his mother had given him and the medal engraved with his birthday and blood type. He handed them over to Beatriz for safekeeping. He slipped off his flip-flops, which she also took with her. And finally, his glasses. 'Turn around,' his wife would say, and rub Vaseline up and down his back 'so you don't get cold.' She'd hand him the tube, to apply it himself under his arms and groin. Finally, he'd put on his swim cap and goggles.

'Let's see if we make it to the finish line.'

'Do you doubt it?' Beatriz would reply.

Then Beatriz would leave Manuel barefoot at the wharf and walk briskly along the seafront promenade. She passed young mothers pushing strollers and the children of other participants running around and riding skateboards. She'd be waiting for Manuel at the finish line with his towel ready.

She'd stop occasionally on her way and try to locate her husband's asymmetric stroke. He lifted his left arm more than his right one, and always breathed on the same side. He swam *wharf style*, self-taught, ever since his father threw him overboard when he was five years old.

The whole family spent the rest of the race on the beach, standing on tiptoes and stretching their necks, each hoping to be the first to recognize Grandpa. Beatriz always saw him first. 'There!' she'd point. She'd squeeze Amaia's arm and cheer loudly for him, 'Go, Manuel!' even if he was out of hearing range. Amaia would shed a few tears when she saw her father step onto the sand – it reminded her of when the town's fishermen came ashore after long stretches at sea. Andoni would lift the little ones onto his shoulders so they could cheer for their grandfather above the onlookers standing there.

Beatriz always ran off ahead as soon as she saw Manuel cross the finish line at the inflatable archway. She'd wrap Manuel tightly in his towel, rub his back and whisper 'Shark!' into his ear. He'd nibble at her neck, his finisher medal dangling on his chest.

The swimmers' starting positions were organized in groups, based on the previous year's finishing times. As soon as the competitors hit their pace, they'd start separating from one another. Manuel had completed his previous race in the fourth group, the ones who wore white caps.

That year was the first time Beatriz missed the race, because it coincided with her mountaineering club's outing. So Amaia took her place and joined her father at breakfast. She woke up earlier than usual and decided to go for a stroll on the shore before meeting up with him. The ocean seemed to be asleep. The day was still airy and light. She walked the perimeter of the town and made it to the coffee shop before her father. She ordered breakfast and sat by the window to wait.

'There she is,' Manuel greeted her, approaching from behind. 'You're early.'

He placed his keys and phone on the table. He looked around. He tugged at the legs of his shorts before sitting down.

'I'll have the usual!'

He told Amaia he'd had a good night's sleep, 'like a rock. I don't need to prove anything to anyone.' Amaia felt the urge to straighten her father's eyebrows with her thumb, but she suppressed it, stirring the coffee with her teaspoon instead. Manuel looked out over his glasses and fixed his naked pupils on hers, 'Not that I wouldn't love the chance!'

Amaia made a nasal sound.

'Another year, huh?' a neighbor asked on his way into the coffee shop, holding an unlit cigar between his lips.

Manuel puffed out his chest and lowered his eyes.

'That's the plan!'

On their way out, Manuel asked the waiter to charge him for his neighbor's breakfast. He wouldn't let Amaia pay for breakfast. 'C'mon, c'mon,' he stopped her when she reached for her wallet.

As she was writing her father's race number on his arm, she caught the familiar smell of his cologne, but it was mixed with something else; she was taken aback when she realized it was the smell of old age. A sweet fragility. He'd used the same cologne since his military service days. Quorum. Holding the marker in her hand, Amaia remembered when he'd been promoted to corporal because he'd won the shot-put competition at the barracks. She felt self-conscious holding up her father's naked arm.

They went down the stairway that led out to the street and then the wharf. Amaia walked behind her father. She noticed that his stride listed right and the line of his strong shoulders leaned starboard. She looked away from him to the wharf.

This was the largest turnout yet. The wharf was packed with swimmers, like a net overflowing with sardines. Unaccustomed to the uproar, the skittish seagulls retreated to the roof of the ice factory. Amaia ran into a colleague from the laboratory under the observation tower. He tugged softly at her sleeve as she walked by, and Amaia couldn't hide her surprise seeing his chiseled body. He must be a registered swimmer, she figured, noticing his team's red and black racing trunks. Her eyes moved like hungry sparrows.

'How long does it take you?' Amaia asked, looking away toward the sea.

'The race you mean?' he laughed mischievously. 'I did the last one in forty minutes.'

Refusing to blush, she wished him luck and walked away, her top lip stuck into the grimace of a forced smile. She looked for her father's white head in the distance. She couldn't make him out amid all the naked skin. She climbed to a ledge of the stairway and looked out towards the Fishermen's Union building, by the pier.

'Have you seen my father?' She asked a retired fisherman who was walking among the participants. He pointed to the edge of the stairs.

Manuel had removed his t-shirt and was warming up, placing one of his hands on the opposite shoulder while rotating his arm like a propeller.

'Want me to rub on some Vaseline?'

Even twenty-five years later, her father's skin was still familiar to her. The back of his neck hadn't changed a bit since the times when as a kid she would climb up and jump from there into the water. The same neck that'd held her when she got tired hiking in the mountains; the neck that craned to shush her while he was working 'on his papers'.

Amaia noticed his dry, wrinkled throat when he took off his gold chain and placed it in the palm of her hand. He handed her his prescription glasses and she put them in the backpack along with his change of clothes.

'Ready?'

They had their photo taken at the wharf. 'Next year the two of us?' he challenged his daughter, throwing an arm around her shoulders. Amaia was perfectly accustomed to giving in to her father's expectations, but she liked the idea of racing alongside him, moving in synchronized strokes, side by side, even knowing that it was her brother, Andoni, and not her, who had inherited her parents' physical attributes. She wasn't a bad swimmer, though. She smiled and moved a half-step ahead of her father, trying to hide the scar on the side of his chest. Since his kidney had been removed, the area of the scar had gradually swollen, marring a once beautiful body.

'Let's see if I make it,' he said.

'We'll be there waiting for you.'

She took off toward the promenade and looked up at the sky. The wind had picked up at the start of the race and now the surface of the water was choppy. 'The weather is going to change,' her father had forecast at breakfast. Amaia had changed the subject, but that's what happened: the smooth mantle of dawn started to ripple; the waves dragged in by the wind from the open sea multiplied. Walking along the shoreline promenade, Amaia tried in vain to identify her father among hundreds of white swimming caps.

She met up with Andoni and the kids in front of the parish church. They could hear Michael Jackson's 'Beat It' and the announcer's booming voice from all the way over there. When they reached the pier, they saw that the swimmers from the first group had already finished and were showered, their ribcages pronounced, no apparent signs of exhaustion in their limbs. The yellow caps were finishing now, 'these are the swimmers two groups ahead of grandpa's,' Andoni explained to the children. The blue group had begun reaching shore now. Amaia checked her stopwatch, 53 minutes. Her father would need another five minutes at the least, she calculated; maybe even ten, taking into account the roughness of the sea.

Scattered here and there, the first swimmers from the white group could be seen on their way in. As they multiplied, Amaia's eyes scanned the water, left to right, like someone looking for spelling errors in a text. Almost ashore, the swimmers tried to catch waves to help propel them forward. You could see the exhaustion in some; the sea had put up a good fight.

'An hour and five,' she told her brother, who was smiling and surveying the beach with his arms crossed. They looked back out at the sea. 'And Grandpa?' her daughter asked. 'Is Grandpa going to come in last?'

She stroked her son's back. She cheered for a young man she knew from town and looked back out at the sea. Then she caught sight of him: her father's body emerging from the water. The clock showed an hour and eleven minutes. She called out: 'Way to go, *Aita*!' She swallowed a sob and picked up her youngest. The kids got all excited, and Andoni took a step backwards, applauding. Manuel lifted his hand and opened his eyes wide when he saw them.

'Barely made it,' he told Amaia when she opened the towel wide for him at the finish line. A puddle formed at his feet. He rubbed his face, put on his glasses and looked to the distance.

It was Andoni's idea to organize an alternative competition. 'We'll start from the wharf and swim all the way to the ramp, see who makes it first,' he proposed, tracing the length of the race with his finger. 'Amaia, you, and me. The Isasti family race.' He raised his chin and challenged his father and then his sister with the tip of his nose.

Beatriz placed her glass of rosé on the table and started to get up, 'I'll be the referee!'

Manuel gestured to his wife to sit down. With a mischievous smile in her eyes, she pretended to whistle, but didn't make a sound.

'Is there anyone in town who can embroider a commemorative *txapela* for the champion?' Beatriz asked.

Andoni searched on his phone, 'Here's one, Maria Jesús Lorenzo. Should I order one?'

They waited for Manuel's reaction.

'Wait a minute,' Beatriz said, knitting her brow and shaking her head. 'We need to make the law.'

'*Legeak*, no. You mean *arauak*, set the rules, Manuel corrected her.'

'Yes. *Arauak*. The distance from the wharf to the ramp is too short, *Aita* needs it to be longer to win. The length of the beach and back, at least twice.'

Manuel didn't say a word.

'Fine with me,' Amaia agreed. 'What's the length of the beach?'

'Around 650 yards,' Beatriz guessed.

Andoni clutched his head, 'I'll need to learn how to float!'

'So, learn!' said his mother. 'Another round?'

A week later, when the church bells toll eleven, they get undressed by the beach's lower wall. The prints of the seagulls' feet are still visible on the sand. It's drizzling. Beatriz takes a picture of the three bodies that share the same blood. Andoni is the tallest; he inherited his mother's complexion, characteristic of the northern provinces. Manuel and Amaia seem made from the same mold, two versions of the same body, barrel-chested and thin-hipped. Even their skin dries up in the same places. Behind them is the infinitude of the sea, a dark and boundless expanse.

Manuel dives into the water, his son and daughter follow behind, all the way to the starting ramp. Beatriz walks over, the grandchildren in tow. Amaia is flanked by her father on the left and brother on the right. Brother and sister take off as soon as Beatriz signals the start of the race, giving it their all, testing each other's strength, muscles tensing in old rivalries they weren't even aware of. Andoni was a foot and a half ahead of Amaia, but she's already resolved to beating him. This is the only sport she has an edge in. Manuel follows behind them.

Midway through the first lap, her brother switches from freestyle to backstroke, and Amaia senses him petering out. 'One down,' Manuel thinks to himself. Amaia is the first to reach the end of the beach. Manuel arrives a few yards behind with Andoni, who is exhausted. Amaia leads the race in the second and third stretches, feeling comfortable in her body, proud of the display nobody expected from her. But as she heads into the fourth and final stretch, her father catches up. Father and daughter now see each other's face with each new stroke, as if playing a mirroring game of peek-a-boo, because Amaia breathes on her right side and Manuel on his left.

Amaia can't help smiling every time she turns her head and sees her father. Like two pendulums in parallel, their rhythms gradually synchronize through the vibrations they send back and forth, underwater. Amaia knows that any two bodies placed in motion side by side tend to harmonize their movement over time. She thinks back on some of the issues she had with her father before she turned twenty-five. The yelling and the hurt.

Suddenly, she notices her father pressing on, accelerating, and by the time she realizes it, he's shot half a body length ahead of her. She tries to catch up, but Manuel takes it up a notch. He's out in front of Amaia now, kicking up foam with his feet. The son of a gun got away from her. Something swells in her chest, with the glimmer of promises that cannot be kept. She submerges her head and laughs. She reaches the finish line without losing her breath, and stretches her hand out to her father, still unable to define the meaning of that subtle and sweet tremor that fills her chest. ■

Translated from Basque by Nerea Lete.

AS IF YOU WANTED TO BREATHE

Karmele Jaio

The instructor will ask you to lie down, close your eyes and extend your neck, bringing your chin forward and down to your chest so that the cervical spine gets a good stretch. Then she'll tell you to feel the weight of your rib cage, your iliac bones, your tailbone … and take a deep breath.

'Breathe in for four seconds, out for six.'

She'll tell you to visualize your pelvis, feel its weight on the mat, then bend your knees and plant the soles of your feet firmly on the floor.

'Breathe in for four, out for six. Connect your pelvis to the floor.'

You know exactly how Pilates class will begin and end. Your teacher always follows the same script: you start lying down, becoming aware of your body parts one by one. Slowly, as you breathe, you'll tighten your abdominal muscles and activate your pelvic floor. Next, you'll begin working on all the joints and stabilizing muscles in your body, sometimes lying down, sometimes standing up. First, you'll work on your upper body: neck, shoulders, arms, biceps, triceps, chest, your back, vertebra by vertebra … Then the lower muscles and bones: hips, abductors, ischiotibials, calves … You always end class with hypopressive exercises, two twenty-second sets.

In the last few minutes of class, she asks you to stand and look in the mirror with your hand on your belly. Take three breaths, inhale and exhale, and on the last breath, expel all the air from your lungs and remain in a state of apnea, empty, holding your breath. Then you'll open your rib cage as if you wanted to breathe, but without taking a breath, which will make your abdomen sink, forming an empty space in your belly. You have to stay in that position for twenty seconds, belly sunken, insides empty, holding your breath.

'Twenty, nineteen, eighteen ...'

As she counts the seconds, the instructor runs her hand over your sunken bellies one by one.

'Do you feel the emptiness?'

As in Pilates class, you could tell from the start what would happen to you with him, but it's reasonable to imagine that not everything has to follow a script, that sometimes life gives us surprises, some of them extraordinary. You were justified in thinking you could change the direction of his boring, methodical, unsurprising life with his wife and children.

He taught molecular biology and you taught mathematics, you met at the university ten years ago, which can be a long time or a short time, depending on your age when you start. You were in your prime: you had just turned 33, had a stellar resumé and hopes of becoming chair one day. Plus, your body was still tight, breasts firm, stomach flat. You were as fresh as the girls in your Pilates class who wore leggings so tight they revealed every last crease of their bodies.

Academically, he had no particular aspirations beyond continuing to teach, beyond holding onto the lectern from which he showed off his oratorical charms. And in his personal life, with two small children at home, the marriage bed had started smelling of baby cologne and talcum powder: a silent catastrophe for couples, a dangerous shifting of the earth, when they begin to call each other *mommy* and *daddy*.

You were introduced to each other in the campus cafeteria and fell in love. You fell in love with his deep, dark gaze that made you feel important. He was captivated by you. At that time, he probably needed a bed free of a breastfeeding mother. Something biologically more exciting.

You lost a lot of weight at the beginning. You lived off your trysts, first in his office, late, when the campus was nearly deserted, then in his car, in a hotel ... You left the rented apartment you shared with friends and, after struggling to get a mortgage on your own, bought the loft apartment that became your love nest. The place was always ready for his arrival: you never fully let yourself go, you didn't take off your make-up until late, you never wore old pajamas around the house because he could call or show up without a moment's notice. *I told them at home I had a work dinner. I'll be there in fifteen minutes.* He never even asked if you had other plans. He knew you would always be waiting for him.

The instructor reminds you to open your rib cage wide and keep your navel drawn in.

'Seventeen, sixteen …'

You'd spend the entire day waiting for the moment you'd be together, you thought about nothing else. While correcting mathematical analysis and algebra exams, you'd be thinking about whether you should change the sheets for your next encounter, or buy some sexy new lingerie since he was already acquainted with everything in your wardrobe. You felt obliged to constantly surprise him.

He'd get misty-eyed at the sight of your naked breasts. *I love your tits*, he'd say, holding them in both hands, squishing them together and up at the same time, as if gathering a bouquet of roses to bury his nose in. It turned you on to see how aroused he was, you never detached, you were always alert to the state of his desire. The urgency of his desire was your greatest satisfaction. What most drew you to him was his ability to make you feel vital.

He was enraptured by your body. How couldn't he be? You look at photos from back then, taken on the beach in Menorca, and your figure was truly stunning, its decline yet to begin. You were always a hit with men. More so than with women.

At times, especially in the summer, you'd get to feeling lonely since you couldn't see each other during vacations. You'd think about meeting up with a friend, but after not calling anyone all winter, it wasn't easy to pick up relationships again. Besides, as you were once told by Begoña, your colleague at the university with whom you shared an office and the only woman you were somewhat close to, you're too beautiful to have true girlfriends. It's easier to have real friends when you can laugh together about your cellulite or your belly or the fact that men pay no attention to you. *Screw them! We've got each other.*' But when men do pay a lot of attention, as they always have to you, it's not easy to find mutual understanding among female friends. So, summers these last few years have been pretty lonely. You went off to Menorca to sunbathe and take selfies to show him when you got back.

'Fifteen, fourteen …'

Now it'll surely be easier for you to find friends. Looking in the mirror and holding your breath, you don't even recognize yourself. Your body is changing. You're starting to look like a woman who meets a friend for tea. You look more and more like your mother. You're getting bat wings on your arms, your breasts are no longer firm, your knees betray your age. And those veins on your hands. Hands never lie. You're twice the age of the girls in your class. You can't stop looking at them: the band of her thong shows through one girl's thin leggings. You're examining her body, part by part, imagining her naked. You too had an ass like that back in the day, but at that time you couldn't show it off like the girls do now. Your sweaters were all stretched out from pulling them down so many times to cover it up.

You miss the firmness of your body and your skin, but also regret not having enjoyed sex more freely. Regret, because now is when you really know your body, what you like and don't like in sex, and now, at last, you're willing to think about your own pleasure, and not only about satisfying the other person. You feel like you've learned everything too late in life.

Before you had your first relationships, back when you were young, the world made it clear to you that sex was about pleasure for the other person, it was a space in which your role was limited to saying yes or no. To consent or not. And never to allow your instincts to take over; you always had to be on alert. In fact, as you also learned at a young age, sex could become dangerous, it could turn on you, you could get hurt, they could come inside you … And that anxiety has stayed with you forever, even when there's no risk. It's not easy to play freely with a penis when centuries of history whisper into your ear that at any moment, it could turn into a knife.

'Thirteen, twelve …'

Most of the girls in class wear tops that show their navels. They parade their bodies around like trophies. They must surely experience sex differently now. You imagine them stroking their clitorises, alone in the bathroom, pleasuring themselves without guilt. They're freer in that way. But at the same time, you feel sorry for them, because their bodies are constantly on display in such a sexual and provocative way. You see it every day in class with your students. They all accentuate their breasts, their asses, as if not doing so would turn them invisible. They all wear make-up and straighten their hair; they have to wake up ridiculously early to get ready for class.

You've often imagined him observing his students; no, not observing them: looking at their asses, breasts, navels, the point where their thighs meet … Seeing parts of women and imagining possessing them. Seeking out younger breasts between which to plant his flag of conquest.

That way of looking at women part by part, as if the parts didn't belong to a human whole … He surely did this with his students, but you're doing it yourself now too, probably inspired by all those images of women offering up their body parts in ad campaigns like the ones at bus stops: everywhere you look, women are offering themselves up as empty vessels for someone to fill, lips slightly parted, ready to take anything in. Or maybe it's because of music videos, with nipples moving to the beat through wet t-shirts, vaginas whose labia are clearly outlined in tight pants, buttocks like setting suns under shorts ... How could even you not see women like this if you're constantly assailed by female body parts everywhere you go? Like in the chart of beef cuts on the wall at the butcher's you used to go to with your mother as a child: sirloin, rump, chop, shank, brisket, ribs ... You held tight to your mother's hand because you were terrified of those dismembered bodies hanging in the window, skinned rabbits on hooks ...

You touch your belly, it's sunken. You contract all your internal organs while you hold your breath. The instructor reminds you to keep your pelvic floor muscles and abs activated. With this exercise, you're strengthening your deep abdominals, obliques and transverse abdominis, as well as the muscles of the perineum, vagina, bladder, anus and rectum ... All those body parts.

Keep going, it'll be worth it, you're almost done.

'Eleven, ten ...'

You look at yourself in the mirror. It's hard to make out your curves under that loose t-shirt, and those leggings aren't doing you any favors. They weren't made with your body in mind. No one thinks about your body, your golden ass, as he called it when he put his hands in the back pockets of your jeans. He used to say you had an ass worthy of a Levi's ad. Now you think he might have seen you in parts as well, made up of parts rather than as a whole, even though you always thought he was in love with your mind, your brilliance, the way you talk and laugh, not to mention your beauty ... In the last few months, he liked it more and more when you turned over and he took you from behind. Maybe it was more exciting to see just your ass, no face: an ass that was no one's, an ass that could be anyone's.

An ass like your Pilates classmates'.

And why don't you look at men like that, in parts, the way you're looking at the girls? You've never done that, carved up a man into his parts, you don't even remember your ex-partners' penises very well. Men for you have always been a whole, body and mind, skin and speech. All their elements are united, well secured, like those bottles of bath gel that sell at two for the price of one, wrapped together in plastic, not sold separately. They can't be desired in parts. You've always liked men's chests, though not separate from their body and character but as a gateway to intimacy.

It's getting harder and harder for you to hold your breath.

'Nine, eight …'

You're starting to suffocate. You can't breathe, just as you couldn't so many times when you began to suspect that for him, you were a land already conquered, you turned him on less and less, and he surely desired another woman or other women. Because after two years, or rather two academic years of seeing each other often, every two or three days, your meetings began to get farther and farther apart. He needed you less and less, but not so little as to abandon you altogether. There were stages. After the holidays, for example, he would return enthusiastically. He sought your body so urgently he didn't even notice the changes you had made in the apartment. He sought sex so blindly that he didn't see that you had placed your photo from Menorca on the bookshelf so he could admire how beautiful and tanned you were and ask you about your summer. Then your encounters would spread out again: once every ten days, once every two weeks … And you, waiting. Always waiting. And so it went for almost ten years, ten academic years, ten summers.

Too long without taking a breath.

You lived through that time feeling suffocated, claustrophobic, feeling like you existed for another person, without existing for yourself. While he was living two lives, one with his family, the other with you, you had just the one, which took place during those short trysts. The rest was waiting. And now you're surprised by your capacity to endure for so long without ever asking for anything, only giving.

If you added up all the hours you spent together over the years, what would those ten years be? Two years? Just one? Do you dare to solve that equation? You would be together for an hour, an hour and a half at the most, as long as a Pilates class. But you stretched those hours out in your imagination by remembering them over the next few days, expanding your meetings into infinity. And what if you added up all the hours you've thought about him? What would the result be? Eight years? Nine? When he left, even hours later, you would tuck your nose under your shirt to smell the smell he left on your body. After you had been together, you repeated your conversations in your memory over and over again, what he said to you, what you said to him. Would he remember everything during the day? Sometimes you suspected that you only existed for him when you were together. At that moment only.

And the dissatisfaction that this wrought in you, instead of driving you away from him, only entrapped you more in your need for him to desire you passionately.

'Seven, six …'

With time, you got used to seeing him put on his socks right after making love: he had to get back home quickly, or he had to correct exams, or it was his little daughter's birthday … You were afraid that visiting your loft was like going to the gym for him, on the agenda for Tuesdays and Thursdays, predictable, unsurprising and utterly without intrigue.

At one point you thought you should break up with him, you should escape that partial existence once and for all, that life of dependence, that relationship you clung to in your solitude. You should meet new people, be with friends, think about the future, make plans without always waiting for his call. But it was hopeless, you didn't have the courage to take the first step. You needed his eyes on you, you needed to feel him desire you. He became a kind of drug, even though the doses he allotted you became ever smaller and smaller.

You endured. You held onto your hope that one day he would want to share your loft with you, go on holiday with you, pose with you in Menorca. You hoped for less and less.

'Five, four … Keep going, you're almost there.'

You look at the flat stomachs of the girls in class, drawn in now, their ribs jutting out like balconies. You imagine their refrigerators. Turkey breast, salad, yoghurts. So many sacrifices to have the perfect body. Who will get to see it naked?

You remember how much he liked to sit on the sofa and watch you do a striptease. Once you were totally naked, he liked you to lean over him and undress him, slowly. First his shirt, then his pants … While you were taking his clothes off, you stroked his entire body, arriving finally at his penis. You took it into your mouth first, to get it wet, and then into your vagina. You mounted him where he sat, while he licked your nipples, held them in his hands like coins, as if he were counting the money from an unexpected inheritance.

From you, he received desire, sex, attention, care, admiration, the wetness of your bodily orifices. While you sunk into a black hole, placed in front of your books the photo of Menorca he never noticed. For a long time, you failed to see the obvious. These last few years, you've lived off of nothing but the crumbs he offered. And he made you feel smaller and smaller.

Your scientific articles, the theses you directed, the categorical steps you were taking toward the chair ... He never asked you about any of it. He colonized you from within, penetrated you, and suddenly your impressive teacher's voice, so appreciated and respected by your students, became as light as the sound of a flute, background music for your body's sensual dances and your shaved pubis.

'Three ...'

It all came to an end two months ago. Apparently, he just couldn't go on hurting his wife like this. He said he wanted a normal life. After ten years, ten academic years, ten summers.

Two weeks later, you saw him with a young girl, having a drink at the university café. One of his students.

Since then, you can't help but imagine that all the girls from Pilates are his new lover. You can't get it out of your mind, and that's why you look so closely at their firm breasts and asses, their flat stomachs. His eyes watch them through you.

You imagine them naked, sitting on the bed in front of him, long hair covering one breast, laughing at his jokes, his games, and admiring him, he's so wise, so attractive, so funny.

So whole.

Like bath gel in a pack, two for the price of one. Inseparable.

A whole man, before a girl made up of parts.

'Two, one, zero.'

You expel a breath of emptiness to gulp in air at the end of the countdown.

Your kidneys, large intestine, small intestine, stomach, liver, diaphragm, all settle back into place.

You and your parts breathe again.

And now you'll rest a minute before starting the second set of hypopressive exercises. Again, the instructor will count the seconds, she'll run her hand over your sunken bellies, and ask you once more:

'Do you feel the emptiness?' ■

Translated from Basque by Kristin Addis.

ONE BAR REST (THE RHYTHMS OF WAITING)

Gonzalo Hidalgo Bayal

It's hard to believe it's closing for good and that all hope ends today, but it's not a question of faith: it's closing for good, then it'll be demolished, and God only knows, after the demolition, what monstrosity will be raised up on the ruins. Anyway, whatever might happen, none of it will have anything to do with us. And so, by way of a goodbye, I can tell you how I ended up occupying this table every evening for so many years. It's a simple, linear story, though the opposite might appear true, given that I'm inclined towards the sentimental rhetoric in which I was schooled, and because today is still a day well-suited to melancholy, and of an insipid kind, without the least trace of drama. There was a crucial and unexpected telephone call, and we agreed to meet right here the following day, at seven. We'd been to the café on several occasions some months earlier, in benevolent times, though without ever attaining the status of regulars (I even said I'd been coming frequently, though that was not entirely certain), but often enough to maintain the habit and not need to improvise another setting. I was horribly on edge, because I set such great hope by the meeting. It wasn't the least bit difficult to persuade myself (and such simple credulity really ought to have aroused some suspicion) that our differences would be resolved, that, after so much uncertainty and so many discouragements, life would smile on me, and the fates would be well-disposed towards me at last. And so, in order not to have to deal with my own impatience, I showed up here the following day well before seven, asked for a glass of beer because it was scorching hot and kept myself entertained (the word entertained is misleading: please understand it in its most literal, instrumental sense) leafing through that morning's newspaper, a mess of a copy covered in stains, which any number of customers' eyes had already surveyed, and which had paid its tribute to those varied comings and goings, as all the day's consumptions, the coffee, churros, wine, beer, soft drinks and spirits, had left their trace on every page, the sports and the puzzle sections most intensely. None of that bothered me. I even took some pleasure in shuffling through the pages, not because of the paper's sedimentary grime, of course, nor, even less so, because of the strictly journalistic content, always so superfluous and quarrelsome (I barely read more than the headlines, paying little attention, succumbing only to the visual inertia), but because there were fewer and fewer minutes left till seven, and maybe things were about to get straightened out once and for all. It must be true, then, like the old moralists say, that happiness resides in hope and that, consequently, when you have real hope, the forty degrees on the thermometer and the thick filth of the press don't matter at all. I think, in fact, that the reverse unpunctuality that always made me show up so far in advance might not be due to good manners or courtesy, or to the syndrome of a traveller who once missed a train, but to the intention – unknown, I presume, and unconscious – of giving hope a brief respite and a cause for discreet celebration.

The first disappointment wasn't long in coming: I'd say it showed up no sooner than I had got through the extra half hour by which I had arrived early to the meeting, whether out of nerves, out of caution, or weakness of character. I may have retained my serenity just a few minutes longer, but not many, the minutes that correspond to the meagre, the stingy courtesy of imponderables: a last-minute mishap, a slowness of elevators, a conspiring of traffic lights. The café had never been especially tumultuous, at least not at that time of the evening, although people did trickle in and out with intermittent regularity. Hence, I had to look doubly: whenever the door opened, and whenever I felt pressed by concern. Every moment, then. That's why I moved to occupy this specific table as soon as it was free, to avoid having to turn my head constantly, as if watching a tennis match only half a court of which interested me. I thus exchanged a sidelong and periscopic glance for a wide-angle view, which made the looking considerably easier, it's true, because now all I needed was to raise my eyes from the paper, but for that very reason, it also increased the diminishing tempo of despair. In the meantime, to mollify my concern, and giving the impression of a serenity I did not have,

I leafed through the newspaper once again, now from back to front starting with the last page, distractedly, the TV schedule, affairs of the heart, sports, culture, the economy, with the irrevocable indifference of one who accepts and serves the judicial sentence of a waiting period, whose hope is beginning to totter, and who, on ascertaining that somebody had solved the puzzles with clumsy diligence, sought to relieve himself of the torment (frivolously, it's true) by filling the empty squares of the crossword and drawing obnoxious circles over the incorrect numbers on the sudoku. And in order to endure the restlessness and the heat, I also asked for another beer. I still remember that first waiter, a young chap with quiff and moustache, cheerful and shameless, who scowled when he saw me changing places. In this way, impatiently dividing my time up between door, beer and sudoku, seven-thirty came around and then eight came around as the hours on the clock always must: slow, impassive, empty and inexorable.

I will not linger on the details of the time, or bother to recreate the sorrow with which I endured those minutes, the eternal slowness of the second hand, to eight-thirty, to nine, or even to nine-thirty, which was when I gave up (and note that breaking time up into half-hour periods when every minute counts, challenges all the obstacles of infinitesimally small calculation). In truth, I couldn't have explained in detail how my spirits were changing, the successive occurrence, first in crescendo, the disappointment, the annoyance, the irritation, the anger, the rage, the fury (it seems impossible not to resort to the cliché of dominos in their unstoppable progression), and then, decreasing now, the patience, the resignation, the meekness, the sorrow, and the final, submissive, devastated capitulation, or, even less, how each change unsettled my thoughts in a way that was unreasonably twisted and disturbed. What I can actually recall, however, is that between the fury and the patience there was an empty space for remorse: because I was assailed by the fear that the delay might turn into a no-show, and perhaps not a deliberate one, but rather the result of some malign misfortune, a mugging, a car accident, a medical emergency, in which case much of my wild raging would have been proved unfair, unfounded and foolish. But later, as my spirits took refuge in meekness, after so much waiting, when the no-show allowed no excuses nor nuances, and with my mind, no doubt, rather cloudy and dull, and because we often insist on conceding all mitigating circumstances to our opponent, whatever the characteristics of their setbacks, it occurred to me that everything might simply be a mistake of precision on my part, that perhaps we hadn't fixed on seven, but rather on six (it wouldn't be the first time minor alliterations or delusional assonances had prompted some confusion in me), and that, adding impatience atop hope, maybe I myself had muddled the times, in which case my arrival at the meeting wouldn't have been early, but late. If that was so, if I had, indeed, definitely arrived late, it would be reasonable to assume that the person I was waiting for, with less patience for waiting than I have, and absolutely no need for hope, might have thought I was reneging on our agreement and departed from the café in a bad mood, perhaps also with some bitterness. The mere possibility of this misunderstanding filled me with distress. Because if this altogether categorical dénouement were correct, there was nothing I could do to remedy it. And in this way, sliding from one thought to another, I knew that what I was really doing was imagining an alibi, justifying the absence, or, rather, perpetuating the deception by stretching out the hope, while prolonging, additionally, the periods of frustration. I did everything I could to avoid the term *being stood up*, I forbade myself from summoning up its abstract morphology and I circled around it restlessly, because the mere mental representation degraded the dignity of my waiting and reduced it to the ridiculous burlesque of a sainete farce. It's bad enough to be deceived, but even worse when the deception is a grotesque comedy, even if the audience is reduced to that single moustached chap with his enduring expression of mockery. The events that followed (if you can refer to nothing happening as an event) observed no other method than disorientation, and so I am unable to specify how or how much or why I took on so quickly and almost gladly a path of stubbornness, of indifference, of relapse.

It is in the nature of human thought to try to comprehend the incomprehensible and match reality to one's desires. Which is why, in the small hours of the morning, in the confusion of insomnia, I thought it wasn't the time I had got wrong, but the day, that we hadn't agreed on tomorrow but (said with the colloquial casualness that is natural in speech) the day after, and then I spent the whole day monitoring the phone (one of those rotary devices whose numbers Hollywood secretaries used to dial with a pencil), waiting for a call of confirmation, or correction, of reproach, whatever, so long as it did happen, and since it did not, I returned here in the afternoon, as early as could be, I occupied this same table, drank beer and leafed through the paper. You would be right if you thought that nothing had been altered, that the afternoon was being reproduced identically and monotonously: it was hot, people came in and out, the waiter smiled mockingly, the crossword had blank squares and the sudoku was equally messy, full of crossings-out. There was no need for time to wield its own obstinacy, with nothing happening that was new or changed, for me to recognise that trying to repeat the offense had been folly on my part, and that there was nothing to wait for. But, like somebody who finds themselves in that ambiguous trance that slides between waiting and hoping, on the one hand, and hopelessness and despair on the other, I would never stop looking for variations in the syllogism, and it also occurs to me now that some other glitch might have occurred, which I knew neither how to anticipate nor to deduce. I spent ages devising conjectures, and, unable to encounter any plausible contretemps, I ended up surrendering to the facts. These were the last well-intentioned concessions I used to distract my waiting, because, lost in the labyrinth, I moved on from conjectures to fatuity and from fatuity to malice. Being stood-up had become indisputable (the term still bothers me after all these years): I just needed to ascertain why. It could not be a joke, I reasoned, because jokes require some expectation, whoever is pulling the prank needs to enjoy it, and is obliged to show up before or afterwards to laugh at the event, and this part of the performance had not happened. Mockery would be a different matter, since while it does similarly require some expectation, it can be enjoyed cold-bloodedly and in hiding. I regretted having restricted myself on the first day to monitoring only the main door and, blinded by the simulacra of fury and anger, not having had the clear-sightedness to watch beyond it, and who knows if, upon the success of the stratagem, I might have discovered a smile that was not the waiter's. And this was the thought that led me, as is commonly said, to drain the chalice of waiting down to the dregs, and just as a romantic hero completely and knowingly drinks down the draught with which he is being poisoned, thus I too decided to demonstrate my own heroic condition indefinitely and consume three daily cups of humiliation on the now empty former stage.

It was a firm moral resolution. I was no longer expecting anything, naturally, or I didn't know what I could expect, but, in spite of all good sense, I pledged to prolong my presence in the café come hell or high water. They say the killer always returns to the scene of his crime, and I don't know whether that is a police certainty or a narrative device, but only by applying variations of this maxim am I able to explain, with some reason, what it was that made me keep coming back here every day, occupying this same table with the Biblical patience of a contemporary Job forsaken by men and punished by the gods. The killer might return to the scene of the crime, I thought, but the victim never leaves it: and it's the victim's permanent presence that attracts the killer. I was now sure there would never be any meeting, but my obstinacy had grown more forceful than any meeting. Yes, if whoever had summoned me, once the specified time was up, should take it upon themselves to look in through the window (after all, if I myself had presumed to come regularly, they might well keep on coming, too), whether out of curiosity or spite, they would find me still here waiting, like a severe and inflexible judge, sitting before a glass of beer and with the day's paper dismantled on the table. My daily presence at the scene of the crime would be the most eloquent song of victory. It was now, though, quite a different sort of waiting, entirely devoid of any hoping, or rather with sights set on a form of hope that is harmful and pernicious, made up of dread and worry, a fear that events might corroborate the worst-case scenario and a simultaneous wish that they might indeed end up corroborating it (I have no qualms about admitting that the confirmation of another's wickedness can ultimately be a great consolation). I think I would have felt an irrepressible disappointment, a true sense of pity and an immense satisfaction, all at once, had I seen appearing through the door, the person who days earlier, for whatever reason, had decided not to or been unable to or hadn't wanted to show up in the first place. No one did show up, naturally, on any of those days (or at least I was unable to confirm their appearance), nor on any of the days that followed when I went on taking refuge at the same table, lying in wait, behind my beer and my paper. And what with its being more a matter of confirming a theory than awaiting a favourable wind, it didn't take me long to notice that time was slipping gently away, without any shocks or sorrows. The storm gradually abated, feelings lost their force, the crime was tempered, autumn came, and the evenings began imposing their mild weather, their calm and their monotony.

I then discovered the welcome feeling of relief that I gained from spending a couple of hours each afternoon sitting here, leafing through the paper, completing the crossword, finishing the sudoku, solving the rebus (my greatest skill, as you know) and then returning home, mission accomplished, my daily obligation to a comfortable and agreeable inertia, free of troubles. And that was how what was first hope, then later disappointment, and finally experiment, was transformed into habit and solace. The little lad with the moustache tempered the smugness of his smile and started kindly reserving me the spot and paper and confiding to me the day's more colourful anecdotes. Occasionally, some other customer would join the conversation from another table, and we would end up having cheerful debates and impassioned gatherings. Then came the long winter evenings, when people withdraw early, the streets are left empty and a dull, dreary, half-light can be made out in the bars, and the café owner himself would sit with me, offering me one on the house (I was acting as bait for passers-by, he said) and we'd go over the general inclination of the world or the great troubles of the human race. Maybe I'm giving the impression that my words still bear the traces of a former sadness, some complaint about the inadequacies that fate has in store for us, or the traps it sets for us, and I shan't say there's no truth in that, but it wouldn't be present in what I tell, but in how I tell it. In my youth, I experienced a long twilight apprenticeship which, nonetheless, doesn't counter the evidence that the reverse of things can indicate the true direction in the end. Perhaps we don't notice at first, because what we find when we aren't looking for it never generates much excitement. That wasn't the case here. Those two or three hours quickly became the best part of my day. I would spend the mornings and especially the early hours of the afternoon waiting for the time when I would sit at the table that everybody now respected as if it were specially predestined for me. When I arrived late, every other table might be occupied, save this one. Either that or the boy with the moustache would very authoritatively shift the outsiders who were unfamiliar with the ritual. These, since then, have been my winter quarters.

In time, because the years go by with the same inexorable fatalism as the hours on a clock, the lad with the moustache took flight and the owner, upon retiring, sold the business on: with me in it, he would joke, because I was a part of the furniture and the annals of the place. The new owner, an expansive young man, ran the place for seven years, but ended up selling it on again and heading for Australia in pursuit of a beautiful young woman who came in one day for a coffee. I could tell you the whole story with a wealth of details, because I followed every chapter: the bold young woman who found her destiny in Australia and the man who decided to drop everything and go after her. The gods weave strange intrigues, as you can see, though their compass does tend to ignore the southern route. I hope he finds her. Slow, ill-fated years went by, waiters and waitresses in the endless wheel of fortune that accompanies their trade. There were new sales and new owners, and all of them, waiters and owners, received me pleasantly and often even shared their confidences. They came in time to see me as a relic of a distant, extinct age, because I'd survived every change, and they asked me how long I'd been occupying this table every afternoon, how my routine had begun and to what I owed such perseverance. To the first, I replied precisely, because I've never forgotten the date of that first afternoon, but as to the others, I preferred not to reply or to say that it was a long story, a simple one, with no plot and of no interest, an empty story, a mere appendix to silence. In reality, I was ashamed to admit that at first, I'd come only to wait, that later I'd wanted to verify the iniquity, that finally I'd gotten bored and ended up embracing the endless daily wait as a routine. I tell it to you now because it's all ending and nothing will be left after the demolition. What I will not tell you is for whom I was waiting so insistently at the start. And it's not out of modesty (it's got nothing to do with what you're imagining) or because it lacks meaning, but rather out of loyalty, because the person who desecrated the stage with dark arts cannot have a place now, in the final testimony. ■

Translated from Spanish by Daniel Hahn.

THREE STORIES FROM HISTORY

Xuan Bello

The Story of Ferradielu

There isn't, there's never been, a society in which there aren't both friends and enemies. Culture enables friends and enemies to coexist, while detesting each other pacifically. If the animosity gets out of hand, in comes the law, and a judge will act to protect the damaged party. But who hasn't had a rival, someone you've had in your cross hairs, secretly or publicly? A good friend of mine once said that not even in the peacefulness of a monastery, is a person free of duplicity's accusatorial finger.

Imagine a village in the 1950's, in Bierzo, León. It's a mountain town, difficult to access, and people had begun to migrate to the cities, until all that remained of the population were two lone inhabitants. My father told me that Ferradillo – its real name was Ferradielu – had been a prosperous town, until people started moving to Ponferrada, León, Gijón, Madrid or Barcelona. The only ones left in the end were two old bachelors, let's call them Macario and Vicente, and each one lived alone in his own house. They weren't on speaking terms, because they hated each other viciously. Their feud was longstanding, and the only governing law was silence. Macario had been on the Nationalist side, and Vicente, the Republican one. Macario owned land that bordered Vicente's property, and going way back, their grandfathers had already been locked in a feud over a well they shared. Both Macario and Vicente had courted the same woman in their youth, and the young girl had preferred or had been given no other choice than to become a nun.

They ran into each other only rarely; when one was out gathering firewood, the other was tending to his vegetable garden or livestock. They kept tabs on each other by way of the chimney smoke and never, ever, in twenty years, did they exchange a word that wasn't a bad one, hissed with ill intent and from a prudent distance.

On a winter's day in 1970, Vicente noticed that there was no smoke coming from his enemy Macario's chimney. The frost had turned the earth to stone, and a layer of white covered even the farthest corner of the village. It started snowing again, a heavy snow, and Vicente, just outside of the kitchen, began reflecting on his life while listening to the tic toc of the clock, the only sound that had accompanied him for so many years now.

'That's all I need, for that bastard Macario to up and die on me,' he mumbled.

He looked out the window: a palm of snow had already fallen, and before long, the paths were going to be inaccessible.

'Macario,' he hollered. 'Macario.'

There was no answer, only the deaf eco of his own voice. Vicente entered the house through the window, since the door was locked, and it didn't take long for him to find Macario sitting on the bench in the kitchen. There was a plate of half-eaten bacon on the table and a bottle of wine. It smelled of cold, chamois and soot. In that moment, Vicente learned that cold smelled of loneliness.

He looked like he was asleep. Vicente shouted 'Macario!' and grabbed him by the shoulders, trying to rouse him, but Macario fell like a sack onto the bench. He was dead.

'If he'd a been alive, I'd a killed him, that's how ticked off I was,' he said.

He served himself a glass of wine, eying the heavy, inert lump. He had no idea why, but he felt a kind of ache similar to what he'd felt in the fiestas of San Bartolomé, when she had rejected him. He lit the stove hurriedly and continued taking slow sips of wine. Last spring, he'd turned 75, and he and Macario, the same age, had been tangled in their feud since they were kids. I know what Vicente thought, because he told me himself in a tavern in Ponferrada, a few years after the fact.

'*L'home morriera ya que iba facer you. En Ferradielu os de Ferradielu, chamamos asina a Ferradillo.*' The man died in Farradielu, which is what people from Ferradielu call Ferradillo. What was he supposed to do? For however much they didn't get along, you bury the dead in hallowed ground.

Vicente dug a grave in the cemetery beside Macario's parents and siblings, and laid him to rest there. He placed a wooden cross on top of the grave and carved the date of his death into it with a knife. He also buried a bottle of cherry orujo beside him.

'In case you get cold,' he said.

The snow only began melting in March. And so it wasn't until March that Vicente went to the church in Ferradielu, took the image of San Bartolomé, put it in his sack and left for Flores del Sil, near Ponferrada, where he had some family.

'*You, ¿qué facía you en Ferradielu sin naide a quien protestar? ¿Ya cómo iba deixar el santu solu col alma prí andando de Macario*?' What was Vicente going to do in Ferradielu with nobody to lock horns with? And he couldn't just leave the saint there all alone, with Macario's soul on the prowl.

Were you afraid he'd speak ill of you?

Vicente looked at me like I was completely oblivious.

'*Si nun falóu en vida tampouco falará muortu*, right? Believe you me,' Vicente said, mixing languages, 'he had more reason to bite his tongue than to open his mouth. *Eso dígotelo you, que sei de lo que falo …*'

A Baker's Tale

In a handful of optimistic verses through which he transformed his Christian faith into rhythm and poetry, John Donne told death it might as well come down a notch, because someday, we will all watch it die. Centuries earlier, and from a different religious perspective, Al Mutanabbi said the same thing: 'Death, my death does not fear, it fears its own. If a viper should bite me, my own poison would kill it.'

I don't have that kind of self-confidence, to tell the truth; but Juanjo Teberga, a family friend, the kind of friend who is always welcome, whose presence in my home is always a joy, once told me the tale of a baker in Las Veigas, in Teberga, who died last week. Juanjo said the baker was 82 years old, and that death departed comes for us all, a few years earlier, a few years later. He tells me the story as he's telling me others. He's shooting a short documentary on hay harvesting, and describes things I can more or less remember from when I was a boy. How the reapers *clavuñaban*, sharpened, their scythes, how they prepared for reaping, how they used *garabatos* or *angazos* to arrange the cut hay into symmetrical *marallos*. Then, following the birth of a new perspective between land and sky – now that the tall grass lay spread across the field, and the birds were hawking insects – it was time to pick up the rake and the pitchfork, to *esparder* and turn the grass. My great-grandfather, Lulo, I tell him, said it's in the rake where grass turns to hay, when it's being turned, and the more you spread and turn it, the better the quality. And what's best was when the grass would coil around the tips of the pitchfork. At dusk, if it looked like it was going to rain, the hay had to be heaped into stacks, called *burros*, or *borregos,* in Spanish, or *cucaxos* in Asturian, so it wouldn't be ruined. If the sun came out the following day, it had to be turned again with the rake, hurriedly, if there were clouds on the horizon, until the green turned to gold.

The medieval alchemists tried somewhat in vain to find a formula to transform matter into gold. Somewhat, because they were never successful, but a great deal of their failure helped lay down the foundations of modern chemistry. Perhaps it was a reflection of what they saw the peasants doing between June and July, transforming the green grass into aromatic gold. They rejoiced when the hay was finally taken to the loft, the *parreiru*; how many dreams were left fermenting there? Bosch portrays it very well in 'The Haywain Triptych' in the Prado Museum. As the Dutch proverb goes: 'All the world is a haystack, and each man plucks from it what he can.'

As long as we have to consume something, better that it be a dose of joy. A good habit, I think, would be not taking note at the end of the day of the bitterness, the iniquities suffered, the intemperate affronts of life, but instead of the good things we've experienced, however humble. That song you heard on the radio, the smile of the supermarket cashier, your friend's hand placed on your shoulder in understanding and support. They aren't things that will change the world, but blade by blade you build a heap of joy that helps sustain you.

Juanjo and I were talking about these things with a glass of wine and a tapa of sausage. That's when he told me about Luis, the baker from Las Veigas, who used to bake good bread. He died at 82, and his family and the entire *concechu* are in despair. Juanjo explained:

'He was nearly seven feet tall, big as a castle, like an oak nobody thought death could take. He was always helping others. Whenever they organized the bicycle race to Teberga, called the Ruta Vaqueira, he would be the one serving *bollos preñaos*, sandwiches, everything for free. To watch him pick up the sacks with a single hand, what a sight. How much could they weigh? He was always there, singing a song.'

The baker of Teberga liked to sing for Luis Aguilé, Francisco, Raphael ... He sang nicely, but usually only the chorus, as if wanting to summarize the passion. At the bar, he'd get everyone's attention and then start belting out a song.

'Right then, I'm off,' he'd say to his cronies, and bid farewell and till next time.

Juanjo's eyes twinkle with sentiment and he continues:

He was always singing, always. And know what his final act was? He was already frail, death was imminent, and the doctor told him they were going to sedate him. With a feeble string of a voice, he told him to hold off a moment. He smiled and gathered his strength and sang a chorus from his repertoire, before saying to the doctor, 'Right then, I'm off.'

I don't know what song it was, but I know he wanted to leave a trail of joy in the world in his wake. His own trail, a humble and indelible one. I think he may have sung 'When I left Cuba', that's what Juan Marino said, speculating, another one of the good folks of Teberga, but I don't know. I know the baker of Teberga was a courageous and big-hearted fellow. And naturally, I'd like to be more like him. And naturally, I'd like for John Donne and Al Mutanabbi to be right. And naturally, I wish that peculiar poet who wrote the Bible and the Koran weren't a creature who dreams like I do, but someone who really knew what they were talking about.

The baker must have woken up in the meadows of Marabiu. The sky still full of stars, the breeze caressing the meadow with its invisible hand. Soon the sun would rise. They'd sharpen the blade of the scythe and reap until their strength was spent. Fleeing the clouds, on his path to eternity, one song after another.

Red Clay

Lurking among the bonfires, the cold wind traces desolate pathways. The flames, night hasn't fallen yet, are weak and it's clear that they will soon go out. Five men, all wounded to greater or lesser degrees, are resting for a moment. They speak quietly among themselves, as if the enemy was nearby, prowling, and their tongue sounds like something disjointed, restrained by the year's first snowfall. They squint suspiciously every now and then, caressing Mausers or muskets. Bodies are piled up all around them. They recognize some of them, others have head wounds and a copious amount of blood makes them into a single corpse, a multiform corpse, amputated, in threadbare vestments and mud. They could only identify Lieutenant Calvo, legless and headless, by his shoulder braids.

'There are 30 of our own, Sarge,' López said looking away.

'Sargent Peliz just passed, someone replied.

'Thirty-one,' López said.

They brought three hoes, a pick and a shovel from a farmhouse not too far away. They set about digging a grave more to keep warm than out of any desire to bury the bodies. The pit had to be deep enough to bury all the dead, regardless of the side they were on, if not, come morning, they'd be food for the crows. They dug to keep warm and to exhaust themselves, to avoid thinking or having to decide among themselves what they were supposed to do next.

It's 1937, in Picu La Espina, the border between Salas and Tinéu, which was the border between the National and Republican armies. A bomb had fallen just when a patrol of Nationals had ambushed a patrol of Republicans who were taking a short break. The Republicans had sought refuge in a cabin, and were playing cards. The smoke attracted the Nationals. They broke down the door, pointed their guns at the unsuspecting Republicans, and called a halt. No shots had been fired, no curses uttered, there had been no time. There was a sudden blast, a loss of hearing, bodies ripped apart, and eyes sweeping the scene for something to latch onto.

'Only five of us survived, six counting Sargent Peliz, who passed not long afterwards,' Ramón Corderu told me at the bar in Caces. 'Three Nationals and two Republicans. We had no idea who had dropped the bomb. There were human remains everywhere. One of the Nationals, a Galician from Mondoñedo, kept calling for Pepiño. He walked around like a ghost, crying "Pepiño, Pepiño." I couldn't help but laugh. "Who are you calling for?" I asked. "My brother," he said.'

The bomb had sparked fires here and there. Ramón Corderu started calling out for Pepiño too, turning bodies over as if he knew him. It was biting cold and the frigid wind gnawed at our bones from the inside. They threw wood onto the fires, fanning the flames as best they could.

'We're going to have to do something,' someone said.

'Why don't you acknowledge you've been captured, that'd be good,' another said.

'That's when we started digging a grave,' Ramón continued, 'deep enough for all the corpses. We were afraid of our own selves; we were afraid of death.'

Ramón takes a sip of his wine. And qualified his phrase:

'It was as if the sky had fallen around our ears, a steel sky. It was a miracle we were alive, and when I close my eyes, that late afternoon of 1937 comes back.'

The five men, all so young, wounded to a greater or lesser degree, and dressed in rags, dug a mass grave deep enough to pile up the bodies.

'Frozen blood doesn't look like blood, you know? It's like red clay.'

They didn't say another word. They barely even looked at each other, and by nightfall, they walked away in opposite directions.

Ramón Corderu lives with his nephew, Manuel. He's 99 years old, but he still likes to feel young every once in a while.

It could have come then, but it hasn't come yet.

'You never know where your death is written,' he murmurs. ■

Translated from Asturian by Valerie Miles.

STAR FIELDS

Perejaume

When we gaze up at the starry sky, those instantaneous points of light raise up towering mountains, dazzling, in contrast with the earthbound ones, which are perennial and dark. An astral opulence. A successive de-infernalizing of elevations, making use of absolute darkness, and absolute light – now intermingled, now intermittent – the starfield creates a limitless luminance of summits, casting points of light, now here, now there, without end.

Fiery ranges. Vibrant auroras and white-hot massifs that disintegrate. Mountain after mountain after mountain! A continuous emerging, falling and beginning again. Elevations and surging flames; landslides and blackouts. In a way, the shimmering is so persistent that it creates a raspy glitter – an abrasive, bespangled firmament like a giant sheet of grainy sandpaper. Then, touched by the phosphorescence of spires, hills and peaks, one can divine the great black and puncture-wounded depths, the chasms, one for every burst of light.

Geology and sky. Mountain blueness and immense mountains of light, so alone in the infinity of night that they tremble. A commotion of points, each star alight in a sky stoked by the surrounding darkness, some enshrouded by it, some shining against it. The serrated light of a star – however much it may seem a mountainous acclivity – once it has caught, won't stop there. In fact, a star lives to unfurl without interruption into an obdurate gleaming of varying sizes. Its angles rise to the sky and grow as sharp as they are fleeting. Not so much mountain fires as, well, mountainous fires which, in geographies delimited by the frontiers of luminescence, take on the inconstant countenance of an unchartered territory.

Clearly, this sidereal mountainosity, this voluminous, reflective surface with its dazzling cliffs, steep slopes, and endless crests, is pure illusion. Yet it's such a persistent illusion, such a plausible illusion, that it casts down onto the mountain ranges of Earth its enduring desire to resemble them. This, if nothing else, is one of those wonders that the senses cause us to notice: this possible continuance of a ridge line between a horizon serrated by land and a horizon serrated by light.

The terrestrial sedentariness of light, in the sluggishness of the terrain that sustains us, manifests itself, then, as earth enraptured by the sight of fluttering wings and flickering lights, both from the centers of saw-winged stars or the peaks that rotate around them. Insofar as Earth's desire to resemble them, one only need observe the elevated snowcaps, floating and resplendent like a promised flame, like floating earth escaping Earth, belonging in part to the sheltering sky.

To think of a snow-capped peak, first, as fixed, and then, as the flash of an acclivity – any alpine or polar terrain being identified by a star lazing about there – allows the nearly shamanic incorporation of peaks and glaciers into the cycle of fire.

I recently came across a photographic image of the Ladakh Range in the Indian Himalayas. On those vertical and yet abundantly snow-draped slopes, the sight of a trembling star becomes literal, with its rays of light halted and stiff like a drawn bowstring – soaring, desolate ridges with snow-crusted hollows and delicate glaciers that accentuate the slopes and edges of the peaks. With majestic rhythm, the ensemble deploys a geometry of gigantic massifs, creating the effect of an arresting crystallized formation. Thick snowbanks and prisms, with extremely sharp edges and angles, compose a faithful image of a star-mountain. The effect – if it can be called an effect – is complete.

Besides an appearance as exact as the Ladakh Range, there are innumerable mountain chains that seem as if they'd accidentally crashed to the ground, earthbound stars, now a mass of burgeoning radiance, now a crestfallen star plunged to the ground. Ardency and ice, assurgent forces and ice: this is the way the world is made.

Curiously, once more we project the snow's albedo onto the stars: a burst of icy mist, of splendor and snow crystals all at once. On a cold and still night, the effect of incandescent ice is quite vivid, so much so that rather than crackling and releasing sparks, the stars that twinkle seem instead to have curled up, frightened, as though trembling from a cold fire.

Against these trespassing horizons, against these points of light in endless summitings, Earth's crust lifts far more subdued tips of light, though more solid and certain. The earthly terrain is ever nascent, rising with strength and vitality from a certain quietude. Animal life, the rock that turns to gem and the ripening fruit, require slow, patient, delicate changes – not pyrotechnic ones. For there is nothing in the world that does not move, though there is no need to say to what extent; compared with the stars, the variations are much less drastic, tamer, coming in waves. On the other hand, irrigation, combustion and evaporation of life generate a captive sky over the terrestrial sphere, so that the slightly radiant configuration of mountain peaks escaping the earth are smoothed over by the active polishing of the atmosphere, which is covered by the sky.

This makes the stelliform figure manifest within the sphere more as a sign than as evidence. And depending on the experience we've decided to have, it allows the figure to then be more sharply focused, or more rounded out, its rays now more pointed, now less so.

Indeed, sidereal reality itself expresses a twinkling demeanor, a presence which, depending on the circumstance, occasionally bristles potently at the surface, occasionally remains more latent down below. As if it knew what's best suited; a swaggering substance, sparkling and aflame, all of it burgeoning and being devoured by its own bursts, or a more discreet and seminal presence, like certain botanical forms. I'm thinking of the bur that covers chestnuts, or the spiky capsule of the thorn apple, or the fruit of a plane tree, all plumed with seeds. Because of the ascending force of the world, with its valleys inlaid at its most fertile points, the image of a multi-summited center focuses in and dilates, spreads, is repeated and perpetuated, at wildly varying intensities and speeds – from a tiny, lofted spark, to the igneous appearance of snow and glaciers, to the global field of mountains.

And I remain immersed in consistency and effluence. In the sphere of gravity and the sphere of freedom of consistency and effluence, between the act of rooting and the act of radiating, which mutually enliven each other. It's impossible to fully decipher these phenomena of scale and light.

At this very moment, space bristles in each global field that acts as a creator of perspectives. With a vanishing point at the extreme, each tip is the tip of a star clinging to the immediate reality of its field, grown from it, sprung from it, at once domestic and strange, like a silvery stream that pulls forward and runs away.

This is the leafy quality of a light field illuminating the scale or, better still, the space of the field's fulgent shoot, which gains range thanks to the flexibility of its own clumps, pressing upwards, ever so slightly, but upwards all the same.

Along with this metric radiation, the stellated arrangement means that once gathered, all the world's handsbreadths are equally valuable, without any one in the service of another. As if the lushness of the flare, and the life infused, stifles any will to dominate. No hierarchical rank, then. How could a particular place be more fundamental or more important than another? The concept of radiance itself begs the question and clarifies it. Each point on Earth could be as polar or summited as any other. Which is like saying that all lands are both central and marginal at the same time, each and every scintilla, all of it. Each scintilla's existence admired, and the existence of neighboring scintillas.

Moreover, in this inseparable amalgam of nature and light, for every field of withering tips, a new field is set to begin. This is how space regenerates itself: the light – rustic and herbaceous, but also mineral and diamantine – made, as it is, of the stellated condition of the orb, which, with a double measure of radiance (what comes out of it and what is extinguished inside of it) casts its incandescence everywhere. And that's the way of things, although it happens at varying intensities: earthly soil [*sòl*] and astral sun [*sol*] coincide in luminous growth; and perhaps that's why, to ratify this confusion of land and light, they also coincide in a name.

Situations. Half-lights. A breath of botanical combustion, of the mountainous combustion of a star that more or less crashes, that dissolves more or less, but never completely disappears. It retracts until it's nearly buried; it expands until it's almost lost; but it doesn't dissolve. Without question, ours is a land that gives rise to the pulsing horizon of stars. And yet, Earth never manages to move, it never causes a horizon to burst: it only quickens, instigates. Simultaneously, sidereal space surrounds the curve of the planet, irradiating it rhythmically with the abundance of sun each day and the repose of darkness each night. I speak of abundance and of blackness in repose, how it becomes manifest in the effect of planting light and planting successive crops.

Coming face to face with the stellar fields that shine in the night sky, I've always thought that the dark, open land takes them partly as a blueprint, partly as a devotional image. It's easy to contemplate the stars as if they were icons: lustrous, multifarious, bejeweled icons. Really, if there exists a definitive projection of the image of a field, it's the star-filled sky. When all is said and done, a star – amidst the constant bursting of fertile land and light – is like a field carried to the extreme.

Luminous mountains. Ancestral mountains. There's no other field hyperbole like these spherical crops bounded by expansions that beleaf and besummit, and that do so with a light that is crisp and clean from so much burning, at a distance so remote it's dizzying, which only makes worship of them even more fervent. Icons and more icons, then, of fields that are beyond our grasp; of lands like siblings with tips of light, like those of our fingers, but that are beyond our grasp.

Gestational icons. We see field divinities live and reign dressed in dazzling earth, soil that's made splendorous, crowned with a summiting that is obsessed. Celestial fields, shimmering fields of mineral and botanical eruptions, but also a sufficiently eye-catching animal eruption if we allow ourselves to be lost in the milky constellation of Boötes, the ox driver or the path of spilled milk as told in the myth of Hera and Heracles. Honestly, tell me it's not natural to a herdsman this milky vision of the galaxy's profile, like a cascade gushing from the breasts of a goddess to breed and nurse lumps and more lumps of molten rock.

Milk and snow and grains of light. Harvests and branches of land and wind, dust and gases. Clumps of earth and the astronomy of agrarianisms, life gradually expanding to reach the cosmic configuration and disfiguration of a radical field: the vault in dilation and the seed of the vault. ■

Translated from Catalan by Rowan Ricardo Phillips.

THE SACRIFICE

Dimas Prychyslyy

As the barge approached the opposite shore, Amur ordered Philis to take his belongings and the rest of the servants who had accompanied him to Aguere to the new house. As was custom, he would go up to the high city on foot, in an attempt to rid himself of the memory of his first visit to the Sájov monastery, which assaulted him at every turn. He watched his entourage set out on the road that climbed along the edge of the city, squeezing the stone in his pocket so hard his fingers hurt, then ducked through one of the somber horseshoe arches and abandoned the sinuous winding of the streets that were opening out into stairways. The memory of Sireno's face tormented him too, the talisman in his pocket, the last gift, the one that hurt most, had been with him for many months. The city was the same color as his body and there was a smell like his – of nutmeg and sun-kissed skin – permeating the horizontal passageways, the paralyzed and impossible light. He remembered Siena. He thought about Sireno, and about Father Mykola's lynguri-um eyes. He quickened his pace. He squeezed the stone.

* * *

Their sleigh had seemed to move on its own, drawn by a ravenous white beast that blended in with the snow. Pressed tightly against his mother, absorbed in her mysticism and oblivious to the radiant winter storm, Amur held the gifts they were bringing to the Order in one hand, and clung with the other to the stiff, snow-dusted rug that served as their seat. Two sleighs escorted them on either side at a safe distance, drawn by similar beasts, loaded with goods and provisions only found beyond the lake. Amur tried to ignore the noise the sleigh was making. His mother closed her eyes at every creak and smiled faintly, entranced by who knows what revelations.

The hill rose out of nowhere. The horses reared back. It was like a cloud formation or a downpour between two patches of blue. A sudden yet fluid shift in the whites that contoured the horizon and a barely discernable planetary curvature, heralding the golden cupolas obscured by the falling snow, like candles flickering behind a linen curtain. Then a somnolent forest. And, inside the small rooms crammed together in the immensity of the monastery, the acrid smell of milk fats and fermented barley, and the mule's breath of the Mother Superior, black dirt under her transparent fingernails, standing over his kneeling mother. Outside the windows, the ice like a saucer of spoiled milk.

La Isla del Monasterio, they called it. Few went there. The snow from the trunks that the men unloaded quickly drenched the esparto rugs. Amur ate hurriedly and in silence, flushed, paying no mind to the odors. From an adjoining room, an immense and pale figure emerged. The Mother Superior's face was seized by childish blushes and enraptured grimaces.

'Father Mykola,' the nun announced solemnly.

The soft hands, the long fingers, the perfect nails. Amur found him revolting.

* * *

Amur passed through Puerta Antiguo and skirted the ruins of Parroquia de los Metaleros. Calle Alhilal rose like half a clepsydra, seeming as if at any second it might come crashing down on the merchants who thronged it. The filthy stone porticos, with angular columns, loomed menacingly over passersby, leaving a narrow opening above their heads. At the end of the street was a rust-colored stone fountain, in whose pool scorned young women would throw broken nails and hairpins as an expression of heartbreak. Halfway up the street, an alley dropped abruptly to the north, and at one of its bends was a tavern called Yacarnad. That was Amur's first stop whenever he came through.

Three lakes had marked his life, even though one of them, the one in Aguere, he could only see in his dreams. He found it on an old map of Leonardo Torriani's, at the foot of a city of impeccable design, presided over by a convent with a polygonal wall. The convent was called San Manuel de las

Victorias and its monks sold vegetables that they transported to the city in boats, boats that diminished in size as the lake's depths diminished. When it dried up completely – they say that it was due to the insatiable thirst of the eucalyptus – the monks left. Torriani explained to Felipe II in a letter that according to the natives, Aguere was where the souls of the good found haven.

Amur dreamed of someday meeting Sireno again on those green shores. When he arrived at the island and they showed him where the lake used to be, he forgave Sireno's transgressions. Now he was free. Only Philis knew.

There were no doors and no windows in Yacarnad, just a piece of burlap hanging over the entrance from a couple nails. He drank yaca in silence. At most, a movement to set the bottle back down. A stray snore, fruit of long-awaited sleep. Just the clinking of the waiter in the shadows where the barrels were kept. The white of the yaca had shades of green, and a narcotic effect if consumed in excess. Yaca lulled. Yaca was a strange vice unique to that twisted city. And its effect was even more mysterious: it allowed whoever abused it to return to the same dream, always the same one. A dream you neither chose nor remembered, yet somehow knew. Amur's was Aguere.

The third lake was warm, unlike the familiar ice of the first and the presumed mildness of the second. On its coarse sand, Sireno and Amur had had their first encounter. An inhospitable and indolent lake, with small stones on its deep bed, like a brown and mud-swollen tongue. A few ventured out to swim in its waters, others just traversed its rocky shores, spooking the fish and admiring the suspended city. The Yaca also brought him back to that moment. The knot of brownish rags blending in with the rocks, a full wineskin, and beyond, reeds on top of which they'd hung a mended cape to dry, and at the lake's bottom, blending into the still muck, the copper-colored body of a young man, slender, in stark contrast with the tumescence of the darkest part. He'd shamelessly fixed his green eyes on Amur while ringing out his azure hair like a freshly rinsed cloth. Amur approached. He wasn't looking at his face anymore.

Three bottles of yaca were enough to keep him from falling into the stupor. He navigated back along the alley with difficulty, pushed his way up to Alhilal, and stood before the fountain. He stuck his hand into its rust-colored waters. He rummaged in his pockets for metal. He squeezed the stone. He whispered his name. Then the other one. He squeezed the stone. The third lake … The fountain of heartbreak … He began removing his clothes – his stomach full of yaca and his mind of delusions – to the surprise of some and the fascination of others. His finery took no time to absorb the filth of the street, soaking up the rotting fruit and the sweet scent of excrement. He stepped one foot into the fountain, touched bottom, felt the thorns of the nails, which seemed to him like seaweed in the deep, stepped in with his other foot, and the rust-colored waters were clouded with blood. A group of youths circled the fountain. Beggars fought over Amur's robes. A few heartsick girls eyed his muscles hungrily. He stepped on nails as he walked around the fountain. Sireno was with him. In the lake. In Aguere, where the good souls go.

Fingers groped his beard and grabbed at his face. He felt a slap across his ass and heard more laughter. Then a warm hand that crushed him down, knocking the wind out of him and submerging his ribs. More laughter. And the thorns now digging into his knees. The cold marble of the bench against his beard. A sting in his testicles. Where's the stone. Sireno. Sireno. Sireno.

A man pulled Amur's cape away from one of the beggars and deftly moved to cover him with it. He frightened the circling crowd away and pulled Amur out of the water. He sat him up on the fountain's marble bench and pulled out the nails one by one. He washed his feet with clean water. He was unable to put his boots back on.

'Back again, sir?'

'I knew you'd come,' Amur wheezed, 'where's the stone?'

Amur entered the new house's hall, tripped on his cape, and fell on his face. The stone flew out of his hand and collided with the edge of a well in one corner of the room. The space was filled with lush vegetation and servants bustled about in the dim light. Amur remained prostrate, kissing the floor, on his knees, ass in the air, coated in a crust of mud, the soles of his feet lacerated. Philis jumped to cover the exposed curves of his master's backside, while the outsider couldn't look away. Standing in front of Amur, a woman dressed in coarse black clenched her jaw and closed her eyes.

'Mother,' Amur sputtered trying to stand, 'coming to the party?'

'Get up!' The woman ordered authoritatively through her teeth. 'You're all anyone's talking about down in the city.'

* * *

Father Mykola watched him from a window in the upper cloister. His amber eyes burned. Leaning on the sill, he followed the circular lines Amur left in the snow. Some nuns reciting prayers moved through the lower cloister in the opposite direction of the young man. Amur stopped and looked up at Mykola, who smiled bitterly. Amur knew he would be coming down and waited at the foot of the stairs. They walked in silence for a while, then the man bent over and pressed his open palm into the immaculate snow beside a column. He bent over like the novice girls do, slightly embarrassed and with his legs together, hiking up the flap of his habit a little. When he felt the snow begin to burn his slender fingers, he spoke:

'It's for you.'

Amur unwrapped the brownish cloth, revealing something that resembled a wooden tablet. Two figures, nearly identical, beardless men with halos of faded gold through which you could make out the reddish hue of the board.

'It's made of linden.'

Amur stared at the two saints and said nothing. They looked like young women. He pocketed the image and they kept walking through the snowy cloister.

'Don't do what I …'

* * *

The man who had rescued Amur was named Shim and he explained to Philis that it wasn't the first time he'd seen the master in Alhilal, but this time he'd decided to intervene. Philis nodded and didn't ask any more questions.

Once the effect of the yaca wore off, they took Amur up to the new bedchambers, an exact replica of those of the old house. Amur stood in front of a mirror in a large and dimly lit room. His mother stood by a small window with her back to him. Amur was completely naked, and Philis was helping him get ready for the party. As he rubbed lotion into his ravaged feet, Amur stroked Philis's hair. Sensing his mother's growing impatience, he said to his servant:

'Tell that man to come tonight. It's not an invitation, it's an order,' he said, lifting Philis's chin firmly. 'Now go, I'll try to figure out what my mother wants.'

'You should cover yourself.'

'I am covered,' Amur said, wrapping himself in a sheer, gossamer tunic.

'Heliogabalus!'

'You lack the perspective, Mother, to see anything you haven't seen before.'

'How many times have I told you I don't ever want to see that icon!'

'As many as the times I've disobeyed you.'

'That vile monk …'

'He was a just a miserable man, Mother.'

'At least he didn't do this …' and she traced a big circle with her hand.

'It's getting late for you.'

'And with a tinsmith's apprentice …' she muttered, indignant.

'I know you had something to do with it.'

'How dare you!'

'At my side he'd have been …'

'I don't doubt it, after paying the price the Council put on your head.'

'Go away.'

'This is going to become a scandal, I'm warning you, they're coming tonight.'

'I've been thinking about Sájov, that maybe there …'

The woman paused a few steps from the door.

'Yes, I've thought that too, you could've been happy with that wretch Mykola, but now it's too late.'

Amur felt his stomach drop.

* * *

That first time, they lay on the mended cape in the darkness, by the reeds. The waves accompanied the continuous thrusts, the spires reflected the moonlight and the brown city was transfigured into silver. Amur had experienced something new. He couldn't describe what was happening to him. Sireno said it was typical of such dalliances, and he went back to Amur's pelvis and told him that he was a tin merchant's apprentice, and that on the nights he could get away, he came down to the river to swim.

Philis filled a tub of perfumed water and left the two men alone. He was accustomed to his master's excesses, but it was the first time he'd seen him do that. Something similar had taken place with a soldier, but in that case, it'd been Philis who performed the ritual.

Amur knelt, with a soft washcloth in his hands, and began with the young man's feet, still covered with stray grains of sand from the lake.

* * *

There was a hidden room beside the main bedchamber, lit by flickering candles. Inside, Amur kept the relics that his visitors, generally male, had left for him. Presiding over that mahogany retablo was the small icon of Sergius and Bacchus from Father Mykola, along with countless other objects, given voluntarily or taken by force. From Sireno, he had a tinplated cup where he kept the stone that the young man had picked up off the lakeshore that first night. Most of them were everyday objects, a collection of no value, apart from a Byzantine piece that held inside of it, a single strand of a woman's hair.

Adra was the wife they'd forced him to marry, and thanks to her he could secure his legitimate inheritance. Adra was a cunning woman, and strangely beautiful. She satisfied all Amur's whims; more than his wife, she became his principal accomplice. Their natures were uncannily similar. And that was what Amur's mother had seen in her, and from the start, she knew Adra would be of great use to her.

'Come here, Adra.'

'Not now, everyone's here already.'

'Did Philis make sure that Shim came as I ordered?'

'Yes, don't worry about that.'

'You know what you have to do,' Amur said, pulling her to him and dropping to his knees.

It wasn't unusual for Amur to get right in Philis's face to deliver certain orders. Centimeters from his lips, Philis caught the smell of Adra on his master's breath.

'Yes, everything is ready.'

* * *

Amur hadn't bothered to count the days or months that he and Sireno spent together. Time had no meaning, nor did routines, nor did attending to Adra's occasional requests or putting up with maternal outbursts. He didn't want to share Sireno with anybody, not even Adra or Philis, and he spent the nights watching the young man sleep, his hair so blue and his big eyes dancing behind his eyelids.

The first time they came to arrest him, Amur saw the look in the young man's eyes change. He sent his mother to the Council with a long coffer containing a bundle of papers that would guarantee their silence. One day, Sireno had disappeared from Amur's paternal home and didn't return for several days. When he got back, he carried a different aroma, and heartbroken, Amur's affection turned to rage.

* * *

Adra brought Shim to the main bedchamber and began to undress him. The man was disconcerted, but he'd drunk the wine that was served in that house, a wine the whole city had heard of and whose effect was immediate but faded away without leaving a trace. They passed around a kylix, which all the guests drank from, and Amur cut an herbaceous cake, kicking off the debauchery of the much-anticipated party.

Shim arched back, gripping Adra's hair, who knelt at his feet. Amur watched them from inside his little sanctuary, in complete darkness, lying on the floor, with a bottle of yaca in his hand and his purple tunic open.

'Fear for yourself, Adra,' he repeated, 'nobody betrays me.'

They had offered a price of forty reals for anyone who could provide sufficient proof of the activities of Amur and the guests who visited his mansion so frequently. His mother's threat had served to paralyze the Council's actions, and the papers his father had secreted away during his governing days, kept hidden, were destroyed in exchange for the silence of everyone present there.

Amur had decided to leave the city and sell his father's house. He ordered Philis to purchase a new mansion in the heights that would triple the splendor of his father's, with the only condition that it include an exact replica of his bedchamber where he could relocate his sanctuary. He brought his lips close to Philis again and half-closing his eyes, charged him with the final mission. Then he departed for the lakeless city, for Aguere, where the good souls.

They had found the young man and his master just outside the city, on the opposite shore of the lake. The tinsmith and his apprentice had had their throats cut. Scattered over their bodies was the same amount of money that the tinsmith and his apprentice had hidden in a leather pouch inside the carriage. The peasants fought over the eighty reals, which equaled what the Council had paid for Amur's capture plus what Amur had paid for Sireno's death. Philis had been charged with carrying out the revenge.

On the night they came to arrest Amur for the first time, Philis was given the order to follow the young man and to act without pity if Sireno tried to flee. At the same time, Amur was delivering the coffer to his mother to silence the members of the Council. That night many poor peasants reveled in the city's taverns with the price of that betrayal.

'Fear for yourself,' Amur whispered from inside his sanctuary as he watched Shim climb on top of her, 'fear for yourself, because nobody betrays me.'

He squeezed the stone and could feel the green of the water. Sireno. Sireno. Sireno. He took another drink of the yaca. He saw Sireno again in his bedchamber, with his green eyes and his azure hair, on top of Adra.

Several knocks at the front door brought the music to a halt. Philis came into the room, Adra pulled away from Shim and gestured toward the sanctuary.

'They're coming,' Amur whispered as Sireno approached from the far side of the bedchamber, 'they're coming.' ■

Translated from Spanish by Will Vanderhyden.

FRANK SIGMUNDSON, DREAMER OF THULE

Xesús Fraga

[With light-coloured clothing and an uncertain gaze, Álvaro Cunqueiro poses for the camera, sitting in front of a bookshelf. It seems the photographer snapped sooner than expected and surprised the writer, who is caught in mid-gesture. In one of his hands, strangely purple, he holds a notebook on whose cover can be read: Hölderlin. Poems. *The German poet was one of the many authors Cunqueiro translated into Galician; in this case, as early as 1930, for* Nós Magazine, *the same place where four years earlier, Ramón Otero Pedrayo had published his pioneering version of fragments of James Joyce's* Ulysses. *Over the years, Cunqueiro alternated between his own poems and translations of poets as diverse as Villon and Blake, Cavafis and Dickinson, Li Po and Ginsberg. Well-known names beside others that are not so: Carlo da Majorana, Knut Tellanken, Eliano Ardeanu and Frank Sigmundson, among others. For years, these writers intrigued researchers, who finally concluded that the poems were the work of Cunqueiro himself, who was also responsible for inventing the names of their supposed creators. But being apocryphal need not imply that they didn't exist in their own right; imagined perhaps, but just as real as ...]*

I

A writer aspires to immortality. The act of writing is a form of communication deferred to the future, whereby an author initiates a dialogue that will be engaged with again and again, for years. Then there's the other kind of immortality, sought by people who want their names to be remembered even to the detriment of their work: literary types who believe that a famous signature is all it takes to justify the ensuing pages. Other writers are more modest, they trust in luck and history, which, like a wheel of fortune, makes the popularity of their works rise and fall, consecrating them as classics or condemning them to obsolescence. And then, on the rare occasion, there are writers who prefer deliberate obscurity, who disown their published work as well as their persona, even in their own lifetime, as if the name on the cover were that of an imposter.

For years, Frank Sigmundson had disappeared from his country's literary life. No compatriot or reader who had known the Swede had a word to say if his name ever came up. He didn't exist as a footnote to a movement, to a generation, to a trend, as often happens to once-famous authors who over time are relegated to the ranks of the nearly anonymous minor figures standing in the background of history, behind the two or three classics that entered the canon. That wasn't Sigmundson's case either, though, who had only produced a single published book, *The Dreamer of Thule*, not enough to gain access to the foremost cultural circles. There are no interviews regarding its publication, no reviews or appearances in newspapers and magazines of the period: the late 1960s. If they did exist, it's true, they'd have to be tracked down in dusty archives, hands dirtied on fragile paper yellowed by the passage of time, paper that had never been given a new digital life: typing Frank Sigmundson in search engines only leads to dead ends.

This absence is due in good part to Sigmundson himself, but not for strictly literary reasons, as shall be seen. In fact, *The Dreamer of Thule* fell victim to the circumstances that drove Sigmundson away from literature and public life: the spider web of deception and simulacra that characterised his passage through Stockholm. Some are convinced that his one small book of poetry represented a single truth, even though the creator's version is no longer available.

The series of associations that led us to Sigmundson was set off by a photograph, possibly the source of the original portrait captured by a movie camera, with that colouring typical of images from the 1960s. A first recognition gave rise to a second recollection, which in turn awakened the dormant memory of someone who had known him fleetingly, half a century ago.

Frank Sigmundson appeared one spring afternoon in the Kungsträdgården, or King's Garden; it was a spring that hadn't yet tempered the winter winds or forced the cold to decamp entirely, or not enough to indulge in a full day spent lying on the grass. Apparently, our newcomer was wearing a woollen cap and a long, navy-blue pea coat with the collar turned up to protect him from the north-easterly wind, though soon he made it clear that these were his work clothes. Indeed, he told us he was a seaman who had disembarked from the *Sköld*, a fishing boat plying the Baltic and North Sea, on cod and herring runs. As confirmation, he threw the canvas rucksack to the floor and sat himself down on the nautical voyage's dirty clothes, though not before first taking out the books that had kept him company in the solitude of night shifts, confirming his second, chosen occupation: poet.

In the nineteenth century, the Kungsträdgården had gone from being a royal property to a public garden. Frequented all year long, in the Scandinavian summer it thronged with all sorts of people, from families to groups of friends and political fraternities. At that time, it was a gathering place for the May Day marches, and crowds of students would congregate around Molin's Fountain in search of sun and conversation with the opposite sex, youthful left-wing proselytes and the first hippies who scratched at guitars and trod on the grass in their bare feet.

Sigmundson entered these circles effortlessly, since his air of seafaring bohemian lent him a touch of exotic cosmopolitanism to the young people yearning to see the world in order to change their country. He told tales of his voyages in front of small audiences, who would form a half-moon around him, he who had only sailed a few miles but which, thanks to his imagination, became lengthy journeys to distant latitudes and remote islands, transforming the *Sköld* from the humble fishing boat it was, into a vessel manned by brave argonauts. There are revealing testimonies by some who suddenly identified him as that lad who had cast a spell over them with his effortless diction and scintillating blue eyes.

Birgitta Forsberg: 'I had just finished secondary school and was in my first year at university. Politics and Economics. I was hungry to learn and eager for experience, both mind and body, in that new period of my life. He would tell us about the Panama Canal, the ports of Brittany and the River Plate. He didn't seem much older than me, but he gave the impression of having lived three lives whilst you hadn't even begun your own yet.'

Andreas Källström: 'I remember one afternoon when he was telling us about a tribe on the other side of the world who practiced a ritual called *kula*: they would trade necklaces made with shells and bracelets of a similar type.

No matter how much you prodded, he would always have an answer. Later on, I read Malinowski's ethnographical work and realized it was where he got his information. I must've forgotten about it.'

Gerd Olander: 'I had seen Paul Newman in *Hombre*, which must have been the year *Butch Cassidy and the Sundance Kid* came out, too. The people I hung around with at the time looked down on anyone who liked Hollywood films, much less Westerns. I had to sneak out whenever I wanted to see a film like that. When Frank – we're still calling him that, right? just to be sure who it is we're talking about – showed up with those blue eyes, the tan we imagined came from all that time spent on deck under the sun and that deliberately carefree air he gave off, I thought that finally one of my fantasies, fed in darkened cinemas and between sleepless sheets, had stepped into reality. His eyes were searching, as though he were undressing you, which was what we girls obviously wanted him to do. And of course, he made the most of that ability. He did whatever he wanted and knew what he needed.'

Elin Alvarsson: 'I must've been one of the last to go to bed with him, since he disappeared not long afterward. We must've done it three or four times, some three or four days in a single week; I wanted him, and from the moment we walked into my room, we would spend hours there, not leaving except to get bread, some prästost and a bottle of cheap red wine to recover strength and spend the rest of the night together. I knew he was sleeping with other girls; I was well-acquainted with some, like Kajsa or Helmi, because they would brag about being with him. Those were the years of liberation and free love, and you could feel emancipated just by satisfying your desires in the arms of a fantasy incarnate. But that was all it was, mind you.'

And Vendela Lund: 'It wasn't only his physique, those blue eyes and sinewy muscles. That was what you first noticed. He was also an absolute charmer with words. One day, he sat me on his lap and pointed towards Molin's Fountain. "Look, you and I are like Ægir and Rán: I am the *jöttar* of the ocean, and you the goddess who lives beneath the waves. And there are our daughters: Hröng, Dúfa, Bylgja, Hefring … nine in all. But we'd better hurry up!" And he burst into laughter and used the opportunity to put his hand between my thighs while I kissed him. But he broke free and went on: "We'll follow the Atlantic routes from our home on the island of Thule, to the far North, where the sun never sets." He was always going on about that nonsense of Thule and the Pole Star, so it didn't seem strange to me to see it in the poems in that little book he started handing out in Kungsträdgården.'

There's not a single copy left of Frank Sigmundson's poetry chapbook, *The Dreamer of Thule*. When the first details of the investigation were released, a second-hand bookseller in Haparanda, just on the border with Finland, got in touch to report that he had noted down a copy in his register but couldn't find the ill-fated chapbook however much he'd scoured even the most out-of-the-way shelves, where nobody had set a hand in years. But he sent a copy of the registration slip, which offered a basic description of the volume:

SIGMUNDSON, FRANK. *The Dreamer of Thule*. Author's edition. 105 × 148 mm. No jacket. Hardcover, faded military green. Sixteen numbered pages plus one page with the title and no number, date or place of printing. Traces of a name written in pencil and then erased. Below, the initials 'E. A.' written with a pen. Inventory number # DADAX0224017624.

Not a single person who met Sigmundson in his brief time in Kungsträdgården, in those final turbulent years of the 1960s, had a copy. Some of them don't even associate him with poetry. Someone recalls a reading in a wine cellar lit by candles, the kind often organised by students: literature and drinking soirées. But that same person, who prefers to remain anonymous, admits that if he places Sigmundson there, it's largely because those were the circles Sigmundson frequented at the time, and it seems logical that he would have attended poetry readings and even recited at them. But he had no specific memory of it, let alone physical evidence. A few years later, in May 1973, when the magazine *Folket i Bild/Kulturfront* published the first revelations on the case, nobody could have imagined that sailor in the red hat's involvement.

Another thirty years would have to go by before anyone established the first connection between Sigmundson and the IB affair, which happened when the national security document entitled *Rikets säkerhet och den personliga integriteten* surfaced in 2002. As is so often the case, chance set the mechanism of personal memory in motion, which plucked Sigmundson from the shadows to which the nature of his activity and his desire to erase himself from history had relegated him.

II

In 1970, Seved Ekdahl began his teaching career as an assistant lecturer at the Department of Romance and Classical Languages at the University of

Stockholm, where he had just graduated. During the later years of his degree, he had been a member of Svenska Clartéförbundet, the organisation to which the majority of socialist students belonged. At that time, the Clarté, as it was popularly known, had begun a process of radicalisation through its affiliation with the KFML, which had broken away from the Communist party once it began leaning toward Maoist tendencies. At that time, Ekdahl still believed that to teach literature, one had to be close to its creation: without an ongoing contact between literature's very source and its teaching, the transmission of artistic works was nothing more than meaningless dissection. Yet, his inability to transcend the type of teenage poetaster work meant to single out one's own life passions was made manifest by dismal efforts that didn't pass the scrutiny of even university journals and led him to abandon poetry and channel his expression into essays and classes. That's why his name began appearing regularly in the culture sections of daily newspapers and specialist publications and his face became easily distinguishable in debates, book presentations and readings.

At that time, literary currents flowed in parallel to those of politics, as poetry was inconceivable without an ideological orientation, being yet another tool for the necessary transformation of society, and so debates, presentations and readings became gatherings for the furtherment of the cause of progress. In this atmosphere, Ekdahl's name struck fear into artists, anxious to find in his writing some idea of the opinion their work deserved. He built upon this prestige, an academic standing that would garner him a chair, for which his move from Clarté to social democracy had also been decisive. It came as no surprise when he received the call confirming the inclusion of his name in the case report. The use of State structures and resources was under investigation, he knew, and specifically with regard to activities of dubious democratic credentials, if not institutional espionage. He also knew that whatever the conclusion, it would have no effect on the political life of his country, as it bore only cold witness to the excesses and errors of a bygone time; to such a degree that he had to make a real effort to remember details of the news that had shed light on the IB affair.

Yet surprise often gives way to curiosity. Ekdahl no longer cared about the details of how those operations had been carried out (three decades in academic posts and a proximity to political activity had given him a case history as broad as it was varied), but there was something that he did want to know: names. The names of others who, like him, had been observed unknowingly and, more than anything else, the ones who had spied on him. Who they were, what friendship or confidence had been betrayed, what daily routines had been the focus of observation, analysis and denunciation, what they had seen in him and what eyes had watched him, what words of his, uttered perhaps when teaching or in a private conversation, had been recorded. Who.

The report contained photographs of each of the agents who had been recruited to the programme, in whatever way. There weren't many, just over ten, and most provided their services for just a few months, to avoid being exposed. There were photos of all of them, except Frank Sigmundson. And the missing visual reference is what set off in Ekdahl the mental process that would ultimately awaken the dormant memory.

'Born in 1949. Training, Ystad Police Academy. Three years of teaching and six months of specific mission preparation. Objective: gather information on Maoist tendencies in university circles. Matriculated in Modern Languages and with aspirations to becoming a poet, which is why he was given a poetry chapbook. Reports sent: no entry. Discharge date: February 1971. Whereabouts: no news until 1977, when an alert placed him at the border crossing at Haparanda.'

As Ekdahl read, the memory took shape in his mind, and he saw the fair-haired lad with a seafaring look who, at first, had been just another face in the crowd of student societies he came across every day, but who began singling himself out in those readings where he would clumsily but vehemently read his poems. Even so, he hadn't known his name until one afternoon, when taking a short cut through Kungsträdgårdenon, on his way to a dinner with that visiting foreign writer. He couldn't recall much more from that evening, no scrap of conversation or random quote of literary interest: only the image of that foreign guest, his suit and tie, his advanced age, in perfect inverse symmetry with those neophyte hippies who sat around Molin's Fountain, whom he observed with fascination.

One of them got up off the ground and came over to where they were. He had just published his first poetry chapbook, he said, looking straight at him, which is the detail that sparked his ability to place him; he was that aspiring poet he saw at readings and bumped into here and there. The young man wanted to give him a copy, though he shouldn't feel obliged to write about it in his review section in the newspaper, though, if he thought it worthy enough … Ekdahl accepted the gift but didn't want to prolong the conversation and made the excuse of the guest writer – they had to get to the restaurant. The young man rummaged around in a canvas bag he wore over his shoulder and gave another copy to his guest, who accepted it with a smile and thanked him in Swedish, *tack*, nodding his head slightly. When saying goodbye, he noticed the name on the cover, Frank Sigmundson, and a sheet whose edges were poking out above and to the right. 'It's an extra poem. I wrote it when the book was already to press. I felt so bad that I typed it out and now it's a coda for the others,' he said, before raising his hand in a gesture of farewell. Both he and the guest writer responded in kind and resumed their walk to dinner. In the pale, powder-blue light of the Swedish evening, he read: 'I sought so many roads'.

In the report, an anonymous source assured that the chapbook was the catalyst for Sigmundson's exit. He hadn't even written it himself, it was merely part of the camouflage that had enabled him to spy on university circles with literary aspirations, as was the woollen hat, the pea coat and nautical tales and the search for Thule. Nothing more than a veil of credibility. The alleged author wasn't supposed to show it off more than was necessary, or solicit reviews, privately or much less public ones, that would place him boldly, and perilously, in the public light. That's when Ekdahl suddenly realised he ought to search his library not for the book – and he couldn't recall whether he'd written a review of it in the end or not – but for that leaflet bearing Frank Sigmundson's poem, the one written by him, or whatever the name of that fleeting, forgotten poet had been. ■

Translated from Galician by Craig Patterson.

FRIGHT

Julieta Valero

The fifteenth Cantero de Ylardulla was smart enough to recognise that the Malvasia grape was a sure-fire winner in the modernity of its now ageing strain and founded the most exquisite bodega in the region. A century and a half later, the name of the business was enough to make anyone's mouth water; anyone who liked wine and money, that is. But neither of these was of the least interest to Pocha Cantero de Ylardulla, future heir to the family empire, whose innate talents were for gathering stray dogs in her mauve-velvet-papered bedroom (when she was five, seven, ten and twelve), dancing naked in the gardens of the big house on the estate, to capture within her body the scent of the rain (every summer since her adolescence) or trying to save the chauffeur from himself in the Lexus, beached up in every available park on the way to her strictly English-method school.

It's said that the sum of those parts came together the afternoon her grandmother was carried off by a heart attack in the pergola of the garden, having been served the tea that had always turned into Port wine, oh betrayal! Pocha Cantero shed very few tears at her passing, which anticipated the essential Antarctic iciness she'd feel on seeing the scrawny shanks and non-existent arse of the man her mother pointed out as her future fiancé. Her mother, retrospectively furious about her poor grades, her naked dancing and, especially, the complaints of indecent behaviour along the public highway, announced this with undisguised satisfaction during the party the Cantero de Ylardullas threw each summer as a demonstration of their supremacy in the guild: You're getting married, end of story, she hissed witheringly while waving to the man in question. Pocha would have liked to drown every living being on two legs in the enormous swimming pool, stand watching their malignant medusa locks floating in the underwater lighting and, if it rained, rip off her truly ridiculous dress, close her eyes and dance in the garden full of dead idiots. But instead, she acquiesced, was married the following spring and gave birth to three children over the next five years.

The love of giving people frights appeared after her third bout of postnatal depression.

The first attempt wasn't her best, but it persisted like a sticky, sweet coating on the retina of her criteria for unmitigated pleasure. The victim was her mother, and the plan exploited her devotion to the image of Santo Cristo de Burgos, which, according to local historian Dolores Bonilla, is the most technically perfect example of articulated sculpture, in addition to being aesthetically unique and having real human hair. At some expense, Pocha commissioned an exact replica by a religious sculptor from Seville, and on Mother's Day – always celebrated in an untimely and professional manner at night and with big shots from the world of wine – left the gift in her mother's dressing room, tied to the hinge of the door so that it moved both arms in a gesture of salutation, and with the sunhat her grandmother had been wearing on the day of her death. The party had to be adjourned, and the next day, when her mother had recovered her habitual lousy mood as the purgative affects of the anxiolytics wore off, she demanded an explanation. With an expression somewhere between enlightened being and halfwit, Pocha merely replied that she'd thought her mother would enjoy having the body of Christ present; to see it with her own two eyes, as she'd so often said she would, dabbing at her brow and chin with a handkerchief after her homespun ecstasies of faith in the estate chapel.

Pochita didn't feel like a psychopath and she wasn't doling out justice. The urge to devise frightening pranks would come over her during the sleepless nights when the baby latching to her breast left her as dry as a cow in a South Pacific pasture. An idea would install itself in her mind like a mania, and the design of its staging was so stimulating that she'd have to make a dash for the bathroom.

Among the employees on the estate was an old supervisor, a shitbag loaded with grudges. In her infancy, he'd been in the habit of pulling coins from her ears, but he soon began to look at her as if she were a slimy puddle on the floor between the marble statues. He lived on the estate, in a building abutting the bodegas. Once, when his own daughters were making an unholy row, he grabbed the eldest by the ankles and swung her out the third-story window, laughing all the while because, as he later explained, she looked just like a mop. He's a despotic stooge and a son of a bitch, his daughter – all piercings and facial tension – told Pocha on the day she walked out of the estate with never-to-return resolve.

Given his status as a high-functioning bastard, the supervisor could get away with anything, and was lax in the practice of his textbook evils: he fired workers on a whim, didn't give a damn about their circumstances or misfortunes, bullied some of the women and even sometimes drowned whole litters of dogs in the irrigation ditch. But every day of his life was passed in fear that the unimaginably painful pustular psoriasis that had taken his father would ruin his life too. Pochita used to watch him going in and out of the big house like he owned the place to receive orders or leave messages. The trail of his sweat and brazenness hung in the air of the hall like the greyish undulating threads of bad smells in the cartoons she watched over and over on TV with her children in the afternoons.

Her plan came from a Latin American evangelical almanac her mother subscribed to. In the games section, there was a list of 'Fun jokes for the whole family on December 28th, Feast of the Holy Innocents ... No. 7: The Coloured Powder Prank'. Everything went very well because it was a scorching summer and bodies were sweating the whole night long. The colours seeped into his skin, outlining veins and lumps. The icing on the cake of her plan was that in his haste to flee from his body, the supervisor rushed into the small square of the communal housing, wearing only his faded yellow underpants and rapping out unnameable terrors.

Divine justice, Pocha thought to herself at breakfast, when the maid informed her of the events, and a sense of power related to time and material things began to give structure to her mood and her week. The joyful, personalised pranks – the telling detail, the care in the construction of props, the expert anticipation of the physical and psychological effects, all thrown into doubt in the most heavenly way by loose ends that only heightened the success – became more professional without losing their creator's untamed spirit. Her crowning glory was a collective trick played on her grandfather Martinxo, proprietor of the whole show, a dynamic, mixed-race man whose energy and drives came from opposing social strata. Everyone willingly agreed to play their part: the longest serving employees because they felt a sort of feudal tenderness for the old man; the newcomers just to keep on keeping on, and Pocha's uncle, to enjoy the sight of his father and boss making a fool of himself, an aurora borealis never before seen but desired since his childhood.

Her grandfather was authoritarian and impassive to the point where his nerves seemed made of leather, but he was rarely arbitrary, at least from a vinicultural perspective. Severe but upfront. His strength was legendary, and it served as a pretext for not allowing fears about his health to spoil the project. He travelled dozens of kilometres a day by bicycle and was capable of finishing off a bottle of Pacharán on his own without hindrance to either his tongue or foul temper. His only waning faculty was his eyesight, which was restricted to one side, causing him to tilt his head to see his hand during card games with his son, the older grandchildren and certain favoured employees. Those games had been a daily occurrence for forty years, but in the last two or three, he'd developed a tendency to fall asleep, normally when things were going badly. No one would dare wake him and it was the custom to use the break to pour coffee, refill glasses and visit the bathroom.

As far as Pocha was concerned, he was a detestable, avaricious old man on whom she silently laid Gypsy curses during Sunday dinners or whenever their paths crossed on the estate.

On the arranged date, they waited until he dozed off and then carefully closed the only shutter in the card room; they turned off all the lights, hung a jacket over the keyhole of the door so that the room was in complete darkness and then waited. The lion was finally toothless, vulnerable. The only sounds to be heard were Pocha's stifled laughter – she was present under the pretext of straightening some papers – and the others swallowing.

'God almighty! What's going on?'

'It's your turn, Grandpa. How are you going to follow Chema's bid?'

'I can't see. I can't see anything.'

'What do you mean?'

'For fucking Christ's sake, I'm blind. Can't you see?'

And so went the back and forth between panic and prank until the old man threw down his hand and sobbed. Even when his son opened the shutter, he continued weeping, now blinded by the light. The locals started to leave the room without saying a word; one or two still smothering a giggle, the others dumbstruck. Eventually the only ones left were Pocha, her uncle and grandfather, now stripped of his character. It was hard for Pocha to keep the smile off her face as she said, 'Come along now, I'll take you home. We can send someone for the bicycle tomorrow.'

Justice. Divine justice, she later thought while removing her makeup.

After that, the creativity and loving care dedicated to the pranks went into an autumnal decline. As she wasn't sure why she went on playing them, Pochita thought of her compulsion as order, and the pranks mutated into macabre frights. A meagre, bunker-like diet of sudden screams when turning the corner in a dimly lit cellar. Dripping red brushstrokes or second-rate slogans appeared on bathroom mirrors, particularly those used by women: 'get out of here', 'whore', 'you're dead'. The most notorious took place in the master bathroom, when she wrote *Lorem ipsum dolor sit*, a text she'd copied from the proofs of a brochure on seeing the word 'dolor' and because the Latin – a subject she had hated and avoided – seemed disturbing. The message was read by Lorena, a woman working the night shift: severe anxiety attack followed by two months sick leave.

Word spread of the hobby, mania or addiction of the Señora, that madwoman who eventually inherited the wine empire. It was no longer possible for anyone to dish the dirt, have extramarital sex, or ask for a raise, because within a matter of weeks all the predictable but unfathomable weight of the Señora's black magic would come crashing down on her victim.

As the years passed, the estate employees were subjected to a regime of exemplary behaviour, dictated by no one or rather imposed by the psycho-politics of the Grand Inquisitor, as she was called by the only worker to hand in his notice from sheer indignation over the conventual insanity of Bodegas Cantero de Ylardulla. Quite a few parents of wayward youths, addicted to designer drugs, the loose cannons of good families, ended up rehabilitating themselves with long, at times indefinite, periods at the company.

The Señora hired a French landscaper after being impressed by the slogan on his website: 'Plant your dreams, then sit back and wait for joy to sprout, and fill the extensive grounds of your estate with hedges in the shape of grapes and wine glasses.'

On the morning of her forty-seventh birthday, a warm but showery Thursday in October, Doña Pocha finished her breakfast and crossed the room to open the sliding doors and contemplate her flowerbeds. What she saw shouldn't, couldn't have been there: luminously silhouetted against the lawn, newly arrived from the cave of the world, like the first time she had been put to her breast, the body of her youngest daughter was dancing, swaying in the rain to the rhythm of some inner music. The seed of joy and unselfconsciousness. And Doña Pocha experienced a strong, sombre sense of terror taking root in the centre of her heart. ■

Translated from Spanish by Christina MacSweeney.

DESICCANT PEOPLE

Harkaitz Cano

'What I like least is this feeling of emptiness, as if time were being scooped away by the spoonful. You must feel the same way. "Where the hell did all my time go?" you must to wonder.'

'Don't talk to him about time. The kid doesn't know what time is.'

'But he knows what a spoon is, doesn't he?'

The boy was playing with his yo-yo, fully occupied, paying little attention to the adults. To know what time is, you have to have wasted it first.

'Cheer up, we'll get less time for being old.'

'Well, it's not like we kidnapped him for some satanic ritual.'

'No, not satanic, exactly.'

The boy said 'hungry' and they made him a sandwich. He must be having a growth spurt. He was on his way to growing up big and strong. The spoonfuls of time that had been filched from the scrawny man and the grey-eyed woman would go to him. A subtle loss of muscle mass, of energy, of strength, of vitality. Someone was appropriating their spaces and moments.

'No crusts,' the boy said. But the woman gave him a good clip on the head, and he ate the sandwich, crusts and all. A future desiccator couldn't be picky. He gulped it down, really, as if his only mission in life were to make that sandwich disappear. He was at that age. They made him another and he gulped it down the same way.

'Did you see how he devours them, like a wood chopper?'

Creative? No way. Children are the most conservative creatures in the world. They love repetition.

'You'll be a good desiccator one day,' the man said, smiling to himself. It was the first time in a long while he'd done such a thing, though this was lost on the boy.

While the boy continued to play with the yo-yo – another repetition – they prepared the pot and the knives.

'It stinks,' said the boy.

'It's fennel.'

The boy looked like he didn't understand.

'Fennel and spices.'

He still didn't understand.

'Fine herbs ...'

Third time around, he seemed to get it. The words were familiar to him at least, though the way they were combined somewhat less so.

The concoction and the knives were there in case the conversion didn't work.

A burst of traffic passed by like a gust of wind, leaving the patio vibrating in a dark bramble of shadows. The boy left the yo-yo on the kitchen table. Resting his chin in the crook of his arm, he said, 'I'm bored.'

'Not having any was a good idea.'

'Well, "idea" isn't exactly the word.'

He recalled that there was a time. When. They had. Certain hopes.

A fly landed on the yo-yo and the grey-eyed woman squashed it on the first try.

'Life,' she said.

The boy, stunned, didn't even manage to look disgusted.

'Still got good reflexes, old lady...'

Perhaps they had always hoped to separate when there was still time, or to die sufficiently young. But it never occurred to them to take matters into their own hands. No cyanide, no drowning, no seventh floor, no reckless driving. We passively hope that something will happen and take care of things without having to lift a finger. We wait for mother to intervene, for the tarot cards to point the way, or for someone to cast a spell. God's will be done. Wait, scratch that, scratch that. They weren't religious and that word was forbidden. Will. Be done. Full stop.

For years, they went bird watching every Sunday. A sudden flutter of wings in the branches. An unexpected color in the plumage. A variant. A bird that's hard to identify and astounds us because it's outside its usual place or season. A collective form that clusters, moving as one, creating giant spades in the sky. So much sky, so much vapor exhaled, so many thermoses of coffee and early mornings in silence and a spattering of trills, squawks and the nervous chatter of birds, myopic eyes glued to the scope, the wrinkles ever deepening on their faces.

They squinted them into tiny horizons. Their eyes.

It wouldn't have been entirely unthinkable to start to believe in something on account of bird watching: to believe in the marshland, the coast, the bog. Bird: a tiny cup that flaps its wings, imitating vegetation, and fights invisible windmills as if they were giants. The theory of a creator was enacted – the theory that there should be a theory imposed itself – but they never went down that path.

The word *miracle*. That word, strange as it may seem, was not forbidden at home.

'No, not satanic.'

I haven't said this yet: they were crazy about each other. They loved each other from the start, even before discovering their purpose in the world. As they desiccated others, the bond between them was strengthened by the weight of the shadows, and it didn't matter if they lacked things or if they had them taken from them – sometimes the same things, other times different things; sometimes they were taken suddenly, other times slowly – it only brought them closer together.

The boy had fallen asleep after skipping rope. The rope was actually for measuring him. He wasn't that small, but he would do.

An elderly man and an elderly woman. Two old people without children, without grandchildren, with no relatives whatsoever. People clinging to certain childish behaviors that had become more marked with age, since they didn't interact with children, and had to act like them, to atone or to pay for some never-committed sin.

Sin is just one way of saying it, of course. Now people say *responsibility*. Now they say *moment of weakness*. Now they say *what's done is done*. Now people say. Actually, they don't say any such thing.

Terms of endearment, pinches, tugs on the skirt. Moments of feigned annoyance – 'don't play with your food!' – and stolen pecks on the cheek before either of them left the house. Their motto: 'don't let the sun go down on your anger.' Of course, they did argue sometimes. They argued because she always wanted to sleep with the window open, and he gambled too much. But there were ways to resolve their arguments: they bet on whether sleeping with the window open would cause them to wake up with ants in their mouths or flies on their lips, for example. Why give anything up; all you need is to superimpose lives, overlap vices and throw it all into the mix, embracing opposites.

That's the kind of people they were, and proud of it: desiccators going about their desiccating. They were gloom, siphoned; like a lightning rod attracts lightning, they attracted something else, for years they'd been stockpiling hundreds of acres of darkness, removing clumps of darkness from the world each time. They carried the burdens of others. They freed them. 'You're welcome, don't mention it.'

We do it all the time: we silently hate people who seem to have it all. We want to believe that other things will compensate for self-denial and bumps in the road of life. *You can't have it all.* You can't have it all? Says who? What's the point then? What do we leave to the imagination when it runs wild and breaks free, when it craves freedom even if it means chewing its paw off and leaving it in the trap? You can't have it all? No. Obviously. Sometimes you can only make it by the skin of your teeth. And sometimes you have to leave a paw in the trap.

And one fine day, we see that there are people who are free of self-denial, of bumps in the road, who grow old happily with their children and do have it all. Or seem to. What they don't know is that it's thanks to people like them. The scrawny old man. The grey-eyed old woman. The desiccators.

'No, not satanic.'

When you're childless and of a certain age, you find yourself unexpectedly speaking to your partner like a child, or being scolded by them as if you were a child. When you have no grandchildren and are of a certain age, you end up being one of your own grandchildren, or trimming the shrub as if it belonged to the human race.

And yet, they had never wanted to have kids. Never? There was a time. When. They had. Certain hopes.

An 'ow,' is heard, and it's not the shrub who's complaining.

'Why are you measuring him again?'

'Just to be sure.'

They couldn't stand hearing people who griped and grumbled. People complained about anything. A divorce: they complained. An eviction: they complained. Cancer: they complained. 'Why me?' they wondered. The old man and old woman, on the other hand, knew right off the bat that there would *always* be something they'd have to deal with. Maybe not cancer, though. But they would have their fair share of undesirable things. They were willing to accept it because they were what they were: desiccators. That was their purpose in the world.

'Do you think it's a calling?'

'Ours? Undoubtedly.'

Defects, pain, misfortune, accidents, dark self-insights. It could all be absorbed.

The scrawny man and the grey-eyed woman counted on not missing out on the funny side of the vampire. Because they were few. More were needed.

They had found this one on his way out of school. He had looked both ways at the street, not so much to make sure no cars were coming, but to check that nobody had come to pick him up that day.

That was the sign.

The trick only lasted so long, but the yo-yo never failed.

They gave him beverages: a coke and another soda, for variety's sake.

'He's never going to sleep.'

'Don't worry.'

Later they listened to him urinating from outside the bathroom door.

'Healthy,' she said with satisfaction.

The boy wanted to know more about them. Ordinary things: their names, what school they had gone to.

'I didn't go to school,' she said, and this seemed to make the boy feel a little sorry for her. 'Someone had to take care of the sheep.'

'She still cuts my hair,' joked the scrawny man.

'If it goes well on the first try, you can leave. If not, we'll do it again, just in case.'

The boy was no longer complaining about the smell of the fennel. Nor was he asking any questions.

Others had asked questions: 'If what goes well?' And they answered: 'The transfer, of course. Or did you think we were going to desiccate everything all by ourselves?'

Of course, not all of them were up to task. And if they weren't? If they weren't, they'd have to be taken care of. There were the casks they called 'little boats,' and there were the rapids in the creek, and the fennel ointment to keep the mosquitoes away.

The woman wasn't sure that the boy had understood the instructions properly. In the middle of her explanation, a blackbird had landed on the windowsill and the boy had shouted 'a bird!'

'It's not just any bird: it's a blackbird.'

It was disappointing that his knowledge of ornithology was so limited. What was this boy going to do on Sundays?

Despite being so oblivious, perhaps he wouldn't do after all. But they couldn't back out now. A good desiccator had to be very precise. That's why they were so fond of birds. A sudden fluttering of wings in the branches. An unexpected color in the plumage. A variant. You had to be able to see it.

'You don't mind if we get undressed, do you? We always do it for a transfer.'

The boy said he didn't mind, but he wanted to take his clothes off too.

'No, you can't. You're of no use to us naked.'

The boy accepted this reluctantly. They were so thin and frail without their clothes on, he felt obliged to become an ornithologist.

'What was that bird called again?'

'Blackbird.'

'Okay.'

Spoon, paper, scissors.

It depends. A spoon for the hard-boiled egg. A piece of paper to write down this story. A pair of scissors to shear a sheep or cut someone's hair.

The boy was given the choice. Pick one: 'Spoon, paper, scissors.'

'Spoon? I learned it with rock …'

'Different people, different rules.'

He chose scissors. Wrong. Not a good first choice. It cut things short.

'You were supposed to choose spoon.'

'For the last time, where is he?'

'In the whitewater and the rapids. He was of no use to us.'

'Like I said, they're cuckoo. But they had his schoolbag and books. They were reading them when the police arrived. The kid's books.'

'Where's the boy?'

'He flew away and he's much the wiser now. He's safe from mosquitos. Because of the fennel and fine herbs.'

'So you keep saying, sir.'

'I'm asking for the last time. Where. Is. The boy.'

'The transfer, why does it always have to go in the same direction?'

'What transfer? What are they talking about? Do you have any idea?'

'No, sir, all I know is that it isn't the first time. We also found a bunch of Hello Kitty backpacks. We're checking our files.'

'It's always been this way. Some people work out, and others don't.'

The officers insisted in their line of questioning a bit more before taking the detainees to their cells. If the couple shouted loudly enough, they were able to communicate.

'What do you say?' she shouted.

'I'm betting on the ants!' he replied.

'I'll go for the flies then!'

Not even the burly cellmate with leaves and a fleur-de-lis tattooed on his arms dared tell them to shut up.

The scrawny man and the grey-eyed woman had been sleeping and lying in wait with their lips slightly parted nonstop for all those years.

And for the thrill of the game alone, they bet on something it was impossible to get.

Winner takes the yo-yo. ■

Translated from Basque by Kristin Addis.

GENERATION GAP

Susana Sánchez Arins

I

There is an inheritance which all my siblings and I periodically renounce, so that our parents will remember when the time comes to draw up their wills.

The first renunciation was concealment. We removed the victims from the visible and decorative spaces of the house: from on top of the TV, the shelf in the hall, the dinnerware cupboard. Every time the walls needed to be repainted, the books reshelved, or the furniture re-finished, we tried, having made a pact with *Mamãe* to disappear the Iberian magpie, the seagulls taking flight, the crotchety buzzard or the elegant – even in these circumstances – raven.

Papai liked living animals, but if he ever happened to see one dead, whether at home, in the street or in the hills, the corpse was sent straight to Fina Batám's icebox.

Fina Batám owns the pub and corner store. That's where our father used to play his post-prandial games of *truco*. The neighbors knew they could find him there if they had a critter or a pest to offer, and there the critters and pests stayed, among the frozen peas and hake. Waiting until he had enough to pay the taxidermist.

And so he filled the rooms in our home with funerary art.

The first ones that I remember were the eaglets, which made him as locally famous for his naturalism as Félix Rodríguez de la Fuente was nationally, though Félix had the benefit of having an adventure show on national TV. *Papai* was walking the hills one day when he found an eagle on the ground, shot down by an *escopeteiro*. He cast his eyes to the top of the pine tree, where he saw a nest and heard the baby birds cheeping. I picture him clambering up the tree, a human bear, rescuing the eaglets, placing them in his pocket, and bringing them down, all while enduring the scrapes of the bark and their hungry nips at his clothes. He brought them home, and we bought them frozen meat to eat. All the little ones in the village came to see *Papai*, handsome as ever, our own *felixrodríguezdelafuente*, feeding the eaglets hand-to-beak.

And their pride of place atop the TV when they died. The majestic pose of an American crest.

Before the eaglets had come the raven, lustrous jet-black, which we had never known alive, but *Papai* swears it spoke real words and that it would perch on his shoulder after taking a brief flight.

Then came the others. The seagulls we brought from the port of Combarro, where we'd gone for a stroll because we had company over, maybe Tia Coco, maybe even Tio Pepe. My aunt (or uncle?) was stunned when, like it was the most normal thing in the world, we helped *Papai* load the carcasses into the trunk of the car, the perfect encapsulation of his mafioso love of nature.

And there was the time Suso O Fogueteiro showed up at Fina Batám's, leaving the bet made in the game of *truco* hanging in the air.

'Dom Ramiro, do you want your critters dead, or will you take them alive?' Our father was *Dom* because, besides being our very own *félixrodríguezdelafuente,* he was the schoolteacher in the town of O Fojo.

'Always alive, how else?'

'I put out some traps to keep the boar from getting into my corn. I caught a fox instead. It's still in there; one of its legs got trapped. If you want, I won't kill it. If you want, it can go to the icebox.'

That's how the fox came into our lives, like the eaglets before it. Its wounds healed and it stayed with us as repayment for our care. And would you take a badger? Came the question fifteen days later.

I felt bad for the two critters, which we never named. Fox and Badger gnawed at the wire fence that confined them, didn't touch their food and even seemed to gaze up at the clouds as if they were dreaming of another life beyond their perpetual imprisonment.

'If I let them go, the *escopeteiros* will just shoot them anyway.'

'The only thing they're trying to shoot are boars, who ever heard of a fox or a badger eating corn?'

There was no point arguing with our *félixrodríguezlafuente*. Fox and Badger died after a few weeks and joined the ranks of critters in Fina's ice-box.

When Virucha de Ferrim went out to buy some Pescanova fish sticks, she found herself looking not just at fish and croquettes, but also the glistening gray fur of a genet, the crimson breast of a golden pheasant, and the head of a fox that, even among the tiny slabs of ice, looked so sad.

All there, waiting until he saved enough to pay the taxidermist.

II

On Sundays, we always went to visit family in Vila Garcia de Arousa. One of my favorite things about those trips was going into the houses through the vestibule, the *saguão* – a magical word and a feature that our own home was lacking. The vestibules were a resting area, an intermediate space between inside and out. They all had glass doors that let in the light from the street. In Grandma Gloria's, there was always a crate of empty bottles of A'Nosa sparkling water waiting to be picked up by the deliveryman. Tia Teresa and Tia Purita's were teeming with plants and flowers. The houses opened their mouths to welcome us a with a smile, the same smile lighting up the faces of my grandmother or my aunts whenever they opened the door for us. There was no *saguão* that didn't lead to something special, a taste of freshly fried donuts, a voice admiring how pretty we were growing up to be, a 25-peseta coin slipped to us on the sly.

One of those Sundays, on our way back to O Fojo, *Papai* said we needed to stop in Caldas. We were received at a house with a vestibule. A man we'd never seen before invited us in, and we entered expectantly.

'This is the man who stuffs animals,' *Papai* said. 'I'm picking up the sea-gulls.'

There were no plants, no crate of empty bottles. In one corner, there was a cat nursing five kittens. I remember us hopping slightly to the side when we saw it. *Papai* had taught us not to go near female animals that had just given birth if we didn't know them. But the cat didn't flinch. Or meow. And none of the kittens whimpered. I think it took us a while to figure it out.

'They look alive,' *Papai* said.

'That's the house cat. She was with us for years. I won't say it wasn't hard for me to suffocate them all, but I love the way the composition turned out.'

We collected our seagulls and got back on the road, leaving that strange *saguão* behind.

'I don't kill animals. I only do it after they've died,' *Papai* whispered as soon as he'd shut the car door.

I always got carsick on the way from O Fojo to Ceia, from Ceia to O Fojo, but that time I didn't throw up.

III

A few months ago, my nieces found Fox and Badger's hiding place. Our years-long strategy of hiding them from *Papai*, liquidated in an instant by the curiosity of children. All the time it had taken us to gradually disappear one, and another, and another, only for his granddaughters to show up and revive the memory, and suddenly it was: where'd you put that talking raven, the seagulls from Combarro, the eaglets I rescued and fed from finger to beak?

My nieces are only allowed to have pets that are adapted to human life. Dogs or cats. At least the ones who have houses with yards. The ones who live in apartments in enormous buildings can't have pets. The animalist consciences of *mamães* and *papais* and *tias* and *tios* couldn't stomach such a thing. That's the way it is when you grow up among the children of O Fojo's *felixrodríguezdelafuente*, the same children who hid his taxidermized animals in the back of the house because they still remember the cat and five kittens who didn't meow or move an inch.

My nieces bring Fox and Badger out to the garden, each girl with one under her arm, like their own little bundles of joy. They pretend they're pets and lie down to take their naps with them on the sheet *Mamãe* lays out on the grass, and they kiss their dry noses, stroke the fur that has been gathering dust for years and feed them make-believe churrasco and make-believe water on make-believe dinnerware. They brush them with real brushes and ask us how these stuffed animals seem so real.

My nieces, who know nothing about mummification or *saguãos*, will be the ones to receive our inheritance. ■

Translated from Galician by Jacob Rogers.

FEMINISM AND CATALAN LITERATURE

Montserrat Roig

Speaking *a little* in the voice of my female colleagues, explaining *a little* my personal relationship with the act of writing, I must confess that when I started writing, I simply felt like someone who wanted to tell a story, who wanted to narrate. Teresa Pàmies spoke about *feuilletons* and the stories of our grandmothers. I can remember my grandmother's films and a great argument we had at home about Mr. Rhett Butler, if he was going to go back to Scarlett O'Hara or not. I mean, I remember *Gone with the Wind* and how representative it was of the type of *feuilleton* literature I was exposed to in childhood.

When I began writing, all I wanted to do was simply to write. When you get started, you're full of innocence, naïveté, and you think you're going to devour. Slowly but surely, you fall in love with words, and over time you realize it's a demanding and often devastating process. As has often been said, other people shape us. And it's thanks to others that I became a woman who writes. Me, I simply think of myself as a writer, and, personally, it's never posed any kind of inner conflict. I wanted to narrate a world because I believed I had a world. And I think I do have one. A Catalan critic once said that 'the world of women' Montserrat Roig describes is very interesting, but then he now expected Montserrat Roig to explain that world. Apparently, the world I was explaining wasn't *the world*, because it was 'the world of women'.

Little by little, you become aware of what it is that others are turning you into. And as the years go by, others turn you into a woman, and others turn you into a Catalan, because when you're born, the world is narrated in Catalan, and the language of the world is the Catalan language, and the universe is explained in your own language. And little by little, the world starts to rupture. I began reading in Catalan at home and I remember when they sent me to a school with the nuns, who, by the way, were Catalan, though they behaved like *capos*, meaning they obliged us to speak Spanish at school, and forced me to say things like '*mi mama me mima*,' my mama spoils me, and '*la pipa de papá*', my papa's pipe, and I thought they'd just made up a language, because our way of interacting at home, among us, was '*la meva mare m'estima*,' my mother loves me, and what's more, my father didn't smoke a pipe, he didn't smoke anything. He didn't smoke.

Little by little, you become aware of having to make excuses for yourself and ask forgiveness for being inside literature. Clearly, at the turn of the century, Miss Caterina Albert gave herself a man's last name so as not to make a nuisance of herself, and until recently, women – and in Catalan literature, the exact same thing has taken place – have defined themselves as 'women who write'. They wouldn't dare refer to themselves as *escriptores*, writers: 'we don't want to be a nuisance.' And then you find these extraordinary writers who take on the fragile appearance of a *xicreta* – my apologies to the translators – made of porcelain, I mean, a bowl for having warm chocolate.

I think women have bad attitudes, tempers, and that's a good thing. But keeping up appearances requires us to represent the epitome of not just the feminine – and this is not translatable – but the *feminívola*, which is an adjective that was all the rage in the 30s. And for a while, you get to feeling *a little* as if you were *Copito de Nieve*. Now, *Copito de Nieve*, or Snowflake, is the name of a white gorilla – and I'm explaining this for foreign visitors – who lives in the Barcelona Zoo. He's white not because he's beautiful, but because he has a genetic condition, and people say, 'Oh, what a beautiful gorilla!' but no: he's albino, which is a condition, like a disease.

We women, too, were viewed as the disease of Catalan literature. They would say 'and there are even women' (what could have happened?) or 'and women even sell' (hey, what's going on around here?). Surprise, apprehension. And we decide that inside of Catalan literature, there is something called women's literature, like something over there in the freezer, in a supermarket, where you find the brands of frozen food and fish, like Findus or Pescanova. There's *Literatura*, the significant stuff, and then there's women's literature. But when they talk about the great twentieth-century writers (of Catalan literature), it just so happens that both are women. Well, one of them can be forgiven since she uses a masculine pseudonym, and the other can be forgiven since she spent a long time abroad, and when she came back to Catalonia, she wasn't too much of a nuisance. She shut herself away in reclusion and then she died.

Meaning, what's important for us women who write in Catalan and who, on top of that, are *women*, is to wait until we turn 80. Keep calm and wait to turn 80. If we die, then fine; but if not, then wait until 80 and they'll start talking about us. We shouldn't get hung-up on the fact that at the University of Barcelona and the Autonomous University – I may be wrong, but as of a few years ago, that's how it was – they're still stuck in 1906. Of course, there's so much to recover in this country. And having to recover women novelists, on top of it all, is a very complicated thing.

For a while, then, as someone explained, 'there's always been the Round Table of Literature', the canon, and it's *a little* like that: *Copito de Nieve*. What danger do we women who write face? Well, the same one as the gorilla. Gorillas recognize each other by gazing at the navel. So, you're a woman, and you're Catalan, and on top of that a navel-gazer, you must think you're the center of the world. And since I am convinced that every female writer and every male writer are a process, that we write over the course of our entire lives, and we're constantly learning, over time you become aware that the relationship you have with your language and with your condition must be a natural one.

Whenever I'm still asked – not by the Spanish State, because those people have become quite polite and are now aware that there are four languages here – or told 'well, what a pity. Why do you write in Catalan? If you wrote in Castilian, you'd be more famous,' I respond, 'well, I write in Catalan for three reasons: first, because your relationship with your language is like your relationship with your mother. When I started studying with the nuns, I came to understand what Power was, and what the State was. The State is the father. Your land is the mother. And therefore, your relationship with language is your relationship with origin, with the land, regardless of who is in power. So, in the first place because it's my language. Secondly, because we are immensely fortunate that our language is a great language, with a written literary tradition, because there are great languages in the world that have had the misfortune of not having a written tradition, which would be something else to discuss; but we do have one, a great written literary tradition. And thirdly, because I feel like it.'

Clearly, my relationship with language, by now, is absolutely natural. I behave as if I were British, except the royalties aren't quite the same. Nowadays, people talk a lot about whether our language is or is not extinct, but that's not up for debate here. Obviously, it worries me. I always go back to a story I learned in college about that poor Mr. Dudin, who spoke in Rhaetian, and who was the last person to speak this language on the verge of extinction. And all the scholars rushed to transcribe it, because when he disappeared, the language would disappear. But I think we continue writing, we continue doing, not only because we're Catalan, or because we're women, but essentially, because we're writers. We haven't chosen this craft just because. We chose this craft because we are writers, and because our relationship with the world passes through a relationship with literature.

I think as women writers, we've matured all over the world, we have fewer complexes, less fear. They come at us with the same old song and dance, 'ah, but women only write autobiography'. Of course. Ten years ago, we paid attention to the breadth of literature, and we said 'Proust, Hemingway, Henry Miller, they all write autobiography, they've written autobiography, and nobody took them to task for it.' So no longer. We shan't explain ourselves. Why? Because we have a tradition. It belongs to us as women.

What's more, we are very fortunate to have a literary and linguistic tradition of our own. And if you don't know us, I don't think true writers, male or female, go around thinking 'me, what I really would like is to be famous in France'. Clearly, we'd love it if Paris knew about us, but it's not what's important. To me, what really matters is the choice we've made, which is the choice to be writers.

That's all. ■

Lecture given at the IV International Feminist Book Fair,
in Barcelona, on the 21st of June, 1990.

Translated from Catalan by Valerie Miles.

CRATER

Eider Rodríguez

For Iñaki and Maixabel, Lourdes and Dori, and Oihana.

'I don't want to die in my pyjamas,' Fani said.

Amaia was using a knife to scrape the flesh from a stalk of aloe vera. As of a few days ago, Fani had begun having trouble pronouncing her consonants, and Amaia had to concentrate to understand what she was saying. She spread the sticky fluid on Fani's lips to soothe the sores that had been coming out over the past few weeks. When she was done, she cut a tiny piece off, and put it on the tip of her finger to place in her mouth. Fani turned her head to one side. The little act of resistance prompted in Amaia memories of their life together, how that gesture of defiance characterised what had always given rise to their most vicious quarrels. 'That's my girl,' she felt now, or something like that, and realised how absurd it had been to try to fight that rebelliousness for forty years.

'I don't want to die in my pyjamas.'

'So, what shall we wear?' Amaia had started thinking in the singular, even as she spoke in plural.

'I don't know.'

Amaia cleaned Fani's chin with a handkerchief. Then she stroked her cheek with the back of her hand, though she had never caressed anybody in that way before. She had felt the impulse to do it over the past few days without really knowing why. In fact, they had never been particularly affectionate. Fani pressed back against Amaia's hand with her cheek. Amaia liked that gesture. Fani's left eye had become misshapen because of the tumour, and since she'd stopped getting out of bed, the once-proud mole on her top lip had wilted, as if it, too, had been consumed by cancer. Everything had progressed so quickly that whenever Amaia made an effort to position it within some semblance of the comprehensible, she couldn't help but think of that mole as the entrance to Fani's underworld, and it was from there that the illness had infiltrated her, not the pancreas, like the doctors had said.

In any case, it had swallowed everything in its path. It was just Fani's empty shell lying there on the bed.

Amaia took out the Mao-collared shirt that Fani had bought in Les Landes for her niece's piano recital, but which she had never actually worn. They would have to decide what to do with the bungalow, too: it was hard to imagine herself going there on weekends without Fani, cleaning the sand off the porch without Fani, going to Vieux-Boucau market without Fani, perusing the flea market without Fani, biking without Fani, drinking Tariquet wine, which they had recently discovered, without Fani, being with other people without Fani.

That's where the nightmare began, just five months earlier. They liked to go to the beach during the siesta, and though the day was blustery, and they'd had their doubts, they didn't want to miss the first sunny day after a particularly dark winter. The only other people on the beach were surfers. The wind seemed to be picking up, so they decided to have a walk instead of lying down. That's when Amaia saw something on the shore that looked like a large fish at first, but she was too far away to make it out. When they got closer to the shore where it was located, they saw it was an artillery shell covered in rust and saltpetre, half buried in the sand. A man from Errenteria had been blinded as a boy when an artillery shell dating back to the war had gone off, so they knew it was no laughing matter.

'We can't leave it here. Somebody might pick it up or step on it.'

'Should we cover it up with sand till we can get back?'

They didn't know enough French to call the police, so they decided that Fani would stay and watch over the shell; she had been feeling lousy all morning and didn't fancy more walking. So that's what they did. Amaia showed a photo she had taken with her phone to a police officer she ran into along the path from the beach to the village. It had taken her around half an hour to find him, a lad who was tucking parking fines behind windscreen wipers.

She showed him the photo and pointed towards the beach. He made a call, a couple of his colleagues turned up shortly afterwards and they went back to the beach with Amaia. And that image: Fani kneeling next to the shell, pale, her body contracted, her hair tangled in the wind. Amaia thought she was in that position because of the strong wind, the grains of sand stinging her skin, but when she went up to Fani, she saw her face contorted in a grimace.

'Fani!'

The roaring wind and the sea prevented Amaia from speaking.

'Fani!'

It was as if she were somewhere else, and her arms were folded over her stomach.

The police officers, unwinding their red and white barrier tape, told them, shouting, that they were going to seal the area off, so they would have to move along. Amaia loosened Fani's arms and tried to get her to stand up, but Fani was bigger than she was, and she couldn't manage to get her up. The officers, with regulation politeness, offered to call an ambulance, but Fani and Amaia wanted to return to the campground. Lying across Amaia's lap in the police car, Fani could only manage to say they had to tidy the bungalow before they left.

'We can't leave it in this state.'

Fani lay down in the hammock, wrapped her arms around her knees and positioned herself on her side. Amaia emptied the fridge of leftovers, took down the clothes hanging up to dry, and they got into the car. She was terrified. They didn't know it yet, but it was the beginning of the end.

Amaia took out a green, short-sleeved shirt from Coronel Tapioca, but Fani looked on in disapproval. So Amaia picked up the whole pile of neatly folded t-shirts and took them to Fani, placing them on the bed: many of the shirts showed signs of use, some went back over twenty years.

'That one,' Fani said.

'*Inor ez da ilegala*' was printed on it. 'Nobody is illegal'.

Amaia removed the IV and loosened Fani's pyjama top. Like her face, her body had become gaunt, too, and her breasts hung to either side like saddlebags. Long gone was that body of Fani's that had improvised a carpenter's workshop while listening to Tracy Chapman, and dressed in the same grey apron she had used for years while working. She removed all the house's windows from their frames, sanded them down, painted them white on a trestle table, and then put them all back in place. It wasn't all that long ago: just after she'd retired and sold the newsstand.

Amaia stretched the t-shirt's neck wide so it wouldn't scratch Fani's face as she put it on. She was wearing light blue pyjama trousers.

'How about changing your trousers too. Just knickers?'

Fani nodded and stared at Amaia, who was afraid she was going to ask her something she didn't know the answer to.

'You're so beautiful,' Amaia said, which was the first thing that came to mind.

Fani held her gaze for a bit, and then just like that, stuck out her tongue, scrunching up her nose and eyes. It was a typical expression of hers; like when they'd sit around the table on the terrace with the girls, listening to others and not in active conversation, and their eyes would meet. Fani would take advantage and stick out her tongue, then quickly act serious again, and in that single gesture, she opened up a tiny, mysterious crack in the universe.

'You're so beautiful.'

If she had ever tried to say that to her back when she was healthy, Fani would have called her mad, rolled her eyes, her lashes quivering, and shake her head. Now, though, she seemed grateful. Amaia knew that Fani understood the deep, boundless meaning of her words, and now she regretted not having said them to her more often.

The doorbell rang.

'It's the girls,' Amaia said.

Amaia would have been glad to have somebody else there besides just Fani and herself, but Fani had said no, she didn't want that: not the girls, not her sister, not her niece, not anybody. She wanted to die at home. Amaia was surprised at first, because Fani wasn't temperamental by nature, as she was. But eventually she understood it to be a gesture of love toward her, an act of acknowledgement. When Amaia told their nearest and dearest of her illness, everyone turned up: their activist friends, daily customers at the newsstand who had become like friends, fellow members of the gastronomy club. They'd never had so many people visiting at home: they'd always enjoyed being out and about, socializing with friends, but their home was a private place. Over the last few days, though, Fani stopped wanting to see anyone.

'Do you want anybody to come up? Maybe Marisa or Oihana, or someone else?'

Fani didn't answer. She was lying on her side, clutching her belly, overwhelmed by pain. Amaia looked at the clock: the doctor should have arrived a while ago.

Amaia spoke to the girls over the intercom.

'She's very tired. I'm going to open the bedroom window. Thank you. We're fine. Thank you.'

Somebody buzzed the intercom again. It was the doctor and nurse. To that point, Amaia hadn't realised just how much she'd wanted them to be there. She knew it wasn't the case, but she felt as if she were part of their team, and that they were all doing things the proper way.

She heard the creak of the wooden staircase as they approached, and headed over to open the door before they knocked. The doctor and nurse were both women, forty-something, dressed in identical uniforms; light blue shirts, dark blue pants. Though she'd come to distinguish them clearly through nuances and details, after all the visits, time and conversations.

'We've been held back, sorry. It looks like there's a concert on for you two,' the doctor said with a broad grin that might have been considered in poor taste given the circumstances, but which helped reassure Amaia.

'They wanted to visit, but Fani isn't up to it.'

'That's to be expected. She's the boss. How's she doing?'

'She hasn't had a pee since yesterday. She hasn't eaten much. She didn't want breakfast and had trouble with half a spoonful of broth at lunchtime, which made her feel like vomiting. She was asleep until now, but the pain woke her up. She slept for most of the day yesterday, too …'

'She's tired. She's done enough.'

Amaia, the doctor and nurse, had been gathering like that over the past few days, whispering in the doorway. It put Amaia on edge, since her alliance with them, a form of betrayal in a way, would last only a few minutes, and then she would be left on her own again.

She would break the spell by talking to Fani louder than was necessary on her way back into the bedroom:

'The doctor and nurse are here.'

'Hello!' they both said.

They all tried to act normally, which made Amaia feel awkward, but it also kept her from breaking down.

The bedroom was painted a shade of vanilla, the doors and skirting boards were white and the floors made of oak. There was a full-length mirror draped with dried lavender in the corner, and beside the bed a recliner the girls gave them when Fani fell ill. The mutilated aloe vera plant was near the balcony, beside a wicker chair. Books by Sue Grafton occupied the shelves, and others by Patricia Highsmith, Henning Mankell, Salvat's bestselling collection *Grandes Éxitos*, a book of poems by Sapho and another by Gioconda Belli. There were a few books of investigative journalism and a very fine collection of *National Geographic* magazines. There were plants everywhere.

'Afternoon,' the doctor said. 'How's the queen of the house today?'

Fani forced a smile that could have been mistaken for an expression of disgust. It was just before sundown. Soon they'd switch on the single lamp with a piece of cloth draped over it: Fani could no longer bear the light. Noises and smells bothered her. The doctor placed his hand on her arm while the nurse prepared the dose of morphine:

'We'll get rid of that pain for you now. Relax, Fani. Let yourself go: soon you're going to feel drowsy,' the doctor told her as she stroked her hair. 'The pain's over. It's over.'

'Thank you,' Fani responded.

The nurse held her index finger out to Fani, who squeezed it as hard as she could. She wanted to show that she still had some strength left. She was having trouble focusing, she had been seeing double for a few days, but even so it was apparent that she wanted to treat the doctor and the nurse with respect.

While they were changing the IV, the doctor asked Fani how they'd first met. Fani motioned for the doctor to ask Amaia instead. The last dose, meant to help her on her way, was doing its work.

'At the factory, back in …' Amaia said, her eyes showing that she was doing her sums. 'Forty-two years ago, imagine that.'

Fani had a lot of charisma, that's what had attracted Amaia to her. That and her stunning head of long, curly black hair. Amaia would later learn how attractiveness and loneliness go hand in hand. Fani taught Amaia how to swim at Hondarribia Beach shortly after they first met. Fani liked teaching people things, something Amaia did not – she had a short fuse. She told Fani several times she would be a great teacher; she had patience, she was disciplined and generous. Fani had learned to swim in a municipal pool, but not Amaia, whose family didn't have the means. They were both working at the nail polish factory at the time. During the summer, when their shift was over, they liked to take the bus to the beach. Fani would hold Amaia up and tell her how to kick her legs. Amaia used to keep her head raised, so her legs would sink.

'Don't stiffen up, relax …' and they both knew she wasn't just talking about swimming. When Amaia sank, Fani would push her back up, till she learned how to spread her arms and legs like a starfish and float on the water. Fani was 23, Amaia 22. They had made love for the first time there on the rocks. They couldn't believe it and couldn't stop.

'We've had a good life together, you know?' Amaia said. 'We've looked after each other and we've looked after the people around us, too …'

'*Eta borroka*,' Fani said, stringing the vowels together with a thread of voice.

'*Borroka, borroka ere egin dugu*. We fought and fought hard, too!' Amaia translated for the doctor and nurse. Suddenly, she felt happy – a sad sort of happiness. She held Fani's hand. 'For women's rights, back when it wasn't so widely accepted … But not only, we've been involved in so many things!'

Fani looked into Amaia's eyes as if everything suddenly made sense.

'We've been happy together,' Amaia said looking at her. 'Haven't we?'

'Very happy,' Fani answered earnestly, firmly, as if the question had been something else. And she closed her eyes.

'Well, that's what it's all about,' the doctor said.

'We've been happy,' Amaia said again, a little shaken, suddenly realising how tired she was.

While the nurse changed Fani's sweat bandages, Amaia stepped out onto the bedroom balcony. She needed some air to help palliate the intensity.

Amaia and Fani's longstanding, dearest friends were down on the street looking up, all of them retired or about to be; they'd met at the women's group four decades ago. Fani's niece, Oihana, was playing a keyboard. Her hair was in a ponytail and shaved short above her ears. Her mother was beside her, Fani's sister, Marisa, wearing cycling glasses and holding up a bouquet of carnations. And there were other locals too, around 30 people altogether. Oihana set the rhythm, and they all snapped their fingers to the tempo. The song was 'Amores que se van marchando' by Mari Trini, which Fani would sing from start to finish when she was feeling happy and relaxed, and whose lyrics Amaia, despite hearing the song a hundred times, had never fully learned by heart; neither had their friends, they were all reading from a copy of the lyrics. The tribute made her a little anxious: neither she nor Fani particularly liked being the centre of attention, but they went along with it this time, even if only for everyone else.

'Can you hear that?' Amaia asked Fani, half turning back to look at her through the density of the bedroom's atmosphere. 'Oihana's playing the keyboard. Can you hear your song? Your sister's there too, they're all there … Mertxe, Ines, Julia, Maripi, Karmela, Esther … friends from the club … Paki, Mikela, Iñaki … from the *euskaltegi* … Fatima, Nekane, Pedro, Yoli, Habib, Brais … They've all come. See?' It was an abbreviated way of saying: 'see how much people love you?'

The doctor and nurse stepped out onto the balcony.

'She's asleep,' the doctor said.

Amaia sang along with them and turned to stare at the particles of dust floating in the rays of light, which split the room in two. Fani had told her once, standing on that same balcony as they watched a flock of cranes fly past, that some birds spent 99 per cent of their lives in the air. That hadn't been so long ago.

Down on the street, two or three passers-by, ladies carrying shopping bags, joined in the singing. How often had she ridiculed Fani in the middle of an argument, acting like the happy-go-lucky, free-wheeling one, making Fani out to be the tedious, bitter one? How often had she pushed her to the limit, nearly forcing her to say something spiteful, only to latch onto her comment and not let it go, even when Fani had said she was sorry? Do they know the truth? That she couldn't live without her? Recently, Amaia had wondered if she had loved Fani as she should have, whether the care she had given her since she fell ill wasn't a way of covering up for what she hadn't done over so many years. It's easy to look after someone who's dying; looking after someone who is alive and has life ahead is much harder.

Perhaps this was exactly the kind of narcissism that Fani had accused her of more than once. Amaia shook her head. She remembered how when she was working the afternoon shift, she would visit Fani at the newsstand at midday with a cup of coffee and a snack, and Fani would give her little tasks, like going to the bank for change, or to the post office. She also remembered the half dozen pairs of mittens she'd knitted for Fani to wear at the newsstand, and the laptop she'd given her, and the IT course Fani had taken in the kitchen to learn how to use it. And how Fani would dismiss the rigid plans that not even Amaia had really wanted to do (getting the car's tyres changed, going to the pensioners' meeting, cleaning out the fridge) to discover what they really did want to do and make it happen (going to the concert of a local girl's band at the *gaztetxe*, seeing Ken Loach's most recent film). Massaging Fani's feet on the sofa until she fell asleep. Fani acting the fool to pull her out of the black hole she would sink into when she was in a bad mood for no apparent reason. The roaring laughter in bed when they'd recall something that'd happened, laughter that couldn't be shared with anybody else. Perhaps they hadn't done things so badly after all. Perhaps she hadn't done things so badly after all.

Perhaps what she was feeling was fear.

'She'll go serenely,' the doctor whispered. 'The last few days have been tough. She'll be more comfortable now.'

'Yes, that's the only thing I should be worrying about. Do you think it'll happen today?'

'I don't like to give a specific time, but it does look like she won't make it through the night.'

The girls shouted up to the window: 'We love you!' and 'Fani forever!' Later on, they opened a few bottles of wine. Amaia thanked them from the balcony and blew them kisses with both hands. When she was about to close the window, Oihana called out:

'Amaia! Can Mum and I come up to give Auntie some flowers?'

She had never called Amaia 'Auntie,' even though Oihana had belonged to a feminist group since she was a teenager, even though in the photos taken at the hospital the day she was born, Fani and Amaia were there, sitting in the room; even though they were there every year on her birthday, gift in hand – a wooden puzzle, a hand-knitted jersey, a leather purse – usually bought at the May Day craft fair. There was a fierce, tight-knit loyalty binding the women of Fani's family together, so much so, that it had been passed down from generation to generation and went above and beyond any ideology. Doña Rosario, Fani's mother, had always taken Amaia to be a 'friend'. At the start of the 1980s, Rosario once saw a group of scruffily dressed women sitting on the ground and shouting, blocking the traffic on the main road, making triangle shapes with their fingers. Her daughter Estefania was there, Fani for short, sitting on Amaia's lap. Rosario had ducked behind an ONCE stand to watch them, until she heard the word 'abortion.' She turned around and went straight home.

She took it so badly that she had to lie down, and that was how Marisa had found her when she got home, her brown pumps kicked off beside the bed, the tips of Rosario's flesh-coloured stockings making her feet look ghastly because her toes were incessantly twitching and squirming as if they were hungry.

'I can't believe the gall,' she kept saying, nothing else.

Like Fani, Rosario was a tall, straight-backed woman. Being from good farmstead stock, she looked down on people who drew attention to themselves. For her, it was not just the dirty laundry: the clean laundry, too, was to be kept at home.

'What gall,' she said over and over again, changing only tone and speed.

Every so often, she took out the handkerchief tucked under her sleeve and blew her nose. Her younger daughter, Marisa, made her an herbal tea and sat down on her father's bed. Rosario said nothing until she finished the tea, and Marisa waited there patiently, not fully aware of the landmark moment it was to be in her family's private history.

'I've just seen Estefania with that girl she's always running around with … that gangly scarecrow who never stops talking.' Rosario set her cup down on the glass-topped table between the two beds harder than she should have. She cleared her throat: 'Are they lesbians?'

Before answering, Marisa glanced down at the piece of lace under the glass, it was made of thousands of knots, indestructible despite looking so dainty. She, too, had suspected as much.

'No.'

'So what are they, then?'

'Friends.'

'Are you sure about that?'

'Yes.'

'I'm glad. Your father would have had a heart attack otherwise.'

Fani later told Amaia the story.

'Did Marisa show remorse for saying that when she when she told you?' Amaia asked.

'She did it to protect me, there's no way she was going to regret it!'

Aside from that minor incident, Amaia had had a good relationship with Fani's family. She'd always been welcomed for meals at their house, and when Amaia's mother died, only a few years after she'd started seeing Fani, Rosario gave her 20,000 Pesetas to pay for the obituary in *El Diario Vasco*. They'd just closed the nail polish factory, and both Amaia and Fani were out of a job. Amaia told her she couldn't accept the money, that she'd repay her as soon as she'd saved up, and Rosario answered: 'Don't act so humble; you aren't that important.' Shortly thereafter, when she started working at a plug factory, Amaia tried to pay her back, but Rosario refused. Amaia understood it to be her way of accepting her relationship with Fani.

Fani's name hadn't been featured in that obituary, but this time she was going to write 'her friend Amaia' with pride: what once had been inacceptable, over time, had been acknowledged. Amaia suspected they had never made their relationship official for fear of going against that loyalty, despite her suggesting several times that they officialise their situation. But Fani was resolute: 'I wouldn't do that even to get out of doing military service,' or 'I don't need to sign something in public to validate my love for you.' Amaia hadn't registered Fani's house as her place of residence until Doña Rosario died, a few years ago. They found out about Fani's illness not long afterwards, and it was Fani who suggested they finally register as a couple.

Marisa and Oihana came up to the flat with a bunch of red carnations. Marisa came in without removing her cycling glasses and began sobbing as soon as she walked through the door. Amaia hugged her, perhaps for the first time ever.

'The hardest physical bit's over,' the doctor told them. 'It's going to be a psychological struggle as her sleep starts to deepen.'

Mother and daughter went into the bedroom. Amaia stayed outside. She saw Marisa putting the carnations on the bedside table, they sat on the edge of the bed as if it were on fire, they held Fani's hands and kissed them, watching as she slept noisily.

'Let her go,' the doctor told them. 'You're giving her a gift.'

On her own again, Amaia sat at the kitchen table. She didn't want to go into the bedroom. It felt like approaching the seashore at night: she didn't know what she would find, the smell was intense, and there was a marine animal there rattling its lungs. She heard the waves, too, in Fani's death throes. She moved the armchair up to the bed and took hold of her hand, opened it, and held it up to the lamp, against the light. There were the peaks and valleys of fingerprints that still belonged to somebody. She realised she hadn't said goodbye to Fani when she was still awake. She had been out on the balcony thinking about cranes when Fani fell asleep.

Fani was her lover. Amaia kissed her shoulders, kissed her face. She was her lover, her sister, her mother, her father, her daughter, her comrade. Amaia had no choice but to sit by her side until the inevitable nightfall, spellbound, watching her die. She wanted to tell her important things. Her feelings ran so deeply. She held her hand and stroked her hair, telling her again and again to be calm, but she could think of nothing else to say. She wanted her to die once and for all and she was ashamed to want that, although it was not the first time. She had learned something over the years: she didn't know much about desire, but desire knew everything about her, there was no point in trying to fool herself about that.

'Who am I going to get angry with now?' she asked Fani.

'How am I going to fold the sheets?'

She went to the kitchen, heated up the leftover broth and drank a spoonful under the light of the extractor. She used to eat breakfast that way when she was working morning shifts, under that low light. The habit of walking around in the darkness had stuck, and Fani would follow behind her, turning the lights on, saying: 'You'd think we were living in a safe house.'

Amaia brushed her teeth and did what she had resolved to do, even if reluctantly: she got into bed with Fani. She slid her fingers along the wire between the IV and Fani's veins, fearful, wondering if she'd be able to feel the passage from life to death. She curled up against Fani, who was beginning to cool down, the rattle was deepening, sounding more and more like something at sea. Fani squeezed her hand a couple of times, and Amaia responded in kind, not sure if it was a conscious act or merely a reflex.

'Beautiful ...'

Amaia didn't think she would fall asleep, but the fatigue had caught up, more than she realized. She didn't want ... she didn't want to wake up next to Fani's corpse, she wanted to be at her side the exact moment of her death. Amaia spent the night dozing off and waking up, sleep taking her once again as she listened to the sound of Fani's waves.

At dawn, the guilt of having slept too deeply startled her awake. She heard a noise and reached over to the other side of the bed. Fani wasn't there. Amaia felt a sudden terror. She stretched her arm out, feeling around. Nothing. It was dark. Another noise. She sat up, panicking, and when she turned on the light, there she was.

'Where are you going?'

Fani was sitting at the edge of the bed, trying to stand up. Fani hadn't actually been *there* for several hours. Her body was present, but it wasn't her.

'Where do you want to go?' Amaia asked, trying to speak gently.

Fani stared at her. Then held her wrist to her mouth.

'A kiss?'

Fani repeated the gesture.

'You're hungry? Shall I make some coffee?'

Suddenly Fani looked at Amaia as if, for an instant, she really was there. She wanted coffee.

'Wouldn't you be more comfortable in bed?'

Fani didn't answer, but her eyes fixed onto the armchair.

Amaia took her by the arm and sat her there. She tapped the IV to make sure it hadn't stopped working, but it was empty, so it must have been. She thought of calling the doctor, but to say what, that Fani hadn't died?

She hurried to the kitchen and heated up some milk. She put a spoonful of instant coffee in an empty cup and saw that she was trembling. There were no muffins, she realised; she had deliberately not bought any on Monday when she had gone shopping, because Fani was the only one who liked them. She was methodical about that, too: two muffins every morning. Amaia had held the packet in her hand, but then she put it back on the shelf, reasoning that Fani had lost her appetite a few days ago. And now she felt like a heel for having haggled with death.

She held the coffee to Fani's lips.

'Drink slowly, sweetie; don't burn yourself."

Fani pursed her lips to take a little sip. She tried to say something, pronouncing the vowels strangely, but Amaia immediately understood what she was saying:

'Muffins.'

She resisted the temptation to leave the bedroom, go into the kitchen and pretend to shuffle through the cupboard looking for them. She could run to the vending machine on Biteri Street, or to the train station, there were machines there, too. She imagined herself going and coming back, it would take fifteen minutes, but who knew how long Fani was going to last?

'There aren't any muffins, Fani,' Amaia told her. 'I didn't buy any; you know how scatter-brained I am.'

She stroked Fani's cheek with the back of her hand, and Fani replied by rubbing against it, pushing back slightly, like a cat. And then she died. Amaia closed her eyes, too. She stayed like that until the sky was full of daylight, taking small sips of Fani's coffee. Then she reclined the armchair and stayed there, playing with Fani's curls while she called the doctor.

Later that day, Amaia considered Fani's gesture, that slight resistance against her hand, something she would remember over and over again from that time on, especially when someone asked how she was doing only to go on and on in a solemn tone about how big-hearted Fani was. She would remember it when she was at the club with the girls and quipped on someone's comment, sending everyone into a fit of laughter, as if it were legitimate to laugh now that Fani had been cremated, or when she brought Oihana and Marisa to the bungalow and together they swept the sand from the porch. She remembered her gesture while strolling along the boundless beach of Las Landas, eternally renewed by the wind, or when she felt stirred to emotion by the sound of people shouting at a solidarity march. She remembered it when she saw the cranes flying by, and when she re-potted one of the plants, and when she returned home, alone, after having a glass of wine and even when she sat on the sofa watching some ridiculous movie. And she remembered it especially when she cut the tip of her finger on a piece of paper she was filing to prove she'd been Fani's partner for 40 years, fighting for the widow's pension that was rightfully hers. ■

Translated from Basque by Aritz Branton.

BIOGRAFÍAS

Uxue Alberdi (Elgoibar, País Vasco, 1984). Escritora y *bertsolari*, ha recibido el Premio Euskadi de Literatura en la categoría de literatura infantil por *Besarkada* y en la de ensayo por *Kontrako eztarritik* (*Reverso: testimonios de mujeres bertsolaris*, Reikiavik ediciones, 2021). Su novela *Jenisjoplin*, traducida al español y al inglés, ganó el premio 111 Akademia.

Xuan Bello (Paniceiros, Asturias, 1965). Poeta, narrador y periodista, es autor, entre otros libros, de *La memoria del mundo*, *La bola infinita* y de una pequeña historia apócrifa de la literatura asturiana titulada *Pantasmes, mundos laberintos*. Su obra poética se recoge en *La vida perdida*. Recibió el Premio de la Crítica RPA y el Premio Nacional de Literatura Asturiana.

Harkaitz Cano (San Sebastián, País Vasco, 1975). Más conocido como novelista (*Twist*, *La voz del Faquir*), ha publicado también colecciones de relatos (*Circo de invierno*, *El turista perpetuo*) y libros de poemas (*Compro oro*, *Gente que trabaja en los tejados*). Su trabajo ha sido traducido a una docena de idiomas. www.harkaitzcano.com

Berta Dávila (Santiago de Compostela, Galicia, 1987) es narradora y poeta. Por *Carrusel* (2019) obtuvo el Premio de la Crítica española de narrativa en lengua gallega. *Os seres queridos* (2022) es su libro más reciente y ha sido publicado simultáneamente en gallego y castellano, después de recibir el Premio Xerais de novela.

Xesús Fraga (Londres, Reino Unido, 1971) ha trabajado 25 años como periodista en *La Voz de Galicia*. Ha escrito relato, narración juvenil y novela. Su último libro, *Virtudes (y misterios)*, recibió el Premio Nacional de Narrativa 2021. También ha traducido a autores como Barnes, Nabokov, Kerouac, Plath y Orwell, entre otros.

Gonzalo Hidalgo Bayal (Higuera de Albalat, Extremadura, 1950) escribe novelas (*Paradoja del interventor, Campo de amapolas blancas, El espíritu áspero, La sed de sal, Nemo, La escapada),* relatos (*La princesa y la muerte, Conversación, Hervaciana)* y ensayos literarios (*Camino de Jotán, Equidistancias).* Su trabajo mereció, entre otros, los premios Qwerty, Tigre Juan y Dulce Chacón.

Karmele Jaio (Vitoria-Gasteiz, País Vasco, 1970) escribe ficción y poesía. Su novela *Las manos de mi madre* es uno de los libros más vendidos de la literatura vasca. *La casa del padre* recibió el Premio Euskadi de Literatura 2020. Sus relatos, llevados al teatro, integran las antologías *Best European Fiction 2017* y *The Penguin Book of Spanish Short Stories.*

Rafa Lahuerta Yúfera (Valencia, Comunidad Valenciana, 1971). Hijo, nieto y bisnieto de panaderos, trabaja en una papelería desde hace más de 20 años. Ha publicado dos libros: *La Balada del Bar Torino* en castellano y en valenciano, y *Noruega*, que mereció el Premi Lletrafrerit 2020.

Perejaume (Sant Pol de Mar, Cataluña, 1967) es artista y escritor. Ha publicado diversos libros de poesía y ensayo. Entre ellos, *Obreda, L'obra i la por, Pagèsiques, Paraules locals, Treure una marededéu a ballar* y *Fonts líquides i fonts lignificades.* Su obra más reciente traducida al castellano es *El "quizá" como un público* (2021).

Adrià Pujol Cruells (Begur, Cataluña, 1974) es antropólogo y escritor. Ha cultivado los géneros de la novela, el cuento, el ensayo y el dietario. Es autor, entre otros libros, de *Escafarlata d'Empordà* (Sidillà, 2011), *El fill del corrector/Arre arre corrector* (con Rubén Martín Giráldez en Ortega y Hurtado, 2017) y *Els llocs on ha dormit Jonàs* (Empúries, 2021). También ha traducido obras de Georges Perec, Pierre Michon y Boris Vian.

Dimas Prychyslyy (Ucrania, 1992) es graduado en Filología Hispánica por la Universidad de Salamanca y Máster en Escritura Creativa por la Universidad Complutense de Madrid. Obtuvo el Premio València Nova con *Molly House* (2017) y el V Premio Logroño de Narrativa para Jóvenes Escritores por los relatos de *Tres en raya* (2019). En 2021 publicó *No hay gacelas en Finlandia* (Premio 25 Primaveras).

Eider Rodríguez nació en Rentería, País Vasco, en 1977. Es autora de los libros de relatos *Y poco después ahora* (Eta handik gutxira gaur), *Carne*, *Un montón de gatos* (Katu jendea) y *Un corazón demasiado grande* (Bihotz handiegia). Su novela *Material de construcción* (Eraikuntzarako materiala), se publicará en español y en catalán en 2023.

Montserrat Roig (Barcelona, Cataluña, 1946-1991), autora, periodista y activista por los derechos de las mujeres, escribió casi toda su obra en catalán. Su novela *El tiempo de las cerezas* recibió el Premio Sant Jordi 1976. Entre sus ensayos se destaca *Los catalanes en los campos nazis* (1977), estremecedor y exhaustivo trabajo sobre un tema silenciado hasta su aparición.

Susana Sánchez Arins nació en Vilagarcía , Galicia, en 1974 y se crio en O Foxo. Siempre en construcción, es mujer, gallega, de aldea. Da clases en Cúntis y escribe libros. Su obra más popular es *seique* (Através Editora 2015/19), pero siente orgullo de todas sus criaturas literarias, de *[de]construçom* (2009) ao *SuperUlex* (2021).

Julieta Valero (Madrid, 1971). Poeta, escritora y gestora cultural, es autora de seis poemarios, entre ellos, *Que concierne* (2015), *Los tres primeros años* (2019) y *Mitad* (2021). En 2021 Caballo de Troya (Random House) publicó su primera novela *Niños aparte.* Dirige la Fundación Centro de Poesía José Hierro desde 2018.

BIOGRAPHIES

Uxue Alberdi (Elgoibar, País Vasco, 1984). Writer and bertsolari, she has received the Euskadi Prize for Literature in the category of Children's Literature for *Besarkada* and in the Essay category for *Kontrako eztarritik (Reverso: testimonios de mujeres bertsolaris*, Reykjavik editions, 2021). His novel *Jenisjoplin,* translated into Spanish and English, won the 111 Akademia award.

Xuan Bello (Paniceiros, Asturias, 1965). Poet, writer and journalist, he is the author, among other books, of *La memoria del mundo, La bola infinita* and of a small apocryphal history of Asturian literature entitled *Pantasmes, mundos laberintos.* His poetic work is collected in *La vida perdida.* He received the RPA Critics Award and the National Asturian Literature Prize.

Harkaitz Cano (San Sebastian, 1975). Better known as a novelist (*Twist, La voz del faquir*), he has also published collections of short stories (*Circo de invierno, El turista perpetuo*) and books of poems (*Compro oro, Gente que trabaja en los tejados*). His work has been translated into a dozen languages. www.harkaitzcano.com

Berta Dávila (Santiago de Compostela, Galicia, 1987) is a storyteller and poet. For *Carrusel* (2019) he won the Spanish Critics' Prize for narrative in the Galician language. *Os seres queridos* (2022) is his most recent book and has been published simultaneously in Galician and Spanish, after receiving the Xerais Novel Prize.

Gonzalo Hidalgo Bayal (Higuera de Albalat, Extremadura, 1950) writes novels (*Paradoja del interventor, Campo de amapolas blancas, El espíritu áspero, La sed de sal, Nemo, La escapada*), short stories (*La princesa y la*

muerte, Conversación, Hervaciana) and literary essays (*Camino de Jotán, Equidistancias*). His work deserved, among others, the Qwerty, Tigre Juan and Dulce Chacón awards.

Karmele Jaio (Vitoria-Gasteiz, País Vasco, 1970) writes fiction and poetry. Her novel *Las manos de mi madre* is one of the best-selling books in Basque literature. *La casa del padre* received the 2020 Euskadi Prize for Literature. Her stories, adapted for the theater, are part of the anthologies *Best European Fiction* 2017 and *The Penguin Book of Spanish Short Stories*.

Xesús Fraga (London, United Kingdom, 1971) has worked 25 years as a journalist at *La Voz de Galicia*. He has written short stories, young adult fiction and novels. His latest book, *Virtudes (y misterios)*, received the 2021 National Narrative Award. He has also translated authors such as Barnes, Nabokov, Kerouac, Plath and Orwell, among others.

Rafa Lahuerta Yúfera (Valencia, Comunidad Valenciana, 1971). Son, grandson and great-grandson of bakers, he has been working in a stationery store for more than 20 years. He has published two books: *La Balada del Bar Torino* in Spanish and in Valencian, *Noruega*, which deserved the Premi Lletrafrerit 2020.

Perejaume (Sant Pol de Mar, Cataluña, 1967) is an artist and writer. He has published several books of poetry and essays. Among them, *Obreda, L'obra i la por, Pagèsiques, Paraules locals, Treure una marededéu a ballar* and *Fonts líquides i fonts lignificades*. His most recent work translated into Spanish is *El "quizá" como un público* (2021).

Adrià Pujol Cruells (Begur, Cataluña, 1974) is an anthropologist and writer. He has cultivated different genres: novel, short stories, essay and diary. He is the author, among other books, of *Escafarlata d'Empordà* (Sidillà, 2011), *El fill del corrector/Arre arre corrector* (with Rubén Martín Giráldez in Ortega y Hurtado, 2017) and *Els llocs on ha dormit Jonàs* (Empúries, 2021). He has also translated works by Georges Perec, Pierre Michon and Boris Vian.

Dimas Prychyslyy (Ukraine, 1992) holds a degree in Hispanic Philology from the University of Salamanca and a Master's Degree in Creative Writing from the Complutense University of Madrid. He won the València Nova Prize with *Molly House* (2017) and the V Logroño Narrative Prize for Young Writers for the stories of *Tres en raya* (2019). In 2021 he published *No hay gacelas en Finlandia* (Premio 25 Primaveras).

Eider Rodríguez was born in Rentería, País Vasco, in 1977. She is the author of four books of short stories: *Y poco después ahora* (Eta handik gutxira gaur), *Carne*, *Un montón de gatos* (Katu jendea) and *Un corazón demasiado grande* (Bihotz handiegia). Her novel *Material de construcción* (Eraikuntzarako materiala), will be published in Spanish and Catalan in 2023.

Montserrat Roig (Barcelona, Cataluña, 1946-1991), author, journalist and activist for women's rights, she wrote almost all her work in Catalan. His novel *El tiempo de las cerezas* received the 1976 Sant Jordi Prize. Among his essays stands out *Los catalanes en los campos nazis* (1977), a shocking and exhaustive work on a subject silenced until its appearance.

Susana Sánchez Arins was born in Vilagarcía, Galicia, in 1974 and grew up in O Foxo. She feels like a "work in progress": she is a woman, Galician, from a village. She teaches in Cúntis and writes books. Her most popular work is *seique* (Através Editora 2015/19), but she is proud of all his literary creatures, from *[de]construçom* (2009) to *SuperUlex* (2021).

Julieta Valero (Madrid, 1971). Poet, writer and cultural manager, is the author of six collections of poems, including *Que concierne* (2015), *Los tres primeros años* (2019) and *Mitad* (2021). In 2021 Caballo de Troya (Random House) published his first novel *Niños aparte*. Since 2018, she is the director of Fundación Centro de Poesía José Hierro.

PROGRAMAS AC/E DE APOYO AL SECTOR LITERARIO

Acción Cultural Española (AC/E) es una entidad pública estatal dedicada a impulsar y promocionar la cultura y el patrimonio de España, dentro y fuera de sus fronteras, a través de un amplio programa de actividades que incluye exposiciones, congresos, ciclos de conferencias, cine, teatro, música, producciones audiovisuales e iniciativas que fomentan la movilidad de profesionales y creadores.

Una de estas iniciativas es el Programa AC/E para la Internacionalización de la Cultura Española (PICE), diseñado para impulsar y facilitar la presencia exterior del sector creativo y cultural español. Este programa da prioridad a las propuestas emergentes del sector creativo, que necesitan una proyección exterior y que reflejan la pluralidad de la cultura actual. Su convocatoria es abierta y continua, con resoluciones trimestrales. Se articula en tres líneas de apoyo que se conceden en régimen de co-financiación con las entidades beneficiarias: VISITANTES, MOVILIDAD y RESIDENCIAS.

- **PICE VISITANTES.** Permite que los agentes y programadores de entidades culturales extranjeras de referencia, tanto públicas como privadas, viajen y/o participen de forma online en eventos en España y puedan conocer la oferta creativa para incorporarla en sus programas. Son las entidades españolas que organizan los eventos los que hacen la solicitud para traer a prescriptores internacionales (editores, programadores de ferias y festivales, traductores, etc.).

- **PICE MOVILIDAD.** Tiene el propósito de que las entidades culturales extranjeras cuenten con artistas, profesionales y creadores españoles en su programación. Para ello, ofrece un incentivo económico que cubre hasta el 50% de los gastos de la actividad con participación española (presencial, digital o híbrida). Las ayudas deben solicitarse exclusivamente por entidades e instituciones culturales extranjeras que quieran programar a creadores españoles (Ferias, festivales, encuentros, editores extranjeros que quieran organizar actividades de promoción para nuestros autores).

- **PICE RESIDENCIAS.** Su objetivo es incentivar a las entidades culturales para que incorporen en sus programas de residencia a artistas, profesionales y creadores españoles o residentes en España. Cuenta con tres modalidades: apoyo a creadores en residencias internacionales, apoyo a creadores en residencias nacionales y apoyo al intercambio de artistas nacionales e internacionales en residencias internacionales y nacionales respectivamente.

AC/E cuenta también con su **PROGRAMA PARA EL FOMENTO DE LA TRADUCCIÓN E ILUSTRACIÓN DE OBRAS LITERARIAS** que tiene como misión promover la traducción y edición en el extranjero de obras literarias españolas, tanto clásicas como contemporáneas, aumentando su visibilidad y reconocimiento internacionales.

Creadas en 2019 en el marco de la participación de España como País Invitado de Honor en la Feria del Libro de Frankfurt 2022, se pretende aprovechar la repercusión amplificadora que tiene la Feria y fortalecer las posibilidades de internacionalización de nuestras letras.

El programa se compone de cuatro líneas de apoyo, una dirigida a editoriales y agentes literarios españoles, y el resto para editoriales extranjeras:

- **LÍNEA DE FOMENTO DE LA TRADUCCIÓN DE FRAGMENTOS:** destinada a editores y agentes literarios españoles para que traduzcan extractos de obras literarias y elaboren dosieres de promoción exterior.

- **LÍNEA DE FOMENTO DE LA TRADUCCIÓN DE OBRA COMPLETA:** destinada a editoriales extranjeras para que editen y publiquen, en otras lenguas, obras completas integrantes del patrimonio cultural escrito español

- **LÍNEA DE FOMENTO DE LA TRADUCCIÓN DE ANTOLOGÍAS:** destinada a editoriales extranjeras para que editen y publiquen, en otras lenguas, antologías de obras integrantes del patrimonio cultural escrito español (cuentos, poesía, dramaturgia, etc.).

- **LÍNEA DE FOMENTO DE LA ILUSTRACIÓN DE LIBROS TRADUCIDO:** destinada a editoriales extranjeras que publiquen obras ilustradas integrantes del patrimonio cultural escrito español en alguno de los idiomas aceptados, para cubrir los honorarios del ilustrador.

Los libros para los que se solicite apoyo deberán haber sido **escritas originariamente en cualquiera de las lenguas oficiales de España**, y su autor o autores serán necesariamente **ciudadanos comunitarios o residentes legales** en nuestro país.

Las obras deben pertenecer a alguna de las siguientes modalidades: **narrativa (ficción, no ficción), ensayo, poesía, dramaturgia, literatura infantil y juvenil, álbum ilustrado y cómic** y haber sido **publicadas por una editorial española en soporte libro impreso y con distribución comercial en librerías.**

Los **idiomas aceptados** de traducción son el alemán, el inglés, el francés, el neerlandés y el italiano, con la posibilidad de incorporar en el futuro otras lenguas que se determinen estratégicas para el sector editorial.

Desde 2019, a través del programa se ha apoyado la traducción de cerca de 300 obras, y 600 fragmentos.

Para más información:

Programa para la internacionalización de la cultura española (PICE)
https://www.accioncultural.es/es/progPICE
convocatoriaspice@accioncultural.es
literatura@accioncultural.es

Programa para el fomento de traducción e ilustración de obras literarias:
https://www.accioncultural.es/es/iv-convocatoria-traduccion-2022
traduccion@accioncultural.es